조재훈 문학선집

일러두기

- 제1·2권은 시선집이다. 제1권은 미발표 시들 가운데서 최근순으로 가려내고 이를 여섯 권 시집의 형식을 빌려 엮었다. 제2권은 그동안 간행된 네 권의 시집을 발간순으로 모았다.

- 제3권은 1부 동학가요연구, 2부 검가연구, 3부 동학 관련 논문으로 구성되었다.

- 제4권은 1부 백제가요연구, 2부 백제 시기의 문학, 3부 굿과 그 중층적 배면으로 구성되었다.

조재훈 문학선집

4

———

백제가요연구

차례

1부
백제가요연구

2부
백제 시기의 문학

3부
굿과 그 중층적重層的 배면背面
　은산별신굿을 중심으로

1부

백제가요연구

| 차 례 |

제1부 백제가요연구

Ⅰ. 서론

1. 문제의 제기

이 논문은 백제가요를 연구의 대상으로 삼는다.

흔히 학계에서나 항간에서 삼국의 문화 가운데 백제의 것이 가장 빈약 하다고들 말하는데 이것은 무리가 아니다. 그 당시를 엿볼 수 있는 고작 수삼권의 문헌, 이를테면 김부식의 『삼국사기三國史記』나 석일연의 『삼국유사三國遺事』 등이 지나치게 신라편향의 태도를 보여주었기 때문이다. 그리하여 그것을 비판한 단재, 위당 등 주체사관의 선각자 몇 분을 제외하고는 그 견해를 그대로 답습해왔다. 따라서, 고구려의 영토 확장을 위한 호전적 남침과 신라의 침공에 시달리다가 결국 나당군羅唐軍에 의해 역사의 막이 내려져, 다른 나라에 비교해 볼 때 하잘 나위 없는 문화를 지녔으며, 또 그나마도 잦은 병란과 나당군의 전화에 의하여 거의 화신되었다고 함이, 백제문화에 대한 세인의 상식이다. 그런데 70년대 초 무령왕(사마왕)의 능에서 출토된 유물들과 90년대 초반 백제금동대향로의 발굴은 그런 세인의 상식을 뒤엎어 놓는데 충분하였다. 초형草形의 금관식을 비롯하여 숱한 금은보옥의 세공이, 섬교정치를 자랑으로 하는 신라의 것들보다 훨씬 정교하다함은 학계의 공인된 바다. 앞으로 사학계史學界의 전문가들의 공동노력으로 새로운 백제문화의 일각이 밝혀지리라 믿지만 신라나 고구려에 비하여 조금도 손색없는 문화를 보였다 함은 움직일 수 없는 사실이다.

위례성慰禮城, 한성漢城, 웅진熊津, 사비泗沘 등 한강 및 금강 유역의 비옥한 지역을 수도로 삼으면서 근 700년간, 한반도의 서남단에 위치하였던 백제는 넓은 평원에 바다를 낀 천혜의 자연적 조건 아래 비교적 풍요한 생활을 누렸던 듯하다. 민가에서는 소, 돼지, 닭 등의 짐승들을 사육하였으며, 또 온갖 실과와 오곡이 풍부했음을 이웃 나라의 사서史書들은 이렇게 말해 준다.

백제는 밭과 논에 물이 풍부하고 기온이 따듯하여 오곡 잡
과 채소와 술, 반찬 그리고 약품 등이 많았다.
百濟土田下濕 氣候溫暖 五穀雜果蔬茮及酒醴餚饌藥品之屬多
『후주서後周書』

백제는 오곡과 소, 돼지, 닭이 많았으며 화식하지 않았다.
百濟有五穀牛猪鷄多 不火食
『수서隋書』

백제는 산물이 풍부하여 고구려와 같았다.
百濟風土所産多與高麗同
『구당서舊唐書』

또 고구려보다는 늦지만 한문화와 불교문화가 수입되었다. 근초고왕 때에는 고흥에 의하여 사서가 쓰여졌으며[1] 침류왕 때에는 호승 Malananta가 직접 불상과 경전을 가져와[2] 신라와는 달리 재래의 토속신앙과 별로 마찰 없이 불교가 전파되기 시작하였다. 고구려나 신라보다 중국 남조와의 교섭이 빈번하여 한문화의 절대적인 영향을 받게 되었다. 자연히 항해술과 조선술도 매우 발달하여 국가적이거나 집단적 또는 개인적으로 중국과 활발하게 무역을 하였다. 한편으로 일찍부터 박사라는 제도를 두어 시詩, 서書, 역易, 예기禮記, 춘추春秋 등에 통달한 오경박사五經博士와 그 밖의 분야에 통달한 여러 박사들이 있었다. 일본과도 왕래가 잦아서 그들의 상고문화 - 아스카 문화飛鳥文化를 계발해 주었다. 그리고 마을마다 사탑이 건축되어 '백제의 미소'라고까지 불리우는 백제 특유의 불상들이 백제인들의 가슴에 연꽃을 피워주었다.

백제인들에 의해 쓰여진 저서들이 역대의 병화로 말미암아 송두리째 오유烏有로 돌아간 것은 안타깝기 그지없는 일이거니와 혹시 백제 고유의 문자가 없었을는지, 아니면 고유문자가 없었다 손 치더라도 신라와 같은 향찰식 문자나 또는 서기체 등의 문자는 없었을는지, 턱없는 기대를 가져 보는 터이나 아직은 발견되지 않고 있다. 어떤 국어학자는 백제의 와편에서 범자류를 발견했다고도 하고 또 백제에 그 특유의 문자가 있었을 것이라고도 한 바 있는데 어디까지 신빙할 수 있을지 의문이다. 『후주서後周書』에 있는 '의복과 음식이 고구려와 같다'거나 『양서梁書』에 있는 '말과 복장이 고

---

1   김부식, 『삼국사기』 권24 百濟本紀 제2 近肖古王條
2   위의 책, 권24 百濟本紀 枕流王條

구려와 같다.'의 기록 등과『신당서新唐書』에 있는 '백제의 풍속이 고구려와 같다'의 기록을 통해 볼 때 고구려와 모든 생활양식이 유사해서 언어도 그렇지 아니했을까 짐작할 수 있는데, 이것은 북방계에 속하는 고구려 일파가 남하하여 세운 나라가 백제이기 때문에 그럴 법한 추리라 할 수 있다. 따라서 이들 지배계급들의 말과 피지배계급인인 토착인들의 언어와는 서로 통하지 아니했음을 추측하기 어렵지 않다. 그런데『삼국사기』지리지地理志가 보여주는 몇 개의 백제어휘를 살필 때,『양서梁書』신라전新羅傳에 있는 '백제의 말을 기다려 그 뒤에 의사가 통했다'라는 기록을 미루어 신라어와 혹사함을 알 수 있으며 또한 백제가 신라보다 훨씬 한인들과 자유롭게 대화를 나누었음을 알 수 있어 한자가 퍽 많이 쓰였음을 짐작하게 한다. 따라서 '백제에 문자가 있어 기록한다.'(『신당서新唐書』)의 문자도 한자일 것이며, '옛날 기록에 일컫기를 백제 개국 이래 문자가 있어 사실을 기록하였는데 고흥이 서기를 처음 썼다'(『삼국사기』)는 문자도 한자일 것이다. 그렇듯 한자가 성행하였을 터인 데도 그 당시의 시 한 편도 전하지 않는다는 것은 참으로 애석한 일이 아닐 수 없다. 잔존한 수삼의 문헌을 통해 보건대 여타의 문물과 마찬가지로 음악도 성했음을 알 수 있는 바, 투호投壺, 위기圍棋, 저포樗蒲, 옥삭握槊, 농주弄珠 등 주로 중국 남조에서 온 오락잡희와 함께 고각鼓角, 공후箜篌, 쟁우箏竽, 호篪 등의 악기를 이용한 음악이 있었으며[3] 조정과 백성이 모두 노래를 좋아했던 듯하다. 가

---

3   百濟其國之樂 有鼓角箜篌箏竽篪笛之樂 投壺圍棊樗蒲握槊弄珠之戲 宋朝初得之 至後魏太武滅北燕 亦得之而未具 周武滅齊威振海外二國 謹按卽 句麗百濟 各獻其樂周人列於樂府 謂之國伎隋文平陳竝與文康禮畢而得之『구당서舊唐書』(한치윤,『해동역사海東繹史』, 경인문화사, 1974, p.338.)

령, 무왕武王 같은 이는 나라가 어느 정도 안정을 되찾자 궁남에 큰 못을 파서 그 가운데에 선산仙山을 흉내 내어 섬을 만들고 양안兩岸에 버들을 심어 풍악을 맘껏 즐겼으며, 백제의 마지막 의자왕 때도 역시 풍악이 극에 달했던 것으로 『삼국사기』는 기록하고 있는데 이런 궁중의 현상은 일반백성에까지도 퍼졌으리라고[4] 본다. 이러한 음악의 흥성은 일본에도 미쳐 『일본서기日本書記』에 시덕삼근施德三斤, 계덕기마차季德己麻次와 계덕진노季德進奴, 대덕진타大德進陀 등이 교대로 일본에 건너 가 백제악을 가르쳤다는 내용이 있고[5] 또 일본에서 공후箜篌를 '구다라고도'라고 불러[6] 백제금이라 하는 것 등을 보면 백제에서 공후가 얼마나 널리 이용되었으며 또 얼마나 백제악이 일본에 영향을 끼쳤나를 알 수 있다. 실은 기악도 백제인

『북사北史』 권94 「백제전百濟傳」과 『수서隋書』 권81 「동이전東夷傳」에도 이와 비슷한 내용이 보인다.

4 이가원, 『한국한문학사』, p.45.

5 『일본서기日本書紀』, 권19. 欽明天皇十五年 2월조.

6 다나베 히사오田邊尙雄, 『동양음악사』, p.300.
"箜篌は我邦べ百濟琴(くだらごと)ど呼び, 其の實物は二個我邦の奈良の正倉院に保存をねへて居る."

공후를 백제금百濟琴(くだらごと)라 하여 '구다라고도'라고 부름은 箋注倭類名聚抄 권6에도 '箜篌 百濟琴也 和名 久太良古度'라 나타나 있다. 그런데 여기에서 간과할 수 없는 것은 왜 백제를 '구다라'라고 불렀을까 하는 점이다. 두계는 "백제에서는 대구성을 '다라'라 하였으니 담로檐魯로 즉 '다라'의 자음字音일 것이다. 일본에서 백제를 '백제(くダラ)'라 훈독해 온 것은 역시 큰 다라大城의 뜻이라 하겠다."(國史大觀. p.103)하여 '大城'의 뜻으로 보았다. 또 어떤 사람들은 くだ(ら)ない라는 일본어를 들어 그 뜻 '가치가 없다, 쓸모가 없다, 재미가 없다, 시시하다' 등에서 부정어미 ない를 제거하면 반대의 의미가 되어 '멋지다, 훌륭하다' 등의 뜻을 갖는데 그것을 백제(くダラ)라고 한다. 그 어원을 정확히는 알 수 없으나 후자의 경우에 의한다면 일본인이 얼마나 백제의 영향을 많이 입었나 하는 사실을 알기에 족하다.

미마지昧摩之가 건너가 처음으로 가르친 것이었다.[7]

그런데, 음악의 악곡과 가사가 서로 분리되어 불리었는지 상고하기 힘들지만, 동양음악 특히 재래 한국음악의 경우를 보건대, 곡曲이 있으면 사詞가 따르는 게 통례여서, 궁중이나 상류계급사회는 물론이거니와, 일반 하층계급의 백성들에게서도 많은 가사의 노래가 불려졌으리라 믿는데, 불행하게도 그 당시를 엿볼 수 있는 『삼국사기』나 『삼국유사』의 두 문헌에는 단 한 편도 실려 있지 않을 뿐만 아니라, 그 편린조차 찾을래야 찾을 수 없는 실정인 것이다. 그러나 조선조에 와서 이루어진 『고려사高麗史』와 『악학궤범樂學軌範』에 겨우 몇 편의 가요가 전해 오는 바, 원형과는 거리가 있겠지만 백제가요를 아는데 귀중한 자료가 되어 있어 그나마 다행하다면 다행한 일이라 할 것이다.

흔히 상대가요를 취급한 논문이나 저서에 「정읍가」를 제외한 여타의 백제가요는 빠져있기 일쑤여서 많은 사람들은 백제가요가 있는지조차 모르고 있는 형편이다. 이 논문은 문헌에 기록되어 있는 백제가요를 들어 한 편, 한 편 살펴봄으로써 그 성격을 밝히고 국문학사적 위상을 규명하려는 데 목표를 두고자 한다.

2. 연구사 개관

백제가요에 관한 연구도 비교적 빈약한 편이다. 백제문학 전반

---

7   이혜구, 『한국음악연구』, p.369.

에 대한 것도 마찬가지지만,[8] 그것은 문헌의 빈곤과 그에 따른 2차적 자료의 한계에 기인한다.

대부분은 개론적인 국문학사류의 저서인데 그것들은 거의 상고 또는 삼국시대의 문학을 서술하되,『고려사高麗史』악지樂志와『증보문헌비고增補文獻備考』의 예문고藝文考 등을 간략히 소개하는데 그치고 있다. 특히 「지리산가智異山歌」, 「무등산가無等山歌」, 「선운산가禪雲山歌」, 「방등산가方等山歌」 등이 그러하다. 그래도 논의가 활발하게 이루어지고 있는 것은 「서동요薯童謠」, 「정읍가井邑歌」,[9] 「산유화가山有花歌」뿐이다. 이 중에 「서동요」를 백제의 가요로 보는 이는 문일평文一平[10]과 이가원李家源[11]으로서 학계에서는 일반적으로 받아들여지고 있지 않다. 따라서 나머지 두 수가 되는 셈이다.

각 가요의 상세한 연구사는 제III장의 해당 항에서 각각 상세히

---

8   필자는 「백제문학연구사百濟文學研究史의 현황과 그 문제점」, 『백제문화』 제25집, 백제문화연구소, 1996, pp.195~216에서 백제문학의 각 영역에 걸친 연구를 사적으로 개관하고 그 문제점을 지적한 바 있다.

9   흔히 詞로 쓰이는 것을 歌로 명명하는 이유는 III장의 정읍가 항에서 언급될 것이다.

10 문일평, 「백제가요의 쌍벽인 서동요와 정읍사」, 조선일보, 1929. 11. 30.

    성왕 이래 예술의 나라 빛난 수도로 이름 높던 백제 서울의 번영은 맑은 꿈자취로 사라지고 말았다. 온갖 것이 파멸된 백제의 옛터에 오직 사랑의 불꽃이 타는 두 수(정읍사와 서동요를 가리킴. —필자)의 가요가 남아 있음은 마치 거친 예술의 덤불 속에서 그윽한 향기를 뿜고 있는 한 두 포기 백합화인 셈이다.

11 이가원, 『朝鮮文學史』上冊, 태학사, 1995. pp.102~103.
    그는 鄕曲과 鄕歌로 나누어 앞의 것에는 선운산禪雲山 등을 들고 뒤의 것에는 서동요를 넣었다 그리고 이렇게 말하고 있다. "백제의 향곡이 모두 詞가 전해지고 있지 않음에 비하여 향가인 서동요 한 편만은 다행히 신라의 기록에 의지하여 남아있다."

논의하기로 하고 그 개략만을 개관코자 한다.

사부전가요詞不傳歌謠의 4편을 대상으로 한 것에는 졸고拙稿[12]와 안동주의『백제문학사론百濟文學史論』[13]이 있다. 가사가 문헌으로 구전으로 전해오는 것으로서「산유화가山有花歌」와「정읍가井邑歌」가 있는데,「산유화가山有花歌」를 대상으로 한 것은 다음과 같은 것을 들 수 있다.

㉠ 1931/이재욱:「소위 ‘산유화가’와 ‘산유홰’, ‘미나리’의 교섭」, 『新生』, 1931. 12.

㉡ 1948/조지훈:「산유화고」, 고대신문, 1948. 3. 25.,『조지훈전집』제7권 소수所收, 일지사, 1973.
「山有花와 서리리黍離離」(앞의 책)

㉢ 1958/박노춘:「산유화가와 그것의 유곡」,『신흥대학보』제64호(1958. 6. 30.)~제65호(1958. 7. 10),『한국문학잡고』, 시인사, 1987, pp.22~29.

㉣ 1963/이종출:「산유화가 소고」,『무애화탄기념논문집』, 탐구당, 1963.

㉤ 1964/임동권:『한국민요사』, 문창사, 1964.

㉥ 1965/박항식:「산유화 번역과 소조小照」,『원광문화』제4호,

---

12 『백제문화』(공주사대 부설 백제연구소 간)와『백제논총』(백제문화개발연구원)에 지속적으로 발표한「禪雲山歌攷」와「方等山歌研究」등.
13 안동주의 박사학위 논문「백제문학의 연구」, 조선대학교, 1991를 국학자료원에서 공간公刊한 것이다.

원광대, 1965, pp.49~50.

ⓐ 1965/이가원:「산유화가 小考」,『아세아연구』제1권 제2호 1965,
　　　『한문학연구』, 탐구당, 1969.

ⓞ 1975/조재훈:「산유화가연구」,『백제문화』제7·8합병호, 1975,
　　　pp.225~258.

ⓩ 1976/심우성:「부여지방의 산유화가」(백제유민의 엮음소리),
　　　『독서생활』12월호, 1976, pp.276~287.

ⓒ 1982/박옥빈:「향랑고사香娘故事의 문학적 연변演變」,『성균한
　　　문연구』, 제5집, 1982.

ⓚ 1982/김영숙:산유화가의 양상과 변모」,『민족문화논총』제
　　　2·3집, 영남대, 1982, pp.117~144.

ⓣ 1983/김균태:「산유화가 연구」(부여군 세도면「산유화가」를
　　　중심으로),『한국판소리·고전문학연구』, 아세
　　　아문화사, 1983, pp.423~461.

ⓟ 1987/김기현:「산유화가의 전승과 교섭양상」,『어문논총』, 경북
　　　대 제21호, 1987, pp.97~118.

ⓗ 1996/이소라:「모노래, 민아리 및 오독떼기의 비교연구」,『국
　　　악원 논문집』, 한국국악원, 8집, pp.157~190.

이상의 연구를 그 내용에 따라 나누면,

ㄱ. 전파와 유전—ⓖ, ⓡ, ⓞ, ⓚ, ⓟ, ⓗ
ㄴ.「산유화가」군의 상호관련성—ⓜ, ⓑ, ⓐ, ⓞ. ⓒ, ⓣ, ⓗ
ㄷ. 명칭과 성격—ⓝ, ⓓ, ⓞ, ⓗ

ㄹ. 현존 「산유화가」의 채록—ⓞ, ⓩ, ⓗ

이렇게 된다.

「산유화가」에 대한 대부분의 관점은 전파와 유전 그리고 산유
화가군의 상호관련성에 있음을 발견하게 된다. ㄷ항도 ㄱ, ㄴ항에
속할 수 있는 것으로서 「산유화가」의 연구는 유전관계의 연구라
고 할 수 있다.

「정읍가」는 그 가사가 문헌에 전하기 때문에 활발한 편이다. 특
히 주석적 연구가 다양하게 이루어지고 있는데, 그 중요한 업적들
을 들어 보면 다음과 같다.

㉠ 1947/양주동:『여요전주』, 을유문화사, 1947.
㉡ 1955/김형규:「정읍가주석」,『논문집』제2집, 서울대, 1955.
㉢ 1959/장사훈:「정읍사의 음악적 고찰」,『자유문학』제4~6호,
　　　1959.
㉣ 1961/지헌영:「정읍사의 연구」,『아세아연구』제4권 제1호,
　　　1961.
㉤ 1961/이종출:「정읍사해석의 재구적 시도」,『조윤제박사회갑
　　　기념논문집』, 1961.
㉥ 1967/최정여:「정읍사재고」,『계명논집』제3호, 계명대, 1967.
㉦ 1969/박성의:「정읍사에 대한 제설고」,『문호』제5집, 건국대,
　　　1969.
㉧ 1973/최정여:「정읍사연구」,『민족문화논총』, 영대민족문화
　　　연구소, 1973.

ⓩ 1975/이희승:「정읍사해석에 대한 문제점 2·3」,『백제연구』
　　제2집, 1975.

ⓧ 1985/이어령:「달과 함께 뜨는 세계/정읍사」,『고전을 읽는
　　법』, 갑인출판사, 1985.

ⓚ 1985/이사라:「정읍사의 정서구조」,『고려시가의 정서』, 새
　　문사, 1985.

ⓣ 1986/양태순:「정읍사는 백제의 노래인가」,『한국문학사의
　　쟁점』, 집문당, 1986.

ⓟ 1992/임형택:「정읍사론」,『한국 고전시가 작품론』·1, 집문당,
　　1992.

이상의 것을 내용 또는 방법에 따라 분류하면,

ㄱ. 주석적 접근—ⓖ, ⓛ, ⓜ, ⓩ

ㄴ. 음악적 접근—ⓣ

ㄷ. 배경적 접근—ⓡ, ⓑ, ⓞ, ⓟ

ㄹ. 해설(또는 해석)적 접근—ⓡ, ⓜ, ⓞ, ⓩ, ⓧ, ⓚ

ㅁ. 기타 연구사적 접근—ⓢ, ⓣ

이렇게 된다.

이것에 관한 연구도 주석적인 해석과 해설에 집중되어 있다. 음악적 접근이 유일하지만 명쾌한 결론은 내리지 못하고 있다. 위의 논문 중에 심도 있게 문제를 제기하고 있는 것은 지헌영池憲英과 최정여崔正如의 것이다. 근원적 배경, 해석상의 문제점을 치밀하게 보

여주고 있기 때문이다.

백제가요 연구사의 문제점의 하나는 백제가요의 범주를 확정하는 것이다. 가요에 따라 고려나 신라의 것으로 보는 견해가 있기 때문이다. 「정읍가」를 백제의 것이 아닌 고려의 노래로 보는 견해와 「방등산가」를 신라의 가요로 간주하는 것이 바로 그것이다. 이런 문제의 해결과 더불어 「방등산가」, 「지리산가」, 「선운산가」, 「무등산가」 등의 실전失傳 가요에 관한 기존의 피상적인 언급을 자료의 빈곤에 돌리지 말고, 보다 과학적 천착이 요구된다. 아울러 「산유화가」, 「정읍가」의 접근도 보다 종합적인 접근이 필요하다.

3. 연구의 범위와 방법

백제문화의 융성에도 불구하고 백제문학의 자료가 빈곤한 것은 두말할 것 없이 자료의 빈곤에서 온다. 그것은 크게 두 가지 원인에 근거하고 있다. 하나는 패전국으로서의 문화인멸과 지배국 문화에의 동화이다. 특히 전쟁을 통한 지배국이 피지배국의 뿌리를 송두리째 없애버림으로써 철저하게 영구히 지배하겠다는 식민지적 발상의 잔혹함이다. 신라의 백제 정복은 가히 복수라 할 정도의 약탈과 방화 그것이었다. 또 다른 하나는 역사 편찬자의 친신라 경향이다. 삼국의 역사서로 현재 남아 전하는 『삼국사기』나 『삼국유사』는 모두 고려 때 만들어진 것인데 둘 다 신라에 경사 되어있음은 학계가 다 인정하는 사실이다. 김부식이 그러하며 석일연이 또한 그러하다. 특히 후자의 경우는 경주 근처의 신라 영토 권역 출신에다 승려였기 때문에 그 정도가 심하다.

그런 가운데에도 백제문학의 단서를 발견할 수 있는 자료가 『고려사』, 『악학궤범』, 『증보문헌비고』 등 문헌에 남아 전하고 있다. 이것들을 대강 분류하면 이렇게 될 것이다. 첫째, 한문학 둘째, 설화 셋째, 연희 넷째, 가요 등이 그것이다. 한문학에는 표表 등 공식 외교문서나 비문, 지석문이 포함될 수 있는데[14] 문학의 범주에 넣

---

14 백제의 한문수준은 꽤 높았던 것으로 보인다. 근초고왕때 박사 고흥이 서기를 지었다는 사실이라든가 중국과의 빈번한 외교적 왕래가 그런 사실의 일단을 알게 해 준다. 현존하는 자료는 크게 금석문金石文과 문헌문文獻文으로 나눌 수 있다.

1) 金石文

칠지도명(七支刀銘, 일본소재), 인물화상경명(人物畵象鏡銘, 일본소재), 무령왕릉은훈명(武寧王陵銀訓銘, 한국소재), 무령왕릉동경명(武寧王陵銅鏡銘, 한국소재), 무령왕릉지(武寧王陵誌)(甲)(한국소재), 무령왕릉지(武寧王陵誌)(乙)(한국소재), 금동삼존불명(金銅三尊佛銘, 한국소재), 금동석가좌상광배명(金銅釋迦坐像光背銘, 한국소재), 사택지적비지(砂宅智積碑誌, 한국소재), 부여융묘지(扶餘隆墓誌, 중국소재), 익산출토동경명(益山出土銅鏡銘, 한국소재), 표석전부명(標石前部銘, 한국소재) 이 밖에도 흑치상지묘비명(黑齒常之墓碑銘, 중국소재)이라든가 당유인원기공비(唐劉仁願紀功碑, 한국소재) 등등이 있다.

위에 든 銘들은 완전하지 못하거나 간략한 것들로서 문학의 영역 안으로 수렴하기는 어렵다. 다만 사택지적비지砂宅智積碑誌는 당대의 변려문駢儷文을 이해하는 데에 도움을 주는 자료로 주목되고 있다.

2) 文獻文

백제왕이서(百濟王移書, 三國史記), 성충상서(成忠上書, 위와 같음.), 흥수왈(興首曰, 위와 같음.), 조위상표(朝魏上表, 위와 같음.), 경견사상표(慶遣使上表, 宋書), 여견시유사상표(餘慶始遣使上表, 僞書), 모도견사공헌초(牟都遣使貢獻詔, 南齊書), 모대우표(牟大又表, 위와 같음.), 모대견사상표(牟大遣使上表, 위와 같음.), 장육불상제원문(丈六佛像製願文, 日本書紀), 석가불금동상찬(釋迦佛金銅像讚, 위와 같음.), 백제상표(百濟上表, 위와 같음.) 등 이것들도 내외 사서에 삽입된 것들인데, 외교문서가 대부분으로서 문학적 가치를 인정하

기에 충분치 못하나 당대의 한문수준과 문체를 엿볼 수 있다는 점에서 그 의미를 지닌다. 설화는 건국신화를 비롯해서『삼국사기』열전 소재의 계백, 도미설화 그리고 백제 때 창건된 사찰의 연기설화 등이 포함된다. 익산 미륵사 연기설화가 그 대표적인 예가 되며 그 밖의 공주 곰나루 전설, 은산별신굿 설화 등 주로 공주·부여와 익산 지역의 전설이 남아 전하는 것이 적지 않다. 이밖에 은산별신굿, 유왕산놀이 등을 통한 연희[15] 등을 들 수 있을 것이다. 끝으로 가요로 전하는 것은 가사가 변형을 거듭하여 현재까지 전해 오는 것과 사부전詞不傳의 것들로 나눌 수 있다. 전자에 속하는 것은『청구영언靑丘永言』에 실린 성충의 시조 두 수와「정읍가」,「산유화가」이며 후자에는「방등산가」,「무등산가」,「선운산가」,「지리산가」 등이 있다. 학자에 따라서는「서동요」와 후백제의「완산요完山謠」까지 포함 시키는 견해가 있지만 하나는 신라향가로 다른 하나는 시대의 범주에서 벗어나므로 제외하는 것이 옳다. 성충의 시조도 시조의 발생을 사적으로 놓고 볼 때 위작임이 분명하므로 배제된다.

따라서 본 연구에서는「정읍가井邑歌」,「산유화가山有花歌」,「방등

기는 어렵다.
안동주,『백제문학사론』, 1997, pp.41~92.
황수영,『삼국금석문자료』,『史學志』제12집, 1978.
조소앙,『한국문원』, 아세아문화사, 1994, pp.21~26.
졸고,『백제의 언어와 문학』,『백제의 역사』, 백제문화연구소 간, 1995, pp.245~268.
기타,『백제무령왕릉』, 백제문화연구소 간, 1991, pp.163~201 등등 참조.
15 동명묘에의 제례와 천제가 자주 거행되었던 백제는 국중대회뿐만 아니라 풀이로서의 굿이라거나, 그 밖의 연희가 많았으리라고 판단되지만 딱히 백제의 것이라고 할 수 있는 것은 극히 희소한 형편이다. 은산별신굿, 伎樂舞(味摩之) 등이 전하는 것의 거의 전부다.

산가方等山歌」, 「지리산가智異山歌」, 「선운산가禪雲山歌」, 「무등산가無等山歌」의 여섯 노래만을 그 범위로 한정한다.

「정읍가」와 「산유화가」는 적잖이 논의의 대상이 되어 왔다. 그 가사가 전해 내려오고 있기 때문이다. 그리하여 두 노래는 상세한 연구사의 검토와 기원, 불리어진 시기, 내용·형식 및 국문학사적 위상을 다각적으로 실증적 입장에서 고구考究하려고 한다.

나머지 네 편의 노래는 실전失傳가요로서 고려사 악지의 짤막한 기록만을 되풀이 하는데 그치고 있어서, 사회사적 입장, 종교적 제의의 시각, 비교 문학적 관점 등 작품의 성격에 따라 심도 있는 접근을 시도하고자 한다. 너무 단편적 기록을 단서로 유추하는 작업이기 때문에 논리적 비약이 있을 가능성이 있어, 되도록 본 내용에 밀착하도록 종합적인 실증자료를 인용하는 데에 힘쓰고자 한다.[16]

이러한 연구의 전초작업으로서 백제가요의 형성요인에 관하여 살펴보고, 다음으로 백제가요의 특성이 무엇인가와 국문학사상 어떠한 위상을 차지하고 있는가를 각각 서술하기로 한다.

16 Ⅲ장 정읍가의 서론 항에 구체적인 방법론을 제시하였다.

II. 백제가요의 형성

1. 백제의 지리적 특성과 문화 생성

『삼국사기』의 기록에 따르면 백제는 B.C. 18년에 건국하여 A.D. 660년 그러니까 678년간(31왕), 현재 황해도 일부, 경기도, 충남·북, 전남·북, 제주도(탐라) 등 현 남한의 절반 이상을 차지하는 넓은 영토에 위치해 있었다. 물론 고구려와 신라와의 틈에서 영토 확장에 대한 전쟁이 그칠 새가 없었으므로 시기에 따라 영토의 문제는 유동적이었다.

백제는 두루 아는 바와 같이 강을 거점으로 왕도를 세우고 또 천도를 한 나라다. 한강을 거점으로 한 초기의 한성시대(B.C. 18~A.D. 475), 금강의 웅진(천)을 충심으로 한 웅진시대(A.D. 475~538), 금강의 소부리所夫里를 거점으로 옮긴 후기의 사비시대(A.D. 538~660)가 그러한 사실을 잘 보여 준다.

강은 인류 문명의 근원이며 모태다. 지구상의 주요한 문명이 예외 없이 강을 중심으로 발생한 것은 우연이 아니다. 강은 교통으로서뿐 아니라 농경사회(유목사회가 아닌 정착사회)에서는 생명원이라 할 수 있기 때문이다.

한반도에서 좋은 강을 끼고 있다는 사실은 백제가 그 기반을 튼튼히 하고 또 융성할 수 있는 기본 토대였다. 거기다가 일조량이 많은 비옥한 평야를 영토로 하고 있어서 비교적 찬란한 문화를 형성할 수 있었다. 아래의 지도에서 그런 사실을 우리는 이내 간파해 낼 수 있다. 우리나라의 강은 낙동강을 제외하고는 대부분이 동쪽에서 서쪽으로 향해 흐르고 있다. 그것은 백두대간의 태백산맥이 등뼈처럼 동해안 쪽으로 붙어 있는 데에 말미암은 것이다. 그 대간에서 산맥들이 또한 서쪽으로 발달하고 있어서 지형상으로 보아 동고서저東高西低가 되므로 물이 낮은 곳을 택해 서쪽 방향으로 흐를 수밖에 없게 되었다. 따라서 동쪽이 고지대인데 반하여 서쪽은 평야지대가 발달되어 농경문화 형성의 최적지가 되고 있는 셈이다.

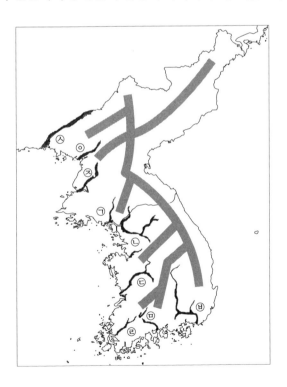

특히 백제의 영토 지역이 가장 그러한 특성을 갖고 있다. ⓛ한강, ⓒ금강, ⓔ영산강, ⓜ섬진강 들로 형성하는 평야는 수경농업의 최적지이다. ⓞ청천강, ⓧ대동강 등이 형성하는 평야도 물론 반도 서쪽에 위치하고 있지만 산맥의 장애로 인하여 발달하지 못하고 있다. 따라서 한반도의 서남단은 사람살기에 가장 좋아, 사람들이 많이 몰리게 되고(인구집중), 그런 이유로 말미암아 물산이 풍부하게 마련이었다. 그런 공간에서 문화는 생성되는 것이다.

> 백제는 땅이 비옥하고 기후가 온난하여 오곡잡과, 채소,
> 술, 약품 등이 많이 난다.
> 百濟土田下濕 氣候溫暖 五穀雜果蔬茱及 酒醴餚饌藥品之屬多
> 『후주서後周書』

> 백제는 오곡과 소, 돼지, 닭 등이 많다.
> 百濟有五穀牛猪鷄多
> 『수서隋書』

이러한 단편적인 이웃 나라 사서史書의 기록에서도 그런 사실을 쉽게 알 수 있다. 강의 주변에 펼쳐진 농업의 발달 못지않게 중요한 지리적 여건은 바다(서해)이다. 바다는 크게 두 가지 면에서 문화 생성과 그 촉진의 기능을 가진다. 하나는 바다가 주는 식품으로서의 어산물이다. 리아스식에다 조수간만의 차가 많은 서해안은 고기잡이 도구가 발달하지 않은 그때에 식량공급의 중요한 원천이었음에 틀림없다. 특히 소금의 생산은 중요한 몫을 차지했을 것이

다. 다른 하나는 배를 이용한 다른 지역과의 교류이다. 고도의 중국 문화를 받아들인 통로도 바다였으며, 일본에 백제문화를 전파한 길도 바다였다. 항해술이 여타의 고구려나 신라에 비하여 발달했던 사실은 그런 연유에서이다. 중국과의 무역을 쉽게 할 수 있는 지리적 여건으로 말미암아 고도의 중국 문화를 받아들인 것이다.

결론적으로 말하여, 백제는 문화 형성의 최적지여서 문화의 꽃을 피운 행운의 나라였다. 그러나 나당연합군에 의하여 멸망됨으로써 찬란한 자취가 그야말로 오유烏有로 돌아가고 말았다.

2. 종교문화의 양상

문화의 형성에 종교가 작용하는 힘은 크다. 그것이 종교의 힘이 큰 고대로 소급되면 더욱 그러하다.

백제시대의 종교는 『삼국사기』와 『삼국유사』, 『해동고승전海東高僧傳』 그리고 『일본서기日本書紀』, 중국의 사서史書 등과 얼마간 남아 전하는 유적과 유물을 통하여 엿볼 수 있다.

백제의 신앙은 토착신앙과 외래종교인 유교, 불교, 도교 등으로 나눌 수 있다.

먼저 토착신앙에 관하여 알아보기로 한다.

우리 한국 종교의 기원과 바탕이 무속이라는 데에는 이의가 없다. 백제도 역시 무속의 전승과 그 계승이 지배적이었을 것이다. 특히 일반 서민의 피지배계층인 경우, 그 정도는 더 심했으리라 짐작된다. 그러나 그러한 자취를 찾아내기란 어렵다. 부여에서 발견된

전 가운데에 귀면은 척사의 신앙을 보여 주고 있으며, 또 백제의 시루[甑] 등에서 여러 형태의 제의를 유추할 수 있다. 시루는 다 알다시피 떡을 찌는 토기인데 이것은 최근에 이르기까지 신성한 것으로 여겨 가장 정한 장독대에 조심스럽게 모셔온 풍습에서 알 수 있는 바와 같이, 제의와 직결되어 있는 것이다. 지금도 제사나 경사 등 공동의 행사에 떡을 쪄 바치고 또 나누어 먹는 것은 그런 것에 말미암은 것이다.

토템으로서 빼놓을 수 없는 것은 곰이다. 백제시대에 곰토템이 지배했다고는 말할 수 없다. 그러나 몽촌이 '꿈말' 곧 '곰'마을이며 공주의 옛 백제때 이름이 웅진 곧 곰(고마)나루라 할 때 곰토템을 부정하기 어렵다. 곰나루 전설의 인수혼구人獸婚媾 이야기는 마한 또는 그 이전까지 거슬러 그 기원 을 추정할 수 있지만, 백제 때에도 공주를 중심으로 곰신앙이 광범하게 확산되었음이 분명하다. 곰의 한자음사漢字音寫인 '공公', '금錦'으로 바뀐 지명, 강 이름 등은 그러한 사실을 극명하게 보여준다.

이러한 사정은 공주의 동쪽 고개인 '국고개'나 부여의 '구드레나루'에도 이어진다고 판단된다. 물론 곰토템은 아니지만 무속의 원시신앙이란 시각에서 그렇다는 것이다. 공주의 국고개는 고려 때 효자 이복이란 사람이 병든 어머니께 국을 얻어 가지고 가다가 그곳에서 엎어졌기 때문에 붙여진 이름이라고 전해오며, 부여 구드레의 경우는 온돌溫突의 돌塽 곧 구들, 또는 대왕포大王浦, 견고한 성城, 심지어는 강 건너 산이 마치 거북머리처럼 이쪽으로 온다하여 구두래龜頭來라고 한다는 주장 등 많은 논의가 계속되고 있다. 그러나 공주의 것이나 부여의 구드레는 모두 굿과 관계가 깊은 이

름이라고 생각된다. 비교적 인구가 밀집한 지역의 둘레에 있는 고
개의 이름이 국고개인 것은 정읍 등을 위시하여 흔히 볼 수 있는
현상으로서, 이것은 중심지역의 척사와 안전을 위하여 외부지역
사람들이 많이 넘어오는 고개에서 굿을 자주 했음을 의미한다. 부
여 구드레의 경우도 원래 굿들개로서 들의 ㄹ 아래 ㄱ이 탈락하여
'래'가 되어 구드래로 변한 것이라 생각되는데, 맞바위(장암), 마
래, 엿바위(규암)를 거쳐 사비성에 진입하는 매우 중요한 길목으
로서의 포구로서 무슨 일이 있을 적마다 굿을 올렸을 가능성이 있
는 것이다. 이런 점은 백제 멸망 얼마 뒤에 나타난 은산지역의 별신
굿에서도 쉽게 그 맥락을 찾아 볼 수 있다. 다만 신뢰할 만한 사실
의 기록이 전해오지 않는다는 점에서 논거가 희박하다고 할 수 있
겠지만 그것은 기록자의 유가적 신분이나 불교사상 때문이라 여
겨진다.

다음과 같은 이웃 사서의 기록은 백제에 점술, 상술 등이 있었음
을 전해준다.

- 또한 의약과 복서, 점상의 술을 이해하였다.[17]
- 또 의약, 거북점 및 상술, 음양오행법을 알았으며, 승려가
  있고 사탑이 많았으나 도사는 없다.[18]
- 또한 의약, 거북점, 점상의 술법을 알았으며…… 남녀의 승

---

17 亦解醫藥卜筮占相之術(『주서周書』 권49,「列傳」 百濟)
18 又知醫藥蓍龜與相術陰陽五行法 有僧尼寺塔 而無道士(『북사北史』 권94,「列傳」
   百濟)

려가 있었고, 절과 탑이 많다.[19]

　이러한 기록은 '지知'또는 '해解'등의 문자로 미루어 볼 때, 중국 등 외래의 것을 의미하므로 백제 특유의 전통적인 산물로 볼 수는 없을 것이다. 그 보다는『삼국사기』에 빈번하게 나타나는 제천의 식에서 백제 나름의 원시신앙을 찾는 게 옳은 일이다.

- 이십 년…… 왕은 큰 단을 만들어 천지신명에게 제사를 올 리니 이상한 새 다섯 마리가 날라왔다.[20]
- 삼십팔 년…… 겨울 시월에 왕은 큰 단을 쌓고 천지신명에 게 제사를 올렸다.[21]
- 오 년 봄 정월에 천지신명에게 제사를 올렸는데 고와 취라 는 악기를 썼다.[22]
- 십 년…… 큰 단을 만들어 천지와 산천에 제사를 올렸다.[23]
- 십사 년…… 봄 정월에 남단南壇에서 천지신명에게 제사를 올렸다.[24]
- 십 년…… 봄 정월에 남곽에서 천지신명에게 제사를 드리 고 왕은 몸소 희생을 베어 올렸다.[25]

19　亦知醫藥蓍龜占相之術 …… 有僧尼多寺塔(『수서隋書』권81 列傳 百濟)
20　二十年 …… 王設大壇親祠天地 異鳥五來翔(『삼국사기』권23 百濟本紀 始祖溫祚王)
21　三十八年 …… 冬十月王築大壇 祠天地(위와 같음.)
22　五年春正月 祭天地用鼓吹(『삼국사기』권24 百濟本紀 古爾王)
23　위와 같음.
24　위와 같음.
25　『삼국사기』권24 百濟本紀 比流王

- 이 년 봄 정월에 천지의 신께 제사를 드렸다.[26]
- 십일 년…… 겨울 시월에 왕이 단을 만들어 천지신명에게 제사를 드렸다.[27]
- 책부원귀에 이르기를 백제는 매양 음력 2월, 5월, 8월, 11월에 왕이 하늘과 오제의 신께 제사를 드리며 나라의 성에 시조 구이仇台의 사당을 세워 한 해의 계절에 따라 네 번 제사를 드린다.[28]

이와 유사한 기록은 『삼국사기』 안에서도 더 발견되는데, 이러한 사실로부터 천지산천에 제사를 지냈을 뿐 아니라 왕이 사제자로서의 기능을 다하였음을 확인할 수 있다. 이와 같은 사실은 백제가 원시신앙의 지배 아래 있었음을 극명하게 말해주는 것이 된다.

둘째로 유교다. 백제의 경우도 삼국 중 여타의 양국과 마찬가지로 치국의 근거로써 일찍이 유교를 받아들여 국가의 체제 정비와 왕권의 강화를 이룩하였다. 한문화가 유입되어 지대한 영향을 미쳤다는 점에서 그러한 사실을 쉽게 알 수 있다. 고흥高興에 의하여 사서史書가 만들어졌다는 기록[29]은 그런 점을 극명하게 드러내 준다.

- 그 서적으로는 오경과 제자서, 사서가 있었으며 또 표·소

---

26 위와 같음, 近肖古王
27 十一年 …… 冬十月 王設壇 祭天地(위와 같음, 권26 東城王)
28 冊府元龜云 百濟 每以四仲之月 王祭天及五帝之神 立其始祖仇台廟於國城 歲四祠之
     (위와 같음, 권32 雜志 祭祀)
29 위와 같음, 권24 近肖古王

는 중국의 그것과 같았다.[30]
- 중 대통 6년과 대동 7년에 거듭 사신을 보내어 선물을 주며 아울러 열반경 등의 경의와 모시박사, 공장, 화사 등을 청하므로 보내 주었다.[31]

이러한 중국의 기록을 보건대 유교의 문물이 지배적이었음을 알 수 있다. 특히 위의 『양서梁書』의 것은 『삼국사기』 권26, 『백제본기百濟本紀』 성왕조의 것[32]과 동일하여 사실의 신뢰성을 더해준다.

고구려처럼 국학國學의 설립에 대한 내용은 전하지 않으나 박사 제도가 있었다는 사실과 또한 앞에 든 고흥을 비롯하여 왕인王仁, 아직기阿直岐 등 대가들을 배출하였다는 것은 백제의 유학 수준이 매우 높았음을 의미한다. 아직기, 왕인 그리고 단양이 등은 일본에 가서 유교문화를 전파하는 데에 기여하였다.[33]

뿐만 아니라 도미처의 정절[34], 의자왕에 대한 해동증자로서의 예찬[35] 등은 유교의 열烈, 충忠, 효孝 등이 치국의 준거였음을 아는 데

---

30 其書籍有五經子史云表疏 並依中華之法(『구당서舊唐書』 권199 列傳 一四九 東夷 百濟)

31 中大通六年 大同七年 累遣使獻方物 幷請涅槃等經義 毛詩博士 幷工匠 畫師等 勅竝 給之(『양서梁書』 권54 列傳 四八 諸夷百濟)

32 十九年 王遣使入 梁朝貢 兼表請毛詩博士 涅槃等經義 幷工匠畫師等從之.

33 『일본서기日本書紀』에 빈번하게 나타나고 있다. 五經博士 王柳遺, 易博士 施德, 王道良, 歷博士 固德, 王保孫, 醫博士 奈率 王有凌陀 그리고 採樂士, 樂人 등을 보냈다는 권9 欽明天皇條라든가, 왕인·아직기의 권10 應神天皇條 그리고 段楊爾의 권17 繼體天皇의 기록들이 그러하다.

34 『삼국사기』 권48 列傳 都彌

35 義慈事親孝 與兄弟友 時号海東曾子(『당서』 권220 列傳 145) 『삼국사기』 권28 義慈王條의 기록도 동일하다.

에 충분하다.

셋째, 도교사상에 관해서다.

백제에 언제 도교가 전해졌는지는 유교의 경우와 마찬가지로 아직 알려져 있지 않다.[36] 도교의 흔적이 뚜렷하게 보이는 기록은 『삼국사기』권24 근초고왕조에 보이는 다음과 같은 것이다.

> 앞서 고구려의 國岡王 斯由가 몸소 침략해 오므로 近肖古王이 태자를 보내어 이를 막게 하였는데, 半乞壤에 이르러 장차 싸우려 하였다. 고구려인 斯紀는 본래 百濟人인데 잘못하여 國用馬의 발굽을 상하게 하자 벌받을까 두려워 고구려로 도망하였다. 이때 다시 돌아와 태자에게 이르되 "저 군사가 비록 많기는 하나 모두 수만 채운 擬兵일 따름입니다. 날래고 용감한 자들은 오직 赤旗뿐이니 만일 먼저 이를 깨뜨린다면 나머지는 치지 않아도 절로 무너질 것입니다"라 하였다. 태자가 이에 좇아 진격하여 크게 적을 격파하고 도망치는 것을 뒤따라 北으로 좇아 水谷成의 서북쪽까지 이르렀다. 이때 莫古解장군이 간하여 "일찍이 道家의 말을 들으니 '足할 줄 알면 辱되지 않고 그칠 줄 알면 위태롭지 않다'고 하였습니다. 지금 얻은 것이 많으니 어찌 구할 바가 있겠습니까"라 하였다. 太子가 이 말을 착하게 여겨 그만두고 돌을 쌓아 표해 두었다.[37]

36 차주환,『한국의 도교사상』, 동화출판공사, 1984, p.44.
37 막고해의 도가의 인용은 『도덕경』오천언五千言 중 제44장의 끝부분, '知足不辱 知止不殆 可以長久'이다.

무인武人인 막고해莫古解가 그것도 토론의 장이 아닌 전쟁터에서 도덕경道德經의 말을 인용하여 간諫할 수 있었다는 것은 백제에 도교가 널리, 그리고 오래 전부터 전파되었음을 입증한다.『북사北史』나 그 밖의 중국 측 사서에 기록된 것처럼 "승려가 있고 사탑은 많으나 도사는 없다."하여 도교가 백제에 없었다는 견해는 지나친 단견이라 하지 않을 수 없다. 이런 점에서 구로이타黑板勝美의 이른바 왕인, 아직기의 일본도교 전수설은 경청할 만하다.[38]

그에 따르면『고사기古史記』응신천황應神天皇 조에 왕인이 백제로부터 논어와 천자문을 가져왔다고 했고 또『일본서기』에도 아직기와 왕인이 여러 가지 경전을 가져왔다고 했는데 '여러 전적' 가운데에는 유교뿐만 아니라 주문 등 도가의 것이 상당수 들어 있어서 왕인, 아직기는 차라리 도가류의 사람으로 추측된다는 것이다. 그는 또 일본의 신사도 백제의 '설대단제천지設大壇祭天地'에서 왔을 것이며 그것은 위 두 박사에 의해 전해졌을 것이라고 한다. 곧, 일본의 도가의식에 따른 제사와 일본의 도가설을 모두 왕인과 그의 후손으로부터 말미암았다는 주장이다.[39]

우리는 백제에 있어서 도교의 자취를 부여에서 발굴된 산경문전山景文塼이 보이는 삼봉三峯과 도원道院 등에서 삼신산, 도원, 선인 등을 유추해 낼 수 있다. 또한『삼국유사』권2의 "군중郡中에 삼산三山이 있는데 일산日山, 오산吳山, 부산浮山이라 한다. 나라가 전성

---

38 黑板勝美,「我が上代い於ける道敎思想及ビ道敎にツイテ」,『史林』제8권 제1호.
    이능화,『조선도교사』, 보성문화사, 1977, pp.59~60 및 pp.372~373 재인용.
39 위의 책, p.64 및 p.375.
    黑板氏之說 以觀之 王仁之後留植日本 主文事 掌祭祀 爲其世業 其祭祀用道家儀其
    國史 用道家說 皆有出自是瞭然者也

시에 각각 그 위에 신인神人이 살고 있어서 서로 날아 왕래하기를 조석으로 그치지 않았다."는 기록도 도가의 신선사상에서 나온 것이라 판단된다. 무왕 때에 궁남지宮南池[40]를 만드는 데, 이 십여리의 물을 끌어들이고 동서남북의 언덕에 버들을 심었으며, 물 가운데에 섬을 만들어 놓고 그게 마치 방장(선)산方丈(仙)山 같다고 하였다.[41] 방장산은 신선이 노는 산으로서 이것 또한 도가사상의 반영이라 하지 않을 수 없다.

이러한 사실들을 미루어 볼 때, 백제에 도가사상이 있었음은 분명하다. 아마 그것은 제천의식 등 원시무속신앙 등과 습합習合되어 상하계층 모두에게 침투되었을 것으로 본다.

넷째, 불교사상의 영향이다.

백제에 불교가 처음 전래된 것은 기록상 제15대 침류왕 원년(A.D. 384)이다. 호승 마라난타가 동진에서 왔는데, 왕이 궁내로 맞아들여 예경禮敬을 다했다고 기록[42]은 전해준다. 사서의 기록이 정확하다면 백제가 멸망한 의자왕 20년(A.D. 660)까지 약 280년간이 백제에서의 불교 성장기간이라 할 수 있다.

백제의 초전初傳에 관해서는,

摩羅難陀는 胡僧으로, 百濟 枕流王 卽位 元年 9月에 진으로부
터 오매 왕이 郊外에 나아가 환영하여 궁중으로 맞아들여 공

---

40   전해 오는 이름은 마래방죽이다. 맛동과 관계되는 말개의 마래일 것이다.
     궁남지는 근래에 중수重修시 붙여진 명칭이다.
41   『삼국사기』권27 武王 三十五年條
42   『삼국사기』권24 枕流王 元年條

경을 다해 공양하였다.[43]

는 기록도 있어 불교전수 과정이 왕권중심이어서 매우 적극적이었음을 알 수 있다. '치궁중예경置宮中禮敬'과 '邀致宮中 敬奉供養 稟受其說 上好下化 大弘佛事 共贊奉行'[44]의 사실에서 외국의 호승을 궁중에까지 거처를 정하게 하여 그 말씀을 받아들여 불사佛事를 대홍大弘하였다는 것은 상호上好의 극치로 보인다. 이런 현상을 보여준 이면에는 몇 가지 이유가 있지 않은가 싶다. 첫째로 『삼국사기』의 같은 기록 바로 위에 있는 '秋七月 遣使入晉朝貢'의 사실과 관련이 있는 게 아닐까 하는 의문의 제기이다. 말하자면 진晉에 사신을 보내어 헌물獻物을 하였기 때문에 준사신의 자격으로 불교라는 선물을 보냈을 것이라는 생각이다. 그러나 진승晉僧이 아니고 호승胡僧이라는 점에서 이러한 의문은 의미를 지니지 못한다. 둘째로 왕의 파격적인 그런 예우는 적어도 당시 백제의 민중 사이에 이미 불교의 신앙이 널리 퍼져 있었고 또한 왕도 숭신하고 있었기 때문이라는 생각이다.[45] 이러한 유추는 신라불교의 전파 과정을 볼 때 가능

---

43 『해동고승전海東高僧傳』 권1 流通 - 釋摩羅難陀條.
44 위와 같음.
45 김영태, 『한국불교사』, 진수당, 1978, p.29.
    金교수는 또 그의 『백제불교사상연구』, 동대출판부, 1985, p.21에서 이렇게 같은 의견을 되풀이 하고 있다.

    이와 같이 불교에 대한 열의와 불교문화를 받아들이는 자세가 적극적이었다는 것을 통하여 우리는 또 이(摩羅難陀入來)보다 이전에 이미 백제에서는 불교를 이해하고 있었고 불교문화에 대한 갈망도 적지 않았던 것 같음을 엿볼 수 있다고 하겠다. 이처럼 불교에 대하여 알고 있고 또 불교문화를 받아들이려는 열망이 있었기 때문에 그와 같이 파격적으로 마라난타를 환

하며 종교의 전파 방법으로 생각할 때에도 가능하다. 그러나 기록이라든가, 실증할 수 있는 유물 등 자료가 전무한 상태에서는 그러한 주장도 설득력을 갖기는 어렵다. 셋째는 석가의 출신이나 생애가 지배계층에게 저항감을 주지 않을 뿐더러 당시의 원시 무속신앙에 용이하게 습합할 수 있으면서, 동시에 호국 등 치국治國의 지배원리로 이용할 수 있다는 계산 때문이 아닐까 하는 것이다. 이러한 견해는 왕권이 지배하던 당시의 사회 정치적 구조로 보아 타당하게 보인다.

그런데 침류왕 원년에 공경을 다해 받아들인 불교는 그 이듬해 곧 침류왕 2년에 한산漢山에다가 불사佛寺를 짓고 10인의 승僧을 득도시킴으로써[46] 활발한 모습을 보여 주었으나 『삼국사기』의 기록은 그로부터 160여 년간 불교에 관한 사실을 보여주지 않는다. 그러다가 성왕聖旺 때에 와서 비로소 불교관계의 사실을 담고 있다. 이를 두고 성왕 시에야 비로소 국가적 공인으로 보는 이도 있으나[47] 대부분의 불교사학자들에 의해 거부되고 있다. 그러나 국내외 현존자료를 총망라하더라도 침류왕으로부터 성왕대에 이르기까지 불교관계의 기록은 『삼국유사』의 17대 아신왕阿莘王이 "불법을 숭신崇信하여 복을 구하라"는 하교와, 당唐 승상僧詳 『법화전기法華伝記』 권6의 백제 사문 발정發正이 양梁으로 건너가 스승을 찾아 도를 배웠다는 사실의 두 건 뿐이다. 그렇다고 해서 성왕대에 와서 국가

영하고 적극적으로 불교를 받아들였던 것이라고 할 수 있다는 것이다.

46 『삼국사기』 권24 枕流王 二年條
47 末松保和, 『신라사의제문제』, pp.209~212(김영태, 『백제불교사상연구』, p.58 재인용).

적 공인을 받았다는 견해는 지나친 속단이라 할 것이다.[48] 김영태
金煐泰 교수는 그런 점을 두 가지 이유로 거부하고 있다. 첫째로는
이 땅에 불교를 전한 중국의 경우를 보더라도 숭불의 제왕들이 불
교적 왕명을 쓰지 않고 그들 나름의 전통적인 왕호를 쓴 것처럼 백
제의 경우도 그랬을 것이라는 점, 두 번째로는 사기史記에 기록이
없다고 해서 그 자체를 믿는다면 성왕 이후의 여러 왕대에 불교관
계 기사가 나타나지 않는 사실을 어떻게 설명해야 할까 하는 문제
등을 들고 있다. 또한 위덕왕은 재위 기간도 45년으로 길뿐만 아니
라 신실한 성왕의 아들이며 또『일본서기日本書紀』,『송고승전宋高
僧伝』등 국외의 문헌에 적지 않은 기록이 전해 오는 사실을 어떻게
볼 것인가, 등등의 문제 제기를 통해 반론을 보여주고 있는 바[49], 타
당한 견해라 여겨진다. 백제의 도읍이 웅진(공주)으로 옮겨 오면
서부터는 불교의 전파가 급속히 진행 되었으리라 보며 그것은 서
산·태안 지역을 거점으로 동진東進한 중국불교의 영향 때문이라
판단된다. 태안의 백화산에 있는 현존의 마애불과 서산, 운산의 마
애삼존불은 모두 그런 사실을 증거해 준다. 인구가 밀집된 지역, 이
를테면 웅진의 둘레에 대통사大通寺, 흥륜사興輪寺, 수원사水原寺, 갑
사岬寺, 등라사藤蘿寺, 가섭암迦葉庵, 중심사中心寺, 동학사東學寺, 상원
사上院寺, 반룡사盤龍寺, 마곡사麻谷寺, 동혈사東穴寺, 서혈사西穴寺, 남
혈사南穴寺, 주미사舟尾寺, 정지사艇止寺 등등과 소부리 둘레에 왕흥
사王興寺, 호암사虎巖寺, 정림사定林寺, 오합사烏合寺, 성주사聖住寺, 금
강사金剛寺, 칠악사漆岳寺, 도양사道讓寺, 백석사白石寺, 천왕사天王寺,

---

48   김영태, 앞의 책, p.59.
49   위의 책, pp.59~60.

자복사資福寺, 고란사阜蘭寺, 대오사大烏寺, 별궁인 익산의 둘레에 미륵사彌勒寺, 제석사帝釋寺, 오금사五金寺, 사자사獅子寺 이밖에 수덕사修德寺, 보광사普光寺, 암사岩寺[50] 등등 사찰의 창건은 백제불교의 융성을 말해주는 것이 된다. 성왕 30년(A.D. 552)에는 바다 건너 일본에까지 불교를 전교하는 적극성을 보여 주었으며 마침내 법왕法王 원년(A.D. 599)에는 살생을 금하는 영을 내리고 한편 민간에서 기르는 매 종류를 놓아 주게 하고, 사냥도구와 그물을 태우도록 하는데에까지 이르게 되었다. 이러한 사실은 백제불교의 보편화와 국교화를 의미하는 것이다.

백제불교는 율학律學이 핵을 이루었다. 중인도中印度의 상가나대율사常伽那大律寺에서 율부律部를 연찬한 백제 사문 겸익謙益은 백제 율종의 비조가 되었으며 그가 가지고 온 율부원전을 28인의 명승들로 하여금 번역하게 하였다. 또한 진陳의 남악혜사南岳慧思 선사禪師로부터 법화삼매法華三昧를 증득證得하고 돌아온 웅주인熊州人 현광玄光은 웅주熊州의 옹산翁山에서 법화경의 실상법문實相法門을 크게 폈다.

대체로 백제의 불교신양은 미륵, 관음, 묘견[51], 미타신앙[52] 등으로서 현세이익적이며 현실위주였던 것으로 보고 있다. 말하자면 백제는 현실에 부응하여 그것의 이익이 되는 신앙으로 수용되었다는 것인데, 한마디로 요약하여 적극성을 보여준 백제의 불교신앙은 실천적인 특징과 현실위주의 특수성을 지니고 있었다.

50 장경호, 『백제사찰건축』, 예경산업사, 1991, pp.20~34.
51 김영태, 『백제불교사상연구』, pp.35~40.
52 ───, 『삼국시대 불교신앙연구』, 불광출판부, 1990, pp.93~103.

불교의 이러한 전파와 융성으로 말미암아 여타의 종교 특히 토착원시신앙은 불교에 습합되거나 미약하게 잔존할 수밖에 없었다.

이상의 개관을 통하여 간추리건대, 불교가 유입되기 이전에는 토착원시신앙과 도교 및 유교사상이 지배하였고 특히 유교와 도교 등은 지배계층의 것이었다. 침류왕 원년 불교가 들어왔을 때에도 주로 상류층의 신앙으로 머물다가 사찰의 창건 등 불사의 확산과 아울러 피지배계층에까지 침투, 상하 모두 불교에의 숭신이 깊어 마침내 법왕 시에는 국교적인 지배원리로 등장하였다. 일반적으로 불교 신도 간에 공통되는 현상이지만 백제의 경우도 피지배계층간에는 관음신앙, 정토신앙(미타신앙) 등이 퍼졌고 지배계층은 미륵신앙, 정토신앙 등을 주로 신봉하였을 것이다.

이러한 종교사상은 당대 백제인의 의식을 직·간접적으로 구속하였을 것이다. 특히 피지배계층에서 속하는 일반민중 사이에는 토착신앙이 가장 크게 영향을 미쳤을 것이다. 농본사회가 주축이 된 백제 군주체계에 있어서 유교도 하나의 삶의 틀로서 구속력을 가지고 있었음이 분명하다. 그러한 양상이 「정읍가」, 「방등산가」, 「지리산가」, 「선운산가」 등에 잘 드러나고 있다. 불교적 제의라든가 집단 노동의 모습이 또한 「무등산가」, 「산유화가」 등에 투영되어 있음을 어렵지 않게 발견할 수 있다.

이러한 사실은 백제가 남긴 적지 않은 조각과 미술 등에서 드러난다. 섬세함과 정교함으로 특징 지워지는 백제의 공간예술(건축, 조각, 불상 등)에는 불교의 사상이 밀도 있게 침투되어 있는 것이다.

3. 어문학의 형성

　백제의 가요들이 거개 구비문학이므로 문자에 정착되지 않았다. 그런 까닭에 문자나 언어의 문제를 검토하는 것은 가요의 이해를 위해서 직접적인 도움이 되지 않는다. 그러나 모든 문학의 이해를 위해 우선적으로 언어문제가 논의되어야 함은 상식이다.

　백제는 어떠한 음성언어와 문자언어를 가지고 있었던가? 이것은 풀기 어려운 가장 힘든 문제의 하나다. 왜냐하면 자료의 빈곤 때문이다. 그러나, 전혀 전인미답의 어둠속에 놓여 있는 것은 아니다.

　백제어의 편모를 내·외 사서史書에 있는 여러 가지 기록과 전래 지명 등을 조사, 수집하여 어느 정도 밝힐 수 있다.

　우선, 백제어는 어떻게 형성되었는가 그 바탕을 살펴보기로 한다.

　백제는 고구려의 일파가 남하하여 삼한지역 곧, 진한, 마한에 자리 잡은 국가다. 결론부터 말하면, 그러한 백제의 언어는 토착 원주민의 언어와 지배족인 북방계의 언어가 서로 섞여 있었다고 생각되며 그 주류는 북방계인 지배족의 말이었으리라 보여진다.

　그런데, 진한, 마한의 말들 특히 진한의 경우는 원래부터 북방계의 영향 속에 있었을 것이라 믿는바, 진한의 위치를 상도할 때 그런 확신은 가능해진다. 학자에 따라 학설이 구구하지만, 진한은 현재의 경기도와 강원도 일부에 위치하였고 마한은 현재의 충청, 전라도 지역을 점거하였다 함이 통설인 것 같다. 따라서, 진한의 언어는, 위로는 북방계의 영향과 아래로는 마한 등 원주민 언어권에 속해 있었고 마한은 보다 고유한 언어재言語財를 보유한 말을 사용하였으리라 짐작할 수 있다.

실제로 78개 부족의 부족연맹체제였던 삼한은 아주 복잡한 양상을 띠었던 모양으로 언어도 역시 서로 상이한 모습을 보여 주었다.[53]

『삼국지』 위지 동이전에 보면 '弁辰與辰韓雜居 亦有城郭 衣服居處 與辰韓同 言語法俗相似'라 하여, 변한과 진한은 서로 섞여 살았고 의복, 언어, 법속도 비슷하였다고 하였으나 『후한서』에는 '弁辰與辰韓雜居 言語有異'라 하여 섞여 살았으되 말은 서로 달랐다고 전하고 있는 것이다. 이것은 잡다한 언어 중 어느 것으로 비교하였느냐에 따라, 상이한 견해를 보인 게 아닐까 의심할 수도 있겠으나 일단 부족 간의 언어차가 심했던 것으로 추정할 수 있을 것이다. 복잡한 양상을 띠운 이들 삼한의 언어가 자생적인 것이었는지 아니면 다른 언어 계통의 영향 아래서 형성된 것인지 현재까지는 전혀 알 수 없다. H. B. Hulbert는 그의 『한국어와 드라비드방언의 비교문법(*A Comparative Grammar of the Korea Language and the Dravidian dialects of India*, 1906)』에서 인류학적 측면으로 보아 한국인은 드라비드인, 대만인과 서로 유사한 점이 많다고 주장하며 언어에 있어서도 음운, 복수접미사, 수사, 대명사 등의 품사, 서법의 형성, 활

---

53 김형규 교수는 그의 『국어사』, 1956, p.33와 『증보국어사연구』, 1969, p.355 에서 "진한, 마한, 변한, 삼한의 언어가 서로 같다느니 또 다르다느니 하고 있지마는, 오늘의 우리로서는 이들 말이 서로 달랐다고는 도저히 믿기 어렵고, 다같은 한족의 언어로 만일 차이가 있었다면 방언적 차이에 지나지 못하였다고 생각된다"라 하고 있으며, 여기에 반하여 이기문은 「한국어형성사」, 『한국문화사대계』 V, 1967, p.72에서 "진한, 마한, 변한의 위치에 대해서는 史家에 따라 견해를 달리 하는 점이 있으나 삼한도 다시 소국(부족)으로 나누어져 있었던 모양이다. 이들의 언어에 관한 자료가 전하지 않으므로 추측을 일삼을 수밖에 없으나, 이것은 극심한 언어적 분화를 암시해 주는 사실로 간주된다."라 하고 있는데 필자는 원시부족국가의 다양한 군립으로 미루어 후자의 견해를 취한다.

용의 체계 등등과 많은 어휘를 열거하여 비교함으로써 상호유연성을 찾아내고 있다. 그의 견해에 따르면 인도에 거주하던 원주민 Dravidian족이 침략자 Aryan족 때문에 유구와 일본, 한국 등지로 피난하게 되어, 언어뿐 아니라 풍습에 있어서도 크게 영향을 받았다는 것이다. 이를테면 문신tattoo도 드라비드인의 풍습인데 한국 등지에 와서는 기후의 차이로 인하여 점차 소실되어 갔다고 한다.[54] 『양서梁書』에도 '百濟其人形長 衣服淨潔 其國近倭頗有文身者'라 하여 tattoo의 습속이 있었음을 알 수 있고 한치윤韓致奫도 그의 『해동역사』에서 '百濟卽馬韓地也 故其近倭文身 亦與馬韓南界同俗'이라 하여 역시 문신이 있었음을 말하고 있는데 그 이유로 똑같이 왜倭의 영향을 들고 있어 Hulbert의 견해와는 약간의 차이를 보여 준다. 전문적인 언어학자가 아니라 선교사라는 점에서 Hulbert의 견해를 전적으로 신뢰할 수 없음은 물론이나 원주민이 그들 나름의 남방적인 풍습과 언어를 가졌음을 규지할 수 있다. 다시 말하면 원주민들은 그들대로의 독특한 언어를 구사, 그 언어가 다양하게 분포되었다고 보는 것이다. 그리하여 처음 얼마동안 지배족과의 언어적 소통은 어려웠으리라 짐작된다.

---

54 그는 『한국어와 드라비드방언의 비교문법(*A Comparative Grammar of Korean language and the Dravidian dialects of India*, 1906)』에서, 인도에 거주하던 Dravidian족들이 침략자 Aryan족 때문에 유구, 일본, 한국 등지로 피난하게 되어 그들의 습속인 tattoo가 이어져 내려오다가 기후의 차이 때문에 옷을 감게 되자 서서히 사라진 흔적이 보인다 하고, 한편 [kudi](집)(Dravidian) - [kudul](방)(Korean) 등 20여 개의 어휘를 비교하여 설명하고 있다. 말하자면 비언어학적 방법으로 접근함으로써 학계의 신뢰를 받지 못하고 있다.

百濟王號於羅瑕 民號鞬吉支 夏言並王也 妻號於陸 夏言妃也

『후한서後漢書』

　이러한 기록은 그러한 사정을 명료하게 드러내 준다. 그러나, 백제가 중앙집권적인 국가로 굳게 기틀이 잡혀 가면서 지배족의 언어가 크게 영향을 끼쳐 백제어의 근간을 이루었으리라 믿는다. 물론 언어는 언중의 다중에 의하여 좌우되는 법이지만 막강한 군주체제 아래서는 지배족의 영향이 절대적이었을 것이다. 따라서, 지배족인 고구려의 일파 곧 고구려의 언어에 관심을 두지 않을 수 없다.

今言語服裝 略與高麗同　　　　　　　　　　　　　『양서梁書』

百濟俗與高麗同　　　　　　　　　　　　　　　『신당서新唐書』

其衣服飮食與高句麗同　　　　　　　　　　　『후한서後漢書』

　이러한 중국사서가 말해 주는 것처럼 백제는 고구려와 언어, 풍습 등에 있어서 흡사하였음을 알 수 있다. 따라서, 백제의 지배족인 고구려족의 언어는 어떠하였던가를 살펴 볼 필요가 생긴다. 그러나 여기에서 장황하게 고구려어의 특징을 논의할 수는 없고 다만 고구려어를 포함한 한국어가 어떻게 변천하여 왔나를 간략히 살펴보고자 한다. 통시적으로 어떠한 계통을 보여 주는가를 학계의 업적에 의거, 살펴보려는 것이다.

　세계의 학자들 간에는 알타이어족 안에 한국어를 넣는 것에 대하여 주저하는 것도 사실이나 Altai어 연구의 권위자들은 거의 한국어를 알타이어족 속에 넣고 있는 실정이다. 한국어가 알타이어족에 속한다는 진지한 노작을 최초로 보여준 학자는 20C 후반 핀란드의 G. J. Ramstedt였다. 그는 퉁구스어, 터키어, 몽고어 그리고 한국어를 하나로 묶어 알타이어족으로 보고 그 친소관계를 홍안산맥 근처를 중심하여 살았던 위치를 상정, 동쪽에 한국인과 퉁구스인이, 서쪽에는 몽고인과 터키인이, 한편, 남쪽에는 한국인과 터키인이 그리고 북쪽에는 퉁구스인과 몽고인이 각각 위치하였다 하여 다음과 같이 나타내었다.[55]

55 G. J. Ramstedt, *Einführung in die Alterish Sprachwissenschaft*, Helsinki, 1957.
    이기문, 앞에 든 책, pp.55~56, 위와 같음:『국어사개설』, 1961, p.12 참조.

한국어의 입장에서 보면 퉁구스어 및 터키어와 가까우며 몽고 어와는 가장 먼 관계에 놓인다. Ramstedt의 이러한 업적을 발판으로 하여 보다 치밀하게 분화과정을 보여 준 학자는 N. Poppe인 바, 그가 제시한 도표를 들면 다음과 같다.[56]

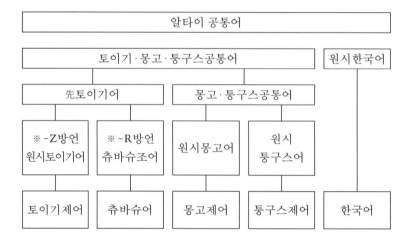

한국어는 Common Altaic에서 최초로 분리하여 고립된 상태에 서 발전한 것으로 되어 있는데, 그 근거를 우리말의 상고어에 유독 한자의 영향을 많이 받았다는 사실에 두고 있어 비판의 여지를 내 포하고 있다. 그러나, 우리말의 계통에 관하여 깊은 관심과 통찰을 보여 주고 있는 국내학자들은 거의 N. Poppe의 견해를 바탕으로 하고 있다 하여도 지나친 말이 아니다.

56 N. Poppe, *Vergleichende Grammatik der Altaichen Sprachen*, Weisbaden, 1960. 각주 55 이기문의 책 참조.

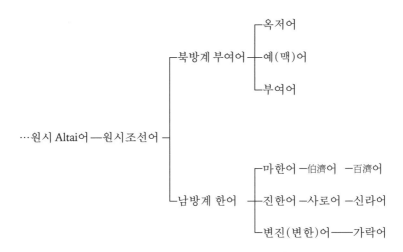

이와 같은 이숭녕의 초기에 보인 계통도도 마찬가지며[57] 뒤에 대폭 수정을 가한, 다음과 같은 것도 역시 Popp의 것을 전제로 한 것이라 할 수 있다.[58]

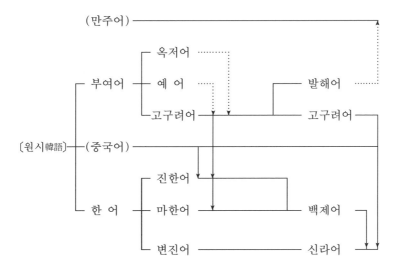

57   이숭녕, 『국어학개설』(상), 1954, pp.47~49.

58   ──, 「한국방언사」, 『한국문화사대계』 V, p.348.

백제어는 남방계의 한어라고 함이 통설인데, 남방계는 북방계와 무연한 것이 아니라 같은 어조의 한 갈래로 보는 것이다. 정확히 말하면 하나의 조어祖語에서 북방계와 남방계로 동시에 분기된 것이 아니고 북방계에서 갈라져 나왔다고 함이 옳을 것이다. 거듭 말하거니와, 백제어는 원주민이 토착 언어에다 지배족인 고구려 일파의 북방계어가 결합되어 이루어졌다고 할 수 있는데 그 핵심어는 지배족의 언어였을 것이다. 그리고 중국어의 영향을 무시할 수 없다. 고구려의 부단한 남침과 신라의 간헐적인 북침에서 헤어나기 위하여 바다를 건너 중국 또는 일본과의 교역이 빈번하였던 사실을 상기해야 한다. 자연히 항해술도 발달하게 되어 더욱 활발한 교섭을 보였는데, 특히 남조와의 경우는 그 거리가 밀접되어 적잖은 문물을 받아 들였다. 『북사北史』의 '秀異者頗解屬文能吏事 又知醫藥蓍龜與相術陰陽五行法'이나 『구당서舊唐書』가 보여 주는 '百濟其書籍有五經子史'의 기록, 심지어는 양나라에서까지 백제의 예박사禮博士를 초청하였다는 『진서陳書』의 기록을 통해서 중국문화의 영향이 컸음을 짐작하기 어렵지 않다. 지배계급인 상류층 사회에서는 특히 한자로 된 전적이 읽혀 관념어가 부족한 우리말에 많은 한자어가 침투, 널리 쓰였을 것임에 틀림없다. '新羅言語待百濟而後通'라고 『양서梁書』가 전하는 내용도 백제어가 갖는 중국어와의 긴밀성을 이야기하는 것이 아닐까 생각된다.

　이상에서 서술한 바를 요약하건대, 백제어는 진·마한의 토착어에 고구려 일파의 북방계어 그리고 여기에 적지 않은 한자 어휘가 결합되어 형성된 것이라 할 수 있다.

　백제에는 문자가 있었을까? 있었다면 어떠한 것이었을까? 백제에 고유 문자가 있었다고 주장하는 학자가 있으나[59] 이것을 믿는 사람은 별로 없다. 자료가 전혀 없는 탓이기도 하지만 고구려나 신라와 비교해서 당시의 상황으로는 도저히 고유문자가 있을 수 없기 때문이다. 주로 상류 지배계층에서 사용한 문자는 한자였을 것이다. '百濟有文字籍記'『신당서新唐書』의 '文字'도 한자였을 것으로 생각된다. 그러나, 여기에서 우리는 중요한 문제를 간과해서는 안된다. 곧, 이두식 표기법의 사용 여부에 관한 문제다. 향찰식 표기방법은 신라의 전유물도 아니며 또 신라에서 처음 시도된 것도 아니라는 사실이다. 지명, 인명 등의 고유명사에서 그런 흔적을 발견할 수밖에 없어 안타까운 일이기는 하나, 이두식 표기방식이 백제에서 널리 사용되었음이 확실하다. 문장은 아니나, 무령왕릉에서 출토된 왕비의 은팔찌 내부에 '多利'라는 공예가의 이름이 음각되어 있는데 이것은 '돌'의 음사임이 분명하다. 향가의 현존 최고작最古作인 「서동요」보다 적어도 1세기 앞서는 A.D. 520의 것으로서 백제인들의 이두식 문자생활이 꽤 오래전부터 있었음을 알 수 있게 해준다. 가령, 통설대로 설총薛聰이 이두를 만들었다고 해도 경덕왕 때이니까 2세기 이상 백제 쪽이 앞서는 셈이다. 어쩌면, 백제의 영향으로 말미암아 신라에서 향찰식 문자가 쓰여진 게 아닐까?[60] 향찰

---

59 김윤경, 『조선문자급어학사』, 1946³, pp.50~51.
　　———,『새로 지은 국어학사』, 1963, pp.24~25.
　　한결은 호소이 하지메細井肇가 그의 『조선문화사론』에서 "백제도 옛적부터 문자를 가지고 일용범사日用凡事를 적었으리라 살펴어진다."라 한 데에 동의를 하고 있다.
60 이기문은 이두식 표기방법이 고구려나 백제에 이미 있어 오히려 신라가 그로부터 배웠을 가능성을 다음처럼 비쳤다.

식 표기의 가장 오랜 향가가 백제의 무왕(왕이 되기 전 시절)이 지은 「서동요」라는 사실은 그런 것을 방증하는 것이 아닐까?

그러나 「정읍가」를 제외한 모든 가요가 구비문학이기 때문에 한역되거나 또는 향찰로서의 기록이 보이지 않는다. 하지만 활발하였을 문자언어를 통한 문학의 경향에 따라 구비문학도 활발했을 것이고 더러는 문자로 정착했을 것이다. 그런 것이 패전으로 말미암아 하나도 제대로 전하지 않음은 안타까운 일이다.

고유명사표기법은 고구려나 백제에도 있었던 증거를 쉽게 찾아볼 수 있으며, 신라가 이로부터 배웠을 개연성이 크나, 이두·향찰에 이르러는 현재 他二國에 그것이 발달되어 있었다는 증거가 뚜렷이 남아 있지 않으므로 신라인의 독자적 노력이 컸다고 할 수밖에 없지 않을까 한다. 「한국어형성사」, 『한국문화사대계』V, 1967, p.96.

박병채는 향찰식 표기방법이 백제에서도 쓰였다는 좀 더 적극적인 견해를 다음과 같이 피력하고 있다.

이 제2단계의 표기방식의 발달에 있어서 주목을 끄는 것은 문자를 수용하는 이용단계에서 볼 때 향찰의 발달은 신라의 전유물이 아니었다는 사실이다. 유사의 설화적 기록은 우연한 사실이 아니라 신라 진평왕대에 이미 백제에도 이 제2단계의 발달과정에서 사용되었다는 것을 의미하는 것이다. (……) 그러나 현존유품이나 문헌적 기록이 없다고 해서 속단하기는 어려운 일이다. 이에 대하여 백제는 고구려와는 달리 신라와 동일한 후기의 표기의식이 발달되어 일부 상류층 급에서 사용된 것이 확실하다.(『고대국어의 연구』, 1971, p.382)

III. 백제의 각 가요고歌謠考

1. 산유화가山有花歌

1) 서론

『구당서舊唐書』백제전百濟傳의 "西渡海至越州 北渡海至高麗 南渡海至倭"라는 기록대로 동성왕東城王 때에는 중국 산동 절강 등지를 점령하였을 뿐 아니라 일본을 속국으로 만들어[61] 가장 광대한 영토를 가짐으로써 한국사뿐 아니라 동양사에 차지하는 백제사의 중요성[62]을 부각하였다. 그런데도 『삼국사기』의 저자는 편협된 사관으로 백제사를 소홀히 취급하고 있어 가뜩이나 전화戰禍로 연멸煙滅되어 사료의 빈곤을 피할 수 없는 백제 연구에의 통로를 차단해 놓았다.

백제의 음악에 관한 기록도 권32 잡지雜志 제1 악樂의 끝부분에 다음과 같은 짧은 구절이 있을 뿐이다.

---

61 신채호, 『단재신채호전집』 상권, 1972, p.211.
62 이홍직, 『한국고대사의 연구』, 1971, p.311.

百濟樂 通典云 百濟樂 中宗之代工人死散 開元中岐王範爲大常卿
復奏置之 是以音岐多闕 舞者二人 紫色大袖裙襦 章甫冠 皮履樂之存
者 箏笛桃皮篳篥箜篌 樂器之屬多同於內地 北史云 有鼓角箜篌箏竽
箎笛之樂

「백제본기百濟本紀」에도 고이왕 5년조에 "春正月祭天地用鼓吹"라
는 기록이 보여 일찍부터 악기를 제천의식에서 사용하였음을 알
려주고 있으나 상세한 내용은 전혀 알 길이 없다.『구당서舊唐書』의
기록[63]에도 놀이[戲]가 더 소개되어 있을 뿐 확실한 것을 알 수 없
는 것은 마찬가지다. 백제가 변진마한의 78 부족국가를 병탄併呑하
였고 그 삼한이 오래 전부터 가무를 즐겼다고 할 때[64] 온갖 가무
가 꽃피워졌을 것임은 너무 당연하다. 백제의 음악은 특히 일본에
큰 영향을 끼쳐, 계덕삼근季德三斤, 계덕기마차季德己麻次, 계덕진노
季德進奴 등등이 교대로 건너가 백제악百濟樂을 가르쳐 주었을 뿐만

---

63 百濟其國之樂 有鼓角箜篌箏竽箎笛之樂 投壺圍棊樗滿握槊弄珠之戲 宋朝初得之至
    後魏太武滅北 燕亦得之而未其 周武滅齊威振海外二國 各獻其樂 周人列於樂部 謂之
    國伎隋文平陳並與文康禮畢而得之
    『북사』권94「백제전」과『수서』권81「동이전」도 이와 흡사한 내용을 보여
    준다.
64 『삼국지』위지「동이전」에 가무를 즐겼다고 하는 다음과 같은 기록이 보
    이는데, 이것을 흔히 농경사회의 초기에 나타나는 원시종합예술National
    Ballads이라고 하지만, 마한의 경우 '瑟'이란 악기가 쓰였다는 점에 주목해
    야 한다.
    馬韓: 常以五月下種訖 祭鬼神 群聚歌舞飮酒 晝夜無休 其舞數十人俱起相隨 踏地低
        昂 手足相應 節奏有以鐸舞 十月農功畢 亦復如之
    馬韓: 俗喜歌舞飮酒 有瑟其形似筑 彈之亦有音曲
    弁韓: 與辰韓雜居 言語法俗相似

아니라 일본의 유명한 기악伎樂(가부키)도 백제의 미마지味摩之 등
이 가르쳐 주었다는 것[65]을 미루어 백제의 가요는 매우 풍부하였으
리라 짐작된다.

王興寺成 其寺臨水 彩飾壯麗 王每乘舟 入寺行香 三月穿池於宮南

引水二十餘里 四岸植以楊柳 水中築島嶼 擬方丈山

『삼국사기』 권27 百濟本紀 第五 武王 三十五年條

이러한 기록을 볼 때 백제왕조의 영화를 짐작하기 어렵지 않으며,

三月 王率左右臣寮 遊燕於泗河北浦 兩岸奇巖怪石錯立 間以奇花

異草如畫圖 王飮酒極歡 鼓琴自歌 從者屢舞

(위와 같음) 武王 三十七年條

이러한 것을 보아 사치가 극에 달했고 또한 가무를 매우 즐겼다
는 사실을 쉽게 알 수 있다. 왕을 둘러싼 귀족들의 무악은 서민에게
까지 침투되었으리라 생각된다. 귀족들의 그런 행태에 대하여 비
판하고 항거하기 보다는 완강하게 틀이 잡힌 봉건군주체제 속에
서 선망의 대상이 되었을 것임에 틀림없다. 따라서, 왕도를 중심으
로 하여 일반 서민들도 가무를 즐겼으리라 믿는다. 『신증동국여지
승람新增東國輿地勝覽』의 공주목조公州牧條에 보면 공주지역 사람들
은 예로부터 놀기를 좋아하고 음악 또한 좋아한다고 하였는데 그

---

65 百濟國樂師 味摩之己中芳加多意 三人來日 學于吳得樂伎樂舞則使敎樂於童部 『日
本書紀』 推古天皇 二十年條

까닭은 당의 유인궤劉仁軌가 악공들을 자기 나라로부터 데려와서
그들한테 배웠기 때문이라고 하였다.

백제의 가무가 성행하였음은 틀림없는 사실인데 안타깝게도 전
해오는 것은 전무한 형편인 바, 이것은 문자로 담겨진 전적이 모두
오유烏有로 돌아갔다는 데에 기인할 것이다.

「산유화가山有花歌」는 「정읍가井邑歌」, 「방등산가方等山歌」 등과
함께 문헌에 실린 노래로서, 구전으로 그 가사와 곡이 전해져 온다.
백제의 가요 가운데 「정읍가井邑歌」 다음으로 논의가 되고 있는 것
은 문헌에 산유화山有花라는 이름의 곡曲과 가歌가 다양하게 한시로
또는 여러 지방에서 가창되어 오고 있기 때문이다. 이 「산유화가」
는 몇 학자들에 의하여 단편적으로 언급이 되어 오다가[66] 그 관심
이 확산되기에 이르렀다.[67] 그 연구들을 내용에 의거하여 유형별로

[66] 도남陶南의 『조선시가사강』, 1937에도 지리산가, 선운산가, 무등산가의 삼
편을 들고 정읍사는 고려가요조에 넣고 있다. 그의 『한국문학사』 및 『국문
학사』, 1963, 『국문학사개설』 등에서도 마찬가지다.
　　우리어문학회편 『국문학사』, 1950에는 산유화가에 관해서는 일체 언급
이 없고 이명선의 『조선문학사』, 1948와 고정옥의 『국어국문학요강』, 1948
에서도 정읍가만 고려가요에 넣었을 뿐 마찬가지며 김사엽의 『국문학사』,
1951와 양렴규의 『국문학개설』, 1959에서는 「지리산가」, 「선운산가」, 「무
등산가」, 「정읍가」의 네 편만 들고 있고, 김동욱의 『국문학개설』, 1974에는
「정읍가」, 「지리산가」의 두 편만 들었을 뿐이며, 김기동의 『국문학개설』,
1964에는 완전히 제외되었다. 박성의의 『한국가요문학론과 史』, 1974에서
도 고려사 악지 소전의 것들만 들었을 뿐 제외되었다. 다만, 이가원의 『한
국문학사』에서만 백제가요로 서동요를 넣고 향곡鄕曲이라 하여 「선운산
가」, 「무등산가」, 「방등산가」, 「지리산가」, 「정읍가」, 「산유화가」 등 6편을
소개하고 있을 따름이다.
[67] 서론 중 연구사 개관 참조.
조지훈, 「산유화고」, 『고대신문』, 1948. 3. 25.(『시인과 인생』 및 『조지훈전
집』 제7권에 소수所收)

나누면, 첫째 이 노래의 전파와 유전의 문제 둘째, 「산유화가」군山
有花歌群의 상호관련성 셋째, 명칭과 성격 넷째, 현존 「산유화가」의
채록 등이 된다. 이 중에 대종을 이루고 있는 것은 상호관련성과 유
전과정의 문제이다. 그러나 아직 종합적이고도 심도 있는 연구는
이루어지지 못하고 있는 실정이다.

　이 글에서는 명칭, 기원, 내용, 형태 등의 면에서 종합적으로 검
토하고자 한다.

2) 기원고起源考

　'산유화山有花'라는 어휘는 오늘날에도 쓰이고 있다. 관서關西에
살았던 소월의 대표적인 작품 「산유화山有花」와 그의 시를 모티브
로 한 어느 작가의 동명의 작품도 이러한 예가 되고 또 1928년 홍사
용이 중심이 되어 조직된 신극新劇 단체 '산유화회山有花會'도 역시
그러한 예로 들 수 있다. 이러한 이름들은 모두 민요로 전해 오는
메나리 곧 산유화山有花에서 말미암은 것이라고 생각된다.

　민요로서의 「산유화가山有花歌」는 기록으로 보아 그 연원을 크게
둘로 나눌 수 있다. 백제의 가요라고 하는 것이 그 하나요, 조선조
숙종시 원부怨婦 향랑香娘의 작作이라고 하는 것이 그 다른 하나다.
나머지 하나는 음악적으로 보아 백제의 것과 무관하다는 것이다.
전자는 다시 백제 고유의 가요로 보는 견해와 백제 고토故土에 살

이가원, 「산유화가소고」, 『아세아연구』 제1권 제2호, 1965(『한문학연구』소
　수所收)
이종출, 「산유화가소고」, 『무애화탄기념문집』, 1963 등등.

던 백제 유민流民들의 노래로 보는 설로 나눌 수 있다. 백제가요로
보는 것은 다음과 같은 기록 때문이다.

山有花歌 男女相悅之辭 音調悽惋 如伴侶玉樹云

『증보문헌비고增補文獻備考』 권264 藝文考 21 附歌曲類

백제가요로 「선운산가」, 「무등산가」, 「지리산가」, 「정읍가」를
차례로 들고 그 끝에 「정읍가」와 함께 위와 같이 이 노래에 관하여
간략히 주를 달아 놓았다. 곧, 「산유화가」는 백제의 노래로서 내용
은 남녀의 애정을 담고 있으며 음조는 슬퍼서 마치 반려伴侶나 옥
수玉樹와 같다는 것이다.

조선조 숙종시로 보는 기록들은 적지 않은데 그 가운데 대표적
인 것만 들어 보면 다음과 같다.

肅宗戊寅年間 善山府民女名香娘 早寡守節 其父母欲奪志 香娘作
山有花歌以見志 遂投洛東江而死 俗樂部世傳山有花曲

『증보문헌비고增補文獻備考』 권106 樂考俗樂條

山有花曲者 一善烈婦香娘云 怨歌也 香娘見絶於其夫 還家而父母
不在 其叔令改嫁 則泣而道不可 自沉於洛東江 江上峻坂 有吉先生表
節 砥柱中流碑 娘之死也 與采春儕女 相遇於碑下 作山有花曲 使春女
歌之 歌意而赴水 卽今江畔兒 慣唱山有花 聲甚悽惋 其後漢京崔君士
集 記其事精甚 爲作山有花女歌 宛轉麗都 怨而不怒 陽陽乎美矣 余覩
其辭 實藉采薪女口語 以叙者娘之思 與漢孔雀東南飛行 相表裏 而香

娘遺曲 但在郊壟齒頰間 人不得采其章句 甚慨也娘表賤 不鮮文藻 其
爲此曲 只因巷俚之謳啞而發 其端莊專精之天 余又悲之 遂復用其意
而文其辭

『청천집靑泉集』

初四日夕 李兄與其內從趙泰聖來話 趙居善山府 話府舊事 府民有
女 嫁同府良家女 不爲夫所待 逐遺還父之後妻不容 又往夫家 又見逐
遂歸內舅家 舅與父 謀改適女知之 將自決 就吉冶隱書院傍山下深潭
呼茱女兒 敎自製山有花一曲 使習之 其歌曰 天高而高 地廣而廣 此身
無所容 無寧水相沈 長爲魚腹葬茱女旣誦 仍謂曰 汝歸語吾親 吾死于
此水 遂入水死 事聞旌 其女名香娘云

『계재일기季齋日記』권2 庚寅正月

山有花歌 此爲洛東里娘作也 昔有里娘 因不見答於姑夫 投江水而
死 里人哀之 出水濱 聯袂踏歌 其詞不一 纏綿悽惻 今南土土女 每臨
風對月 抵節哀吟聲震林樾

『동환록東寰綠』권4 尙州

『증보문헌비고增補文獻備考』의 기록 내용은 언뜻 보아 서로 모순
된다고 할 수 있다. 동서同書 예문고藝文考에는 동명同名의 속가俗歌
를 백제의 것에다 넣었는가 하면, 속악고俗樂考에는 조선조의 것으
로 취급하고 있기 때문이다. 따라서,『증보문헌비고』의 저자가 오
류를 범한 것이 아닐까 하는 의문을 일단 품을 수 있다. 그러나 이
것은 잘못이 아니라고 생각된다. 첫째, 임금의 명을 받들어 지었다

는 점을 그 이유로 들 수 있다. 사사로운 견해를 가볍게 펼 수 있는 개인의 문집이 아니고 절대 군주인 왕의 명령에 의하여 저술된 것이기 때문에 한 자, 한 구절 소홀함이 없었을 것임은 너무 당연하다. 둘째 증보되었다는 사실이다. 수차에 걸쳐 긴 기간을 증보해서 이루어졌다는 점을 간과해서는 안 될 것이다. 영조 46년 왕의 명에 의하여 약 반년 동안에 홍봉한洪鳳漢 등이 서둘러 만든 『동국문헌비고東國文獻備考』에는 착오와 빠진 부분이 많아서 그 뒤 정조 6년 왕명에 의하여 이만운李萬運이 사자관寫字官을 두어 9년이란 기간에 걸쳐 증보하였고 또 거기에다 광무光武 7년 역시 왕명에 의해 박용대朴容大 등 30여 명의 문사들이 5년에 걸쳐 증보, 융희 2년에 간행되었다는 그 과정을 상고할 때 착오라고 하기는 어려울 것이다. 더구나 악고樂考의 「산유화가山有花歌」도 증보된 것이고 예문고藝文考의 것도 증보되었다는 사실로 미루어, 이름만 같되 서로 다른 것임을 분명히 하고 있음에 틀림없다.

그런데, 숙종시 향랑이 지었다는 「산유화가山有花歌」에 있어서 그 설화는 이밖에도 많이 전하는데[68] 그것들은 서로 조금씩의 차이

---

68 향랑香娘에 대한 설화는 『담정총서蘤庭叢書』 중 이노원李魯元의 「산유화곡山有花曲」 소서小序에도 다음처럼 전한다.
　　山有花曲子 俚辭也 丹丘李平子 爲之傳 其略曰 香娘者 善山烈婦也 性潔貌好家亦殷 有數尺珊瑚樹 嫁同郡巨商人 其姑淫惡 娘知 且亟諫 欲强淫娘以混 不可則驅遣之 其夫亦不悅於娘 因不尋 娘與女伴遊洛東江 作歌曰山有花 我無家 我無歌 不如花 又曰 山有花 桃與李花 桃李雖相雜 桃樹不開李花 謂女伴 幸爲我傳語父母 吉先生砥柱碑下 香娘死 遂投江 平子又作古絶 吾宗益之和之
　　최영년의 『해동죽지海東竹枝』에도 다음처럼 전한다.
　　山有花 肅宗 二十四年 善山民婦 香娘 夫死守節 父母欲奪志 乃作此曲異哀之 投洛東江而死 世傳曲 今之메나리

를 보여준다. 그러나, 여인이 정절을 지키기 위하여 강에 투신자살하였고, 투신할 때 부른 원가怨歌라는 점에는, 대체로 일치하고 있다. 일치점을 좀 더 부언하면 강가에서 불리어진 이 구슬픈 노래는 나물 캐는 여인들에 의하여 전파되었다는 점이라 할 수 있다. 따라서 이 향랑의 이야기는 하나에 연원을 두는 것이라 보아 무리가 없을 듯하다. '가사불일歌詞不一'이라는 『동환록同實綠』의 기록대로 하나의 곡에 여러 가지의 가사를 즉흥적으로 지어 불렀기 때문에 노래의 종류가 다양한 것처럼 느껴질지 모르나 실제에 있어서는 비감한 창곡唱曲에 원사怨詞를 담았다고 보는 것이다. 『창계집滄溪集』 권1에 「산유화가山有花歌」를 일러 '유음이무사有音而無詞'라고 한 것도 그렇게 이해해야 옳지 않을까 생각한다.

그렇다면, 백제가요로서의 「산유화가山有花歌」와는 서로 관계가 없는 것일까? 필자는 앞에서 두 가지 이유를 들어 작품은 이름만 같을 뿐 분명히 다른 것이라고 하였다. 이것은 전하는 가사의 내용에 차이가 크다는 전제 때문이었다. 곧, 하나는 남녀상열男女相悅의 내용을 담고 있고, 다른 하나는 원부怨婦의 원사怨詞를 담고 있다는 데에 있었다. 비록 가사에 차이를 보여준다고 하지만 남녀상열로서, 그리고 백제유민의 비가悲歌로서의 백제가요와 조선조 숙종시의 것과의 사이에는 어떠한 맥락을 찾을 수 있는 것이 아닐까?

우선, 몇 분들의 견해를 들어 보기로 한다.

권상로權相老는 그의 『조선문학사』에서 『문헌비고文獻備考』의 것과 숙종시 향랑의 이야기를 든 뒤에 "此로써 觀하면 조선시대사朝鮮時代事인 듯하나 문헌비고文獻備考를 從한다."[69]라 하여 백제의 것

---

69 권상로, 『조선문학사』(프린트본), p.44.

으로 인정하였다. 조지훈은 그의 「산유화가山有花歌와 黍離離 其他」
에서 "여하간 그것이 삼국시대 이래의 전통곡임에 틀림없고 민간
에 널리 보급된 노래로서 유민이든지 향랑의 그 고래古來의 형식률
에 맞추어 노래를 지어 부른 것이라 보는 것이 타당한 견해일 것이
니, 그 음조의 애완처철哀惋悽絶함이 비애에 찬 사람의 마음의 하소
연을 담기에 적당하리만큼 애조임을 상상할 수 있다."[70] 하여, 역시
백제의 전통곡으로 보았다. 다른 글에서도 "이 노래는 옛 문헌에도
올라 있고 지금도 주로 부여와 선산지방에도 전승되어 불리어지
고 있는 바 살아 있는 고대민요의 중요한 원형의 하나이다."[71]라 하
여 같은 견해를 되풀이하였다.[72] 이탁李鐸은 그의 「어학적으로 고찰
한 우리 시가원론」에서 경상도의 「산유화가」에는 언급이 없이 부
여에서 불리는 것만을 들어 향가보다 더 오래된 시가일체시대詩歌
一体時代의 것이라고 이렇게 주장한다.

　　忠南 扶餘一帶에 유행하는 農謠 '메나리'가 곧 詩歌一體時代
　　의 遺曲임을 알 수 있는 까닭이다. 즉 '메나리'는 그 가진 바 語
　　義가 詞腦와 相關対立된 것으로서 그 語義가 이것이 詞腦보다

70　조지훈, 『조지훈전집』 제7권, p.136.
71　위와 같음, p.139.
72　같은 글에서 둘의 관계를 이렇게도 말하고 있다.

　　요컨대 백제고도에도 불려지고 낙동강변에서도 불려졌다는 것은 이 노
　　래의 고대의 분포를 말함이요, 그 기원은 이 둘의 어느 것 하나에만 돌릴 수
　　없는 내정內情이 있다. 다만, 李朝보다 백제가 역사적으로 선행하였으니 백
　　제의 故地에 남은 메나리가 더 오랜 것인지도 모른다. 영남의 메나리가 이
　　香娘으로부터 시작이 된 것은 아니겠으나, 영남의 메나리가 이 香娘 전설로
　　遺存되었다는 것은 재미있다 할 것이다. (위와 같음, p.140)

도 먼저 존재하였다는 것을 증명한다. 그리하여 이것이 곧 '산유화山有花'라는 것으로서 俗傳하는 바와 같이 백제시대의 遺曲임은 물론이요, 그 보다도 훨씬 더 오래서 詞腦보다 먼저 있어 오던 것임을 알 수 있다.[73]

이가원李家源은 그의 「산유화소고山有花小攷」 서두에서 "山有花의 유래는 깊다. 아득한 옛날 백제의 고가사古歌詞로부터 이조대 향랑香娘의 작품을 거쳐 최근 소월 김정식에 이르기까지의 향사鄕詞, 한시를 불구하고 실로 수많은 작자의 작품을 열거할 수 있을 것이다."[74]라 하여 제명만 동일할 뿐 서로 다른 것으로 본 듯하며, 이종출李鍾出도 부여에서 현존하는 농요로서의 것과 영남에서 전하는 원가怨歌와는 전연 별개의 노래라고 주장하고 있다.[75]

이소라가 그의 여러 논저에서 보여준 견해는 현장의 채보를 통한 음악적 분석이라는 점에서 주목할 만하다.

그는 민요권, 용도, 가창방법, 선율 등을 고려할 때, 「산유화가」와 어선영, 미나리(그는 '민아리'라고 부른다.)는 서로 다른 별개의 곡이라고 말하고 있다. 부여의 「산유화가」는 한반도에 편재한 모심기 노래의 하나로서 부여군을 중심으로 인근의 공주·논산, 청

73 이탁, 『국어학논고』, p.295.
74 이가원, 『한문학연구』, p.145.
75 "『증보문헌비고增補文獻備考』 예문고 기재의 '山有花歌'는 현전하는 것과는 전연 별개의 것으로 마땅히 백제시대 가망歌는 미상의 가요로 인정하여 무방하리라 생각하며, 또 그것이 비록 민요적 성격을 지닌 속요俗謠였다 할지라도 그 명칭은 원래 '산유화가山有花歌' 그대로가 전승되어 온 것으로 봄이 오히려 무난한 것으로 재언하는 바이다."(『무애화탄기념논문집』, p.445)

양지역에 전파된 "에 헤헤 아―해헤이, 에헤이 어여루 상―사―디―요."의 받음구의 노래라 하여, 여타의 전남형 등과 구별, '부여형 상사'라 칭한다.[76] 이러한 견해는 최근에 정리되어, 경상도의 대표적 모심기 소리의 '모노래'와 강원도지역(강릉 제외)의 밭맴소리·모심기 소리·논맴소리의 '민아리'(미나리, 메나리) 그리고 강릉지역 '오독떼기'로 삼분하고 상호 그 공통점과 차이점을 상술한 다음, 이렇게 결론을 보여준다.

> 경상도의 모내는 소리인 모노래가 울진군에서 삼척으로 넘어가서는 민아리가 되어 지역에 따라 모심거나 화전밭 매거나 논맬 때 쓰이게 되며, 민아리가 강릉지방에서 재창조되어 인근 강릉 민요권에까지 전파된 것이 논 맬 때의 오독떼기로, 민아리와 오독떼기는 모노래와 한 뿌리.[77]

라, 하고 이어서,

> 모노래가 가장 오래되었고, 다음에 미나리이며 오독떼기는 그중 늦게 나온 것으로 본다.[78]

---

76 이소라, 『부여의 민요』, 부여문화원, 1992, pp.49~58.
　　이러한 견해는 꾸준히 지속·반복되어 그의 『한국의 민요』, 현암사, 1996, pp.37~39에도 나타난다.
77 이소라, 「모노래, 민아리 및 오독떼기의 비교연구」, 『국악원 논문집』 제8집, 1996, p.170.
78 위와 같음.

라고, 전파과정과 그 연원을 밝히고 있다.

그밖에 「산유화가」의 기원에 관하여 언급하고 있는 것으로 조재삼의 송남잡지松南雜識가 있다.

그리고는 물에 빠져 죽었다.(혼인날이 가까운 계집종이 첩을 삼으려는 주인에 항거, 시를 지어 강벽에 써 놓고 낙동강에 투신자살 ―필자) 그 시도 또한 '산유화'라 한다. 또 백제 낙화암의 일을 가지고도 '산유화'라 한다. 대개 여자가 물에 빠져 죽는 것을 '산유화'라고 한 것은 오래된 일이라 하였다.[79]

이상에 든 견해들은 크게 셋으로 대별할 수 있는데, 백제의 것으로 보고자 하는 것이 그 하나요, 백제의 것과 조선조 숙종시의 것은 이름만 같을 뿐 별개의 것이라고 보는 주장이 다른 하나이며, 마지막으로 넓은 의미로 모노래의 하나일 뿐, 산유화, 미나리, 오독떼기는 별개라는 것이다. 첫째의 견해는 그 명칭이나 형태에 근거를 둔 분도 있으나 대체로 문헌의 기록을 그대로 믿으려는 태도에서 나온 것이며, 둘째의 견해는 현존하는 「산유화가」들의 노래와 『증보문헌비고』 예문고의 기록이 전혀 다를 뿐 아니라 동명의 노래가 수다하게 분포되어 있는 데에 근거를 둔다. 셋째의 견해는 최근 현장의 조사를 통한 것으로 「산유화가」의 백제기원설에 관해서 회의적이다.

---

79 최철, 『한국민요학』, 연대세 출판부, 1992, p.46 재인용.
이러한 견해는 부여 산유화가의 현 전수자 박홍남씨로부터 그의 스승 홍종관씨한테서 들었다는 필자와의 이야기(1996. 7. 14, 부여국악원)에서도 확인된다.

그러나 이 세 견해 중 앞의 둘은 서로 분명하게 나뉘는 것은 아니다. 가령 조지훈은 "그 기원은 이들의 어느 것 하나에만 돌릴 수 없는 내정이 있다"[80]고도 말하고 있기 때문이다.

세 번째의 견해는 음악적인 면에서 분석한 것이기 때문에 주목할 만하지만, 기록에도 남녀상열지사라 하여 나와 있을 뿐 아니라 백제 고토에서 현전하고 있어서 수긍하기 어렵다.[81]

결론부터 말하여, 필자의 견해로는 백제의 것과 영남의 것은 매우 밀접한 관계에 놓여 있다고 본다. 마치 오늘날에도 외국군이 어느 지역을 점거, 진주하면 화류계 등을 통하여 그곳의 민요를 배워 가듯 부여 등지를 정벌한 신라의 병졸들도 그 곳의 노래를 배워다가 자기 고장에 전파시킬 수도 있었을 것이다. 다시 말하면, 경상도의 것과 백제의 것은 연원이 하나로서 백제의 것에 그 기원을 둔다고 할 수 있다.[82] 윤창산尹昶山의 『산유화가山有花歌』에도 "山有花歌百

---

80 앞의 주72 참조.

81 또한 모노래(경상도) → 미나리(강원도) → 오독떼기(강릉) 등 전승과정의 설명이 백제의 산유화가를 제외한 고찰이기 때문에 역사적인 논의가 요구된다. 그리고 모노래의 가장 고형으로 보아 그것에서 북상(정확히 동북)하였다는 견해도 한국의 수전농업의 분포로 보아 납득하기 어렵다.

부여지역에서 출토된 쌀, 반월형 석기와 익산 등지에서 발견된 수리시설 그리고 김제의 백제명 볏골碧骨과 벽골지碧骨池 등은 백제가 넓은 평야를 바탕으로 한 수전 농업의 큰 터전임을 말해주고 있는 것이다.

82 임동권도 이미 그러한 사실을 다음처럼 시사한 바 있다.

영남지방에서는 '산유화' '산유해' '미나리' 또는 '미나리꽃' 등으로 불리어지고 있으며, 이 노래가 과연 백제시대의 민요라면 나당군의 백제정벌시에 병졸들의 입을 통하여 전파될 수 있고 그 후에 전파될 수도 있었을 것이다.(『한국민요사』, p.31)

濟歌 百濟之國擅佳麗"[83]라 하여 백제가요라 보았고, 임영林泳도 그의 『창계집滄溪集』권1에서 "山有花 百濟舊曲也"라 하여 역시 백제의 것으로 본 사실들로서도 백제의 가요임에는 틀림없는데, 예문고에 전하는 바 남녀상열의 내용이 없어 어떻게 서로 상관을 지을 수 있을는지가 문제로 제기될 수 있다.

『송강별집松江別集』권7 한상익맥계韓相翼驀啓에 보면 "不猶愈於三南兩西之山有花俚曲之都無意義蕩人心情者乎"라 하여 에로틱함을 알 수 있는 바, 현존하는 것들 중에는 부여 지방의 것에서만 찾기 어려울 뿐, 여타의 것에서는 쉽게 찾아 낼 수 있다.

이 점은 장을 달리하여 후술하려 한다. 원래 백제시대 민요로서의 「산유화가」는 거개 민요가 그런 것처럼 육감적인 남녀 간의 애정을 담았고 그것을 남녀가 화답하여 부른 것으로 이것은 백제 왕가의 극에 달하였던 행락行樂에도 영향을 받은바 컸으리라고 믿거니와 완고한 유교의 지배가 없었던 때임을 상도相倒해 보면 그 정도가 매우 심했으리라 생각된다. 남녀 간의 애정을 담은 노래로 널리 불리다가 백제가 멸망하자 유민遺民의 서러움으로 가사를 바꾸어 불렀을 것이다. 현존하는 부여 지방의 것에서 그런 면이 두드러

---

83 전문全文을 들어 보면 다음과 같다.

百濟之國擅佳麗 當時歌舞矜豪奢
一年三百六十日 强半君王不在闕
黃金飾輦七寶車 東風出遊無時訖
鐵馬聲來岩花翻 繁華到此那可論
潭波驚沸毒龍死 扶風王氣冷如水
興廢悠悠奈若何 遺民但唱山有花
山有花使人涕漣 嘆息宮墟一千年

지게 드러나 있으며 영남의 것에서도 동양同樣의 정서를 찾을 수 있다. 향랑이 물에 빠져 죽기 전에 부른 "天乎高 地乎廣 哀我一身 莫乎住耶"를 보아서도 그렇고[84] 매우 속되기 때문에 개작하였다는 이안중李安中의 다음과 같은 산유화곡山有花曲을 보아서도 그렇다.

山有花 我無家 我無家 不如花

山有花 李與桃花 桃李雖相雜 桃樹不開花

李白花 桃紅花 紅白自不同 落亦桃花

개작이라고는 하나 5 · 7언의 정형률을 빌지 않고 불러지는 노래에 가깝게 나타내려고 노력하였는데, 첫 번 노래는 꽃은 산에서 살지만 나는 집도 없어 꽃만도 못하다는 내용이며, 둘째 것은 오얏나무와 복숭아나무는 비록 섞여서 서 있지만 결코 복숭아나무에 오얏꽃을 피울 수 없다 하여 일편단심을 노래하였고, 셋째 것에서는 떨어지는 것은 하얀 오얏꽃이 아니라 붉은 복숭아꽃이라 하여 사랑의 종말을 상징하고 있다. 이 노래와 아울러 생각하고 싶은 것은 향랑의 설화 가운데 보이는 죽음의 장소 문제다. 왜 하필 야은冶隱의 비석 밑의 깊은 물에서 죽었을까 하는 점이다. 이것은 야은冶隱

---

84 『담정총서薄庭叢書』 중의 문무자문초文無子文鈔 가운데 같은 상낭전尙娘傳이 있는데, 상낭尙娘의 尙은 香의 구개음화口蓋音化로서 구전口傳되던 전설임이 분명하다.
　　尙娘朴氏烈女者 嶺之尙州人也 …… 歌山有花一曲 歎曰 天乎高 地乎廣 哀我一身 莫乎往耶 噓唏良久 又 起而嘻曰 夫子不予 母氏有他 餘心之悲 無死何待 遂反帬加面 跳水而下 崔氏之鄰之女 歸告崔氏 且致其遺 崔氏大驚 木氏母及兄弟 亦始皆悲憐之 往洛水上求之 水上有高麗忠臣碑

의 고절孤節과 향랑의 정절貞節을 연결시키려는 의도가 개재해 있는 것이라고 생각된다. 말하자면, 백제의 「산유화가山有花歌」는 남녀상열로 불리다가 백제의 패망과 함께 무상無常을 담은 새로운 가요가 생겨 둘이 함께 불렸으나 후자가 주류를 이루었고, 이 노래가 경상도 지방으로 퍼져 남녀의 애정을 기저로 하되 그 곳 전래의 유자儒者적 윤색이 가해져 백제유민의 비가悲歌를 연상시키는 그러한 노래로 변용되었으리라 보는 것이다. 신라의 통일은 이 노래의 전파를 가속화했으리라고 믿는데, 부여 쪽 백제지역에서 해안을 따라 강서 쪽으로 전파되는 한편 주로 수전 농업과 함께 경상도 지역에 전파된 것들이 점차 북상하였으리라 믿는다. 부여지방에 현전하는 것이 농요라고 보면 그럴 가능성이 커 보인다. 전파의 양상을 지도로 보이면 아래 쪽의 것과 같이 될 것이다.

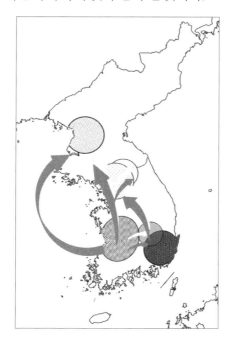

3) 명칭고名稱考

이 노래의 원래 명칭은 무엇이며 그것이 의미하는 바가 무엇일까에 관하여 살펴보고자 한다. 종래 여러 학자들의 가사가 전하지 않은 「도솔가兜率歌」 등의 해석을 다양하게 펼친 것처럼 이 노래에도 몇 가지 엇갈리는 견해들이 있는 바, 발표된 차례로 살펴보기로 한다.

첫째, '산에서 놀다'라는 뜻의 '산유화山遊花'에서 유래되었다는 주장이다. 곧, 山有花는 山遊花 → 뫼놀꽃 → 머나리꽃 → 미나리 등의 변천과정을 거쳐 현재 불리는 미나리가 되었고 그 山遊가 山有로 바뀌어 山有花라는 명칭이 생겼다는 것이다.[85]

둘째, 이 노래의 기구起句가 "메나리꽃아 메나리꽃아"라 하여 꽃이름을 부르기 때문에 속칭 '메나리'라 부르게 되었는데 이것의 한역이 山有花歌이며 그 축약이 '山有花'라는 것이다.

> 노래의 起句가 '메나리꽃아 메나리꽃아'하고 꽃이름을 부르는 데서 시작되기 때문에 민간에는 俗稱 메나리라 하고, 또 그 起句가 어느 때 한역되었는지 '山有花兮여 山有花야'라고 불러지면서부터 그 와전으로 '산유해'란 이름으로 불러지기도 한다. 梁柱東씨는 '山有花'의 花字를 나리로 보았으나 '山有花'는 메나리꽃의 縮約된 雅譯이라 보는 것이 타당할 것이니, '메나리꽃 노래'가 줄어서 '메나리'가 되고 '山有花歌'가 줄어

---

85 이재욱, 「소위 산유화가와 산유해, 미나리의 교섭」, 『신흥』, 1931. 12.

서 '山有花'가 된 것임에 틀림없다.[86]

산유화山有花를 '뫼(메)나리'라는 점에서는 양·조 두 분의 견해에 차이가 없지만 해독 과정에서 다소 차이가 있다. 『고가연구古歌研究』 보유補遺 정보訂補에 보면,[87]

現俗稱 '산유해'임에 의하여 '산유화山有花'를 '시니'의 雅譯으로 解했으나, 이는 혹 '뫼나리'로 봄이 타당할 듯.('나리'를 花로 譯한 所以는 '나리꽃·개나리'等語에 類推됨인 듯)

이라 하여, 전에 주장했던 견해 곧, 육자박六字拍의 수구首句 '새내지로구나'를 '시니調로구나'로 파악, 사뇌詞惱와 동일한 것이라는 견해[88]를 수정하고 있는데 '혹', '함인 듯' 등 다분히 잠정적인 태도

86 조지훈, 앞의 책, p.139.
87 양주동, 『고가연구』, p.867.
88 그는 육자박六字拍이 등에 처음 나오는 '새내지로구나'를 '시니調로구나'로 다음처럼 해석하여 사뇌(사내, 시뇌) 詞腦(思內, 詩腦)와 동일한 것으로 파악하고 있다.

동방의 가악은 당악에 대칭하야 '사내악思內樂, 신열악辛熱樂, 사뇌가詞腦歌, 사뇌격詞腦格'이라 하는 등 이 '시니'란 특징이 사기史記·유사遺事·균여전均如傳에 공통적으로 사용된 것은 상술과 같거니와, 이 말이 근고에 폐어화하였음에도 불구하고 가악명 또는 곡조의 칭으로 부지중 의연히 근대에까지 전승된 것은 저 남도일대(특히 충남 부여, 경북 선산, 기타)에 유존하는 「산유화가山有花歌」 및 남도속요南道俗謠 「육자박六字拍」의 수구首句 '시니지로구나'로써 이를 적지할 수 있다. 대개 「산유화가山有花歌」는 혹은 남녀상열지사 혹은 백제유민의 노래, 또는 원녀가 지은 노래의 곡명 등으로 전하는데, 이는 혹 나대이래羅代以來의 전통곡인 '시니'악의 原義를 망각한 후인이 비슷한 음의 한자어로 산유화山有花라 아역雅譯한 것일지니 그

를 보여 주고 있다. 그리고, '뫼나리'를 고유명사로 보고 있는지에 관해서는 전혀 언급이 없다. 조지훈은 '메나리'는 산백합山百合(권단卷丹)이라 고유식물명으로 단정하고 그 이유를,

> 서울서는 連翹(어아리나무－木犀科灌木)를 개나리라고 하고, 이를 다시 辛夷花와 혼동하나, 慶尙·忠淸一帶에서는 서울서 '당개나리'라 하는 卷丹을 개나리라 부른다. 식물명 머리에 붙는 '개'자는 대개 野生을 의미하는데, 山野에 自生하는 개나리를 뫼나리로 불렀을 듯하기 때문이다.[89]

라 하여 권단卷丹을 메나리라고 보고 있다. '메나리'라는 식물명이 어떠한 문헌에서도 발견할 수 없음에도 불구하고 그런 주장을 하게 된 까닭은 그 꽃의 생김과 피는 시기 때문인 듯하다. 그리고, 혈흔과도 같은 암자색暗紫色의 반점이 있기 때문에 백제유민의 비가나 원녀 향랑의 전설이 생길 수 있다는 것이며 모낼 무렵에 피기 때문에 농요로 불렸다는 것이다.

셋째, '山有花'를 '메나리'의 이두吏讀식 표기로 보고 '메나리'를 구시대라는 뜻으로 해석하는 견해다.

> '山'의 새김이 '메'요, 保有, 享有하는 것을 '누리'라 하니 (……) '山有花'의 '山有'가 '메나리'의 吏讀式 表記인 것을 얼

유의遺義 원칭은 근인의 필록 중 에도 아직 依俙하며 '시니지로구나'는 단적으로 '시니調로구나'의 와전, 곧 노래 첫 머리에 '사뇌격詞腦格, 사내조思內調'임을 명시하는 사辭이다.(『고가연구古歌研究』, pp.46~47)

89 조지훈, 앞의 책, p136, p.141.

른 알 수 있다. 그러나 '山有'라고 쓰면 '메나리'로 읽을 줄 알
기 어려우므로 '花'를 더한 '山有花'로 써서 漢文式雅趣를 띠면
서 '山百合'이란 말과 같이 '메나리'로 읽게 한 것이다.[90]

'산유山有'를 '메누리'의 이두吏讀라 하고 여기에서 '메나리'가 나
왔다는 것인데, 구시대의 뜻으로서 그 어휘의 형태적 구조를 '메'
와 '나리'의 합성어를 보고 '메'는 '녜'(古)의 전신 '멀다'(遠)
의 '멀'이며, 이것은 '메 → 녜 → 예'로 분화 변천을 거쳐 '예'(舊)
이며 '나리'는 시대라는 뜻이 된다는 것이다.[91] 사뇌詞腦라는 말은
신시대라는 뜻으로 원시가형原始歌形인 구시대조舊時代調에 대하여
유리왕 시대에 된 신시대조新時代調를 말하며 '메나리'는 그 이전의
전래하는 원시가요형原始歌謠形을 가리킨다고 한다. 이런 견해를
도출하게 된 까닭은 삼남三南의 것과 양서兩西의 것이 전혀 다른 사
설辭說을 가지고 있으면서도 하나로 불린다는 데에 있는 듯하다.

넷째, 고유한 남도잡가 창조唱調의 이름으로서 평조보다 곱절 높
은 음정의 우조羽調라는 주장이다. '메나리'는 '산유山有'의 직역이라고,

> 山有花는 즉 '메나리'다. '메'는 우리말로 '산'인 바 '나리'는
> 즉 꽃이라는 의미다. 그러면 메나리의 直譯은 '山花'이되 漢文套
> 로 '有'字를 더하여 '山有花'라 한 것이었다. 그 뒤, 지식층은 거
> 의 다 漢學者이기 때문에 메나리보다 '山有花'라 한 것이었다.[92]

90 이탁, 앞의 책, p.301.
91 위와 같음, p.295.
92 이병기, 『국문학개론』, p.98.

이렇게 말하면서 이 창조唱調에는 "육자배기, 새타령, 산타령, 베틀가, 단가 등등이 속한다."하고 판소리도 여기에서 파생, 발달하였으며 남도에서는 "여자들이 산놀이 또는 공동적마共同績麻에 돌려 가며 메나리조로 노래를 부르기도 하는데, 그 창조唱調는 시집올 때 한 상자씩 가지고 온다."[93]고 한다. 말하자면, 가조歌調는 어떠한 것이라도 문제가 없으나 곡은 높은 소리의 우조羽調라야 메나리조가 된다는 것이다.

다섯째, 메나리는 미나리와 같으며 미나리는 민아리에서 나왔다는 견해다. 이것은 강릉을 제외한 강원도 지역의 모심는 소리, 밭맴소리 또는 논맴소리라고 하는데, 후렴이 없는 아라리라는 뜻으로 민자 아리 곧 민아리라 부른 게 아닐까 하는 것이다.[94]

이상, 몇 분 학자들이 주장한 것들을 간추려 보았거니와 몇 가지 의문점이 있어 그것을 제기한 다음 필자의 견해를 밝히고자 한다.

첫째의 견해는 '노래'가 놀이에서 나왔다는 점을 생각할 때 매우 합리성을 띠는 것이라 할 수 있다. 그런데, 민요는 흔히 어떠한 기능을 갖게 마련이어서 그냥 유흥으로 불러졌을 까닭이 없다. 물론, 경우에 따라서는 기능적 요소가 상실되어 단순한 오락요로서 불리는 수도 있지만 근본적으로는 노동 등의 동작과 밀착 되었다고 하지 않을 수 없다. 어느 분이 제주도에 가서 노파에게 노래를 청했더니 일을 하지 않고 어찌 노래만 부를 수 있겠느냐고 대답하더라

---

93 위와 같음, pp.98~99.
94 이소라, 「모노래, 민아리 및 오독떼기의 비교연구」, 『국악원논문집』 제8집,
    pp.169~170.

는 이야기[95]처럼 반드시 공리적인 동작이 수반된다고 볼 때 그대로 수긍하기 어려운 바가 있다. 더욱, '메나리꽃'이라는 말이 이 노래의 기구起句에 나타난다는 점을 감안할 때 '메놀이'의 주장은 아무래도 무리가 있어 보인다. 그리고, 설령 '메놀꽃'에서 나왔다 하더라도 조어상 모순점을 들 수 있다. '명사+동사어간+명사'로 된 합성어는 있을 수 없기 때문이다.

둘째의 견해는 이 노래의 기구起句가 '메나리꽃'을 부르기에 '메나리꽃'이라는 것으로, 그것의 한역이 '산유화山有花'이며 이것은 바로 산백합山白合(권단卷丹)이라는 것인데, '산유화山有花'가 '메나리꽃'의 한역이라는 점과 '메나리꽃'이 꽃이라는 것에는 의문의 여지가 없으나 '메나리'가 '산백합山百合'이라는 데에는 논리의 비약이 내포되어 있다. 식물명에 '뫼나리'라는 것이 어디에도 전해 오지 않으며 또 산백합(권단)은 '당개나리' 등 그 고유명이 전래해 오고 있기 때문이다. 특히 이 노래 가운데 "저 꽃지더락 필역畢役하세"를 그대로 풀이하면 "산백합山百合이 질 때에 농사일을 끝내세"가 되는데 이렇다면 농사일이 산백합山百合이 피었다 지는 여름이 끝내어지는 결과가 되므로 모순이 된다.

셋째 견해에는 많은 의문이 따른다. '산유화山有花'를 '메나리'의 이두식 표기라 하고, '메나리'를 구시대의 뜻이라 한다면 '산유화山有花'는 전혀 꽃과는 관계가 없는 것이 되고 만다. 또, '메나리'의 '메'가 '멀다[遠]'의 뜻이라면 왜 구태여 '산山'이라는 한자를 빌어다 썼을까 하는 점도 들 수 있고 '사뇌詞腦'를 '신시대'라 하고 상대적으로 메나리를 '구시대'라고 할 때, 신시대가요와 구시대가요를

---

95 고정옥高晶玉,「민요」, 우리어문학회 편,『국문학개론』, p.309.

엄격히 구분한다는 점도 불가능한 일이며 설령 '메나리'가 구시대의 뜻이라 한다면 '사뇌詞腦'처럼 그와 유사한 음의 한자로 표기할 일이지 어째서 '산유화山有花'라고 했을까 하는 것도 의문이다.

넷째의 주장은 창조명唱調名이라고 하는 것인데, 이것도 '메나리'라는 이름의 많은 가요가 함경도 등지를 제외한 전국 각 지역에 분포되었기 때문에 범칭이라 할 수 있고 또 요謠이기 때문에 창唱이 중요시되므로 하나의 창조唱調로 보는 것은 합리적이지만 산유화군山有花群의 모든 노래들이 한결같이 우조羽調[96]인가는 의심스럽다.

다섯째의 견해는 부여(백제)의 것이 아니기 때문에 논외로 할 수밖에 없으나, '메나리'가 '민아리'에서 나왔다는 견해는 '산유화山有花'의 연계로 볼 때 아무래도 비약이 심한 것으로 보인다. 또 강원도 지역의 메나리(민아리)가 후렴이 없이 독창으로 부른다면 부여의 것은 멕이고 받는 멕받이 식으로 부르기 때문에 일단 같은 것으로 보기는 어렵다.

이상의 여러 의문점을 열거하였거니와 필자는 '메나리'가 원래

---

96 이보형은 신재효의 박흥보가朴興甫歌, 정권진창鄭權鎭唱 속의 '머나리죠', '메너리목' 등을 들어 메나리조의 쓰임을 말한 다음에 메나리조(메나리목 또는 山有花制)의 분포를, "경상도가 본원지로 생각되지만 지금은 듣기 어렵고 강원도, 충청도 일부에서 아주 드물게 노인들에 의해 불러질 따름"이라 하고 있다. 그리고 메나리군이 메니리조로 되어 있다고 이렇게 말한다.

넓은 의미에서 '메나리'로 통칭되는 '미나리'·'산유해'·'산야'·(얼사영)·(樵夫歌)·'맛 물소리' 따위는 명칭名稱·사설辭說·선률旋律이 제각금 달리된 것으로 보이나 이것들은 모두 '메나리조'로 되었다.

그리고 메나리조는 우조羽調가 아니라 육자백이 기본형과 함께 광의廣義의 계면조界面調에 속한다고 한다. 이보형, 「메나리조(산유화제)」, 『한국음악연구』 제2집, 1972, pp.111~129.

의 명칭으로서, 그것의 뜻은 고유명사로서의 어느 꽃을 가리키는 것이 아니라 그저 '산에 피는 모든 꽃'을 의미하며 이 '메나리'의 한역이 '산유화山有花'인데 유포니를 위해 한문투의 '유有'자를 그 중간에 넣었다고 생각한다. 곧, 「산유화가山有花歌」는 '뫼꽃노래'가 되며 꽃은 여인이나 구주舊主 등의 의미를 내포하고 있다. 오늘날에도 갖가지로 바뀌어 불리는 「아리랑」처럼 '산의 꽃노래'로서의 범칭으로 보고자 하는 것이다. 옛날 민중이 즐겨 부른 노래는 일정한 제목을 붙여 지은 것일 리 만무한 까닭에 제명이 앞에 따로 붙을 수도 없고, 백제가 아무리 한문화의 영향을 많이 받았다고 해도 서민층에서 「산유화가山有花歌」라고 불렀을 까닭도 없기에 초동가樵童歌, 이앙가移秧歌 따위를 함께 묶어 '메나리'라고 부른 게 아닌가 한다. 중국의 경우, 민요를 산가山歌라 칭하는 것도 마찬가지다. 민요의 제명은 거의가 그 노래의 맨 첫 어절이어서 이 노래도 동명으로 부르는 것을 보면 「아리랑」과 동일한 어떤 의미가 깃들어 있는 것이 아닐까 생각되는 것이다. 필자는 '메나리'의 어휘적 구조를 '메'와 '아리'의 합성으로 보고 「아리랑」의 '아리'와 같은 것으로 생각하는 바이다. '메나리'의 '나리'는 '개나리, 참나리' 등의 명칭으로 보아 꽃 이름임이 분명하다. 그러나 『조선식물향명집朝鮮植物鄕名集』의 '개나리'(연교連翹)를 '어아리나무'(문세영, 『조선어사전』)라 한 것을 보면 '어(아)리'에서 '나리'라는 말이 나왔을는지도 모른다. 이점은 더 상고할 과제로 남거니와 혹 '메'와 '아' 사이에 히아투스를 방지하기 위하여 'ㄴ'이 첨가 된 것이 아닐까 보아진다. 현재 쓰이는 산울림의 '메아리'는 중세어에 '메ᅀᅡ리'로 나타나 지격촉음持格促音 'ㅅ'이 유성음화하

고 다시 탈락한 현상과는 좋은 대조를 이룬다고 할 것이다.[97]

「아리랑」의 기원설에 관해서는, 아낭설阿娘說, 알영설關英說, 알영關英고개설, 아이성설我耳聲說, 아난이설我難離說, 아리낭설我離娘說, 아랑위설我郞偉說, 자비령설慈悲嶺說, 붉영설붉嶺說, 악기의 의음설擬音說 심지어는 아미일영설俄美日英說 등등 많지만[98] 필자는 '아리'에다 유포니를 위해 '랑'이 결합된 형태로 보며 '아리'는 '교交·합合·가嫁' 등의 뜻을 갖는 '얼다, 어르다, 어르다, 얼이다……' 등등의 어간 '얼'이 모음교체 되어 '알'로 되고 그것에 명사화접사 '이'가 결합되어 이루어진 어사라고 생각한다.[99] 다시 말하면, '아리'에는 '핵核·정精·원圓' 등의 뜻뿐만 아니라 성性의 교합交合이 함축되었다고 믿는 것이다. 「아리랑」의 후렴 중 "아라리가 났네"는 마치 뜻으로 보아 「천안삼거리」의 "성화가 났구나"와 같이 성의 결합을 상징한다고 보는데 그 대목의 곡이 「군밤타령」의 "군밤이요"처럼 길고 높게 소리를 내는 것도 우연한 일이 아니다.

난봉가군의 여흥구에 "어루나 동동 내사랑이로다"라든가 "어라마둥둥 내사랑", "어라 엄마어여나" 등의 '어루' '어라'도 동종의 것이라고 생각한다.

---

97 메나리의 나리가 혹시 비나리와 연결될 수 있을지도 모른다는 의문을 첨가해 둔다.

98 장사훈, 『국악개요』, pp.150~151.
    임동권, 『한국민요연구』, pp.20~21 등 참조.
    리차드 러트, 『풍류한국』, pp.20~21 등 참조.

99 남광우는 그의 『국어학논문집』, p.253에서, 얼(정신, 핵核, 정精의 웅결체凝結體)로부터 파생된 말로 교交, 합습, 가嫁, 동凍의 뜻을 가진 '얼다, 어르다, 어루다, 어르다, 얼이다, 얼의다, 얼우다' 등의 어형語形이 있음을 보이고 있다.

'메나리'란 어휘도 그러한 남녀애정의 뜻을 지닌 '아리'가 '메[山]'에 결합된 것인 바,『증보문헌비고』예문고의 '남녀상열지사'나 영남, 강서 등지에 전하는 메나리 속의 남녀간 애정은 그러한 가요의 성격을 잘 반영하고 있는 것이라 믿는다.

4) 내용고內容考

메나리[山有花歌]라는 이름으로 문헌에 전하는 것들을 들어 보기로 한다. 가능한 한 현존하는 노래들을 빠짐없이 수록하고자 하였으나 완전한 것이 되지 못할 줄 안다. 부여에 가서 몇 분의 촌로를 만나 조사해 보았으나(1973~1974) 아무런 성과를 얻지 못하여 일단 기록으로 남아 있는 것—그것도 필자가 가지고 있는 것만을 들어 보고자 한다.

> ① 山有花兮 山有花야
>   저 꽃피어 農事일 시작하야
>   저 꽃지더락 畢役하세.
>   뒷소리 ┌ 얼럴럴 상사뒤
>   (후렴) └ 이여뒤여 상사뒤
>
>   山有花兮 山有花야
>   저 꽃피어 繁華함을 자랑마라.
>   九十春光 잠깐 간다.

鷲靈峰에 날뜨고

泗沘江에 달진다.

저 날 떠서 들에 나와

저 달져서 집에 돌아간다.

農事짓는 일 바쁘건만은

父母妻子 구제하니(기)

뉘손을 기다릴고.

扶蘇山이 높아있고

九龍浦(가) 깊어있다.

扶蘇山도 평지되고

九龍浦도 평원되니

세상일 뉘가알고.

〈부여지방〉[100]

② 산유해혜 산유화혜

적룡 죽은지 오래엿만

100 임동권,『한국민요집』, pp.26~27.
김소운 편의『조선민요선』에서 수록한 것인데, 경상도지방에서 불리운다
고 기록되어 있으나 이것은 착오로서 부여지방의 지명(산천山川)이 그 점
을 입증하고 있다.
(   )안의 것만 틀릴 뿐『부여군지』에 보이는 것과 동일하며 이병기의『국
문학개론』에 수록되어 있는 것은 '취영봉鷲靈峰'의 연에서 '부소산扶蘇山'
까지의 연만 있되 '농사짓는'의 중간연이 빠져 있고 최상수의『국문학사
전』에는 역시 '농사짓는'의 연과 끝 연의 '세상일 뉘가 알고'가 빠져 있다.

백마강수는 만고에 푸르도다.

뒷소리 ┌─ 얼널널 상사뒤
(후렴) └─ 어여뒤여 상사뒤

산유홰혜 산유화혜
꽃 떨어진지 오래엇만
낙화암 달빛 천루에 밝어라

산유홰혜 산유화혜
부소산 높아있고
구룡포는 깊어있다.

산유홰혜 산유화혜
부소산도 平地되고
구룡포도 平原이라.

산유홰혜 산유화혜
추령봉에 해가뜨고
사비강에 달이진다.

산유홰혜 산유화혜
저 해가 떠서 들에나가
저 달 져서 집에온다.

산유홰혜 산유화혜

저 꽃 필 때 농사짓고

저 꽃 질 때 타작하세.

산유홰혜 산유화혜

농사짓기 힘들것만

부모처자 어이하리.

산유홰혜 산유화혜

번화함을 자랑마소.

구십춘광 덧없에라.[101]

〈부여지방〉

③ 메나리꽃아 메나리꽃아

저 꽃이 피어 農事일 시작하여

저 꽃이 져서 農事일 畢役하세.

뒷소리 ┌ 얼럴럴 상사뒤여

(후렴) └ 이뒤여 상사뒤

메나리꽃아 메나리꽃아

저 꽃이 피어 繁花함을 자랑마라.

九十春光 잠깐 간다.[102]

〈예산지방〉

---

101 앞의 책, pp.27~28.

102 위와 같음, p.27.

④ 어뒤후후야 시섬곡

가리갈마구야

잔솔밭을 넘어

굵은 솔밭으로 널(넘)어 가는구나.

뒷소리 ┌ 허허 후후야

(후렴) └ 가리잘마구야 이후후

동모네 벗님네야

어서 가자 바삐가자

점심은 늦어가고

술도 늦어간다.

山川草木은 젊어가고

우리 父母는 늙어간다.

空山落木 一墳土에

王侯子弟도 한번 가면 그만이라.[103]

〈선산지방〉

⑤ 이 논에 물이 좋아

일천 가지 거뎄구나

이천 가지 거된 놈은

---

103 위와 같음.
이재욱의 논문에서 수록한 듯하다. 이병기의 『국문학개론』에는 「경북 산
유화」라 하여 수록되어 있는데 위의 것 중 끝 연만 빠져 있고 그 밖의 것은
거의 같다.

三千石을 비겠구나.[104]

⑥ 머리돕고 실한체니
   줄뽕낡에 걸렸구나.
   줄뽕채뽕 내 따줄게
   명주돌띄 나를 다고.[105]

⑦ 박달두 망치가
   실실히 풀려두
   네손목 놓구는
   나 못살겠구나.[106]

⑧ 모래나 샘은
   파두새 나구
   님의나 생각은
   하두새 난다.[107]

⑨ 총각의 낭군이
   하좋다 하니
   웃방의 영감이
   상투를 푼다.[108]

⑩ 夕陽은 재를넘고

104~109 조지훈, 앞의 책, p.142.

갈길보니 千里로다.

千里龍馬 가자울고

百年妻眷 잡고운다.[109]

〈⑤~⑩: 관서지방〉

⑪ 동무들아 어서 모이라

공마당에 공도차고

나무하러 가세.

만약에 하나라도 빠지면

큰벌을 받으리라.

農者는 天下之大本인데

우리들은 나무하는 것이 大本이라.

어서가세 나무하러 가세.

⑫ 저 달따서 大將이 되고

견우직녀는 호군이 되고

태성을 불러 행군취택하라.

저건너 百萬陳軍으로

승부결단 하리라.

어서오소 어서모이소.

⑬ 뽕따러가세 뽕따러 가세

뽕도따고 임도 만나보세

깽매풍깽 어헐널널 상사디야[110]

〈⑪~⑬: 부여지방〉

이상의 것은 내용의 유사성에 따라 몇 개의 형으로 묶을 수 있다.
첫째, 백제의 멸망을 바탕으로 세상사의 무상감을 나타내고 있는
농요農謠로서 ①, ②가 여기에 속하며, 둘째, 순수한 농요로서 ③,
④, ⑤를 들 수 있고 셋째, 남녀의 애정을 바탕으로 한 농요로서 ⑥,
⑦, ⑧, ⑨, ⑩, ⑬을 들 수 있으며, 넷째, 나무꾼의 노래로서 ⑪, ⑫를
각각 들 수 있다. 첫째 것을 A형, 둘째 것을 B형, 셋째 것을 C형, 넷
째 것을 D형이라 하여 살펴보기로 한다.

이미 둘째 장에서 밝힌 바대로 부여를 중심으로 하여 예산지방,
경상도 선산지방 그리고 관서지방으로 전파, 분포되었음을 알 수
있다. 경기지방이 공백으로 남는데 이것은 「경기메나리」가 있다
는 기록은 보이나[111] 실제의 노래를 아직 접하지 못했기 때문이다.

내용적인 성격으로 보아, A형은 농요로서 백제유민들의 노래
다. 산에 꽃이 피기 시작할 때 시작하여 산에 꽃이 질 때 끝내는 농
사일은 고되지만 부모처자를 먹여 살리니 천직일 수밖에 없다는
생각과 모든 것, 이를테면 부소산도 평지되고 구룡포도 평원이 되

---

110 『부여군지扶餘郡誌』, 1964, p.743.
111 이탁, 앞의 책, p.301. 그러나 경기, 황해를 거쳐갔을 것이며 강원 쪽으로도
    전파되었으리라고 생각된다. 후자의 경우는 다시 경상도 쪽으로 북상한 것
    일 수도 있다.

는 등 전변轉變하므로 저 꽃의 화려함을 조금도 부러워할 것이 없다는 것이 그 내용을 이룬다. 어찌 보면 인간사의 무상감과 아울러 은둔사상이 엿보인다. 이 중 ②번의 노래는, 적룡赤龍이 죽은 지 오래 되었건만 백마강물은 여전히 푸르고, 백제왕국의 멸망과 함께 타사암墮死岩(낙화암)에서 꽃 같은 여인네들이 떨어져 죽은 지 오래되건만 낙화암 달빛 역시 예나 이제나 밝다는 등 영탄적인 무상감이 짙게 드러나 있다.

A형의 노래는 기구起句에 '산유화山有花'를 부르고 끝에 후렴을 달고 있으며, 중간의 사설은 시작과 끝, 곧 생과 멸이 서로 대우對偶를 이루어 하나의 고리를 만들고 있다.

[가]   —   [나]
(꽃) 피고   —   (꽃) 진다
〈(농사) 시작   —   (농사) 畢役〉
(날) 뜨고   —   (달) 진다
〈(들에) 나와   —   (집에) 돌아간다〉
山(이)   —   平地 (되고)
浦(가)   —   平原 (된다)

영榮과 고枯, 성盛과 쇠衰가 서로 대응되어 있으며 자연과 거기 따르는 인간사가 선후로 연결되어 있다. 첫 연의 "저 꽃 피어"는 후렴과 함께 이 노래가 농요[112]임을 확실히 해 주고 있으며 한편으로는

---

112 부여의 금강 접경 세도면에서 불리워 전해 오는 이 노래는 논농사에 관계되어 있는 노동요의 하나다. 힘든 벼농사이기 때문에 남자가 그 역할을 맡

부귀영화를 누렸던 백제의 구주舊主나 여인네들을 상징하는 것으로 볼 수도 있다. 농사의 시작과 끝이 꽃의 개화와 조락凋落에 따르는 것도 아닐뿐더러 자연물을 가져온다 하더라도 꽃 이외의 다른 것이 많고 보면 여기에서 '꽃'이 함축하고 있는 의미는 크다고 생각된다. 나라가 패망하여 화려한 궁성은 폐허화되고 왕후장상과 꽃다운 궁녀들이 사라진 적막 속에서 들에 나와 일을 할 때 건너편 산에 유난히 떼 지어 붉게 핀 메꽃(주로 진달래)은 번화하였던 지난

고 있어서 남요男謠라고 할 수 있다. 현존하는 이 가요는 정연한 질서로 짜여 있는데, 창곡唱曲이 그러하고 노랫말(가사)이 또한 그러하다. 가사의 세련된 짜임은 근자에 와서다. 창곡唱曲은 한 패턴이 있어 되풀이 되며, 더러는 소리멕이는 사람의 흥에 따라 작은 범위 내에서 늘어나거나 줄거나 한다. 노랫말은 판소리로 비기면 5과장으로서 벼농사의 차례에 따라, 모심는 노래, 빨리 심는 노래, 벼 바심 노래, 벼 부치는 노래, 노적 노래 등으로 진행된다. 논농사 중 벼바심이 가장 힘들고 신이 나기 때문에 다른 것에 비하여 길다. 그런데 논매기 노래가 빠져 있어 완전한 것이라고 보기 어렵다. 필자의 경험에 의하면 벼농사 가운데 논매는 일은 초벌, 두벌, 세벌, 만물 이렇게 4번을 하는데 두세벌은 어려워 품이 많이 들며, 그래서인지 노래가 따르는 경우가 많았다. 서산 지방이 그러하니 부여도 여기에서 크게 벗어나지 않을 것이다. 역시 다른 민요 특히 노동요와 같아서 소리를 멕이는 이의 사설과 그것을 여럿이 받는 모둠소리로 진행된다. 그런데 이 현존의 산유화가는 인구가 늘고 농토가 넓어지자 짜임새 있는 것이 되었을 뿐이지, 그 원형은 단편적이었음이 분명하다. 부여 인근 지역 예컨대 예산지역에서 채록된 것들이 그러한 것을 극명하게 드러내 준다. 그리고 현재는 남요男謠로 전해 오지만, 훨씬 이전에는 남녀 구별 없이 널리 불리웠던 것으로 본다. 가령 유왕산留王山놀이(을유 해방 전후까지 있었다고 한다.)에는 시집간 아낙들과 친정 어머니 등 여자들이 유왕산留王山이라는 중간 지점의 산기슭에서 음 8월 17일 서로 부둥켜 안고 울면서 한을 달랬다고 한다. 이 때 주로 불리운 노래가 산유화가였는데, 멀리서 그네들을 보면 마치 새댁들의 분홍 옷으로 하여 산에 꽃이 떼지어 피어 있는 것 같았다고 한다. 『扶餘郡誌』, 1987, pp.1077~1105에 5과장의 노랫말이 채록되어 있다.

날을 떠올리게 하여 자연 무상감을 가눌 수 없게 되었을 것이다. 그리하여 부모처자를 먹여 살리기 위해 어쩔 수 없이 일을 한다는 체념이 생기고 그런 체념과 허무감은 꽃을 향해 호소하게 되었으리라 믿는다. 이렇게 볼 때 '꽃'에의 호소는 자연스럽게 느껴지지만 그 속에 응결된 상징성은 다양하다고 하지 않을 수 없는 것이다.

　B형의 경우, ③은 A형 ①, ②의 한 부분에 지나지 않으며 기구起句는 '산유화'가 아니라 '메나리꽃'으로 되어 있다. 그런데도 A형에 넣지 않고 구태여 B형으로 본 것은 한 지방에서 유행하는 노래가 타지방으로 옮아가면서 탈락, 첨가하는 등 바뀌는 점을 강조하고 싶어서다. 이 예산지방의 것에 부소산, 구룡포, 취영봉, 사비강, 낙화암 등 부여의 지명이 보이지 않는 것은 당연하다. 그 나라 수도의 산천명이 널리 지방에까지 쓰이는 예가 허다하여 이를테면 '한강투석' '눈물의 한강수' 등에서 그러한 사실을 알 수 있는 터이나 그러한 지명 등이 시간의 흐름에 따라 소멸되었을 것임은 너무 뻔한 것이다. 이 노래에서도 영고성쇠의 무상함이 영탄되고 있는데 A형의 구체적으로 강조된 무상감에 비하여 많이 약화되어 있어 그 잔영만 엿보일 따름이다. ⑤는 무상감조차 사상捨象된 좋은 예가 되고 ④는 끝 연에서 백제 멸망을 연상케 해 주는 짙은 무상감을 발견할 수 있어서 여타의 것들과 서로 유사함을 알 수 있다. 그러나 A형처럼 지명 등을 들어 구체적으로 나타나 있지 않고 끝부분에 조금 드러내고 있을 뿐이다. 말하자면, ③의 경우와 같이 전파과정에서 시공의 거리에 따라 바뀐 것이라고 할 수 있다. ④는 특히 첫 연의 내용에 주목해야 할 줄 안다. 갈가마귀가 잔솔밭을 넘고 큰 솔밭으로 넘어간다는 것은 단순한 그대로의 서경이 아니기 때

문이다. 이것은 여체의 성을 상징한다고 볼 수 있다.[113] 따라서, 남녀 상열의 육감적 요소가 배면에 깔리어 전해 내려 온 것이라 할 만하다. 이런 사실은 ⑥, ⑦, ⑧, ⑨, ⑩, ⑬의 경우 즉 C형에서 노골적으로 드러나 있다. ⑥과 ⑨는 '뽕'을 매체로 남녀의 애정이 담겨 있는데, 적어도 조선조에 와서는 여자가 밖으로 나갈 기회가 엄격히 통제되어 있어 뽕을 딴다든가 하는 경우에만 먼발치에서라도 볼 수 있었을 것이다. "뽕을 딸 겸 임도 만난다"는 말도 그런 데에서 기인하였으며 그러한 사실은 「도라지타령」 등속의 민요에서도 찾아볼 수 있는 바다. 같은 노래라 해도 ⑥은 뽕을 따는 탐스런 처녀에게서 사랑을 느끼는 남정네의 노래고, ⑩은 능동적으로 임을 만난다는 여인네의 노래다. 그러나 ⑬도 '꽹과리' 소리로 보아 남정네의 가장적假裝的인 노래임에 틀림없다. ⑦, ⑧에서는 '박달나무, 샘' 등에서[114] 성적 이미지를, ⑨에서는 젊은 아낙을 사이에 두고 영감과 총각의 삼각관계를, ⑩에서는 남녀의 별리別離를 담고 있다.

D형의 것은 ⑪의 경우, 나무꾼의 노래요, ⑫도 역시 남정네의 노래로서 달밤에 마당에 모여 병정놀이를 하며 불리운 노래인 듯 "저 건너 백만진군百萬陳軍" 운운은 나당군羅唐軍과의 싸움을 연상시켜 준다.

A, B, C, D형은 지역적인 분포로 보아, 옆의 지도에서처럼 무상감

---

113 필자는 1973년 계룡산 소림원에서 한 여름을 지냈는데 칠석날 밤 널리 알리어진 총각 점장이와 대작對酌한 적이 있었다. 그는 신들린 사람처럼 사경이 넘도록 노래를 불렀는바 그 노래 중에 '잔솔밭, 굵은 솔밭' 등으로 치부恥部를 교묘하게 표현한 일이 있었다.

114 "아닌 밤중에 홍두깨"의 '홍두깨'가 남성의 성을 상징하듯이 '박달나무 망치'는 남자의 성을, 그리고 '샘'은 여자의 성을 각각 상징한다고 볼 수 있다.

을 짙게 담고 있는 A형은 부여
에, 무상감이 가볍게 드러남 B
형의 것은 예산과 선산(특히
선산 지방의 것은 에로틱한 면
을 보인다.)에, 남녀의 애정을
바탕으로 하고 있는 C형은 강
서·부여 등지에, 그밖에 초동
가樵童歌 등 D형은 부여지방에
분포되었음을 알 수 있다.

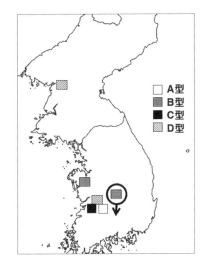

현존하는 「산유화가山有花
歌」는 모두 농요인 바, 부여지방에서 불리는 것에서 이른바 『증보문
헌비고』 예문고가 전하는 남녀상열적 요소를 찾기는 어렵다. 이미 앞
에서 언급한 바 있지만 이 노래는 원래 남녀상열의 노래였을 것이
다. 모심기, 논매기 등의 농요로서 남녀화답식으로 불렸고, 봄 가을
의 놀이에서 노동과는 관계없이 불렸다고 생각된다.

예문고에서 내용은 남녀상열이요, 곡조는 처연하여 반려옥수伴
侶玉樹와 같다고 하였는바, 반려옥수伴侶玉樹를 들어 그 성격의 일단
을 살펴 볼 수 있을 법하다.

반려伴侶는 곡조로서 육조六朝 제齊의 음악인데 『당서唐書』 예악지禮
樂志에 보면 "제장망야齊將亡也 위반려곡爲伴侶曲"이라 하여 슬픈 노래
임을 짐작할 수 있다. 옥수玉樹는 흔히 옥수후정화玉樹後庭花의 준말로,
『진서陳書』 후주심황후전後主沈皇后傳에 다음과 같은 내용이 보인다.

後主每引賓客 對貴妃等遊宴 則使諸貴人及女學士 與押客共賦新

詩 互相贈答 採其尤艶麗者 以爲曲詞 被以新聲 選宮女有容色者 以

千百數 合習而歌之 分部迭進 持以相樂 其曲有玉樹後庭花

　　그렇게 볼 때, 가장 아름다운 작품을 골라 수많은 궁녀로 하여금
노래를 불러 상락相樂한 곡들 가운데 하나다. 현존하는 경상도, 서
남 등지의「산유화가」에 남녀상열적 요소 곧 내용상의 남녀간 애
정과 가창상의 남녀화답 방식이 나타나 있어 서로 성격상 상관이
깊음을 알 수 있다. 그리고 농요의 거개가 남녀간의 애정을 담고 있
다는 것은 농요의 하나인「산유화가」의 성격을 규명하는 데 시사
하는 바가 크다.

　　　　유자탱자는 의가 좋아
　　　　한 꼭지에 둘이 여네
　　　　처자 총각은 의가 좋아
　　　　한 베개에 잠이 드네

　　　　　　　　　　　　　　　　　　　　　　　〈청양〉

　　　　홍도깨 같은 젖통보소
　　　　많이 보면 병이나고
　　　　조곰 보면 상사난다.

　　　　　　　　　　　　　　　　　　　　　　　〈장흥〉

　　　　임의 품에 자고 나니
　　　　아시랑 아시랑 추워온다

아시랑 아시랑 치운데는
선살구가 제맛일세.

〈부여〉

여기꽂고 저게 꽂고
주인네 마느래 저게 꽂고
꽂기는 꽂았으나
陰달이져서 될동말동

〈동래〉

별이 떴네 별이 떴네
벼개 모에서 별이 떴네
꽃이 피네 꽃이 피네
이불 밑에서 꽃이 피네.

〈밀양〉

이밖에도 상당수가 되는 바,[115] 이것은 취미의 단순성, 교양의 낮음 등에도 관계될 것이며 흙에 묻혀 사는 생활의 본능적 욕망의 노출이라고도 할 수 있을 것이다. 그러나, 가장 중요한 것은 벅찬 노동에서 오는 육체적 피로를 덜고자 하는 데에서 생겨났다는 사실이다. 따라서, 농요와 남녀애정은 불가분의 관계에 놓인다.

남녀상열적 요소의 「산유화가」는 백제 말엽에 와서 비가적悲歌的 요소로 바뀐 게 아닌가 한다. 『수서隋書』 오행지五行志에 의하면

115 임동권, 『한국민요연구』, pp.301~362.

「옥수후정화玉樹後庭花」의 가사 가운데 꽃은 피어 오래 가지 못한다는 구절이 있는데 이것은 가참歌讖으로서 오래가지 못하는 조짐을 뜻하는 것이라고,

禎明初 後主作新歌辭 意哀怨 令後宮美人習而歌之 其辭曰 玉樹後
庭花 花開不復久 時人以歌讖 比其不久兆也

이렇게 기록되어 있다. 「산유화가山有花歌」에도 백제 멸망의 조심을 예시하는 가사가 끼었음을 예문고藝文考의 기록은 암시하는 게 아닐까? 「산유화가山有花歌」는 나라가 패망하자 유민의 노래로 바뀌어 현전하였다고 본다. 전술한 바대로, 향랑香娘이 불렀다는 「산유화가山有花歌」 가운데, "天高而高 地廣而廣 此身無所容", "山有花 我無家 我無家 不如花"의 내용과 야은冶隱의 비 아래서 투신자살하였다는 설화는 망국민의 비애를 바탕으로 한 것임이 분명하다. 물론, 여옥麗玉이나 낙화암에서 떨어져 죽은 궁녀, 논개 등등의 여인네들이 갖는 이미지를 향랑香娘도 지니고 있지만 그의 경우 비극적 요소가 더욱 강조되고 있음을 간과해서는 안 될 것이다.

『회남자淮南子』에 '옥수玉樹'를 일러 선목仙木으로서 불사수不死樹라 하였는데 옥수후정화玉樹後庭花의 경우 옥수玉樹는 불변의 강토를 의미하고 후정화後庭花는 무시로 전변하는 인간사를 상징하는 것은 아닐까?

이 「산유화가山有花歌」는 농사철이 시작되는 봄에 노동을 하면서 불렸음을 흡제翕齊의 『어난난於難難』에 보이는 "遺曲謾敎農女唱 麥田

何處問朱欄"[116]에서 알 수 있고 포암蒲庵의『산유화가음山有花歌吟』에 보이는 '유녀행가遊女行歌' 그리고 위 흡제翕齊의 시에 있는 '농여창農女唱' 등으로 미루어 농사짓는 아낙네나 놀이하는 여인네들 간에 특히 많이 불렸음을 알 수 있다. 원래는 남녀화답으로 두루 불리던 것[117]이 경상도 지방으로 전파되면서 여인네들 간에 봄 강가에 나와 집단적으로 불렸다.『동환록東寰錄』의 "出水濱聯袂跳歌"와『담정총서薄庭叢書』가운데 이안중李安中의『산유화곡山有花曲』의 일절 "江南江北寶襪兒 一曲春歌鬪草歸" 등등 많은 기록이 그러한 사실을 뒷받침해 준다.[118]

116 熊津春色古今蘭 山有花兮皐有

遺曲謾敎農女唱 麥田何處問朱欄

(……)

前皐迢遞後山巘 山有花兮皐有蘭

北里東村春雨里 西疇南畝女男歡

이러한 것은 포암蒲庵 이사명李師命의「산유화가음山有花歌吟」에서도 보인다.

江南五月草如烟 遊女行歌滿水田

終古遺民悲舊主 至今哀唱似當年

(……)

山花落盡子規啼 千古思歸路已迷

巖上遊魂招不得 王孫芳草自萋萋

117 지금도 모심기 등 논일에 여인네들이 참여하며 밭일은 거의 여인네들이 전담하고 있다.

118 주 112 참조.

아마, 이런 점은 백제 때에도 마찬가지가 아니었을까. 노동요로만이 아니라 놀이 등에서도 여인들 사이에 많이 불리웠을 것이다.

예로부터 부여지방에서는 '유왕산留王山놀이'라 하여 유왕산(부여군 양화면 원당리 소재. 부여읍 남으로 20km 상거相距)을 중심으로 100리 안쪽의 아낙네·색시들이 음식을 차려 1년에 한 차례 음력 8월 17일에 이 산에

5) 형식고形式考

근대 이전의 가요를 형태적으로 고찰함에 있어서 간과해서 안 될 것은 그 음악성이다. 자수字數에 따라 율律을 재단하면 시가의 운율적 구조를 왜곡하는 결과를 초래하게 된다. 실제의 노래 소리에 밀착시켜 구분할 때 비로소 바르게 파악할 수 있다. 가령, 어떤 경우는 2음절이 4음절의 길이로 불릴 때도 있고 한 어절의 중간에 리듬의 단락이 지어지는 수도 있기 때문이다. 그러나, 시가의 형식적 구조를 고찰함에 있어 흔히 빠지기 쉬운 음악성의 외면이라는 함정을 필자도 이 글에서 탈피하지 못하고 있다. 그러나, 기교가 별로 요구되지 않고 거기다 반복이 심한 그런 소박한 민요의 경우에 있어서 자수율字數律이 곧 음수율音數律이라 보기 때문에 그다지 큰 오류를 범하지 않을 것이라 자위한다.

「산유화가山有花歌」는 현존하는 것의 그 내용이나 형태로 보아

올라 서로 소식도 전하며 즐겁게 노는 풍습이 있었다고 한다. 시집간 아낙과 친정 어머니의 만남도 이 때 이루어져 눈물과 기쁨의 잔치를 보였는데 멀리서 보면 산에 꽃이 가득 핀 듯 하였다고 전한다. 이 풍습을 '반뵈기'라고 불리었다. 이때에도 이 노래가 불리웠다고 전해온다.

유왕산留王山이란 이름은 왕이 놀던 산이란 뜻의 유왕산遊王山에서 같은 음을 취해 이루어진 것이라고도 하고, 또는 왕이 당으로 잡혀갈 때 하루를 묵은 곳이어서 그렇게 부른다고 전해진다. 이 산에 올라 가면 강경과 군산 사이를 오르내리는 배들이 건너다 뵈므로 전망이 퍽 좋다. 전해 오는 이야기에는 의자왕 20년(A.D. 660) 7월 18일에 사비성泗沘城이 함락. 8월 17일에 포로로 백제의 대신 93명, 백성 12,807명을 끌고 가 다시 오기 어려운 그들과의 이별을 애석해한 데에서 비롯되었다고 한다. 어쨌거나, 인근 여인네들이 산에 운집하여 하루를 즐길 때 산유화가山有花歌가 합창으로 불렸다는 것은 자연스러운 일이 아닐까?

매우 잡다해서 하나로 묶어 이야기 하기는 어렵다. 주로 A형을 중심으로 이야기할 수밖에 없는 것은 그 때문이다.

A형을 형태적으로 정리하여 들어 보면 다음과 같이 될 수 있다.

    ㉠ 메나리야 메나리야　　〈기구起句〉 4　4

      저꽃피어 시작하야　　〈사설辭說〉 4　4

      저꽃지더락 필역하세　　　　　　5　4

      얼럴럴 상사뒤　　〈후렴後斂〉 3　3

      어여디여 상사위　　　　　　　4　3

    ㉡ 〈기구起句〉

      농사짓기 힘들건만　　　　　　4　4

      부모처자 어이하리　　　　　　4　4

      〈후렴後斂〉

    ㉢ 〈기구起句〉

      번화함을 자랑마라　　　　　　4　4

      구십소광 잠깐간다　　　　　　4　4

      〈후렴後斂〉

    ㉣ 〈기구起句〉

      鷲靈峰에 날뜨고　　　　　　4　3

      泗沘江에 달진다　　　　　　4　3

      〈후렴後斂〉

㉤〈기구起句〉

저날떠서 집에 나와　　　　　4　4

저달져서 돌아간다.　　　　　　4　4

〈후렴後斂〉

㉫〈기구起句〉

扶蘇山 높아있고　　　　　　　4　3

九龍浦 깊어있다.　　　　　　　3　4

〈후렴後斂〉

㉠〈기구起句〉

扶蘇山도 平地되고　　　　　　4　4

九龍浦도 平原이라　　　　　　4　4

〈후렴後斂〉

　꽃을 부르는 소리로 기구起句를 삼고, 그 다음에 사설(내용)이
이어지고 그 끝에 후렴이 붙는 형식인데, 앞부분은 선창자[119]가 부
르고 후렴은 일하는 여러 사람들이 부른다. 말하자면 멕이고 받는
소리이다.

　1행은 2음보격이며 1연은 2행으로 되어 있고, 분연체分聯體로 연
속이 된다. 그리고 음수율音數律은 4·4조가 중심을 이루며 4·3조

---

119 선창자 곧 멕이는 사람은 함께 일을 하는 사람일 경우도 있으나 대부분은
　　그 집단 중에서 가장 목청이 좋고 기억력이 좋은 지도자격의 사람이 되며
　　이 사람은 일하는 사람보다 품값을 더 받는다.

와 3·4조가 끼어 있다. 이러한 이른바 4구체는 가요의 가장 원초적인 형태라 할 수 있다. 2구체로서는 요謠가 성립되기 어려운 때문인데, 가장 오래된 시가들은 4구체의 형태를 보여주고 있는 것이다.

이것은 다시 '메나리야'[120]라는 기구가 탈락되고 내용의 단락으로 보아 ㉠과 ㉡ 그리고 ㉣과 ㉤, ㉥과 ㉦이 각각 연결되어 8구체로 되었을 가능성이 크다. ④, ⑤, ⑥, ⑦, ⑧이 모두 1행 2음보격으로 된 4행의 8구체로 이루어졌음은 흥미 있는 일이다. 그리하여, 현존하는 이앙가移秧歌가 취하고 있는 8구체[121]와 동일하다는 결론을 얻을 수 있다.

앞에서 필자 나름으로 형식을 재구하였거니와 이것은 몇 가지 위험을 내포하고 있는지 모른다. 가령 "저꽃피어/농사일시작하야 ∨ 저꽃지더락/필역하세//"의 '/4·7 ∨ 5·4//'의 7과 5를 어떻게 보느냐 하는 것이다. 또 "저 꽃피어/변화함을/자랑마라//"에서 4·4·4의 3음보를 어떻게 보아야 하며 그리고 "扶蘇山 높아있고 九龍浦 깊어있다"에 잇대어 "扶蘇山도 平地되고 九龍浦 平原되니"가 붙어 있을 뿐 아니라 "세상일 뉘가 알고"라는 '/3·4/'의 2음보가 붙느냐는 등등의 의문을 제기할 수 있을 것이다. 이 때문에 이 노래는 가장 오랜 세월을 거슬러 올라 갈 수 있다는 유추를 한 분[122]도 있

---

120 어쩌면 한문화가 서민에게까지 침투되어 뒤에는 '산유화山有花'라고 불렀을 것이다. '필역畢役, 번화繁華. 구십소광九十韶光' 등의 한자어가 그런 유추를 가능하게 해준다.

121 임동권, 앞의 책, p.315.

122 조지훈은 그의 「산유화고山有花考」, 『조지훈전집』 제7권, p.139에서 "우리 민요의 기초적 형식은 4.4조의 연결이 아닌 점에서 마땅히 다른 고가古歌와의 비교연구가 요청되지만 그 가사의 시대적 변천은 차치且置하고라도 이 노래 자체의 연기緣起가 상당히 오랜 세월을 거슬러 올라갈 수 있는 것만은

다. 그러나 필자의 생각으로는 채록에 오류가 있는 점도 적지 않으리라고 보며 설령 오류가 아니라 하더라도 완급緩急을 조절, 조금의 변조變調를 허용하였던 것이 아닌가 한다. 그리고,

　　白馬江水는 萬古에 푸르르다.

　또는

　　落花岩 달빛 천루에 밝아라.

　등의 3음보격은 비기능요非機能謠로 바뀌는 과정을 드러내 주는 것이라 생각된다. 노동에 밀착, 그 호흡에 따라 2음보의 빠른 템포가 점차 노동을 하지 않는 경우에도 부르게 됨으로써 유연하고도 풍부한 선율인 3음보로 바뀐 것이다.

　　알 수 있을 것이다."라 하였다. 이탁李鐸도 그의 「어학으로 고찰한 우리 시가원론詩歌原論」, 『국어학논고』, p.292에서 원시가요의 형태적 특징을 시경의 국풍처럼 분절식의 짤막짤막한 것과 사설의 형태가 각 절마다 서로 같지 않아서 성률聲律의 격조格調만 변하지 않고 그 곡을 자유자재로 늘리거나 줄일 수 있는 것이라 하였으며, 그 이유를 "어느 개인의 창작이 아니라, 군중이 공통된 환희에 뛰놀 때에 군중 속에서 이 사람 저사랑 춤에 수반되는 음성의 율동에 맞추어 그 공통된 감흥의 요소로 토막토막이 완결하여 받고 채기로 불러대기" 때문에 짧은 분절식이 되지 않을 수 없다고 하고 또한 "이 사람 저 사람이 즉흥적으로 임시임시 불러대는 만큼 각절의 사설의 형태도 균일하게 균제均齊될 수 없다"고 하였다. 그 예로써 산유화가山有花歌를 들었다.
　　서술의 내용은 서로 다르지만, 산유화가山有花歌가 균제된 형태를 이루고 있지 않다는 형태적 특징을 들어 오래된 가요라고 주장하는 데에 의견의 일치를 보이고 있다.

大同江 너븐디 몰라셔

비내여 노혼다 샤공아

네가시 넘난디 몰라셔

널 비예 연즌다 샤공아

「서경별곡西京別曲」

가다가 가다가 드로다

에정지 가다가 드로라.

사ᄉ미 짒대예 올아셔

奚琴을 혀거를 드로라.

「청산별곡靑山別曲」

이 같은 고려의 속요에서, 비기능적 요소로서의 3음보격이 갖는 풍부한 리듬을 발견하며, 여타 「아리랑」 등에서도 그런 점을 쉽게 찾아 볼 수 있다.

6) 소결少結

백제는 서남에 바다를 끼고 넓은 평원을 가진 천혜의 여건 속에서 눈부신 문화의 꽃을 피웠다. 해양술도 발달해서 일찍부터 중국 남조와의 무역이 성행하였고 동성왕東城王 때에는 중국 대륙에 식민지를 둘 정도로 부강한 나라가 되어 위세를 떨쳤다. 고도한 한문화를 재빨리 유입하였고 또 직접적으로 호승胡僧을 통해 불교를 받아들임으로써 백제문화는 가일층 발전하게 되었다. 이웃의 신라는 물론 바다 건너 일본의 상대문화上代文化를 계발하는 데에 미친 공적은 매우 큰 것이었다.

이렇듯 찬연燦然한 문화도 고구려와 신라의 침략에 시달리고 거기에다 극에 달한 행락行樂으로 말미암아 결국 패망함으로써 약탈당하고 회신灰燼되어 모든 것이 오유烏有로 돌아갔을 뿐 아니라 후세 사가史家들의 편협된 사관 때문에 백제문화는 경시되고 말았다.

백제의 가요도 일본에 교대로 악사를 보냈다는 기록과 왕가의 호화로운 연악宴樂 등의 기록을 볼 때 매우 풍성하였으리라 짐작되지만 주지하다시피[123] 전해 오는 것은 영성하기 짝이 없는 것이다. 가사가 제대로 전하는 것은 겨우 「정읍가井邑歌」 뿐이며 그것조차 고려의 것으로 보는 견해들이 많고 그밖에 「지리산가地異山歌」, 「무등산가無等山歌」, 「선운산가禪雲山歌」, 「방등산가方等山歌」 등이 전하나 가의歌意만 간략히 기록하고 있을 뿐이다. 필자가 본고에서 살핀 「산유화가山有花歌」도, 많은 학자들이 우리 가요를 논하고 있는 그들의 전문적인 저서에서 거의 외면함으로써 그나마 빈약한 백제의 가요를 더욱 빈곤하게 만들고 있는 형편이다.

본고에서는 『증보문헌비고』 예문고의 「산유화가山有花歌」에 대한 기록을 바탕으로 하고 몇 가지 사료와 몇 학자들의 업적을 참고로 하여 그 기원은 언제부터이며, 명칭의 뜻하는 바는 무엇인가, 그리고 내용과 형태의 구조는 어떠한가에 관해서 살펴보았다. 요약하면 다음과 같다.

---

123 민요를 수집한 책들을 보면 많은 오류를 발견하게 된다. 내용의 중복, 탈락, 단편적 기술 등등인데 내용보다 형태의 경우가 심하다. 채록자의 부주의나 무성의도 있겠으나 그 주요 원인은 제공자의 기억력 부족 등일 것이다.

① 기원

산유화山有花라는 명칭은 고대로부터 현대에 이르기까지 그리고 충청도, 관서關西 등 시공의 제약을 벗어나 널리 쓰이고 있다. 「산유화가山有花歌」에 관하여 언급된 문헌 중 대표적인 것으로 『증보문헌비고』 예문고를 들 수 있는데, 여기에는 백제의 것과 조선조 숙종 시의 것으로 각각 달리 설명되었다. 그러나, 모든 산유화가군山有花歌群의 원류는 백제의 것에서 찾아야 옳다. 백제의 고도 부여에 현존하는 이 노래가 남녀상열적 요소를 담지 않고 백제유민의 슬픔을 내용으로 하고 있다 하더라도 옛 백제가요의 시간적 흐름에 따른 가사의 변화로 보아야 옳을 것이다. 처음에는 남녀상열의 사詞를 담고 있던 것이 백제의 패망 무렵에는 가참歌讖으로, 그리고 패망 뒤에는 무상감을 담은 비가조의 가사로 바뀌었을 것이다. 「산유화가山有花歌」는 농요로서 노동의 동작과 밀착되어 템포도 빠르고, 사설도 노동의 과중한 부담과 부르는 사람의 기억력이 감당하기 어려우므로 자연히 짧고 중복이 심하게 바뀌었으며 또 연결성을 가진 무수한 노래를 연쇄적으로 부르도록[124] 되었을 것이다. 그리고, 흙과 밀착된 본능적 욕구와 노동에서 오는 과중한 피로감을 경감하기 위하여 남녀간의 애정을 담고 있는 여타의 농요처럼 이 노래도 남녀상열의 것이면서, 한편 시대의 비극적인 변화 곧 화려한 수도의 급격한 폐허화를 보게 된 충격을 자연스럽게 담게 되었을 것이다. 그러한 노래가 부여 등 백제지역을 정벌하였던 신라 병졸들에 의해 그들의 고향에 돌아가 전파시켜졌음이 분명하다.

124 고정옥, 앞의 책, p.310.

숙종 시 선산지방에서 불린 「산유화가山有花歌」는 원녀怨女 향랑香娘을 수반하고 있는데 이것은 백제 「산유화가山有花歌」의 슬픈 가사와 창곡唱曲에서 유래된 것이라고 믿는다. 어찌 보면, 포로로 잡혀간 백제 여인이 겪은 망국민의 비애가 향랑의 전설을 낳고, 그 전설이 「산유화가山有花歌」에 부회附會되었을는지도 모른다. 향랑이 야은선생冶隱先生의 비석 아래에서 빠져 죽었다는 것도 그렇거니와 더욱 그네가 불렀다는 "하늘도 넓고 땅도 넓지만 나 아무 쓸작에 없네", "꽃은 산에 피어 있지만 나는 집에 없네. 꽃만도 못하네." 를 볼 때 그런 추측이 가능해진다.

경상도와 관서關西의 것에는 부분적으로 또는 전면적으로 남녀 간의 애정을 담고 있는바, 백제의 것이 왕조의 침략과 함께 피지배족이 되어버리자 비가悲歌로 바뀐 것과는 좋은 대조를 이룬다. 말하자면, 백제의 원래 「산유화가山有花歌」는 남녀 간의 애정을 담는 것으로서 백제 멸망 후 신라 지역으로 재래의 것과 비가의 것이 함께 전파되고 다시 이것이 수전농업과 해안을 따라 북상하였을 것이다. 전파되는 과정에서 무상감을 담은 비가적 요소는 사라지고 이별 등 남녀의 사랑을 담은 것으로 바뀌게 됨에 따라 원래 「산유화가山有花歌」의 성격을 되찾게 된 것이다. 또한 함경도 지방 등에 「산유화가山有花歌」가 불리지 않았다는 사실은 수전농업과 해안의 전파 경로를 잘 말해주는 것이라 할 수 있다.

② 명칭

'산유화가山有花歌'라는 동일 제명題名에 서로 다른 노래들이 많이 있어서 이 노래에 관심을 보였던 분들은 대부분 명칭에 관한 논의로 시종하였다. 종래의 주장들은 다음과 같이 다섯을 묶을 수 있다.

첫째, '메나리'는 '메놀꽃'에서 나왔고 '메놀꽃'은 '산유화'의 뜻을 빌어 쓴 것이며 '遊'가 같은 음의 '有'로 바뀌어 '山有花'로 되었다는 것, 둘째, 모낼 무렵에 꽃을 피우는 산백합(권단)으로서 그 꽃의 암자색 반점이 마치 혈흔과 같기 때문에 백제 유민의 비감을 촉발하였을 것이라는 견해, 셋째, '메나리'가 원말인데 이 말은 '메'와 '나리'가 결합되어진 것이고 '메'는 '멀다[遠]'의 어간 '멀'이 '메'로 바뀐 것으로 '예[舊]'의 뜻이며 '나리'는 '향유'의 뜻이 '시대'로 바뀌어 결국 합하여 '구시대'의 노래라는 뜻을 갖고 '산유화山有花'는 그 이두식표기라는 독특한 주장, 넷째, 남도잡가 창조唱調의 이름으로서 우조羽調라는 견해, 다섯째, 독창으로서 후렴이 없는 진짜 아리의 '민아리'에서 왔다는 설 등이다.

이러한 견해들은 각각 몇 가지 문제점을 내포하고 있는데, 첫째의 것은 민요가 가지고 있는 기능 곧 농요로서의 성격을 외면하였다는 점과 명사+동사의 어간+명사로 된 '메놀꽃'의 조어상 모순 등등을 들 수 있고, 둘째의 것은 '山百合'의 '당개나리'란 이름이 있는데 '메나리'라 하는 것은 아무래도 비약이 심하다는 반론을 피할 수 없을 것이며, 또 이 노래 가운데 "저꽃지더락 필역畢役하세"란 내용을 어떻게 해석해야 할지 의문이다. 셋째의 것은 매우 심한 비약을 드러내고 있다, '메나리'를 '구시대'라고 하면 기구의 '메나리꽃'과는 전연 무관한 것이 된다는 점, '시니'의 이두식 표기가 '사뇌詞腦'라 하면 '구시대'의 뜻을 갖는다는 '메나리'의 이두식 표기를 구태여 '산유화山有花'라 하여야 할 까닭이 없다는 것 등등을 들 수 있으며, 넷째의 것은 '산유화가山有花歌'로 불리는 노래가 모두 우조羽調가 아니란 사실에서 그대로 수긍하기 어렵다. 다섯째도, 민아리(메나리)는 백제의 산유화山有花와 무관하다는 주장이어서 이해하기 어렵다.

필자는 「산유화가山有花歌」의 원명을 '메나리노래'라 보며[125] '메나리'는 산에 피어 있는 각종 꽃을 범칭하는 것이라고 생각한다. '산유화山有花'란 이름도 '뫼꽃' 곧 '메나리'의 한역 '산화山花'의 중간에 유포니를 고려, 한문투로 '유有'자를 삽입한 것이다. 그리고, '메나리'는 '메'와 '아리'가 합성된 형태적 구조를 갖는 말로 히아투스를 막기 위해 'ㄴ'이 첨가 된 것이 아닐까 한다. '메'는 '山'이며 '아리'는 「아리랑」의 '아리'와 같은 어휘로서, '교交, 합合, 가嫁, 원圓' 등의 뜻을 지닌 '얼다' 류類의 어간 '얼'의 명사화라고 보는 바, 「아리랑」이 사랑의 내용을 담은 한 노래군의 범칭인 것처럼 '메나리'도 산이나 들에 관계되는 농요로서의 사랑을 담은 노래군을 두루 부르는 이름이라 생각된다.

---

125 이종출은 그의 「산유화소고」, 『무애화탄기념논문집无涯華誕紀念論文集』, p.441에서 "한자가 전래한지 이천여 년, 신라도 백제도, 고구려도 다함께 한자한문을 사용한 당시 또는 그 후세에 있어서 다른 어떤 경우의 문헌에서도 그와 같은 용례가 없는 산유화山有花를 굳이 '시니'의 아역雅譯, 또는 메나리의 한역 또는 메나리의 이두식 표기 등으로 보아야 할 뚜렷한 이유는 없는 것으로 안다."라 하였지만 이 노래가 주로 농민들이나 부녀자들에게 영창詠唱되었다는 점을 고려해 볼 때에 '메나리'라고 불리웠음이 옳을 것이다.

③ 내용

현존하는 「산유화가山有花歌」는 그 내용이 참으로 잡다하다. 내용의 유사성에 따라 넷으로 나눌 수 있는데, A형은 부여지방을 중심으로 한 백제유민의 비가悲歌로서 짙은 무상감을 담은 것이고, B형은 예산, 선산 지방의 것으로서, 구체적으로 백제의 패망을 나타나고 있지는 않으나 무상감의 잔영을 발견할 수 있으며, 특히 선산지방의 것에서는 여체의 성이 교묘하게 숨어 있어 남녀상열의 성격을 보인다. C형은 주로 관서의 것인데 인간세사의 무상감은 찾기 어렵고 다만 이별을 바탕으로 한 남녀간 애정이 드러나 있을 뿐이며, D형을 초동가樵童歌 등 잡다한 것들이다.

A형을 중심 삼아 내용의 구조를 살펴보면, 생生과 멸滅의 대비로 되어 있는 바, 시작 – 끝, 핀다 – 진다, 나와 – 돌아간다, 높은 산 – 평지, 포浦 – 평원平原 등으로 영고성쇠의 무상감과 부모처자를 위해 변함없이 농사짓는 이의 체념이 소박하게 드러나 있다.

그런데, 원래의 노래는 남녀상열의 내용을 담고 있었고, 그것이 나라의 패망과 더불어 유민의 원가怨歌 쪽으로 바뀌게 되었으며, 그 밖의 지방 이를테면 선산과 관서 등지로 남녀상열과 무상감이 뒤섞인 노래로서 전파되었다. 백제의 부여와 먼 지방(관서 등지)에서는 무상감이 소멸하여 남녀상열의 노래로 남게 되었다.

이 노래는 주로 봄에 많이 불려진 듯 하며 경상도 지방으로 가서는 역시 봄에 나물 캐는 여인네들이 무르거나 봄날의 아가씨들이 달밤에 강가로 나와 무리지어 춤을 추면서 불렀던 듯하다.

④ 형식

    민요의 형식 곧 운율적 구조를 고찰함에 있어서 가장 중요한 것은 노동의 템포와 밀착되어 있다는 점이다. 이 노래의 템포는 모심기, 논매기 등의 호흡에 일치하는데 기구起句와 사설辭說의 선창자先唱者가 메기면 일꾼들이 그 뒤를 후렴으로 받아 넘기는 구조를 갖는다. 한 단위의 구조는

이와 같이 되어 있다.

    1행에 2개의 음보, 1연은 2행, 이른바 4구체의 분련체分聯体다. 4음보의 4구체는 2연 2구체처럼 숨 가쁘지는 않지만 비교적 템포가 안정되어 모심기 등 노동의 민요에 알맞다. 4구체는 8구체로 배가되면서 기구起句가 탈락되고 또 노동과 관계없이 불리는 비기능요로 바뀌면서 후렴도 탈락되는 한편 3음보형으로 부분적인 변형을 보이고 있다.

2. 정읍가井邑歌

1) 서론

『삼국사기』의 작자는 의도적으로 도외시한 듯, 한 편의 곡명曲名
조차 싣지 않고 중국(당) 사료인 『통전通典』과 『북사北史』를 각각
인용하여 다음과 같이 짤막하게 언급하고 있을 따름이다.

百濟樂 通典云 百濟樂 中宗之代工人死散 開元中岐王範爲大常
卿復奏置之 是以音岐多闕 舞者二人 紫大袖裙襦章甫冠皮履樂之存
者 箏笛桃皮觱篥箜篌 樂器之屬多 同於內地 北史云 有鼓角箏竽箜篌笛
之樂[126]

여기에서는 「정읍가井邑歌」[127]에 초점을 두어 몇 가지의 사견을

---

126 『삼국사기』, 권32 雜志 제1 樂.
127 이 가요는 學界에서 井邑詞라고 불리우고 있는데, 再考할 필요가 있다고 생
각한다. 그 歌詞가 이 제명과 함께 『악학궤범樂學軌範』에 기록되어 있기 때
문에 그러한 듯하다. 그래서 그런지 별로 제명에 관해서는 이의를 제기하
지 않고 있다.
　결론부터 말하면, 필자는 詞 대신 歌를 붙여야 한다고 본다. 그리하여 이
글에서는 이후 井邑歌로 쓰려고 한다. 歌로 바꿔야 할 근거는 다음과 같다.
　첫째, 『樂學軌範』 등에 기록되어 있는 井邑群을 서로 區分하여, 井邑詞를 따
로 지칭하는 명칭으로 파악하는 연구자들이 있는데, 井邑群을 악곡의 성격
등을 나타내는 명칭으로 혼용되어 있는 별개의 가요로 이해하는 것은 잘못
이다. 따라서 井邑群이 있는 것이 아니라 井邑歌가 있을 뿐인 것이다. 그러므
로 井邑歌를 반드시 詞로 고집할 의미가 없다.
　둘째, 井邑歌를 기록하고 있는 최초의 문헌이자 신뢰할만한 문헌은 高麗史
이다. 이 文獻의 樂志에 "百濟 禪雲山, 無等山, 方等山, 井邑, 智異山"으로 기록되어
있어서 여타의 백제가요처럼 '歌'로 명명해야 된다.
　셋째, 『樂學軌範』의 기록 가운데 "諸妓唱井邑詞"라는 대목이 있는데, "唱"의

피력해 볼까 한다.「정읍가」에 대한 학계의 관심은 상당히 높아서 매우 많은 양의 주석과 연구논문을 발표하고 있는데[128] 상대가요의 해독과 연구가 거의 다 그런 것처럼 역시 이것에 관해서도 자기 나름의 주장들을 내세우고 있어 다양한 견해들이 난립, 속출하고 있는 실정이다. 그 간의 연구 성과를 집약하면 주석적 접근, 음악적 접근, 배경적 접근, 기타 연구사적 접근 등 넷으로 나눌 수 있으며 그 중 대종을 이루는 것은 주석적 접근과 배경적 접근이다.[129] 중요

동사적 의미로 보아 詞는 악곡의 특수어로 쓰였고 그것은 악곡보다. 현재 通用하고 있는 의미의 詞에 가깝게 아닌가 한다. 이러한 것은 先學에 의하여 지적된 바 있다.

넷째, 詞는 중국의 특유의 한 문장 양식으로서 악곡에 가까운 것이다. 井邑歌도 前腔, 後腔, 過篇 등 악보라 할 수 있고, 또 그것이 궁중연악으로 오랫동안 쓰였기 때문에 일부러 예의 〈詞〉를 붙인 것으로 판단된다. 그러나 이것은 歌이지 〈詞〉는 아닌 것이다.

詞는 唐代에 시작되어 宋代에 와서 성하였으며 그 명칭도 다양하여, 曲子, 曲詞, 樂府, 樂長, 長短句, 詩餘, 歌曲 또는 琴趣라고 불리웠다. 이 양식의 특징을 대강 다섯 가지로 요약할 수 있을 것이다.

첫째, 每詞는 모두 음악적인 調名 곧 詞調(또는 詞牌 등)이 붙어 그것은 題名과 區別된다.

둘째, 한 首는 몇 部分(片)으로 나뉘는데 대략 둘로 단락 지어진다.

셋째, 句式은 參差不齊한 長短句를 갖는데, 1字句로부터 11字句를 그 범주로 하고 있다.

넷째, 令字를 사용하는 것이 그 특징이다.

다섯째, 聲律에 있어서 平仄 등 四聲의 字聲 配列이 치밀하면서도 그 규칙이 엄격하다는 점 등이다.

대체로 詞는 小令, 中調, 長調 등 三體가 있다.

따라서 이러한 중국 문학 양식을 중국문학의 詞와는 다른 이 가요에다 유독 詞를 붙이는 것은 옳지 못하다.

128 井邑歌에 대한 연구 결과는 상당수에 이르고 있다. 이 글의 I. 서론 가운데 2. 연구사 개관 항 참조.

129 앞의 주 참조.

한 것은 더 말할 나위 없이 작품이다. 작품을 정독close reading하여 그 구조를 객관적으로 규명해야 됨에도 불구하고 작품이 가지고 있는 부대 설화 등에 매이거나 또는 자가류自家流의 사상에 의하여 지나치게 자의적인 해석을 내림으로써 '권위'를 내보이려는 경우도 없지 않다.「정읍가」의 해석을 포함하여 고전연구에 있어 지양해야 할 점을 생각나는 대로 몇 가지 들어 보면 다음과 같다.

첫째, 문헌의 취급에 있어서 소홀한 점을 들 수 있다. 원전과 그 관계 문헌들을 광범위하게 수집하여 정밀하게 검토해야 옳은 일인데도 그렇지 못하고 자가류의 주장에 알맞는 자료만을 편협스럽게 취사선택해서 쓰는 경우가 가끔 눈에 띈다.

둘째, 기록의 미시적인 자구에 구속되어 작품의 본질에 접근하지 못하는 수가 많다. 위에 든 첫째의 경우가 자기의 주장을 위해서 때로는 원전을 자의적으로 개변하는 대담성을 보여 위험성을 노정한다고 하면, 이것은 훈고학적인 주석과 때로는 여러 가지 사정으로 잘못된 기록 내용을 금과옥조처럼 여겨 결국은 숲은 보지 못하고 나무만 보는 근시안적 경직성의 오류를 범하게 된다. 따라서 이상에 든 두 문제를 어떻게 합리적이며 유연성 있게 처리해 나가느냐하는 데에 그 성패의 관건이 놓인다.

셋째, 주석적 해독의 단계를 연구로 자처, 거기에서 한 발짝도 앞으로 나오지 못하는 경우를 들 수 있다. 과거의 고전연구는 거의 그러한 양상을 보여 주었다. 물론 어법에 따른 해독의 중요성을 부정하려는 것은 아니지만 그 해독이 다음에 올 연구의 정지적整地的인 역할을 해야 된다는 것이다.

넷째, 주변연구에만 너무 국칩되어 있음을 지적할 수 있다. 뉴크

리틱스들이 주장하는 것처럼 작자의 전기적 사실이나 시대배경 등등을 전적으로 무시하고 작품의 본문에 밀착한 분석을 우리 고전문학작품에 시도할 때, 적지 않은 무리가 야기될 것임은 뻔하며 따라서 그러한 방법에 대한 비난을 모면할 길이 없겠으나, 작품의 구조를 객관적으로 분석한다는 점에서 적절히 원용해 봄 직하다고 믿는다. 현대문학에 속하는 작품과 고전문학에 속하는 작품의 접근방법이 따로 있는 양, 아는 것은 큰 착각이라 아니할 수 없다.

다섯째, 작품을 포함해서 여러 가지 문학 현상을 어느 하나, 이를테면 심리학, 사회학, 인류학, 신화학, 미학 등등의 보조과학을 이용하여 그 근저로부터 해명하려는 방법상의 아쉬움을 들 수 있을 것이다. 이것은 앞에 든 뉴크리틱스들로부터 배격을 받고 있는 것들인 바, 자칫 잘못하면 이러 한 방법이 사회학이나 심리학·역사학 등 문학외적 사실로 바뀔 가능성도 배제하기 어려운 게 사실이다. 그러나 문학도 하나의 심리적 분비물이요 사회역사적 산물이라고 보면, 다양하면서 폭넓은 천착이 요구된다 할 것이다. 특히, 고전문학의 경우 그러한 시도가 활발하게 일어나야 될 줄로 믿는다.

그밖에도 가요의 경우 국악과의 관련성에 대한 외면, 맹목적인 권위에의 추종 등등을 더 추가할 수 있을 것이다.

필자는 이 글에서 이상 열거한 사실들을 전제로 하여 「정읍가」에 접근하고자 한다. 「정읍가」를 주로 장똘뱅이들의 '달노래'라 보고 '달'에 역점을 두어 인류학적 측면과 심리학적 측면에서 살펴보려고 하는 바, 소전문헌所傳文獻, 지어진 시기, 작자, 내용, 형식 등을 종합적으로 검토하고자 한다.

2) 소전문헌고所傳文獻考

백제사에 관한 연구에 있어서 귀중한 사료가 되는 것은 두말할 나위 없이 『삼국사기』와 『삼국유사』의 양 저서다. 이 저서들이 준거한 사서들이 많이 있었건만, 현재에는 모두 오유烏有로 돌아가 하나도 전하는 게 없어서 결국 두 문헌에 거의 전적으로 의지하는 수밖에 없음은 주지의 사실이다. 더욱이나 고려조에 이루어져 우연히 남은 이 사서들은, 하나는 관官 곧 상층문화와 다른 하나는 민民 곧 적[下]층문화로서 서로 조응되는 표리의 관계에 놓이는 바, 모두 신라 쪽으로 심하게 경사되어 있어서 백제사 특히 문학, 음악 등에 관한 연구로는 거의 도움을 받지 못하고 있다. 『삼국사기三國史記』 권32 잡지雜志 제일第一 속에 악지가 있어 악기, 가악, 무악과 더불어 고구려, 백제악도 설정되어 있으나 빈약함을 피할 수 없다.

「정읍가」의 명칭과 그 가의歌意가 기록되어 현전하는 최초의 것은 조선조 초 왕명에 따라 제사관諸史官에 의하여 만들어진 『고려사高麗史』다.

『고려사』에도 악지樂志라는 항이 별도로 설정되어 있는데 우선 악지 2의 배열순서를 든 다음 거기에 수록된 「정읍가」와의 관련 내용을 옮겨 보기로 한다.

雅樂

唐樂

　　樂器

　　呈才(舞樂)

歌詞

俗樂(高麗俗樂)

樂器

呈才(舞樂)

歌詞

三國俗樂

用俗樂節度

「정읍가井邑歌」에 관한 기록은 이 중 속악(고려속악)조俗樂條와
삼국속악조三國俗樂條에 있다.

高麗俗樂 考諸樂譜載之 其動動及西京以下二十四篇 皆用俚語

(……)

舞鼓

舞隊 皂 率樂官及妓 樂官朱衣 立于南 樂官重行而坐 樂官二人奏
衫   妓 丹 粧

鼓及臺 置於殿中 諸妓歌井邑詞 樂樂奏其曲 妓二人先出分左右 立於

鼓之南 向北拜訖跪斂手起舞 俟樂一成 兩妓執鼓槌起舞 分左右 挾鼓

一進一退 訖繞鼓 或面或背周旋而舞 以搥擊鼓 從樂節次 與杖鼓相應

樂終而止 樂徹而止 樂徹兩妓 如前俛伏興退

〈권71 志 第25 樂2 31張 俗樂條〉

新羅百濟高句麗之樂 高麗並用之 編之樂譜 故附着于此 詞皆俚語

新羅 (……) 百濟 禪雲山 無等山 方等山 井邑 智異山

井邑全州屬縣 縣人爲行商 久不至 其妻登山石 以望之 恐其夫夜行

犯害 托泥水之汚 以歌之 世傳有登帖望夫石云

〈권71 志第25 樂2 46張 三國俗樂條〉

그 다음으로 『세종실록世宗實錄』에,

桓桓曲 (……) 無㝵動動井邑眞勺

〈卷116 時用鄉樂譜條〉

라고 실린, 극히 간략한 명칭을 찾아 볼 수 있다. 그러나 『악학궤범樂學軌範』[130]에 보면, 가사까지 전부 나타나 있는 바, 현존하는 유일의 것이 된다.

처음에,

舞鼓

初入排列圖 <略>　　回舞擊鼓圖 <略>

樂師帥樂工十六人 奏鼓臺具 由東楹入 置於殿中 先置北次置西 次置東次置南 而

出樂師 抱鼓槌十六箇 由東楹入 置鼓南而出 每鼓 槌二 諸妓唱井邑詞

이렇게 악사와 북의 배치 상황에 관하여 쓴 다음에 잇대어 「정읍가」의 가사를 기록하고 있는데, 앞으로의 서술을 위해서 그대로

130 이것은 성종 24년(A.D. 1493), 왕명에 의하여 장악원 제조 성현, 류자광 등에 의해 간행된 9권 3책의 악서인 바, 현존하는 것은 국내판 2종과 일본 名古屋에 있는 蓬左文庫의 1종 도합 3종이 된다. 오래 된 것은 후자로서 壬亂前板이다. 국내판본과 가사 내용의 차이는 없으나 오래 된 것이기에 원형을 보다 유지했으리라 믿어 蓬左文庫本에 따랐다.

옮겨 보기로 한다. 원문은 한 행에 두 줄로 쓰여 있는데 편의상 한 줄로 하되 판의 위와 아래를 그대로 맞추기로 하겠다.

前腔돌하노피곰도ᄃᆞ샤어긔야머리곰비취오
시라어긔야어강됴리小葉아으다롱디리後腔
全져재녀러신고요어긔야즌ᄃᆡ롤드디욜셰라어긔야어강
됴리過篇어느이다노코시라金善調어긔야내가논ᄃᆡ졈그
롤셰라어긔야어강됴
리小葉아으다롱디리

이 뒤에 춤추고 노래하는 방법이 다음처럼 상술되고 있는데, 이 것은 『고려사』 악지의 것과 크게 다른 것이 아니다.

樂奏井邑慢機 妓八人以廣歛　或四或二臨時啓稟 八鼓四鼓則妓數如其鼓數用 二妓則其擊一鼓　分左

右而進立於鼓南 北向 諸行跪俛伏起立足蹈 跪改尖歛而立舞　俗稱舞踏

訖並歛手 跪執槌歛水而起之 蹈舞進　左右外立妓先進　左右相連 左旋 繞鼓

而舞 隨杖鼓雙聲 鼓聲而擊之 奏井邑中機 樂聲漸促則越 杖鼓雙聲

隨鼓聲而擊之 奏井邑急機 樂師因節次遲速 越一腔擊拍 妓八人歛手

而退　左右外立妓先進　齊行跪置槌於本處歛手　廣袖　而立足蹈 俛伏興足蹈而

退樂止 樂工十六人撤鼓而出 樂師入撤槌而出　中官宴則置鼓置槌撤鼓撤槌並妓爲之

동서同書 동권同卷의 「학련화대처용무합설鶴蓮花臺處容舞合設」 조에도

114

黃者舞退 靑白者舞進舞退 紅黑者舞進舞退 訖五者諸行而舞樂 奏井邑急機

妓唱其歌 歌見上舞 五者變舞 井邑
鼓呈才儀 舞

이밖에『동국여지승람東國輿地勝覽』에도『고려사高麗史』삼국속
악조와 거의 동일하게[131] 기록되어 있으며『왕조실록王朝實錄』권32
중종 13년 4월조에도 그 이름이 보인다. 뿐만 아니라『성소복부고
惺所覆瓿藁』,『증보문헌비고增補文獻備考』등에도 보이며 특히『시용
향악보時用鄉樂譜』와『대악후보大樂後譜』에는 악보가 실려 전하고
있다. 그리고『투호아가보投壺雅歌譜』에는「아롱곡阿弄曲」이라 하여
다음처럼 실려 있다.

月阿高高的上來些 遠遠的照着時阿 漁磯魚堪釣里 阿弄多弄日日尼
달아노피곰도드샤멀니비춰곰시라어긔어감조리아롱다롱
일일니

현재에도 구왕궁舊王宮 아악雅樂으로 남아 있어서 그 명칭을 볼
수 있다.

이상「정읍가」의 명칭이 실리어 전하는 문헌들을 살펴보았거니
와, 이 가운데에서 가장 오래되었을 뿐만 아니라 신뢰도가 높은 것
은『고려사』의 기록이라 할 수 있다. 가사는『악학궤범』에만 보이
니 그것을 믿을 수밖에 없다. 그런데 여기서 문제가 되는 것은 '정

---

131 여기에, 망부석望夫石에 아직 남편을 그리는 아낙의 발자국이 남아있다고
하는 세전世傳을 다음처럼 더 첨가했을 따름이다.
望夫石 在縣北十里 縣人爲行商 久不至 其妻登山石 以望之 恐其夫夜行犯害 托泥水
之汚 以作歌 名其 曲曰 井邑 世傳 登岾望夫石 足跡猶在

읍#邑'의 명칭을 가진 제문헌의 기록들이 과연 동일한 내용을 가리키느냐, 하는 것이다. 학자에 따라서는 서로 다른 것으로 보기도 하고 또는 보통명사로서의 곡조명이 아닐까 하는 조심스러운 가설도 보여 준다. 이러한 견해 특히 후자의 경우는 그럴만한 근거가 충분히 있는 것처럼 보인다.

지헌영은 그의 「정읍사의 연구」라는 논문에서 서로 다른 것이라고 이렇게 주장하고 있다.

> 이 三國俗樂을 악보에 의거하여 編次하였다는 根本史料인 악보가 前揭한 高麗俗樂 二十四篇을 編次한 악보와 同一한 樂譜를 指稱하는 것인지, 또는 달리 『三國俗樂譜』(假稱)라는 것이 있어 『高麗俗樂譜』(假稱)와는 다른 資料였던지는 알 길이 없으나 『高麗史』 編修官들이 이것을 구별하여 「高麗俗樂」 「三國俗樂」으로 구별하여 놓고 있는 점은 注目을 끄는 바라 하겠다.
>
> 이리하여 「三國俗樂」 條가 「東京卽鷄林府」와 「東京(安康)」을 歌詞內容(音樂節奏도 달랐을 듯)에 의한 區別을 내려 놓고 있는 것으로 본다면 우선은 <u>「麗史」 樂志二 「高麗俗樂」 舞鼓條에 보이는 「井邑詞」(井邑曲으로 歌唱)와 同書 『三國俗樂』 條에 보이는 「井邑」은 歌詞內容에 있어서나 音曲에 있어서 『高麗史』 樂志二의 編次方式으로 본다면 別個의 것으로 보아야만 할 것이다.</u>[132] (밑줄 필자)

『고려사高麗史』 악지의 편차 방법으로 보아, 동서同書에 각기 수

132 지헌영, 「정읍사의 연구」, 『아세아연구』 제7집, p.144.

록되어 있는 동명同名의 작품을 실상 별개의 것이라고 보는 것이다. 따라서 『악학궤범樂學軌範』에 수록되어 있는 「정읍가」도 『고려사高麗史』 삼국속악조의 「정읍井邑」과 상이하며 또 『동국여지승람東國輿地勝覽』의 기록도 삼국속악조의 부연에 불과한 것으로서 전자의 「정읍가」와는 전연 별개의 것이라 주장한다. 이와 같이 작자, 제작년대, 제작환경을 서로 달리 하는 전혀 상관관련성 없는 것으로 보는 까닭은 "별개의 가요에 대한 사승의 기록"[133] 때문이라는 것인데, 『악학궤범樂學軌範』과 『고려사高麗史』가 똑같이 무고舞鼓 조에 싣고 있는 「정읍가井邑歌」는 단적으로 고려 충렬왕 시 만들어진 것이라는 그 나름의 독특한 주장 때문이라고 말할 수 있을 것이다. 다시 말하면 『악학궤범樂學軌範』 소전所傳 「정읍가井邑歌」의 작자와 제작시기를 달리 보려고 한 데서 생겨진 견해라 보여 진다. 같은 논문의 결론 부분에서는 백제시 「정읍가」가 무비판적인 『고려사高麗史』 편수관들에 의해 수록되어진 것으로 보고 숫제 백제의 것은 원래 없는 것이라고 다음과 같이 추단推斷함으로써 앞서 주장과의 논리상 모순을 야기하고 있다.

> 「井邑詞」는 「百濟地方의 井邑商人之女의 所作」・「望夫石」 云云
> 이라는 傳說은 忠烈王代 이후(적어도 「井邑詞」, 創製直後)에 돌
> 아난 詩歌傳說로서 이러한 전설은 『高麗史』 編修者들에 의하
> 여 무비판적으로 『高麗史』 樂志二에 收錄된 것이었으리라. 달
> 리 말하면 「樂學軌範」에 남아 있는 현존 「井邑詞」와 『高麗史』
> 樂志二 「三國俗樂」 條의 「井邑」과 「高麗俗樂」 條의 「井邑詞」는

133 위의 글, p.145.

별개의 것이 아니라 同一한 가사를 「井邑」, 「井邑詞」라 記錄한
것이다.[134] (밑줄 필자)

고려조 때 시가전설詩歌傳說이 생겨났다는 것도 얼핏 납득하기
어렵거니와,『고려사』의 사관이 무비판적이라는 것도 이해하기
어렵다. 전설은 아무런 근거 없이 갑자기 생겨나는 것이 아니다. 적
어도 하나의 민간전승으로서 긴 역사적 연원이 수반되기 마련인
것이다. 또『고려사』의 사관들이 결과적으로 보아 경솔하다고 보
기 어려운 것은,『삼국사기』잡지雜志 악지樂志의 편차 방식을 따랐
을 뿐 아니라 용어 하나하나에도 세심한 주의를 기울인 흔적이 역
력히 엿보이기 때문이다. 최정여崔正如는 그러한 사실을 이렇게 역
설하고 있다.

　　西京以下二十四篇이 아니고 動動及西京以下라고 한 것은 呈
才의 順位가 舞鼓 動動 無㝵 順으로 되어 新羅의 無㝵가 動動 밑
에 있으므로 及字를 두어 動動及西京以下라고 表記하였던 것이
다. 舞鼓呈才編成은 高麗에서 되었으나 井邑詞와 無㝵歌詞는 각
기 百濟新羅의 것이므로 舞鼓以下幾篇이라 하지 아니하고 다
음 動動에서 始作하였던 것임을 理解할 수 있게 하는 것이다.
井邑詞가 俚語이오 더구나 高麗所成作이라면 당연히 舞鼓에서
출발되어야 할 것이며 歌詞解題部分에서라도 記錄되었어야
마땅할 것이다. 處容歌는 新羅에서 시작된 것이지만 高麗俗樂
에서 다룬 것은 三國遺事 所載 處容歌와 高麗의 處容歌가 다르

134 위와 같음, p.193.

기 때문에 卽 原歌와 改作 된 것이기 때문에 기록 한 것이다. 이런 것으로 미루어 보더라도 高麗史 編修官들의 沈重性을 엿볼 수 있는 것이니 어찌 무비판적이라고 할 수 있으며 過誤로 處理해서 마땅할 것이랴.[135]

  필자의 소견으로는 『고려사高麗史』 악지의 삼국속악조 앞에 총설로서,

  新羅百濟高麗之樂 高麗並用之 故附着于此 詞皆俚語

라고 한 바 같이, 백제시대로부터 전승해 오던 가요로 고려조에서도 불렸다고 봄이 온당할 것 같다. 이 점은 다음 항에서 더 서술하고자 하거니와 여기에서 분명히 밝힐 것은 '정읍井邑'군群의 가요는 상호 별개의 것이 결코 아니며 이것의 연원이 백제 또는 그 이전의 삼한시대로까지 소급될 수 있다는 사실이다.
  그런데 이해하기 어려운 것의 하나는 현존 이왕직李王職 가악부雅樂部 정읍井邑[136]과의 관계다. '정읍井邑'을 보통명사[137]적인 조調

---

135 최정여, 「정읍사재고」, 『계명논총』 제3권, pp.14~15.
136 '井邑'을 다른 이름으로 '壽齊天'(빗긴 井邑)이라고도 하는데 이 雅樂曲은 鄕피리 2, 大笒 1, 唐笛 1, 奚琴 1, 牙箏 1, 杖鼓 1, 坐鼓 1로 演奏되며 시간은 15분 30초가 소요된다고 한다(金容鎭, 『國樂器解說』, p.166). 그리고 그 느낌은 느릿하며 雄渾壯大하여 마치 일출에 비길만 하다고 한다(성경린, 『한국음악논고』, p.32).
137 '정읍'을 어느 곡조의 이름으로 보는 견해 이외에 '샘골', '옹달샘'으로 풀이하여 '女體의 性'의 상징으로 파악하는 주장도 있다. 앞서 든 「井邑詞의 硏究」에서 池憲英이 그렇게 보고 있는데 '淫詞'라는 데에 착안하여 그런 견해

의[138] 뜻으로 본다면 문제는 간단할 듯싶으나, 『악학궤범』의 여러 군데에 보이는 처용만기處容慢機, 봉황음중기鳳凰吟中機, 북전급기北殿急機에 등을 어떻게 처리해야 할지 곤란하게 된다. 현존의 아악雅樂「정읍곡井邑曲」과 「정읍가井邑歌」가 어떤 관계를 맺고 있는지 아직은 그 단서조차 잡히지 않는다고[139] 하지만, 생각컨대 「정읍가井邑歌」의 '사詞'만 중종시에 궁중연악에서 축출되고 그 곡은 점차 바뀌어 느릿하고 처절하던 것이 장중한 것으로 변한 것이 아닌가 한다.

거듭 말하거니와, 『고려사』의 기록을 그대로 신뢰하되 '정읍井邑'군群의 노래들은 모두 백제의 「정읍가井邑歌」에서 연원된 동류의 것으로 보고자 한다.

3) 만들어진 시기 및 작자고作者考

이 가요의 지어진 시기와 작자에 관한 학계의 대체적인 견해는 사료의 기록이 분명함에도 불구하고 매우 회의적이라 할 수 있다.

를 보인 듯하다.

138 김형기는 그의 「井邑詞 풀이에 따른 가설」에서 다음처럼 주장하고 있다.

옛날에 '井邑詞'란 '井邑'이란 曲調의 노랫말(歌詞)이란 뜻으로 쓰인 듯하다. '樂學軌範' 卷五 '時用鄕樂 呈才圖儀'의 '舞鼓' 대문에, …… 諸妓 唱井邑詞 …… 樂奏井邑慢機 …… 奏井邑急機란 설명의 말 쓰임새를 보든지, 『東國輿地勝覽』 井邑縣 '望夫石' 대문에, …… 托泥水之汚而作歌 名其曲曰井邑이란 설명을 보아 그러하다(『한국언어문학』 제11권, p.36).

139 成慶麟, 『한국음악론고』, p.46.

(1) 지어진 시기고

백제의 멸망 후 800여 년이나 지나 세 왕조의 부침을 거쳐 비로소 문자로 정착된 때문에[140] 백제의 가요로서 그 원형이 조금의 손상이나 개변됨이 없이 그대로 고스란히 현존한다고는 믿는다는 것은 상식 밖의 일이다. 백제 멸망 후의 다난한 역사도 그렇거니와 문자에 의존하지 않고 800여 년이나 그대로 구구전승 되었다는 것은 믿을 수 없는 노릇이다.

그렇다고 해서 기록을 전혀 무시하고 고려조나 조선조의 노래로 본다는 것도 위험한 일이다. 적어도 이 가요의 모티브나 테마가 삼국시대의 고대적인 요소를 내포하고 있느냐 하는 문제 그리고 장르상의 형태 발전에 따른 통시적 위치를 규명함으로써 백제의 것이냐 아니면 비백제의 것이냐 하는 결론을 추출해 낼 수 있는 게 아닐까 한다. 여기서 중요한 문제로 등장되는 것은 '삼국시대의 고대적 요소'가 과연 무엇이냐 하는 점인데 이것을 필자는 '제의 ritual'라고 본다.

우선 지어진 시기에 관한 학계의 대표적인 견해들을 정리하여 소개해 보인 다음 필자의 견해를 덧붙이고자 한다.

학계의 견해는 크게 셋으로 나눌 수 있다. 백제의 가요로 보는 견해와 비백제의 것으로 보는 주장 그리고 이것에도 저것에도 선뜻

---

140 이 가요의 정확한 연대를 백제의 어느 때라고 딱 잡아서 이야기할 수는 없
　　으나, 백제시 불리웠다고 믿을 때, 백제의 멸망이 의자왕 20년(A.D. 660)
　　이니까 이 가요가 수록된 『악학궤범』 간행이 성종 24년(A.D. 1493)까지의
　　시차는 833년이 되는 셈이다. 『고려사』가 완성되어(A.D. 14051) 간행에
　　착수한 시기(A.D. 1454)로 보아도 역시 큰 차가 없다.

동의하지 못 하는 입장이 그것이다.

① 백제百濟의 가요歌謠로 보는 견해見解

기록을 그대로 신뢰하는 입장을 취하고 있는데 김태준, 문일평, 이병기, 이희승, 김형규, 장덕순, 박성의, 김동욱, 이종출, 최정여 등등의 학자들이 여기에 속한다. 대부분 소전문헌을 아무런 비판 없이 그냥 믿거나 또는 문헌의 신뢰성을 규명하여 백제의 노래라고 주장하는 것인데, 몇 가지를 들어 보면 다음과 같다.

> 이는 現在 傳하는 百濟의 노래의 단 하나인 것이다.[141]

> 井邑詞는 다음과 같은 記錄(高麗史 樂志: 筆者註)으로 百濟에서부터 口傳해 내려 온 民間傳承(folklore)의 歌謠이며 그 形成年代는 未詳이다.[142]

> 이 노래는 現存하는 오직 하나의 百濟歌謠로서, 形成年代는 未詳이나 詞中에 '全져재 – 全州'의 稱이 있는 것으로 미루어, 新羅 景德王 이후 舊百濟 地方에 유행하던 노래를 改作한 듯 싶다.[143]

---

141 이병기 외,『국문학전사』, p.60. 같은 저서에서 그는 처용가, 목주가와 함께 井邑詞를 고전시가의 삼대유보三代遺寶라고 말한다.(p.71)
142 박병채,『고려가요주석연구』, p.35.
143 김형규,『고가요주석』, p.198.

高麗周邊에서 製作되었다는 記錄과 李混이 舞鼓를 製作할 때 高麗에서 된 井邑詞를 借用하였다는 根據가 없는 限 高麗 製作 云云은 성립할 수 없을 것 같으며 編次方式으로나 這間의 呈才의 諸實情으로 보더라도 三國俗樂井邑 하나이라 할 것이니 井邑詞는 百濟歌詞로서 傳하여 온 것이라 할 것이다.[144]

② 비백제非百濟의 가요로 보는 견해

백제의 가요가 아니라는 주장으로서, 가요내용의 성격, 형태 그리고 고려속악 무고에 실려있다는 점 등이 그 근거를 이룬다. 이 주장은 첫째 고려조의 가요라는 것, 둘째 조선조의 가요라는 것, 셋째 왕조는 분명히 밝히지 않고 있으나 신라 유리왕조의 「도솔가兜率歌」에서 파생되었다는 것 등으로 분류할 수 있는데, 첫째의 견해가 지배적이라 할 수 있다.

가. 고려조의 노래라는 주장

이 견해는 다시 둘로 나뉜다. 막연히, 고려조의 가요라는 견해와 시기를 분명히 잡아 고려 충렬왕시 제작되었다는 견해가 그것이다.

144 최정여, 앞의 글, p.17.

가) 확실한 연대는 모르나 고려조에 되었다는 견해

앞에서 학계의 지배적인 견해라 말한 바 있거니와 대부분의 학
자들이 고려조의 노래라고 보고 있다.

양주동, 조윤제, 지헌영, 김사엽, 장사훈, 이명구, 이명선, 고정옥
등 많은 학자들이 이에 속하는데 몇 가지 견해를 들어 보이면 다음
과 같다.

> 本歌는 現存 唯一의 百濟歌謠인 바 形成年代는 未詳이나, 詞中
> 에 '全州'의 稱이 있음을 보아 濟代의 所成이 아니고 新羅 景德
> 王 이후 舊百濟地方의 流行謠이였음을 알 수 있다.[145]

> 「井邑詞」는 百濟 노래라고 했으나 여러가지로 疑心된다. 아
> 마 新羅末이나 高麗初에 된 舊百濟地方의 노래이리라.[146]

나) 고려 고종대 후대에 제작되었다는 견해

이것은 지헌영의 주장으로서 학계에서는 유일한 학설이 되고
있다.

---

145 양주동, 『여요전주』, p.39.
146 고정옥, 『국문학요강』, p.21. 그는 또 동서同書(p.381)에서 "井邑詞는 百濟歌
謠란 記錄이 있어 多少 問題이나, 설혹 그렇다 치더라도 百濟는 시대가 너무
멀므로 그 最初의 成立은 도외시하고, 言語的 뉘앙스에 置重하여 麗謠에 넣고
자 한다."고 하였다.

따라서 『高麗史』樂志二 「高麗俗樂」 舞鼓條의 기록과 『樂學軌範』 舞鼓 呈才條의 기록으로만 한다면 「井邑曲」 「井邑詞」는 高麗俗樂으로 李混時代(高宗一忠宣王)에 形成되었던 것이 李朝 成宗代까지 宮中歌樂으로 傳承되어 『樂學軌範』에서 固定된 모습을 今人이 볼 수 있게 된 것이라 할 수 있겠다. 즉 現存 「井邑詞」 (『樂學軌範』에서 볼 수 있는) 歌詞는 李混이 創製한 그대로의 모습을 280년 동안(高宗一成宗) 傳承한 것이라 斷할 수는 없다 손 치더라도 李混創製 云云의 傳承을 지니고 있는 高麗俗謠라 보아야 하겠다.[147]

나. 조선조의 가요라는 견해

이 주장은 위의 가)에 결론을 두면서 서술의 전개상 쓰여진 것으로 보이는 바, 지헌영의 같은 논문 서두에 보인다.

『樂學軌範』의 記錄은 李朝 成宗代에 있어서 文字로 固定된 「井邑詞」의 모습을 우리에게 보이는 것이며, 또 『鶴蓮花臺處容舞合設』에서 「舞鼓呈才」가 如何한 機能을 지녔던 것인가를 보이는 것이니, 「井邑詞」는 엄격한 의미에 있어서는 李朝 成宗代의 歌謠로 볼 수밖에 없는 것이다.[148]

---

147 지헌영, 앞의 글, p.143.
148 위와 같음, p.142.

다.「도솔가」에서 파생되었다는 견해

「어학적으로 고찰한 우리 시가 원론」에서 이탁이 보여 준 주장으로서 확실한 왕조는 밝히지 않아서 분명히 알 수 없으나 글의 흐름으로 보아, 기록을 그대로 신뢰하되 백제와 신라를 통틀어 하나로 묶는 것 같다.

> …… 이밖에 三句가 다 單句로 된 三句六名의 基本型이 있었던 것을 알 수 있다. 그러면 그것은 어떠한 것일까? 나는 그것이 바로 井邑詞라고 생각한다. 그러면 思內와는 달리 井邑詞란 이름이 있음은 무슨 까닭일까? 그것은 思內는 歌謠種類의 이름이요, 井邑詞는 마치 安民歌, 彗星歌, 讚耆婆郎歌와 같이 思內歌中의 한 歌謠의 제목인 것이니 井邑詞란 詞는 詞腦의 略稱이거나 腦字의 脫落일 것이다.[149]

라 한 다음,「정읍사」와 사뇌 형식을 비교하고 나서

> 井邑詞는 이 兜率歌曲에 의하여 지은 것임을 생각할 수 있다. 여기서 말한 兜率歌란 것은 月明師 兜率歌를 이름이 아니라 儒理王時代 始作兜率歌를 이름이니 月明兜率歌는 여기서 파생된 短型의 兜率歌일 것이다.[150]

149 이탁,『국어학논고』, pp.319~320.
150 위의 책, p.332.

라 하였다.

③ 백제가요란 점에 회의를 보이는 견해

물론, 비백제의 가요로 보는 견해들은 모두 이 범주 속에 속하는 것이지만 여기에서 말하고자 하는 것은 문헌의 기록을 부정하기도 어렵고 그렇다고 해서 다른 왕조의 노래로 보기도 어려워하는 그런 애매한 태도다.

이를테면 조윤제의 태도를 들 수 있는데 그는 "오늘날 百濟의 詩歌라 하며 高麗 以來 傳하고 있는 井邑詞만 보더라도"[151] 또는 "마치 百濟의 井邑詞와 같이 章句의 區別이 불분명하고"[152] 云云함으로써 회의적인 태도로 백제가요百濟歌謠에 넣고 있으나 같은 저서著書의 다른 곳에서는

그런데 高麗의 詩歌로서 오늘에 傳하는 것은 動軌, 雙花店, 西京別曲, 靑山別曲, 處容歌, 滿殿春, 履霜曲, 鄭石歌, 思母曲, 가시리, 井邑詞와 前記 鄭瓜亭曲이 있다.[153]

---

151 조윤제, 『한국문학사』, p.41.
　　權相老도 그의 『조선문학사』(p.41)에서 "이 一篇이 語詞 매우 古하야 百濟歌의 古調로는 지금 傳하는 者 즉 此篇이 있을 뿐이다. 그러나 井邑은 新羅가 統一한 후에 景德王代의 改稱한 바이오 百濟 때의 舊號는 井村縣인 즉 今名을 冠하야 井邑詞라고 한 것은 조금 의심 둘 餘地가 있는 것이다."라 하고 있다.
152 위의 책, p.96.
153 위와 같음, p.80.

고 하여 고려의 가요에 넣고 있어서, 일관된 주장을 보여 주지 않고 있다.

　이상으로, 「정읍가」의 지어진 시기를 학계에서 어떻게 보고 있는가에 관해 종합 분류하여 제시하였거니와 여기에는 각기 많은 문제점을 수반하고 있다.

　첫째의 경우, 백제의 가요라고 주장하는 것에도 문헌의 검토 없이 액면 그대로 믿는다는 점은 무리라 하지 않을 수 없다. 문헌을 신뢰해야 할 까닭을 분명히 밝힌 분도 없지 않으나 다른 각도에서 더 밝혀야 될 필요성을 느낀다. 필자도 「정읍가」를 백제의 것으로 보는 터로서 그 까닭은 후술하고자 한다.

　둘째의 경우, 비백제의 가요로 보는 견해에 있어서 먼저, 고려의 작으로 보는 것은 이 노래가 가지고 있는 정조情調와 형태 등으로 보아서 그럴듯하게 느껴진다. 그러나 조선조 초에 간행된 문헌에 소전된다 하더라도 백제의 것이라 하여 그 제작 동기를 분명히 밝히고 있고 또 그 모티브가 『악학궤범』소재의 「정읍가」 내용과 일치한다고 하면 구태여 고려의 것으로 보아야 할 까닭이 없지 않을까 한다. 필자의 생각으로는 가요의 성격으로 보아 여타 고려속요와 구별된다고 믿는 것이다.

　다음, 고려조 중 고종 전후 - 충렬왕대라고 정확히 잡아서 그 연대를 밝힌 견해에 있어서도 광범위하고 치밀한 고증에도 불구하고 의문점이 따른다. 이 견해는 주로 두 가지 사실을 거점으로 하고 있는데 하나는 『고려사』의 무고조舞鼓條 내용과 『악학궤범』소재의 무고조 내용이 거의 일치할 뿐만 아니라 궁중의식인 학련화대

처용합설鶴蓮花臺處容合設에서 함께 가창되었다는 사실이며, 다른 하나는「한림별곡」에 나오는 구절과 동일한 구절이 있다는 점인데 이것으로 미루어「한림별곡」이 제작, 유행된 시기로 잡아야 한다는 것이다. 다시 말하면,「무고舞鼓」의 제작시기를 더 이상 소급해서 뛰어 넘을 수 없다는 견해다. 무고는『고려사』에 의하건대 이혼 李混이 영해寧海의 적환謫宦에서 득해상부사得海上浮査하였다는 것으로서[154] 고려조의 궁중연악으로 채택되어「정읍가」가 그 속에 끼어 불려진 것은 사실이다. 그러나 이혼李混, 이이李異 부자의 영향으로 인하여「정읍가」가 궁중연악으로까지 끼어든 것은 기록대로이지만, 다른 노래들 이를테면 처용가處容歌[155], 정과정鄭瓜亭, 봉황음鳳凰吟, 북전北殿, 영산회상靈山會相 등과 함께 가창되었다는 점과『고려사』의 고려 속악조에 보면「무애無碍」등 신라요가 들어 있다는 점 등을 상기해 볼 필요가 있다. 그리고「한림별곡」가운데의 '내가 논디남갈셰라'와「정읍가」속의 '내가논디졈그룰셰라'에서 상호 일치하는 '내가논디'를 들어 한림학사(궁인官人), 문인, 악사, 악공 또는 교방기생 등 특정한 환경의 계급에서 사용되던 은어가 아니냐 하는 것으로서,「한림별곡」의 창작년대가 분명하니만큼 서로 상근相近하는 시기에 쓰여졌을 것이라는 주장이다. 정말 '내가논디'가 '나만이 가는 곳' 곧 비밀적인 은어로서 인체의 성적인 상징으로

---

154 『고려사高麗史』舞鼓條에 보면 그 末尾에 別行으로 다음과 같이 舞鼓를 만든 사람과 舞鼓의 느낌을 간략하게 說明하고 있다.

　舞鼓 侍中李混 謫宦寧海 乃得海上浮査 制爲舞鼓 其聲宏壯 其舞變轉 翩翩然雙蝶 繞花 矯矯然二龍爭珠 最樂府之奇者也

155 이 처용가와 신라의 것과는 별개의 것이나 그렇다고 전혀 무관한 것은 아니다. 신라의 것을 바탕으로 하여 개작하였기 때문이다.

본다는 것도 재고의 여지가 없지 않지만, 우연히 한 구절이 같다고 하여 창작 초기를 하나의 범주로 잡는 것은 위험한 일이 아닐까 생각한다. 또, '내가 논디'가 유행어로서 폐쇄된 그 사회의 어느 특수한 환경 하에서 단기간 유행한 말이 아니라고 할 때 오히려 「정읍가」로부터 영향을 받은 것이라고 주장해도 반론을 펴기 어려울 것이다.

이 밖에 제작 연대를 조선조 성종시 운운은 이 주장자가 다른 결론을 유도하기 위한 서술상 삽입한 말이기 때문에 문제 삼을 까닭이 없다고 보며, 신라 유리왕 시 「도솔가」에서 파생하였다는 견해도 학계의 여러 신중한 주장과 거리가 너무 멀며 따라서 독단과 비약의 위험을 노골적으로 드러내고 있다고 할 수 있다. 마지막으로 이것도 저것도 아닌 애매모호한 견해는, 문헌은 비록 백제조로 되어 있으나 고려조로 본다는 입장이라고 간주할 수 있다.

필자는 이상과 같은 생각을 바탕으로 「정읍가」가 신라의 향가와는 물론 고려속요와도 서로 이질적인 발상양식을 취하고 있다고 믿어마지 않는다.

발상 양식의 독특한 바로, '달'을 들 수 있을 것이다. '달'에 관해서는 내용고에서 상술하고자 하거니와, 인류생활의 시작과 함께 신화적인 존재였을 것이라고 본다. 특히 농경사회로 정착되면서는 상대사회의 지상목표였던 풍요와 긴밀한 관계 속에서 신화적 의미가 더욱 커갔을 것이며, 또한 '음陰'의 결정으로 '달'이 주는 의미를 여체와의 관계로서 성과 관련된 풍요 등에까지 신화의 영역은 확대되었을 것이다. 「정읍가」는 그런 천지신명[156]으로서 '달'에게 기원한 일종의 제의적 성격을 지니는 것이며 이것은 시간의 흐

---

156 이병기 외, 앞의 책, p.60.

름에 따라 단순한 에로티시즘의 망부가—여인으로서의 심한 질
투를 곁들인—로 바뀌었을 가능성이 짙다.

　'달'의 상대적上代的 성격을 우리는 신라의 향가 중 '달'을 담고 있
는 가요와 비교할 때 그 차이점이 확연하게 드러남을 알 수 있다.

　　　　月下伊底亦　　　西方念丁去賜里遣
　　　　돌롤하 이데　　　西方ᄭ장가샤리고[157]

　　　　咽鳴爾處末　　　露曉邪隱月羅里
　　　　열치매　　　　　나토얀 ᄃ리[158]

　　　　　　　　　　　　　　　　　　　　（밑줄 필자）

　이상의 사뇌가 가운데 보이는 달은 「정읍가」에 나오는 달과 성
격을 달리한다. 물론 빔(기원)을 받는 당체當體로서는 크게 다르지
않으나 '달'을 상징하는 시각에 큰 상이점이 있다. 곧, 사뇌가의 경
우는 '달[月]'이 불처佛處, 여여如如, 진여眞如 등의 상징으로 쓰여 불
교적인 색채가 짙은데 반하여 「정읍가」의 경우는 토속신앙이 순
수하게 드러난 것이라고 할 수 있다. 불교에서는 진여眞如의 상징
으로 '달'을 드는 바, 이것은 인도의 자연적 환경에서 말미암은 산
물로서 불교가 전래된 중국이나 우리나라의 경우에 있어서는 현
금現今도 불교의 그 상징체계를 따르고 있다.

　그러나 신라 탈해왕대에 불리웠다는 가사 부전의 '돌아락突阿樂'

---

157 양주동, 『고가연구』, p.497.
158 위의 책, p.318.

은 어쩌면 불교적인 열반의 비클vehicle로서가 아닌 천지신명으로
서의 '달노래'였을지 몰라서 「정읍가」와 동궤의 것이 아닐까 의심
된다.

　불교적인 '달'과는 달리 기원이나 여성적인 에로티시즘은 "東京
明期月良"의 처용가를 위시하여 정과정곡의 "아니시며 거츠르신돌
殘月曉星이 아르시리이다."나, 송강의

　　　각시님 달이야ㅋ니와 그준비나 되쇼셔
　　　찰하리 싀여디여 落月이나 되야이셔

「속미인곡續美人曲」

　　　님계신 窓안희 번드시 비최리라.

(위와 같음)

　　　東山의 돌이나고 北極의 별이 뵈니
　　　님이신가 반기니 눈물이 절로난다.

「사미인곡思美人曲」

등 여러 노래, 또 황진이의 중의적 어구 "明月이 滿空山하니 쉬어간
들 어떠리" 등의 근저에 흘러, 오늘날의 여러 시인들에 의해 나타
나고 있다.[159]

159 素月의 「못잊어」 등 상당수에 이르는 바, 참고로 한 편만 들어 본다.
　달하/하/보고퍼//은밀한 골방에/감춰둔/面鏡을/마주하면//온/누리에/
　차/오는/말씀/한오리餘光//둥그런 누리/일렁이는/물살에//하늘을/행구

이와 같은 천체로서의 '달'을 끌어와 기원과 애정을 노래한 작품이 고려속요에는 찾기 어렵다. 내용으로 보아 '석별惜別'의「가시리」와 서로 대응되는 것 같으면서 실은「정읍가」가 더 고풍스럽고 원시신앙에 밀착되어 있는 것처럼 보인다.

그러므로「정읍가」는 기록대로 백제의 것으로 보아야 하며 이 노래가 통일신라를 거쳐 고려조에까지 구구전승되어 널리 불렸다고 믿는 것이다. 이혼李混, 이이李異 부자에 의해 음악적으로 정리되어 궁중연악으로 채택되었고 이것이 조선조에까지 지속되어 궁중연악으로 가창되어 오다가 중국의 시가가 우세해짐에 따라 음사淫詞라는 구실로 궁중악에서 제거되었다고[160] 본다. 따라서,「정읍가」는 국문학사상 현존하는 '달노래'의 원류로서 '달 신화'[161]의 의미를 함축하고 있다고 보는 바이다.

(2) 작자고作者考

이 가요의 작자 문제는 창작 연대와 서로 밀립한 관계를 맺고 있다. 어느 왕조 때 지어지고 불려진 것이냐에 따라 작자는 각각 달라지기 때문이다.

그런데, 이 가요의 경우는 어느 왕조에 되어진 것이냐에 활발한

는//달하/어찌타/이리 혼한/눈물을/물려줬노.(류안진 시집,『달하』 중의「달하」, 1970)

160 四月 己巳朔 大提學南袞啓曰 前者 命臣改制樂章中 語涉淫詞釋敎者 臣與掌樂院提調及解音律樂師 反履商確 如牙拍呈才動動詞 語涉男女間淫詞 代以新都歌 盖以音節同也 (……) 舞鼓呈才 井邑詞 代用 五冠山 亦以音律叫也.(『中宗實錄』13年條)

161 M. Eliade의 말.

논의가 있어 왔을 뿐 작자의 문제에 관해서는 거의 무관심했다고
해도 지나친 말이 아니다.

작자에 관해서 가볍게나마 논의된 견해들을 종합해 보면 다음
처럼 셋으로 요약할 수 있다.

첫째, 백제 어느 행상인의 처
둘째, 고려조 이혼李混 부자父子 또는 그의 주변 관인官人, 교방기
　　　생敎坊妓生 등등
셋째, 민요

첫째의 견해는 문헌에 나와 있는 기록을 그대로 믿는 입장으로
서 역시 소전所傳대로 백제의 가요로 보는 학자들이 대부분 취하고
있는 주장이다.

둘째의 것은 앞서 제작시기를 언급하는 곳에서 잠깐 이야기한
바 있지만, 지헌영의 독특한 주장이다.

　　첫째로「井邑詞」의 作者 作曲은 高宗忠宣間에 活躍했던 李混
　　父子 又는 그 周邊의 그룹(福山莊) 속에서 完成되었으리라 본다.
　　　다음으로 武人의 專橫과 部曲民(古代的 農奴)의 反亂을 겪어
　　社會的 動搖, 經濟的 不安에 휩쓸린 文人官僚의 데카당化 경향이
　　元(蒙古)의 政治的 壓力下에서 一層 加速度化해 갔던 時代的 환
　　경은「淫褻之詞」에로의 肉心을 불러들인 것일까…… 또 或이
　　나 旣存한 宮中 歌樂을 補强하기 위하여, 妬忌之詞인「井邑詞」가
　　創制된 것이나 아닐런지……

셋째로 「井邑詞」를 創作·作曲한 文人·官人 階級은 그들의 自尊心에서 「井邑詞」의 創制者를 表面에 내세우기까지 大膽한 面子는 없이 「井邑商人之女歌之云」의 傳說을 마련하여 傳播시킨 것이나 아닐는지……

넷째로, 如上한 裏面的 事理를 檢討 批判함이 없이 『高麗史』 編纂當時의 樂譜 傳說的 記錄 등을 그대로 『高麗史』 修撰의 材料로 삼아, 그것을 羅列編纂한 것이 『高麗史』 樂志二 「高麗俗樂」 「三國俗樂」 條의 杜撰의 모습인 듯[162]

이상은 지헌영의 소설所說인데 요약하건대, 고려조의 사회적 불안과 동요하는 시대적 환경에 영향을 받아 이혼, 이이 부자父子 또는 그가 중심이 되어 호유豪遊하였던 '복산장福山莊' 출입의 관인이나 한인閑人들이 작사, 작곡하여 놓고 양반의 체면상 작자로서 자기들을 내세우기 곤란하니까 전설을 만들어 엉뚱하게 백제행상의 아내가 지은 것처럼 위장한 것이 아닌가 하는 것이며 또한 이것을 아무 비판 없이 조선조초 『고려사』 편찬의 사관들이 그대로 받아들인 것이 아닐까 하는 의문이다.

이 주장은 『고려사』와 『악학궤범』의 「무고조舞鼓條」에 「정읍사井邑詞」가 가창되었고 「무고舞鼓」는 이혼李混이 만들었다는 기록에 근거를[163] 두어 상호 긴밀한 관계를 유지했으리라는 유추에서 언

---

162 지헌영, 앞의 글, p.182.

163 『고려사高麗史』 列傳 권108에 다음과 같이 기록되어 있다.

李混 字法華 一字太初 全義人 元宗朝年十七發第 調廣州參軍入補國學學正 忠烈時累歷僉議 舍人左副承旨 (……) 混久銓選 性且不廉故 其家富 務疏散 喜賓客好琴碁 置別業于城南 號曰福山莊 數往來卒六十一 諡文莊 詩文請便長短句 若干篇行於

어진 것인데, 이혼과 성균악정^{成均樂正}이었던 그의 아들 이이^{李異}가 「정읍사」를 작사, 작곡하였다는 기록이 없는 한 위험한 유추가 아닐까 생각된다. 왜냐하면, 다른 가요와 마찬가지로 전래하는 것을 전문적인 음악가의 입장에서 부분적으로 약간 수정만 가하였을지도 모르기 때문이다. 다시 말하면 백제 조부터 유행하던 가요가 통일신라를 지나 고려조에까지 이르러 에로티시즘이 활개를 치는 퇴폐적인 사회 환경에 따라 리바이벌된 것이 아닐까 하는 것이다. 오늘날에도 정읍지방에서 불리는 민요을 보면[164] 그런 흔적을 찾아낼 수 있다.

셋째의 민요라는 견해는 고정옥, 임동권 등 제 학자들이 보이고 있는 것으로서 필자도 여기에 전적으로 동의하는 바이다.

가의^{歌意}로 보아 이 노래는 원래 어느 특정한 일들 이를테면, 가부장적인 부권사회에서 한 여인이 방종한 남편을 기다리다가 운명한 사례, 또는 나라의 정역 등에 동원되어 오랫동안 돌아오지 못하는 일들이 많았을 때, 한 사람[女人]의 입에서 저절로 불리던 것이 점차 전파되면서 널리 가창되어진 것이 아닐까 한다. 그러나 원래 이 노래는 삼한, 이를테면 백제에 복속한 마한지역의 백성으로

也 嘗貶寧海 得海浮査 制爲舞鼓 至今傳于樂府 子異 少穎悟登第 仕至成均樂正 先卒無子
164 달아달아 밝은달아
　　저 달은 독자라도
　　십이제국을 다보는데
　　이내눈은 형제라도
　　우릿임 계시는 곳을
　　못보는구나.
　　　　　　　　　　「정읍지방의 민요」, 임동권 편,『한국민요집』· III, p.720.

서 백제의 주권으로부터 소외되거나 이탈한 집단에서 불리던 것이리라.

　'행상行商'은 농본사회에서 그 소속을 상실한 떠돌이이며 그러한 무리는 최근(해방 전·후)까지도 떼를 지어 유랑민으로 삶을 영위해 왔다. 더러는 '장돌뱅이'로서 마을의 집단으로부터 일정 부분 격리된 곳에서 살았다. 행상의 처도 역시 같은 계층일 수밖에 없어 이 노래는 혹시 그들이 재인才人으로서 노래를 잘 불러 널리 퍼졌을 수도 있는 것이다.

　민요란 점에서는 『고려사』 악지樂志 2 삼국속악조와 『증보문헌비고』 예문고에 실린 여타 백제의 가요, 선운산, 방등산, 지이산, 무등산 등등도 마찬가지다. 「선운산가」는 정역에 나가 오래동안 돌아오지 않는 남편을 기다리는 어느 장사인長沙人의 아내가 지은 것이며 「방등산方等山가」도 도적에 잡힌 여인이 즉시 와서 구하지 않는 남편을 기다리며(원망) 지은 노래라고 할 때 「정읍가」와는 가의상歌意上 오십보백보가 된다 할 것이다.

　앞서 언급한 대로 원래 이 「정읍가」를 부른 층은 이름 없는 서민의 아낙네들이었지 이혼李混 등 관인 계급이 아니었다. T. S. 엘리엇은 그의 「시의 세가지 소리」에서 시인이 자기 자신에게 말하는 음성과 크든 작든 어떠한 하나의 청중에게 말하는 시의 음성 그리고 시인이 만들어낸 극중인물로 하여금 시로써 말을 하려고 할 때의 시의 음성으로 나누었거니와, 대개의 경우 R. 야콥슨의 말처럼 시는 일인칭 문학으로서 자기 스스로에게 말하는 경우가 많으며 특히 상대시가의 경우는 가영제군歌咏者群의 생활환경과 불가불분의 관계를 맺고 있음을 발견하게 된다. 말하자면, 의도적으로 극적 구성을 기도하거나 자기의 감정을 객관화하지 못하고 충일한 정서를 단순소박하게 노출하기 마련인 것이다. 따라서 「정읍가」도 어느 관료 그룹들이 희작戱作으로 지은 것이 아니라, 남편에의 그리움(기다림), 그 뒤에 도사리고 있는 여인의 질투 그리고 이 노래 깊숙이 감추어져 있는 생활의 어려움 등등이 복합된 절실한 생활 감정을 바탕으로 한 백제의 소외된 한 계층의 여인의 노래라 보아 이 노래의 작자를 어느 한 사람에게 국한시킨다는 것을 무리일 성싶다.

百濟共刑法 婦女犯奸 沒入夫家爲婢 『북사北史』

百濟之俗娶之禮 略同華俗 『북사北史·후주서後周書』

百濟之俗 婚聚之禮 同於中華 『수서隋書』

이상의 중국 사서가 전하는 기록이 사실이라면, 여인들이 갖는 한이나 그리움(망부望夫)은 대단하였고 또 보편적인 현상이었으리라 믿는 것이다.

우리는 또 왜 하필이면 '행상인'의 처라 하여 행상인을 들고 있느냐 하는 데에도 주의를 기울이지 않을 수 없게 된다. 말하자면 한 장소에 붙잡혀 살지 않고 집시처럼 유랑하는 장돌뱅이가 그의 남편으로 등장하고 있느냐 하는 것이다. 마치 가산可山의 서정시와도 같은 소설 「메밀꽃 필 무렵」에 허생원을 위시하여 조선달, 동이 등의 장돌뱅이가 등장함으로써 더 애틋한 정조를 조성하고 있는 것처럼 말이다. 이것은 아마도 정착해 살 수 없었던 유맹족流氓族의 한 계층이었을지 모른다. 추측이 더 허락된다면, 고구려에서 남하한 지배족의 탄압을 받던 원주민의 한 계층이 아니면 백제에 복속하되 합류하지 않은 마한족의 소외된 무리가 아닐까 하는 것이다. 물론,

馬韓其國中有所爲 及官家使築城郭 諸年少勇健者 皆鑿脊皮 以大繩貫之 又以杖許木挿之 通歡呼作力 不以爲痛[165]

이라 하여 '지게'가 벌써 쓰였고, 지게가 생김으로 말미암아 부상負商이 태어나게 되었으며[166] 『삼국지』위지 마한전의 '國出鐵 韓歲倭皆從取之 諸市買皆鐵 如中國用鐵'이란 기록처럼 시장이 태어나 '村落과 村落 사이에 또는 交通의 至便한 곳 또는 密集 村落의 街路 또는 村落 住民의 共同祭祀를 擧行하는 附近'[167] 등에 교역이 이루어짐으로 말미암아 빈천한 상인의 한 계층이 형성되기에 이르렀을 것이다.

상인은 유교관념이 지배되지 않은 그때에도 결코 상류계층이 아니었고 그러기에 서민의 평탄하지 않은 애원이 더욱 밀도있게

---

165 진수, 『삼국지』위지, 「마한전」.
166 차상찬은 그의 『조선사외사』, p.78에서 다음처럼 이야기하고 있다.

그리고 양자(負商, 褓商 ─필자)의 起源에 있어서는 負商이 훨씬 歷史가 오래고 褓商은 負商보다 퍽 이후에 생긴 것으로 推測되니 (……) 그리고 보면 負商은 지게가 발명된 時代 즉 三韓時代부터 생겼다하여도 可하겠고 또 褓商은 전혀 市場行商 즉 市場制度가 없던 三韓時代나 三國 時代 또는 高麗時代는 물론이고 李朝에 至하여서도 中葉 이후 各地方의 市場制度가 생긴 이후에 비로소 發生한 것으로 推測된다.

'지게'의 사용은 행상을 이해할 때 그 의미하는 바가 매우 크다.
167 고대민족문화연구소, 『한국문화사대계』·II, 정치·경제사, p.1002.

나타나질 수 있었을 것이며 농사 등으로 정착한 계층보다 더 시달림과 고통이 많았으리라 짐작된다. 따라서 '행상인의 처' 운운은 일상의 궤를 벗어난 특수층의 노래임을 강조한 것에 지나지 않는다.

어쩌면, 이 가요는 백제보다 더 오래 전 이를테면 삼한시절(특히 마한)부터 불려진 민요로서 현금의 「강강수월래」 「오돌또기」 등으로 접맥되는 상고의 '달노래'였을지도 모른다.[168]

---

168 이러한 '달노래'가 궁중의 연악에서 한동안 연주된 근거에는 환락과는 다른 별개의 의미가 있었던 게 아닌가 생각된다. 井을 易의 입장에서 보는 하나의 가설이나.

　'井邑'은 지명이며 이것에는 '움골'이라는 '多産' 이상의 의미를 내포하고 있다고 생각한다. 한마디로 '井邑'의 '井'은 不變이요 不遷인, '德之常'의 표상이라는 생각이다. 이것은 易에 따른 견해이다. 周易에 井괘가 있는데,

　　井은 改邑호대 不改井이나 无喪无得하야 往來가 井井하나니

이렇게 쓰여 있다. 우물(샘)로 말하면, 마을은 바꿀 수 있어도 우물은 바꿀 수 없어 잃을 것도 얻을 것도 없으니 오고감이 不變하다는 것이다. 程子는 그 의미를 더 상세하게 주석을 달아 놓고 있다.

　　井之爲物이 常而不可改也라 邑은 可改而之他언정 井은 不可遷也라 故로 改邑不改井이니 汲之而不渴하고 存之而不盈하야 无喪无得也라 至者 皆得其用하야 往來井井也라 无喪无得은 其他也常이오 往來井井은 其用也周니 常也周也井之道也라

　井에는 常, 周 곧 시간상으로 단속이 없이 하나이며 공간상으로 어느 곳이나 두루함이 있으니 바로 이것이 '井之道'라는 것이다. 그러니까, 井은 언제, 어디서나 변치 않는 기본적 토대로서 '덕'의 표상이 되는 셈이다. 어쩌면, 미천한 한 여인의 정절을 '常'과 '周'로 삼는 당대의 도덕적 요구가 易의 사상에 결합 되어 나타난 지명일는지도 모른다.

4) 내용고內容考

이 노래의 제작시기가 고려조냐, 백제조냐 등등의 서로 엇갈린 주장과 함께 내용에 대한 해독도 구구한 실정임은 주지하는 바와 같다. 특히 몇 어사語辭의 문제 이를테면, 후강後腔 또는 후강전後腔 全으로 보는 견해를 비롯해서 몇 가지 어구의 해석이 학자에 따라 현격한 차이를 보여 주고 있는 것이다. 그리고 거의 대부분이 나름 대로의 해독에 머물러 있을 뿐 문학적인 감상과 과학적인 접근을 보여 주지 못하고 있는 형편이다.

본고에서는 번거롭게 느껴질지 모르겠지만, 전체적 해독을 시도하되 원천적인 탐색이라는 데에 초점을 두고자 한다. 달리 말 하면, 이미 언급한 바와 같이 이 가요를 '달노래'라 규정하고 신화 비평의 방법과 또한 이 노래의 퍼스나가 사랑에 관련된 여인이라 는 점에서 심리학적인 접근을 꾀하고자 하는 것이다. 또 어사語辭 의 풀이를 현대의 입장이 아니라, 그 당시의 시대적 문맥에다 놓고 분석하는 것이 현명한 태도라고 한다면 지나치게 자구字句에 얽매 일 필요가 없다고 생각한다. 따라서 하나의 어사語辭를 놓고 글자 그대로 보려는 입장과는 달리 역설이라든가, 상징, 은유 등으로 보 고자 한다.

우선, 이 노래의 이름에 관하여 살펴보는 것이 바른 순서가 될 것 이다.

이 노래의 제명題名에 관해서는 학계에서 별로 깊은 고찰을 보여 주고 있지 않았으나 대강 다음과 같이 세 가지로 요약할 수 있다. 첫째, 『고려사』에 보이는 '井邑全州屬縣' 운운의 말하자면 현 전북의 정읍井邑을 지칭한다는 것으로서 대부분의 학자들이 주장하고 있는 듯하며 둘째, 보통명사로 보되 음사淫辭라는 데에 착안, '십골' 곧 여성의 성을 상징한다는 독특한 견해이고 마지막으로, 혹시 음악의 곡명이 아닐까 하는 견해이다.

필자는 고대의 가요 특히 『고려사』 악지에 보이는 노래의 대부분이 산천명 등 지명을 취하고 있을 뿐 아니라 이 노래의 가사 중에 '즐져재'가 있음을 미루어 보아 현 전북의 지명이라고 믿는다. 하기야 원래 민요에는 제목이 붙지 않는 법이어서 『고려사』의 편찬자들이 붙였으리라 보지만 그 당시의 말로 바꾸어 본다면 '얼몰(ᄆ 올)놀이(또는 '움물놀이')'가 아니었을까 생각한다. 『세종실록』 지리지의

温泉在縣西於乙洞, 温泉在儒城東五里獨只于乙

그리고, 『고려사』 권57 지리 2의,

交河郡 本高句麗 泉井口縣 一云於乙買串

따위를 볼 때 '井·泉'은 '얼·울'이기 때문이다.
이와 같은 사실은

蘿井—奈乙
交河—泉井口, 於乙買串, 於乙洞[169]

169 신태현, 「삼국사기 지리지의 연구」, 『신흥대학교 논문집』 제1집, p.82

등에서 확인할 수 있다.

그런데, 정읍현井邑縣의 원이름 정촌현井村縣 곧 '얼몰'은 성性과 깊은 관계를 갖고 있다. '얼'은 이성의 교합을 뜻하는 말로서 고려의 속요「동동」에 보이는 "어져녹져하논다"의 '어져'도 같은 뜻을 함축하고 있다. '어른'이라는 낱말의 어원도 이성과 교합한 자라는 '얼+은'이며 지금도 동물의 교미를 '어르다, 얼레'라 부른다. 농본사회에서는 풍요가 최대의 이상이기 때문에 암수의 성性을 결부시킨 지명[170]을 많이 찾을 수 있다. 이 노래도 성의 결합合을 뜻하는 지명이라고 할 수 있는 바, 가요의 내용을 암시하고 있는 것이다.

다음으로 가사를 차례로 분석·검토하여 보기로 한다.

■ 둘하

이것은 기구起句이자 이 노래 전체를 포괄한다. 달을 호격으로 시작하고 있는 이 노래는 전편을 달에의 독백으로 채우고 있다. 따라서「정읍가」에 있어서 '달'은 임 그리움의 중요한 모티브로서, 그리고 기원의 중요한 대상으로서 핵심적인 위치를 차지하게 된다.

체언에 감탄조사를 결합시켜 감탄적인 말을 만드는 방법을 다

양주동,『국학연구론고』, pp.191~192.『고가 연구』, p.82.
170 대표적인 예로 '숯골'을 들 수 있을 것이다. '쑥골'로도 불리우는 이 지명은 전국 도처에서 散見된다. '雄'의 뜻으로 파악하는 외에 肥沃 또는 검(곰의 토템), 蘇塗 등으로도 볼 수 있겠기에 더 詳考를 요한다. 이와 관련하여 전국 도처에 고루 분포되어 있는 '甑山(시루뫼)'도 '수리(수로왕, 수로부인)'와의 상관이 깊을 듯하며, 또한 '시루'는 떡을 찌는 그릇으로서 옛부터 극히 존중해 왔다 는 사실을 미루어 祭儀와의 관계가 깊었음을 알 수 있게 한다.

른 나라의 말에서는 찾기 어려운 바로서, 첫 시작을 갑자기 달을 부르는 돈호법을 쓰고 있어 절박한 상황을 효과적으로 드러내 준다. 더욱 태양의 양극에 서는 '월月'이라는, 밤을 배경으로 한 천체의 이미지와 'ㅏㅏ'라는 개구감탄 모음이 중복됨으로써 그 효과는 배가되고 있다. 지용은 우리말의 '바다'처럼 '해海'의 이미지를 잘 나타내는 말은 없다고 하고, 그 이유로서 영어의 sea, ocean 불어의 mer 등이 주는 청각적 효과에 비하여 '바다'의 'ㅏㅏ'는 '해海'의 망망함과 그것의 경악감을 십분 나타내 준다고 말한 적이 있다. 마찬가지로, 이 노래의 기구인 '달아'도 시니피에의 페이소스와 함께 시니피앙의 개구모음이 퍼스나의 절박한 심상을 드러내는 데에 효과적으로 기여하고 있는 것이다.

달은 분주한 낮이 아니라 휴식의 밤에 나타나기 때문에 그리고 태양처럼 강렬한 광선이 아니라 차가운 빛이기 때문에 많은 신화를 갖는다. 인도라든가 혹서酷暑의 남양南洋에서는 달을 진선미의 표상으로 삼고 있는데, 불교에서 여여如如의 세계를 달에 비유하고 있는 것도 그 때문이다. 이러한 사실은 동서를 막론하고 상통되는 바로서 M. 엘리아데는 이것을 '달 신화lunar myth[171]'라고 불렀다. 이것은 달의 신비lunar mysticism[172]에 기초를 두는 것으로 부활과 재생의 원형이라는 것이다. 달은 작은 신월로 나타나 날이 거듭될수록 점점 커져 만월이 되었다가 다시 점차 작아져 결국엔 없어져 버린

171 M. Eliade, *Traite d'histoire des religions*, p.142
   S. Langer 여사도 그의 *Philosophy in a New Key*에서 'There is a school of mythology as moon-mythology'라 하고 있다.
172 M. Eliade, *Myth of the Eternal Return*(堀一郎 譯), p.87.

다. 없어져 죽었는가 하면 다시 살아나서 주기적으로 반복한다. 달은 원시인들에게 피조물이 죽는다는 사실을 보여준 첫 번째의 것이며 또한 다시 재생하는 피조물의 첫 번째이기도 한 것이다.[173] 주기적인 반복으로 인하여 달은 '영원한 회귀'를 나타내며 또한 측정의 의미를 지닌다. M. 엘리아데에 의하면[174] 인도 유럽어족에 있어 the month와 the moon을 나타내는 대부분의 말은 어근 me-에서 파생되었는 바, 가령 라틴어의 mensis는 the month를 의미하며 같은 어근을 가진 metior는 'to measure'를 의미한다는 것이다.[175] 이러한 사실은 달의 운행에 바탕을 둔 농본사회(어민 포함)에 있어서 동일한 현상으로 나타나, 가령 일본의 경우도 월月의 의인신擬人神은 '시간을 계산하는 자'를 의미하며[176] 우리나라의 경우도 '두 이레, 세이레' 따위로 날짜를 나타낸다. 7일 곧 '이레'를 단위로 하고 있는 것은 도교의 영향이 아니라 보름(망월望月)을 중심으로 하여 전후로 각기 나누되 그 전후를 다시 양분한 수치이기 때문이다. 우리말의 '둘[月]'도 '돌다[廻]'와 '둘다(무게 측정)'라는 동사에서 나왔다고 믿는다. '드리[橋]'와 '다리[脚]'가 같은 것에서 유추되어 파생되었듯이, '둘'도 주기적으로 회전하기 때문에 '돌다'에서 생겨진 말이며 한편, '돌'아가면서 크고 작아지는 모습으로 시간(날

---

173 위의 책, p.112.

174 같은 책, p.125.

175 E. C. Brewer의 *Dictonary of Phrase and Fable*, p.591에도 Moon means "measure" of time(Anglo-Saxon, mona, mase. gen.) 이라 하였고 같은 Ivor H. Evans의 개정판, 1981, p.753에서도 "The word is probably connected with the Sanskrit root m-, to measure, because the time was measured by it."라 하여, 동일한 견해를 보여 준다.

176 N. Nevsky, 『月と不死』, 岡正雄 譯, p.4.

짜)을 측정해주기 때문에 형성된 어휘이다. 따라서, '달'이 '측정'을 의미하는 것은 인구어족에 국한되는 것이 아니고 인류의 보편적 현상이라고 보여진다.[177]

그러나, 이 노래에서의 '돌'은 '측정'만을 의미하는 것이 아니라 회전을 거듭하면서 일정하게 되풀이하는 그 영원 회귀에서 오는 불사의 상징[178]으로서 구원을 뜻한다고 보아야 하며, 불사의 상징보다는 성sex과 관련시켜 보아야 더 옳을 것이다.

회남자淮南子는 음陰의 한기가 쌓여서 물이 되었고 소기小氣의 엣센스가 달이 되었다고 이렇게 말한다.

天地之襲精爲陰陽 陰陽之專精爲四時 四時之散精爲萬物 積陽之
熱氣生火 火氣之精者爲日 積陰之寒氣爲水 水氣之精者爲月 日月之
陰爲精者爲星辰 天受日月星辰 地受水潦塵埃[179]

이라 하여, 해가 양陽의 주主라면 달은 음陰의 종宗(日者陽之主也, 月者陰之宗也)이 된다고 하였다. 말하자면, 해를 남성에 비기면 달은 여성이 되는 셈인데 이것은 보편화된 상식이다. 이것은 인류의 공

---

177 G. J. Ramstedt는 그의 *Studies in Korean Etimology*, p.251에서 달dal은 아마 tul에서 왔다고 보고 퉁구스어의 tul에 비교하고 있다. Poppe에 의하면 tula는 'to be clear, to be bright, to light up, to be pale' 등등의 뜻을 갖는다고 한다. Turkish에도 moon에 해당하는 말은 ay인데 leg, step, foot(measure)를 뜻하는 ayak(A. D. Alderson & Fahiriz: *The Concise Oxford Turkish Dictionary*)와 관계가 깊지 않은가 생각된다.

178 N. Nevsky, 같은 책, p.7.

179 『淮南子』, 제3권 天文訓

통된 잠재의식으로서[180] 특히 성숙한 여성이 갖는 생리 현상과 밀접한 관계를 맺고 있다.

아프리카 만데잉고족은 월경을 '가로루' 곧 '달'이라 부르며 이러한 사례는 콩고의 원주민들이나 기니아의 스스족에서도 그리고 그 밖의 많은 말들에서 발견된다. 뉴질랜드의 마오리섬에 사는 원주민은 월경을 '달의 병' 곧 '마태마라마'라고 부르는데 나름대로 달의 형태와 짝하여 나타나기 때문이다. 그리고 그들은 달을 그들의 진정한 남편이라고 믿는다.[181] 여기에서 언뜻 달을 남성으로 보는 게 아니냐 하는 의문을 제기할 수 있을지 모르나, 실제에 있어서는 성의 기능과 관계가 깊기 때문에 생겨진 민속신앙에 불과한 것으로 여성의 역설적 표현이라고 해야 옳을 것이다.

아무튼, 달은 여성의 성욕과 밀착되어 있으며 음양의 결합과 깊은 관계를 가지고 있다. 남녀의 로맨스는 '휘영청 달 밝은 밤'을 공간으로 삼는 경우가 많다. 「메밀꽃 필 무렵」의 허생원이 성씨네 처녀와 처음이자 마지막 관계를 가진 공간적 무대도 달밤이며, 황진이가 벽계수와 수작을 건 때도 역시 달밤이었다. 이러한 사실은 처

---

180 Bodkin은 그의 *Archetypal Patterns in Poetry*, p.164에서 달은 여자의 性的 機能과 떨어질 수 없는 것이라고 Briffault의 말을 인용, 이렇게 말하고 있다.

But the moon herself, when deified as mistress of time and change, appears to be 'indissolubly associated with the sexual function of women'. 'The attributes of the moon in primitive thought', says Briffault 'are the transferred characters, functions, and activities of a primitive woman, which are regarded as being derived and controlled by the magic power of the moon.'

181 Briffault, *The Mothers*(A Study of the Origin of Sentiments and Institutions) Vol · Ⅱ, pp.431~432.

용가에서도 찾아 볼 수 있으며, 오늘날의 여러 민요들에[182] 이어지고 있다. 중국의 경우에 있어서도 가장 오래된 문헌(B.C. 800년 경)인『시경』속에 달과 관련하여 임 그리움을 나타낸 노래가 적지 아니 들어 있다.[183]

따라서 이「정읍가」의 모두에 느닷없이 나오는 '달'은 퍼스나 persona의 복잡한 사랑과 간절한 기구가 교묘하게 얽혀 있는 일종의 객관적 상관물objective correlative로서 전편을 지배하는 키워드라 할 수 있는 것이다.

■ 노피곰 도드샤
　머리곰 비취오시라

이것은 돌연한 기구起句 '돌하'에 이어 서사序詞라 할 수 있는 것으로서 해석상 문제가 되는 곳은 없다. '노피'와 '머리'는 서로 대응을 이루는데 전자가 수직적인 것으로 천상에의 승화 곧 기원을 의미하는 것이라고 한다면, 후자는 횡적인 것으로 님에의 그리움 곧

---

182 제주도 민요「오돌또기」일절을 들어 보면 다음과 같다.
　오돌또기 저기 춘향월이/달도 밝고 에라 어데로 갈까나/둥게도 당실 둥게도 당실/지야도 당실 연자 버리고/달도 밝고 네가 어디로 갈까나.

　雜歌에도 다음과 같은 것이 보인다.
　　달아 두렷한 달아 님의 사창에 비친 달아
　　님 홀로 누웠드냐 어느 랑자 품었드냐
　　명월아 본대로 일러라
　　님에게 사생결단

183 月出皎兮 佼人僚兮 舒窈糾兮 勞心悄兮/月出皓兮 佼人懰兮 舒優慢兮 勞心搔兮/月出照兮 佼人燎兮 舒夭招兮 勞心慘兮(『詩經』, 陳風, 月出)

여인의 질투로 얽힌 미묘한 감정이 스며 있다. 그러니까 달에의 수직적 기원과 님에의 수평적 그리움이 교차 된 것으로서 [ikom]이 반복됨으로써 그러한 분위기를 한층 강화해 준다.

여기에서 간과해서는 안 될 부분이 있다. 달이 '돋다'의 '도두샤'가 그것이다. 왜 '뜨다'거나 '솟다'로 쓰지 않고 식물성적으로 말했을까? 여성성의 자연적 순리가 드러나기 때문이라 이해된다.

■ 全져재 녀러신고요
  즌디롤 드디욜셰라

이것은 본사라고 할 수 있다. 달에게 높이높이 떠 멀리 비추어 달라고 한 것은 오로지 임의 안위에 있기 때문이다.

이 부분은 연구자들 간에 엇갈리는 해석이 많아 우선 몇 가지만 골라서 들어 보기로 한다.

㉠ 全州市(시장)에 가셨는가요, 진 데를 디딜세라.[184]
㉡ 全州市場에 가셨는가요, 진 데[泥處]를 디딜세라.[185]
㉢ 져자에 가신가요, 이뻐하는 곳[眷處, 花柳巷]에 드딜가 두려워 하외다.[186]
㉣ 온 저자를 다니고 계신가요. 제발 즌곳일란[泥水汚·害] 디디

---

184 양주동, 『여요전주麗謠箋注』, pp.51~58.
   문법적으로 분석한 각 어사語辭의 뜻을 종합하였기 때문에 그대로가 아니다.
185 김형규, 『고가요주석』, pp.205~209.
186 지헌영, 『향가여요신석』, p.76.
   「정읍사의 연구」, 『아세아연구』 제7집, p.171.

지[犯] 않게 하여 주소서.[187]

ⓜ 市場에 가 계신가요. 진 곳을 디딜세라.[188]

ⓗ 모든 장애(하도 여러 장에) 가시는 그 이라(그 사람이고 보니)진 데라도 디딜까 걱정이다.[189]

위에서 보건대, ㉠, ㉡은 같으며, ⓜ과는 전주 시장이냐 그냥 시장이냐만 다를 뿐 역시 거의 같다. ㉣의 경우도 '숟겨재'에 대한 해석에서 차이를 보일 뿐 내용의 파악에 있어서는 같다고 볼 수 있으며 ⓗ의 경우도 '가신고요'의 해석이 특이할 뿐 ㉣과 흡사하다. 위가운데에서 가장 특이 하면서 이 가요의 성질상 정곡을 찌른 견해는 두말할 나위없이 ㉢이다.

필자도 ㉢의 입장에 서서 고찰하고자 하는 바, 문제가 되는 어사語辭를 차례로 살펴보기로 한다.

이 가요에서 가장 논의가 활발한 곳은 '숟겨재'인데 학계에서 논의된 견해들을 다음과 같이 넷으로 집약할 수 있다.

첫째, '숟겨재' 곧 전주시장이라는 것

둘째, 겨재 곧 시장이라는 것

셋째, '숟겨재'이되 온(모든) 시장이라는 것

넷째, '숟'은 '쏘'자의 오각誤刻이 아닐까 하는 것

187 최정여,「정읍사 재고」,『계명논총』제3집, pp.31~32.

188 박병채,『고려가요어석연구』, pp.46~53.

189 김형기,「정읍사 풀이에 따른 가설」,『한국언어문학』제11집, pp.47~48.

첫째의 경우는 『고려사』의 기록을 믿는 데에서 오는 것으로, 백제시에는 완산 또는 비사벌[比自火]로 불리다가 신라 경덕왕 15년에 '전주全州'로 개명[190]하였기 때문에 잘못된 견해가 아닐까 하는 이의를 제기할 수 있을지 모르지만 그것은 노래가 채록될 때의 지명이 자연스럽게 쓰여지는 사정을 모르는 데에 기인한다는 것이다.[191] 이를테면, 「처용가處容歌」에 보이는 '東京'이나 「서경별곡」에 보이는 '西京'이 그 노래가 불렸던 당시의 지명이 아니고 적어도 채록될 때의 것이라 볼 때, '全州'의 경우도 마찬가지라는 것이다. 그리고, '全州져재'라 하지 않고 '全져'라고 한 것은 '州'가 지명에 붙는 보통명사기 때문에 그렇다고 주장한다. 곧, '州'는 모두 한자의 이름으로, 그리고 郡·縣은 두 자의 이름으로 각각 고쳤으므로 '全州'의 경우는 '全'으로 충분하다는 것이다. 그리고 가의歌意로 볼 때에도 정읍에서 가까운 가장 큰 고을은 전주이며, 정읍과의 거리가 불과 7·80리 밖에 안 되므로 '전주시장'이라 해석하는 것이 마땅

---

190 『동국여지승람東國輿地勝覽』 권33 전주부조에 지명이 바뀌어 온 사정을 다음과 같이 쓰고 있다.

本百濟完山 一云比斯伐 一云比自火 新羅眞興王十六年 置完山州 二十六年 州廢 神文王復置完山州 景德王十五年 改今名 以備九州 孝恭王時 甄萱建都於 此 稱後百濟 高麗太祖十九年 討平神劍 改安南都護府 二十三年 復爲全州 成宗 二十年 稱承化節度安撫使 十四年十二州節都使 號順義軍 隸江南道 顯宗 九年 陞安南大都護府 後改全州牧 恭愍王四年 以因元使埜思不花 降爲部曲五年 復爲 完 山府 本朝 太祖元年 以御鄕 陞完山留守府 太宗三年 改今名

양주동은 그의 『국학연구론고』, p.195에서 전주의 원 이름은 빗불, 또는 짓벌 로서 '완산'의 '完'은 '兒'의 착오라고 주장한다. '白'에 '儿'이 합해 빗벌(비사벌)의 밝(빛‑밝다)이라는 것이다.

191 김형규, 앞의 책, p.206.

하다는 견해다. 끝으로, '全져재'라고 하지 않을 경우 '後腔全'이 되는데 이러한 음악의 술어가 「정읍가」 전문이 게재된 『악학궤범』이나 그밖의 문헌에 전혀 보이지 않는다는 사실을 외면해서는 안 된다는 것이다.

둘째, '져재'로 보는 주장은 앞에의 견해와 아주 대조적이다. 우선 '져재' 위에 '全'자가 관치冠置되어 '全州져재'의 준말이라고 주장하는 것은 잘못이라는 견해인데, 그 이유를 다음과 같이 여러 가지 예를 들어 설명하고 있다.

"져재"를 저 고개란 건 너무 지나친 解釋이었고, 또 全져재 즉 全州져재의 줄어진 말이라하기도 하나 우리나라의 地名에 그 語例가 없다. 峨嵯山 아래 광나루를 廣州나루의 略語라고 하여 그 語例를 억지로 만들려 하나 그건 廣津 즉 너븐나루를 廣자의 音으로 이름이었다. 만약 廣津이 廣州津의 略語라면 江原道 三陟郡의 廣津山도 廣州津山의 略語라 할 것이며, 咸南 永興郡의 廣灘이며 江原道 平康郡과 旌善郡의 廣灘이며, 京畿道 坡州郡의 廣灘이며, 慶尙道 安東郡의 廣津이며, 全羅道 順天郡과 羅州郡의 廣灘도 모다 廣州津의 略語인가![192]

그리고, 『악학궤범』에 있는 악곡 이를테면 처용만기處容慢機, 봉황음중기鳳凰吟中機, 봉황음급기鳳凰吟急機(三眞勺), 북전급기北殿急機 등의 형식을 미루어 볼 때, 「정읍가」의 경우는 전강前腔과 과편過篇에 소엽小葉이 붙어 있으나 후강後腔에는 없어 전강前腔으로만 완전

192 이병기, 「정읍사의 고찰」, 『가람文選』, p.486

히 끝난다는 '후강전後腔全'으로 해석해야 한다는 것이다.[193]

또한, 만약 '숟져재'가 전주라고 하면 정읍과의 거리가 불과 7·80 리밖에 되지 않는데 망부석에 발자취를 남길 정도로 절박한 상태에서 노래를 불렀다는 것은 상식적으로 보아서 수긍될 수 없다는 것이다. 그리고 『시용향악보』의 원문 후면에 낙서한 글 가운데에 '後腔半'이라는 악조명樂調名이 보인다는 사실을 들어 '後腔全'이란 술어가 없지 않으리라고 본다거나 또는 「정읍가」는 악곡명만 빼고 모두 국문으로 표기되었는데 유독 全州의 명칭으로 '全'자라는 한자를 끌어들였다는 것은 있을 수 없는 일이라는 주장[194]도 있다.

셋째, '全'을 '全州'의 '全'이나 '一什, 一俱'의 全이라는 서로 팽팽히 맞서는 견해에 대하여, 시선을 좀 넓혀 관형사 '모든(온)'으로 풀이해야 옳다는 견해다. 곧, 전국全國, 전군全郡, 전시全市 등에서 보이는 '全'과 같다는 것이다.[195]

넷째, 옛 문헌에서 적지 않게 발견되는 오자의 경우가 여기에도 적용되지 않는가 하는 것이다. 곧, 판본, 사본을 막론하고 오각誤刻,

---

193 후강은 있으나 부엽附葉 등이 없이 후강 그것으로서 온전히 끝난다 하고 그 전자의 용례로 高麗史 世家 十三 睿宗九十六月條의 다음과 같은 글을 들었다.

　　宋帝賜樂 …… 杖鼓二十面 金鍍鑢石鉤 條索幷杖子 紫單絹器 全 柏板二串 金鍍 銀鐸結子 一匣 盛紅羅褥 紫羅夾複 全 曲譜十冊 黃綾裝襪 絹羅夾器 全(앞의 책, p.487 참조)

194 박병채, 『고려가요어석연구』, p.47.

195 이런 견해는 확실히 새로운 것으로서 최정여에 의하여 처음 제기 되었으며 그 뒤 이희승도 같은 견해를 보여 주었다.
　　최정여, 「정읍사재고」, 『계명논총』 제3집, pp.26~27.
　　이희승, 「정읍사 해석에 대한 의문점 2·3」, 『백제연구』 제2집, pp.142~143 참고.

오식誤植 등 오자誤字가 전무하다는 것은 사실상 있을 수 없는 일로
서, '숯져재'의 '숯'도 '또'의 오각誤刻이 아닐까 하는 것인데 그 이
유로 이 노래의 전편이 국문으로 표기되어 있음에도 불구하고 이
것만이 한자이어야 할 까닭이 없으며 또한 '또 다른 장으로 가시렵
니까'라고 하는 것이 전체의 가사 내용으로 보아 자연스러운 맥락
을 이루기 때문이라 하였다.[196]

　이상에서 '숯져재'에 관련된 여러 학자들의 주장들을 집약하여
살펴보았거니와 필자의 견해는 앞에서 이미 밝힌 바와 같이 '전주
시장'의 편에 선다. 그 까닭은 다음 항의 형식고에서도 살펴보겠지
만 후강전後腔全이라는 악조명樂調名의 용례가 없을 뿐 아니라, 우
리나라 말의 조어법상 한자어+고유어 또는 고유어+한자어로 된
보통명사가 적지 않게 있어 '숯져재'의 조어造語가 가능하며 또한
'온, 모든'으로 보기에는 이 노래의 가의상歌意上 추상성을 모면 할
수 없다는 것이다. 그리고 '또'자의 오자로 보기에는 가명歌名「정
읍가」와의 깊은 상관성을 간과할 수 없다는 것이다. 더욱이나 앞
에서도 잠깐 언급한 바 있지만 어느 지방의 자연발생적 민요라 할
때 그 불리는 지명이 자연스럽게 쓰여질 것은 너무나 당연한 일이
다.『고려사』악지 2 삼국 속악조에 백제의 노래로 선운산禪雲山, 무
등산無等山, 방등산方等山, 지리산智異山 등 지명과 더불어 정읍并邑이
끼는 것은 당연하며 그밖에 東京, 木州, 余邦山(이상 신라악) 來遠城
(고구려악), 西京, 楊洲, 定山, 元興, 松山(이상 고려악) 등등 지명이
쓰이고 있음도 자연스러운 것이다.

　'숯져재'의 경우에 있어서도, 막연히 '시장에 가 계시냐'라든가

---

196 이희승, 위의 글, p.143.

'모든 사장에 다니고 있느냐'라고 하기보다는 남편의 구체적인 모습과 함께 어디엔가 있을 구체적 지명을 떠올린다는 것은 너무 자연스러운 일이다. 따라서,「정읍가」의 가명은 물론 즏져재도 '全州시장'으로 보는 것이 옳다고 생각한다.

인근에서 전통적으로 가장 큰 시장이 전주에 있었다는 것도 그 이유의 하나다.

■ 즌디룰 드디욜셰라

'즌디'는 '진 곳' 곧 이처泥處다. 그러나, 단순히 '진 곳'을 가리키는 말은 아니다. 이 노래의 퍼스나가 여인이며, 또 오랫동안 돌아오지 않는 남편에의 그리움은 온갖 망측스런 상상과 질투로 가득하였다고 볼 때『고려사』의 편찬자들이 말한 이수처泥水處라고 하기는 어렵다. '즌디'의 원관념tenor은 여인의 성이다. 일찌기 지헌영은 '쁜디[眷處]'로서 '그리워 하는 곳, 이뻐하는 곳'으로 파악, '花柳港'이라고 볼 수 있음을 시사한 바 있는데[197] 필자는 여성의 성을 가리킨다고 본다. 그것은 이 노래가 음사라고 하여 궁중연악에서 제외되었다는 기록, 이 노래의 모티브로 보아 달님에게 호소하고 애원하는 성적 질투의 노래라는 점, 그리고 내용상 전후관계의 자연스러운 맥락이라는 사실 등등을 고려해 볼 때 그렇게 보는 것이다.

따라서 다음에 연결되는 '드디욜세라'의 '드디다'도 성행위로 간파된다. 현재 충남, 전북, 경북 일대 방언에 가축들의 교미를 '드딘다'라고 하고 있거니와 심층심리의 측면에서 파악할 때도 역시

197 지헌영,『향가여요신석』, p.76,「정읍사의 연구」,『아세아연구』제7집, p.171.

같은 결론을 유출해 낼 수 있다. '딛다' 행위는 '발'로 이루어지는 것이며 '발'은 남자의 성을 상징하기 때문이다. K. 메닝거는 그의 *The Human Mind*에서 발의 象徵을 여러 가지 예를 들어 다음처럼 열거하고 있다.

첫째, 발은 개인을 大地에 연결시킨다. 大地는 野卑하고 조잡하며 再生産的이다. 그러므로 陰莖이 된다. 그렇기 때문에 生産을 맡아보는 神이나 妖精 그리고 放縱, 음란, 육욕에 빠지는 神이나 妖精은 짐승의 발(예컨대, 말, 당나귀, 숫송아지, 거위, 염소 등의 발)을 가지고 있다. 《술의 신인》 바카스, 《하늘과 땅을 다스리는》 헤 커티, 《스칸디나 신화의 사랑과 여신》 프레야, 《남아라비아의 부유한 나라의 여왕》 시바, 《밤이면 예쁜 여자로 둔갑하여 남자를 죽였다는 유대의》 릴리드 등이 그러하다.

둘째, 절룩발이는 오랫동안 지나친 肉慾과 관련되는 것으로 생각해 왔다. 중국부인의 경우가 그러하다. 영국의 낭만파 시인 바이런이 육욕적이었던 것도 그가 절름발이었기 때문이라고 말하는 이가 있다.

셋째, 女人들 가운데에는 이상스러운 걸음걸이를 보여줌으로써 자기의 성적인 것을 드러내려는 사람이 있다.

넷째, 女性들은 다리나 발에 다른 사람의 관심을 끄는 옷을 입는다. 살갗 빛깔의 긴 양말을 신는 것이 그러한데 이것은 성적인 특징을 강조해 준다.

다섯째, 발은 여러 가지 의미에서 노골적인 男子의 性器의

表徵이다. 그것은 附加物이며 또한 매달려 있고 또 신 속에로
쑥 들어간다. 등등.[198](《 》안 필자)

   발이 갖는 속성과 기능, 이를테면 부가물, 달려있음, 신발 속으
로 들어감 등등으로 보아 Phallic symbol이라는 것인데, 이러한 사
실은 우리나라에서도 '가운데 다리'라든가 하는 은어[199]로서 나타
냄을 볼 수 있다.
   따라서, 이 대목은 여성의 성과의 결합이 이루어질까 두렵다

---

198 '象徵化'(symbolization)라는 항에서 발foot의 여러 상징을 든 다음 色情發
   生의 가능성으로서의 상징을 Aigremont 「Foot and shoe symbolism and
   eroticism」에서 다음의 다섯가지를 들었다.
   1. The foot connects the individual with the earth; the earth is earthy,
   gross, resproductive, hence phallic that is why deities and spirits of
   fruitfulness, wantonness, lechery, and sexsuality are potrayed as having
   the feet of animals(horse, donkeys, steers, gesse, goats, etc.)—for example,
   Bacchus, Hecate, Freya, the Devil, the Queen of Sheba, Lilith, etc.
   2. Cripped feet have long been associated with excessive sexsuality–for
   example, in Chinese women. Byron's sexsuality has been referred by
   some to his lameness.
   3. Some women cultivate a gait which emphasizes their ferminity.
   4. Women dress their feet and legs in such a way as to attract attention
   to them for example, by flesh-coloured stockings, etc. This emphasizes
   their sexual significance.
   5. The foot is a frank phallic symbol for numerous reasons-it is an
   appendage, it is dependent, it slips into the shoe, etc.(밑줄 필자)
                              K. Menninger, *The Human Mind*, pp.299~300.
199 여자의 성 못지 않게 남자의 性器를 나타내는 은어가 각처에 많이 분포되
   어 있다. '가운데 다리'는 그 중 하나인데, 남사당패의 인형극인 「홍동지洪
   同知놀음」의 홍동지가 보여주는 과장된 성기의 모습을 떠올리면 쉽게 이해
   할 수 있다.

는 의미로, 이러한 뜻은 '즌디, 드디'나 '롤, 올'의 반복되는 '디', '올 (욜)'로 하여 강화되고 있다.

■ 어느이다 노코시라
　내가논디 졈그롤셰라

이 부분은 결사가 되는데, 풀이가 학자간에 구구하므로 먼저 그 견해들을 각각 열거하기로 한다.

㉠ 어디에다가 놓고 계셔지라 내 가는 데에 저물을세라.[200]

㉡ 어느(어떤) 것 다(모두) 놓으시라(놓고 오시라) 내가(나의) 가는 곳에 저물을세라.[201]

㉢ 어느 곳(창녀)에 놓고 계신가요 나의 가는 곳(금지지역)에 잠 그올까 두렵네.[202]

㉣ 어느 것(남편의 불안스러운 일=처의 전신을 휘감고 있는 불 안, 의구, 고뇌 등)이나 다 놓여지게 하소서. 내가 살아가는 곳 에 어둠이 없게 허여지이다.[203]

㉤ 어느 것(사람)에다 놓고 계시는가? 나의 가는 곳에 어두어질까 두렵구나.[204]

㉥ 어디든지(그 밝은 빛을 비추어) 놓고 있거라, 내 가는데(우리

200 양주동, 『여요전주麗謠箋注』, pp.61~64.
201 김형규, 앞의 책, pp.210~214.
202 지헌영, 앞의 책, p.76. 및 앞의 글, pp.166~169.
203 최정여, 앞의 글, pp.36~40.
204 박병채, 앞의 책, pp.54~58.

앞길에) 저물까 걱정이다.[205]

이 부분도 다른 곳 못지않게 엇갈린 견해들을 보여 주고 있다. 대체로 보아 ㉠, ㉡, ㉣이 서로 유사하며 그 밖의 ㉢, ㉤, ㉥은 각기 독특한 해석을 내리고 있다 각 부분을 나누어 고찰해 보기로 한다.

■ 어느이다

이것은 '어느이+다', '어느+이다', 그리고, '어느+이+다' 등으로 분석할 수 있다. '어느이+다'는 '어늬+다'로서 '어늬'는 '어느'의 주격형으로 '어느것, 무엇' 등으로 해석되며 '다'는 '모두[皆]'라는 뜻의 부사로 볼 수 있다. 따라서, '어느것(누구·무엇) 모두'로 풀이된다. 다음에, '어느+이다'는 '이다'의 표기가 일본 名古屋에 있는 임란전의 이른바 蓬左文庫에 '이다'로 되어 있어 그렇게 보려는 것인데, 해석이 곤란해진다. 왜냐하면, '어느이'로는 볼 수 없어서 자연히 '어느'와 '이다'를 분리할 수밖에 없으나, '이다'는 서술형 종결어미로서 문법상으로나 문맥상으로나 '어느' 밑에 붙을 수는 없기 때문이다. '어느'는 관형사, 부사, 명사로 쓰이는데, 그 바로 아래 서술형 종결어미가 올 수 없으며 설혹 '어느'를 '어느것 무엇'이라는 명사로 본다고 해도 서술형 종결어미는 올 수 있을지 모르되 전후의 의미가 연결되지 않는 것이다. 그러나, '이다'의 '다'를 조사 '다가'의 준말로 보아 '어느것(누구, 무엇)에다가'로 풀이할 수는 있다.

205 김형기, 앞의 글, pp.48~49.

끝으로, '어느+이+다'의 분석인데, 가장 합리성을 갖는 분석이라고 생각한다. 그렇지만 풀이에 있어서는 구구하다.

'어느'는 '어느, 무슨, 어떤'의 뜻을 갖는 관형사이며 '이'는 형식명사이고 '다'는 부사다. 그런데, 문제는 형식명사 '이'를 무엇으로 보느냐는 데에 달려 있다. 학자에 따라서는 행상을 하는 사람이기 때문에 흔히 물건(재물·돈)으로 보는가 하면, 그가 있는 장소로 보기도 하며 심지어는 남편의 불안스러운 일로도 본다. 또 음사淫辭라는 데에 초점을 두어 화류항花柳巷으로 보는 분도 있다. 필자는 본사에서 보였던 절박한 자기학대의 감정이 이 결사에 와서는 방어기제defence mechanism으로 변형되었다고 믿기 때문에 질시의 대상인 어느 미지의 여인을 포함해서 '이 세상의 모든 것 다'라고 해석한다. 따라서, '이'는 중층적인 ambiguity로 파악되어지는 것이다. 이 점은 바로 뒤에 잇대어지는 어사語辭를 볼 때 자명해진다.

■ 놓고시라

이것은 '놓다'의 어간에 원망형종결어미 '고시라'의 결합으로 분석된다. '이'를 '物'로 보는 분은 도적의 범해犯害가 두렵다는 생각 때문에 '아무 데나 놓아 버리다' 뜻으로 풀이하며 음사淫辭로 보는 분은 어느 여인에다 정을 주고(또는 놓고)있느냐고 풀이한다. 전자는 기원祈願으로 보며 후자는 의구형으로 본다.

후자의 관점이 옳다고 믿지만 전출한 '비춰오시라'의 '오시라'와 동일한 형태요, 동일한 내용이라고 한다면 이것만 의구형이 될 까닭이 없어 결국 타당성을 지니지 못하게 된다.

그러므로 필자는, '방하放下'의 뜻으로 보고자 한다. 여인이 핵심이 되지만 애타는 망부의 감정은 짐짓 '모든 것 – 사랑이라든가 재물이라든가 그런 따위 전부를 버리십시오'라고 풀이할 수 있는 것이다.

방하放下의 의미는 불교적 차원으로 파악할 수도 있다.

■ 내가논디

'내+가논+디'로 분석해야 옳다. 학자에 따라서는 서경별곡의 '네가 시럼난되디 몰라서' 식으로 주격 '가'를 인정, '내가 논+되'로 분석하고자 하는 사람도 있다.

'내'는 '나'의 주격형 또는 소유격형으로서 노래를 부르는 여성 퍼스나인가 아니면 남편인가로 서로 엇갈린 해석을 보여주며 심지어는 '川'이라고 하는 견해[206]에도 있다. 또, 부사인 '내내'로 보기도[207] 하는가 하면 고려조의 한림별곡 중에 "위 내가논디눔골세라"로 보아 당대에 유행하던 음사淫辭 곧, 나의 가는 곳(남이 가서는 안 되는 곳), 말하자면 남편의 성을 가리킨다는 견해[208] 도 있다.

필자는, '내가 가는 곳에'로 보고자 하며 '나'는 남편이라고 생각한다. 어떤 분은 '가는'이라는 말 때문에 남편이라고 볼 수 없다고 주장한다. 만약 남편이라고 한다면 아내(퍼스나)가 있는 집 쪽으

---

206 정렬모, 『신편고등국문독본(고전편)』, p.13.
207 이희승, 앞의 글, p.146.
208 지헌영, 앞의 글, pp.166~169.
　　하기는 지금도 자기의 처를 은어로 '자가용'이라고 한다.

로 와야 하지, 간다고 하면 말이 되느냐는 것이다. 그러니까 남편이 있을 쪽을 향하여 한 발짝 두 발짝 걸어가는 것으로 보아야 옳다는 것인데 만약 이것이 합리적 해석이라고 한다면 뒤에 붙은 구절을 어떻게 보아야 하느냐는 문제에 부딪치게 된다. 따라서, '내'는 당신 곧 남편으로 보는 게 옳다. 아내가 남편 앞에서 남편을 가리킬 때 '나'라고 부르는 경우가 지금도 시골의 노년층에 서 발견된다. 남편이 원래 떠돌이 장사꾼이라서 며칠씩 또는 몇 달씩 집에 없기 때문에 '지금쯤 어디에 씌여 다니는지' 쯤으로 보아 무방할 것이다.

■ 졈그롤셰라

'졈글다'의 어간에 의구형 종결어미 '올셰라'의 결합이라고 분석할 수 있다.

'졈글다'는 '저물다[日暮]'와 '잠그다[沈, 潛]'의 두 가지 뜻을 가지고 있는데, 앞에 것으로의 해석은 불합리하나 뒤에 것의 해석으로 합리적이다. 달이 중천에 있는 것이 아니고 떠오르는 단계에 있다 하더라도 '저물다'라는 말은 쓸 수 없기 때문이다. '날이 저물다, 해가 저물다'는 말은 쓰여도 '밤이 저물다, 달이 저물다'라고는 하지 않는 것이다. 따라서 후자 곧 '잠그다'라 보아 빠질까 두렵다는 뜻으로 해석해야 마땅하다. 말하자면 남편이 쏴 다니는 곳에 어느 여인이 있어 그 여인에게 빠질까[209] 염려스럽다는 뜻이 되는 것이다.

209 '잠그다, 잠기다'와 '빠진다'는 유사한 어휘로서, 오늘날에도 은어로서 성의 결합을 남성 쪽에서 '잠(담)근다'로 흔히 쓰고 있으며 이 말은 閉鎖, 結合의 잠그다(예: 자물쇠 ↔ 열쇠)와도 친연성이 있는 말로 짐작된다. 그리고 한사람에게 깊이 정을 주는 것을 '빠진다'(沈)라고 한다.

이상으로「정읍가」의 내용을 분석하여 보았거니와 그 구조를 간단히 들어 보이면 다음과 같다.

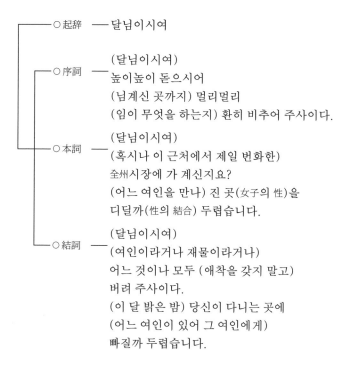

○起辭 — 달님이시여

○序詞 —
(달님이시여)
높이높이 돋으시어
(님계신 곳까지) 멀리멀리
(임이 무엇을 하는지) 환히 비추어 주사이다.

○本詞 —
(달님이시여)
(혹시나 이 근처에서 제일 번화한)
全州시장에 가 계신지요?
(어느 여인을 만나) 진 곳(女子의 性)을
디딜까(性의 結合) 두렵습니다.

○結詞 —
(달님이시여)
(여인이라거나 재물이라거나)
어느 것이나 모두 (애착을 갖지 말고)
버려 주사이다.
(이 달 밝은 밤) 당신이 다니는 곳에
(어느 여인이 있어 그 여인에게)
빠질까 두렵습니다.

한마디로 요약하여, 달에게 빌며 바라는 남편을 그리는 정, 곧, 아낙의 질투에 찬 사랑의 노래라 할 수 있을 것이다.

좀 더 풀이해 보면 이렇다. 밝은 달이 뜨니까 남편에 대한 그리움이 한결 강렬해진다. 만원은 여성의 성적 충동과 긴밀한 관계를 맺고 있기 때문이다. 장사하러 나가서 오랫동안 돌아오지 않는 남편이 불현듯 그리워지고 또 무엇을 하느라고 그렇게 소식이 없는지 원망스러워지기도 한다. 여인은 사립문 밖에 나가 떠오르는 달을 보며 달님에게 빈다. 높이 떠서 그이가 있는데까지 비추어 달라고. 수직적으로 높이높이 뜨는 것은 종교적 승화의 세계를, 횡적으로 멀리멀리 비추는 것은 여인의 간절한 그리움을 표상한다. '노피곰'과 '머리곰'이 [ikom]을 공통의 소리로 하여 대응하고 있는 것은 결코 우연한 일이 아니다. 그런데, 이 달밤 어디에서 무엇을 하고 계실까? 달님만은 내려다보고 계시겠지. 달님이시여, 행상이야 이곳저곳 두루 다니겠지만, 짐작컨대 이(정읍) 근처에서 제일 사람들이 많이 모여 들끓는 전주장에 가 있는 것은 아닐지 모른다. 아마 틀림없이 객줏집 어디에서 노닥거리고 있을 것이다. 그 어느 미지의 여인과 노닥거리는 장면이 구체적으로 떠오른다. 전주시장에 많이 널려 있을 화류항花柳巷에 가서 그 짓을 하고 있을 것이 분명하다. 여기에서 우리는 여인의 착잡한 심리를 엿볼 수 있다. 틀림없이 그 짓을 한다고 믿지만 '~ㄹ세라'라 하여 추측의 미래시제의 의구를 담고 있기 때문이다. 이것을 '즌ᄃᆡ'와 '즌ᄃᆡ욜셰라'의 상징 곧 구체적인 성性의 간접적 표현이라는 자리바꿈displacement과 함께 극한적인 경지에서 자기보호를 하게 되는 방어 메카니즘defence mechanism이라 할 수 있다.[210]

극한적인 질투에서 절망의 절정에 이른 여인은 달님에게 다시 빈다. 여자고 뭐고 모두 다 내버려 달라고. 그러나, 거센 감정은 쉽게 가라앉지 않는 것이다. 그러기에 당신이 다니는 곳에 어느 여인이 있어 거기에 빠져 들까 염려된다는 방어 메카니즘이 작용하게 된다.

이상의 뼈대를 간추려 보면 다음과 같이 될 것이다.

---

210 이상섭, 『문학연구의 방법』, p.171.

	(가)		(나)		내용	
기사 起辭	둘하		둘하		내용	
서사 序詞	(ㄱ)	(ㄴ)	(ㄱ')	(ㄴ')	기원	달
	노피곰	도두샤	머리곰	비취오시라		
본사 本詞	조겨지	녀러신고요	즌디롤	드디욜셰라	의구	장소 일정
결사 結詞	어느 이다	노코 시라	내가 논디	졈그롤셰라	기원 의구	장소 부정

　(가)는 원인이 되고 (나)는 그것의 결과가 된다. 그리고 (가)의 (ㄱ)과 (나)의 (ㄱ')은 서로 대응되며 또한 (ㄴ)과 (ㄴ')가 서로 대응을 이룬다. 뿐만 아니라, (가)의 본사와 결사가, (나)의 본사와 결사가 또한 (ㄱ), (ㄴ)과 (ㄱ')(ㄴ')에 따라 서로 교묘한 대응을 이루고 있다. 음악적 효과면에서도 (가)의 (ㄱ)과 (나)의 (ㄱ'), (가)의 결사(ㄴ)과 (나)의 서사(ㄴ') 그리고 (나)의 본·결사(ㄴ')이 화음을 이루며 크게는 (나)의 (ㄴ')부분이 5음절에다가 (~라)의 동일어미를 각운처럼 쓰고 있다.

　이 노래의 내용을 일견一見하여 알 수 있게 그림으로 보이면 다음과 같이 될 것이다.

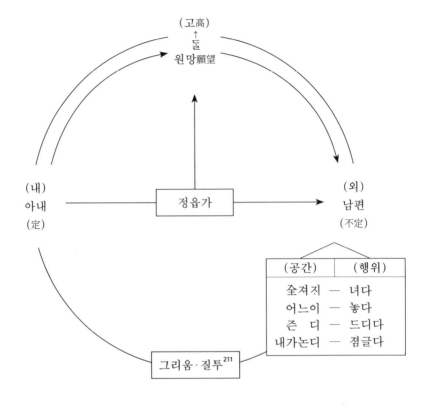

5) 형식고形式考

고대시가의 형식을 고찰하는 데에 있어서 음악적인 면을 간과해서는 안 된다. 노래로 가창되었기 때문이다. 이「정읍가」도 물론 노래로 불리웠음은 두말할 나위 없는 바로되, 원래는 민요로서 항

---

211 시기·질투가 심리적 구조라 할 때, 이 노래는 '시암골놀이'라고 그 이름을 해독할 수 있을 것이다. '샘'은 지금도 전통적으로 '시암'으로 불리고 있으며 이것은 시기·질투의 뜻을 지니고 있기 때문이다.

간의 부녀자들로 하여금 하나의 달노래로서 가창되던 것이 고려
조와 조선조에 들어와 궁중악이 되면서 틀에 잡힌 음악적 형식을
갖게 되었음에 틀림없다.

　흔히 이 노래는, 전강前腔, 후강後腔, 과편過篇의 셋으로 나눈다.
이것은 가사의 양이 각각 균형을 이루는 데에서 말미암는 듯하다.
그리고 전강前腔에 소엽小葉 '아으 다롱디리'가 있으며 과편過篇에
도 같은 소엽小葉이 붙는데 후강後腔에만 없기 때문에, 기록을 그냥
믿는 분들은 후강後腔으로 완전히 끝난다는 후강전後腔全으로 파악
하고, 그렇지 않은 분들은 판각할 때 잊고서 빠뜨렸으므로 복원해
야 한다고 주장한다. 전자의 입장을 취하는 사람의 견해를 우선 들
어 보기로 한다.

　　우리 古樂譜에는 한 曲調가 대개 三大節로 나뉘어 前大節을
　前腔, 中大節을 中腔, 後大節은 後腔이라 하였다. "樂學軌範"에서
　그 예를 찾으면,

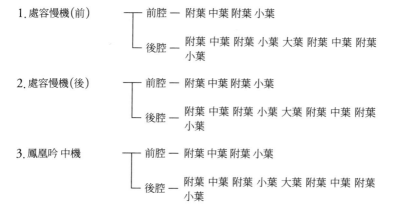

1. 處容慢機(前)　┬─ 前腔 ― 附葉 中葉 附葉 小葉
　　　　　　　　└─ 後腔 ― 附葉 中葉 附葉 小葉 大葉 附葉 中葉 附葉
　　　　　　　　　　　　　　小葉

2. 處容慢機(後)　┬─ 前腔 ― 附葉 中葉 附葉 小葉
　　　　　　　　└─ 後腔 ― 附葉 中葉 附葉 小葉 大葉 附葉 中葉 附葉
　　　　　　　　　　　　　　小葉

3. 鳳凰吟 中機　┬─ 前腔 ― 附葉 中葉 附葉 小葉
　　　　　　　　└─ 後腔 ― 附葉 中葉 附葉 小葉 大葉 附葉 中葉 附葉
　　　　　　　　　　　　　　小葉

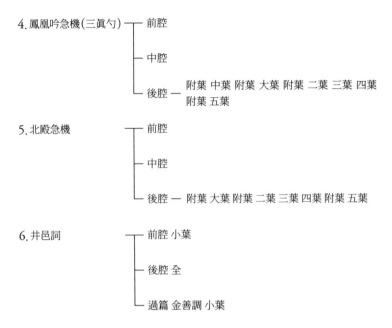

4. 鳳凰吟急機(三眞勺) ┬ 前腔

                   ├ 中腔

                   └ 後腔 ── 附葉 中葉 附葉 大葉 附葉 二葉 三葉 四葉
                                附葉 五葉

5. 北殿急機 ┬ 前腔

         ├ 中腔

         └ 後腔 ── 附葉 大葉 附葉 二葉 三葉 四葉 附葉 五葉

6. 井邑詞 ┬ 前腔 小葉

      ├ 後腔 全

      └ 過篇 金善調 小葉

등을 보면 處容慢機는 그 前後가 鳳凰吟中機와 같고, 鳳凰吟急機
와 北殿急機가 같으며, 前腔 中腔에는 附葉 등이 없기도 하고,
中腔이 全然 없기도 하되 後腔만은 반드시 다 附葉 등이 있는
바, 그 중 井邑詞는 특이한 것으로서 後腔全이란 것은 附葉 등
이 없는 後腔만으로 그것이 오로지 끝났다는 것이다.[212]

『악학궤범』에 있는 음악적 형식을 들고 그것들의 후강後腔에는
반드시 부엽附葉, 중엽中葉, 대엽大葉 등 많은 것들이 붙기 마련인데
유독「정읍가」만이 없기 때문에 후강後腔으로 완전하다는 의미로

212 이병기,『국문학전사』, pp.58~59,「정읍사의 고찰」,『가람文選』, pp.486~487.

후강전後腔全을 사용하였다는 것이다. 그런데 앞서 '내용고'의 '죠 져재' 항에서 살펴보았거니와 후강전後腔全이라는 악조명樂調名이 『악학궤범』에는 말할 것도 없고 여타의 문헌에서도 발견되지 않 는 것이다. 만약 하나의 악조명이었다면 『악학궤범』이나 그밖의 문헌에 쓰였음에 틀림없다. 따라서, '후강전後腔全' 설은 만족할 만 한 주장이라고 하기는 어렵다.

한편, 후강後腔에 소엽小葉이 빠뜨려진 것이라는 주장 가운데, 음악적 측면에서 고찰한 장사훈張師勛의 견해를 요약해 보기로 한다.[213]

노래속에 보이는 김선조金善調로 미루어 한림별곡翰林別曲에 나 오는 비파琵琶의 명수 김선金善의 특조特調라 한다면 「정읍가井邑歌」 는 비파와 같은 악기와 반주에 의하여 고종때 성창盛唱되었으리라 하고, 악학궤범 소전所傳 처용가處容歌의 형식과 동시기로 생각할 수 있으며 또한 동일조同一調의 반복이라 한 다음에, 결론적으로 음 악적 형식을 다음과 같이 설파하였다.

첫째, 「정읍가」의 전강前腔 후강後腔 과편過篇은 진작眞勺이나 만 전춘滿殿春 또는 대국大國의 형식과 같다.

둘째, 과편過篇은 음계와는 무관한 삭[數]이나 더리(여지)와 같 으며 마지막 반복 악장 된다.

셋째, 1, 2, 3으로 반복될 때 2, 3은 1의 곡조에서 가락이 덜릴 뿐 이고, 1의 선율을 반복하는 이상 진작眞勺에서와 같이 후강後腔도 전강前腔이나 과편過篇의 가사와 같은 길이로 되어야 한다.

넷째, 또 서경별곡西京別曲과 같이 1연을 4분절하고, 후렴구를 단

213 장사훈, 「정읍사의 음악적 고찰」, 『자유문학』 제4권 제6호, pp.242~246.

위로 완전 동일선율에 의하여 되는 노래에 있어서는 더욱 그 후렴구의 일부가 빠질 수 없다.

다섯째, 따라서 「정읍가」의 후강後腔의 소엽小葉에 해당하는 '아으 다롱디리'구는 꼭 있어야 할 것이 탈락된 것으로 보는 것이 옳을 것이다.

여섯째, 그렇게 생각하면, 소엽小葉이 빠졌기 때문에 '후강전부後腔全部를 말한다' 또는 '후강後腔에서 끝난다'는 뜻에서 '後腔全'이라고 했다는 설명보다도 위와 같은 이유에 의하여 '全져재'로 되어야 이치에 맞을 것이다.

이 견해는, 전강前腔, 후강後腔, 과편過篇의 세 부분으로 나누되 후강後腔에 있어야 할 소엽小葉이 무슨 이유인지는 모르지만 빠져 있어서 그것을 채워야 된다는 것으로 요약할 수 있다.

동일한 음악적 측면에서 고구考究한 이혜구李惠求는,

前腔
小葉

後腔
過篇

金善調
小葉　大葉

이라 하여, 전강前腔, 후강後腔, 대엽大葉으로 3분三分하되 후강後腔

에만 소엽小葉이 빠진 것이 주목된다고 하였다.[214]

그러니까, 과편過篇, 김선조金善調를 대엽大葉으로 하여,

前腔 小葉

後腔(小葉)

大葉 小葉

이라고 보는 것이다.

모두가 가창되는 가사의 양量 때문에 3분하려고 하는 것이 아닌가 의심된다. 앞서 '내용고'에서도 살펴본 바와 같이 서, 본, 결사의 셋으로 논리적 단계가 분명하기 때문에 더욱 그런 견해들을 갖는 게 아닌가 생각한다. 내용의 흐름과 외형적 리듬이 반드시 일치하지 않는 것은 다음과 같은 오늘날의 시에서도 찾을 수 있다.

그리운 우리 님의 맑은 노래는

---

214 이혜구,『한국음악서설』, pp.199~200.
　　이교수는『악학궤범樂學軌範』에서 腔과 葉으로 된 曲을 조사하여 구분하면
　　㉮ 前腔 中腔 後腔 附葉 大葉, 二葉 三葉 四葉 附葉 五葉 곧, 前腔, 中腔, 後腔, 附葉
　　　이 일단을 이룬 것.
　　㉯ 前腔 附葉 中葉 附葉 小葉, 後腔 附葉 中葉 附葉 小葉, 大葉 附葉 中葉 附葉 小葉
　　　곧, 前腔, 附葉, 中葉, 附葉, 小葉이 一群을 이루는데 前腔群, 後腔群 大葉群으
　　　로 구분될 수 있다.
　　㉰ 前腔 小葉
　　　後腔(小葉)
　　　大葉 小葉
　　의 三種이며 井邑歌의 형식은 ㉰形에서 中葉이 생략된 축소형이라고 하였
　　다. 아마 井邑歌의 정형은 말하자면 ㉰形의 축소형이라고 이해된다.

언제나 내 가슴에 젖어 있어요.

소월,「님의 노래」

내 마음 속 우리 님의 고운 눈썹을
즈든 밤의 꿈으로 맑게 씻어서

미당,「冬天」

위에 들어 보인 시의 각 첫 행에 있어서 호흡단락breath-group은

그리운/우리 님의//맑은/노래는
내 마음 속/우리 님의//고운/눈썹을

이렇게 된다. 우리 님의 노래요, 우리 님의 눈썹이지만 상장하단
上長下短의 율격律格 때문에 의미와는 상관없이 음보音步가 구분되
어지는 것이다. 마찬가지로, 가사의 분량이나 논리적 전개와 상관
없이 다음처럼 나누어 볼 수 있지 않을까 한다.

前腔   小葉
後腔 過篇 金善調   小葉

그러니까 전·후강전前·後腔으로 양분되며 모두 소엽小葉을 가지
게 된다. 여기에서 문제되는 것은 과편過篇과 김선조金善調인데, 과
편過篇은 '잔가락을 덜고 지나가는 편篇'[215]인지 또는 중국의 과편過

215 장사훈, 앞의 글, p.245.

篇같은 것으로서 환두換頭(2연의 제1구第一句)인지[216] 확실히 알 길이 없지만, 그 중 어느 것이라 해도 상관이 없을 듯하다. 그리고, 고려조에 와서 정비, 형성된 악樂의 형식과는 관계없이 타문학 장르와의 비교가 있어야 될 것이다.

여러 학자들의 견해見解들을 집약集約해 보면 다음의 다섯 가지가 된다.

첫째, 민요의 고형古形이라는 것

둘째, 향가체鄕歌體에서 이루어졌다는 것

셋째, 향가체鄕歌體에서 별곡체別曲體로 넘어가는 과도기에 형성되었다는 것

넷째, 고려속요체高麗俗謠體의 남상濫觴이라는 것

다섯째, 시조時調의 형식이 이 노래에서 비롯되었다는 것

첫째의 견해는, 이 노래가 3음을 기조基調로 한 3·3조로서 2음보의 보리타작 노래, 모찌기 노래 등 연대적으로 오래된 노래의 형태와 같다는 것이다.[217] 이것은 이 노래가 적어도 삼한때부터 부녀자

---

216 Walter Kaufmann의 *Musical Nations of the Orient*, Indiana University Press, 1967, p.131에 의하면 換頭(hwan-tu)를 이렇게 설명하고 있다.

This rare song from is characterized by the two opening phrases(A, and E), (exchanged heads)

first verse   : A | B C D

second verse   : E | B C D

217 고정옥, 『조선민요연구』, pp.50~51에서,

둘하 노피곰 도두샤   2·3·3

어긔야 머리곰 비취오시라   (3)·3·5(2·3)

어긔야 어강됴리   (3·4)

들 간에 널리 불리워진 '달노래'라고 할 때, 더 의심할 여지없을 것이다. 가람도 향가체의 연원을 「정읍가」 등의 민요체에서 찾아야한다는 견해를 보여 주고 있다.[218]

둘째의 주장은 향가체에서 발전한 형식이라는 것으로서 도남陶南의 "形式은 六句體로 되어 있어 高麗의 普通 長歌와는 그 形式이 다르고 鄭瓜亭曲과 아울러 鄕歌 形式에 系統을 끌 것인 줄 믿으나"云云[219]이라든가 지헌영池憲英, 이탁李鐸 등 학자의 논저에서 찾을 수있다. 지헌영은 그의 「정읍사井邑詞의 연구硏究」에서 '삼구육명사뇌三句六名詞腦'의 집약수축集約收縮된 형태가 '삼장육구단가三章六句短歌'인데 이것은 단短 사뇌詞腦의 절구絶句적 격조格調와 상통하는발전형태라 하고 「정읍사」는 가곡화歌曲化된 삼장육구양식三章六句

아으 다롱디리   (2·4)

全져재 녀러신고요   3·5(2·3)
어긔야 즌디롤드디욜셰라   (3)·3·5(2·3)
어긔야 어강됴리   (3·4)

어느이다 노코시라   4·4
어긔야 내가논디졈그롤셰라   (3)·4·5(2·3)
어긔야 어강됴리   (3·4)
아으 다롱디리   (2·4)

이와 같이 분석하고, "요컨대 이 노래는 3聯 6句의 骨子에다, 感歎詞와 後斂을 붙인 것인데, 그 형식은 3음이 基調가 된 3·3調의 노래라고 볼 것이다. 高麗朝 노래로 3音을 基調로 한 노래에, 「動動, 西京別曲, 思母曲」 등 民謠的 느낌이 濃厚한 것이 많다는 사실과 그리고 後揭 보리타작노래, 모찌기노래, 踏田歌 등 연대적으로 오래된 노래가 모두 3·3調란 사실과를 아울러서 민요의 고형이 3·3조였다고 생각하는 바이다."라 하였다.

218 이병기, 앞의 책, p.71.
219 조윤제, 『한국문학사』, p.85.

様式의 단가短歌 중에 가장 오래된 유일의 것이라고 못박았다.[220] 이 탁도 향가의 형식을 기본형基本形, 복형復形, 단형短形의 셋으로 나누고「정읍가」는 그 중 기본형에 속하며 유리왕대의 도솔가에 의하여 지어진 것이라고 하였다.[221]

이러한 견해는「정읍가」가 고려시에 만들어졌다거나 신라 사뇌가와 관련시켜 살핀 데에서 오는 것이다.

셋째의 주장은 시조의 발생설을 위한 것이라고 할 수 있다. 시조의 삼장육구三章六句 형식은 사뇌체思腦體 속에 배태되었다가 사뇌체가思腦體歌가 별곡체別曲體로 바뀌면서 그 별곡체에서 파생된 것인데「정읍가」는 바로 사뇌체에서 별곡체로 넘어오는 중간형태의 예로 보아진다는 것이다.[222]

넷째의 견해는 양주동梁柱東의 "…이 3音을 基調로 한 一句三音步의 定型은 저 羅代 詞腦歌 中에 適用된 四·四 내지 三·四調라는 다른 새로운 歌形으로서 麗代歌謠 諸篇에 慣用되어 있음을 본다. 써 本歌의 形式이 此種俗謠의 韻律的 形式의 濫觴임을 알 것이다."[223]라는 글에서 찾을 수 있다. 이 견해도 여요麗謠와 관련시켜 고찰한 데에서 추출된 것이다.

다섯째의 견해는 매우 중요한 국문학사적 의의를 지니는 것으로서 많은 학자들이 동조하고 있다.[224] 이탁과 지헌영의 견해를 들

---

220 지헌영, 앞의 글, pp.185~187.
221 이탁,「언어적으로 고찰한 우리 시가론」,『국어학논고』, pp.319~323.
222 이태극,『시조의 사적 연구』, pp.78~79.
223 양주동,『여요전주』, p.40.
　　박성의도 그의『한국가요문학론과 史』, p.246에서 같은 주장을 하고 있다.
224 우리어문학회편,『국문학개론』, p.206.

어 보기로 한다.

　이탁은,

井邑詞	平時調(歌曲唱法으로서의 形式)
前腔) 둘하 노피곰 도드샤	=初章) 東窓이 밝았느냐
【어긔야】머리곰 비치오시라	=二章) 노고지리 우진다
小葉)【어긔야 어강됴리/아으 다롱디리】	=[小餘音]
後腔) 金져재 녀러신고요	=三章) 소치는 아이놈은/상긔
【어긔야】즌디롤 드디욜세라	아니일었냐
【어긔야 어강됴리〔아으 다롱디리)】	=[中餘音] 樂器로 間奏
過篇) 어느다 노코시라	=四章) 재넘어
金善調)【어긔야】내가논디 졈그롤셰라	=五章) 사래긴 밭을 언제 갈려
	하느니
小葉)【어긔야 어강됴리/아으 다롱디리】	=[大餘音]〔樂器로 間奏〕

　이렇게「정읍가」와 평시조를 비교하여,「정읍가」에서 무의미한 차사嗟辭를 떼어버린 형식과, 장장으로 된 평시조平時調의 창법唱法이 동일하다는 결론을 내리면서 시조 형식이「정읍가」에서 왔음을 밝히고 있다. 지헌영도 전게前揭한 그의 논문에서,

　　　현재「井邑詞」의 餘音을 제외한 基本部分의 字數를 三章六句
　　로 분배한다면,
　　　8·8　　　(5·3·3·5)(初章)

김형규,『고가요주석』, p.199.
陶南도 時調의 발생시기를 高麗 中葉에 胎動하여 末葉에 나타났다고 하였지만
그의『한국문학사』에서 시조의 원형을 井邑歌의 三章六句形式에서 찾았다.

7·8   (2·5·3·5)(中章)

8·9(8) (4·4·4·5)(終章)

으로서 近世 前期 短歌(宣祖-英祖)의 基本字數라 하는

7·8   (3·4·4·4)(初章)

7·8   (3·4·4·4)(中章)

8·7   (3·5·4·3)(終章)

과 接近되어 가고 있는 것을 直覺할 수가 있는 것이다. 다만 近世前期短歌가 4·4調를 基幹으로 한 淳厚·深厚한 韻律 속에 깃들인 情感 慧智가 번득거리는 外暗內明인 것이라면 「井邑詞」는 3·3調를 基調로 한 명랑한듯 沈潛·內省的인 外明內暗的인 것이라 할 수가 있는 것이다.[225]

이와 같이 「정읍가」의 형태와 평시조의 형태를 비교하여 그 동일성을 강조하고 「정읍가」가 갖는 3·3조와 시조가 갖는 4·4조의 특성을 들었다.

그런데, 이러한 복잡한 작업을 거치지 않고서도 「정읍가」에서 유의어 부분만을 골라 놓으면 즉시 시조의 형식과 흡사함을 알 수 있을 것이다.

달하 노피곰 도두샤//머리곰 비취오시라

즌져재 녀려 신고요//즌디롤 드디 욜셰

어느 이 다 노코시라//내가논디 졈그롤 셰라[226]

---

225 지헌영, 앞의 글, p.187.
226 唱으로는 여덟 마디로 나뉘지만, 朗誦으로 본다면 一句二音步로 보고 우리

$$2 \cdot 3 \cdot 3 // 3 \cdot 2 \cdot 3$$
$$3 \cdot 2 \cdot 3 // 3 \cdot 2 \cdot 3$$
$$2 \cdot 2 \cdot 4 // 4 \cdot 3 \cdot 2$$

이렇게 호흡단락을 떼어 놓으면 민요형식의 1구 3음보에 3·3이 주조主調를 이루고 있음을 발견할 수 있으며, 또한 3장 6구로서 평시조의 형식과 동일함을 알 수 있다.

이것을 4음보로 다음처럼 율독scansion을 해도 마찬가지가 될 것이다.

(달하)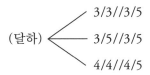

$$3/3//3/5$$
$$3/5//3/5$$
$$4/4//4/5$$

따라서, 이「정읍가」의 형식은 백제 또는 그 훨씬 이전에 소박하게 구전되다가 고려조에 와서 음악적 형식에 따라 정제整齊되면서 시조형식의 원형이 되었음을 간파할 수 있다.

6) 소결小結

신라나 고구려 못지않게 찬란한 문화를 백제가 가졌었다는 것은 널리 알려진 사실이다. 이것은 외국의 문헌을 섭렵한다든가 일본에 가 보면 쉽게 알 수 있다. 그런데도 백제의 문물은 패전국의

詩歌에 드문 5調의 音數律에 주목할 필요가 있지 않을까 한다.
$$2 \cdot 6/3 \cdot 5, 3 \cdot 5/3 \cdot 5, 3 \cdot 5/4 \cdot 5$$

운명에 휘말려 깡그리 오유로 돌아갔으며 부분적으로 남아있는 것들조차도 신라로 경사된 고려 사가들의 편견에 의하여 외면되어 버렸던 것이다.

그런 중에도 이름만 전하는「무등산가無等山歌」,「선운산가禪雲山歌」,「지리산가智異山歌」,「방등산가方等山歌」그리고 변형된 채로 가사가 전해 오는「산유화가山有花歌」와 함께「정읍가井邑歌」가 문헌에 소전所傳되었다는 것은 참으로 다행스러운 일이 아닐 수 없다.

따라서, 학계에서는「정읍가」에 대한 관심이 높아 수월찮은 연구들이 속출하였는데, 고대문학작품의 해석이 거의 그런 것처럼 이것도 여러 갈래로 엇갈린 견해들을 보여 주고 있다.

필자는 가능한 학계의 다양한 업적을 종합하고 소전문헌所傳文獻, 지어진 시기 및 작자, 내용, 형식 등에 관하여 고찰하였다. 그것을 요약하면 다음과 같다.

첫째; 소전문헌所傳文獻에 관하여:

주지하다시피「정읍가」의 명칭과 가의歌意가 전하는 최초의 문헌은 조선조 초 여러 사관史官에 의하여 지어진『고려사高麗史』이며 가사가 실린 문헌은 성종조 성현成俔 등에 의하여 만들어진『악학궤범』이다. 그밖에 여러 문헌들에도 '井邑'이란 명칭이 보이는데, 서로 별개의 것이라는 견해가 있으나 이것은 믿기 어렵다. 동일한 노래로 파악해야지 정읍가군井邑歌群으로 보아서는 안 되기 때문이다. 그러나 현전하는 정읍井邑의 곡이 매우 장중하여 상호 어떠한 연관이 있는지 의문이 남게 된다.

둘째; 지어진 시기時期 및 작자作者에 관하여:

제작 시기는 어느 때라고 딱 잡아 이야기하기 어렵다. 백제 멸망

후 세 왕조의 부침을 거쳐 800여 년이 지난 때에 비로소 문자로 정착하였기 때문 에 백제가요로서의 원형이 고스란히 전승되었다고 할 수 없다. 그런 사정으로 말미암아 문헌의 기록을 무시하고 고려조高麗朝나 조선조朝鮮朝의 노래로 보는 학자가 많다. 좀더 구체적으로 비백제계非百濟系의 노래라고 하는 견해들을 요약하면, 고려조의 노래라는 것, 조선조의 것이라는 것 신라 유리왕대의 도솔가에서 파생되었다는 것으로 삼분할 수 있다.

그러나, 이 노래는 백제의 가요로서 완전한 것이라고 볼 수는 없으나 확실히 신라 향가 등과 비교해 볼 때, 달에 향하는 토속신앙과 남편을 그리는 여인의 감정이 교묘한 민요적 표현 속에 숨어 있어 가위 고형古形을 꽤 많이 보유하고 있는 노래라 추단推斷할 수 있다. 가의歌意만 전하는 여타의 백제 민요와 비교할 때 동질성을 찾을 수 있는 것도 하나의 이유가 된다.

이것이 '달노래'로서 불리운 시기는 백제보다 더 소급하여 삼한까지 올라간다고 믿는다. 이 노래를 지어 부른 여인의 남편이 행상을 직업으로 하고 있다 하였는데, 기록에 의하건데 벌써 삼한시대에 지게가 쓰였고 시장이 있었기 때문이다. 한편 작자를 행상인의 처라고 전하는데 그대로 믿기 어렵다. 가부장적 부권사회에서 아내는 집에만 있어야 하고 남편만 밖에서 마음대로 활동할 수 있을 때, 어느 여인이나 보편적으로 체험할 수 있는 세계인 때문이다. 그러나 행상인이라는 것으로 보아 정착된 농본사회에서 일정한 공간을 점유하지 못하고 천민으로서 떠돌아다니던 유민족流民族의 노래라고 생각할 수도 있는데 이것은 어느 개인의 노래가 아니라 탄압받던 한 계층의 민요라는 근거가 되어준다.

셋째; 내용에 관하여:

단적으로 말하여 달에게 빌며 남편을 그리워하는, 아낙의 질투에 찬사랑의 노래라고 할 수 있다. 그런데, 이 노래의 가장 중요한 모티브가 되고 있는 것은 달이다. 달은 여인의 성적 욕망과 깊은 관계를 맺고 있기 때문이다. 따라서 망부望夫라는 유교적인 부녀의 미덕으로 파악할 것이 아니라 여인의 본능적인 행동에 초점을 맞추어 해석해야 된다. 이 노래는 내용의 해독상 '全져재, 즌디, 드디욜셰라' 등등 문제가 많다. 그 구조를 보면 다음과 같다.

이 노래의 처음 '달하'는 매우 충격적인 기사起辭다. [a a]의 개모음에 천체를 향한 호격의 돈호법은 벅찬 감정을 압축하고 있다. 기사起辭는 뒤에 오는 모든 구절의 앞에 붙는다.

서사序詞는 '높이높이 돋으셔서 멀리멀리 비추어 주사이다'의 기원으로 되어 있는 바, 수직적인 승화와 수평적인 그리움, 질시 질투가 [ikom]의 화음과 더불어 효과적으로 나타난다. 둘째의 본사는 '혹시나 근방에서 가장 번화한 全州시장에 가 계신가요, 어느 女人과 수작을 할까 두렵습니다.'라는 의구의 절정을 담고 있다. 말하자면, 여인이 갖는 시기의 극한적인 경지다. 이러한 절박한 감정은 결사에 와서 '어느 여자건 돈이건 모두 다 버리십시오. 혹시 당신이 가시는 곳에 어느 여인이 또 있어 그곳에 빠질까 염려스럽습니다.'하는 기원과 의구를 아울러 드러내 준다. 이러한 정황은 역으로 부부애의 극치를 내포하고 있다.

외형체外形體뿐 아니라 의미에 있어서도 서로 교묘한 대응을 형성하고 있어 견고한 구조를 이루고 있다.

넷째; 형식에 관하여:

고대가요는 모두 가창되었으므로 음악과의 관련을 무시하면 안된다. 따라서 자수율에 얽맨다면 넌센스가 될 수 있다.

이 노래의 음악형식은 거의 전강前腔, 후강後腔, 과편過篇과 전강前腔, 후강後腔, 대엽大葉(過篇·金善調)으로 각각 3분한다는 점에서 위의 2종은 사실상 같은 내용을 가진다. 다만, 후강後腔으로 다 끝났다는 후강전後腔全이냐 아니면 있어야 할 소엽小葉이 빠뜨려진 것이냐, 하는 문제가 엇갈려 있을 뿐이다. 필자는 전강前腔과 후강後腔으로 양분하고 전자에도 소엽小葉이, 후자에 또한 과편過篇·김선조金善調·소엽小葉이 붙어 있는 것이 아닐까 생각한다.

그리고, 이 노래는 국문학의 형태 발전이라는 측면에서 볼 때 매우 중요한 사적 위치를 차지한다. 첫째, 민요의 고형古形을 보존하고 있다는 것, 둘째, 향가체鄕歌體에서 형성되었다는 것, 셋째, 향가체鄕歌體에서 별곡체別曲體로 넘어오는 과정에서 형성되었다는 것, 넷째, 고려속요 형식의 남상濫觴이라는 것, 다섯째, 시조의 형식이 이 노래에서 비롯되었다는 것 등의 견해가 그 점을 잘 드러내 준다.

소박한 민요가 고려조에 와서 음악적으로 정제되었기 때문에 원형이 그대로 유지되어 있다고 판단할 수 없어서 백제시 가요형식의 패턴을 찾으려 한다는 것은 무모한 일이다. 감탄사와 후렴구를 떼어 내고 유의어有意語만 나열하면, 민요의 형식인 1구一句 3음보三音步를 취하고 있으며 3장 6구의 평시조 형식과 동일한 모습을 보여준다.

이상으로 「정읍가」의 몇 가지 면을 고찰하였거니와, 진솔한 감정의 상징적인 표현과 외형율이 주는 유포니, 그리고 형식 등등 높이 그 가치를 평가할 수 있는 노래라고 하겠다.

3. 방등산가方等山歌

1) 서론

(1) 연구의 목적

본 연구는 「방등산가方等山歌」 성격을 살피려는 데에 목표를 둔다. 그러나 문헌이 지나치게 빈약하기 때문에 가요로 재구한다든가 하는 구체적인 작업은 불가능하다. 다만, 문헌을 토대로 하여 지리적 특수성과 연결시킴으로써, 지명학적 접근을 시도하여 이 노래의 성격을 규명하고자 한다. 그리하여 이 노래의 불리어진 시기를 통한 국적의 문제, 이 노래의 작자 및 창자唱者를 해명함과 아울러 이 노래의 성격을 우리 여타의 민요 또는 중국 고대 가요들과 비교함으로써 그 특수성을 추출하게 될 것이다.

(2) 연구사 개관

한마디로 말하여 이 가요에 관한 연구는 전무한 상태이다. 개설적인 논저論著들에서 어느 나라의 것으로 보느냐 하는 견해의 표명이 고작이다. 그것을 대충 통시적으로 열거해 보면 다음과 같다.

거개가 문헌의 기록에 때라 국적만 기록하고 있는데 그 주요한 것들을 들면 아래와 같이 둘로 대별大別된다.

① 신라가요로 보는 입장

조윤제趙潤濟,『한국문학사韓國文學史』(1963),『조선시가사강朝鮮
            詩歌史綱』(1937)
김사엽金思燁,『개고국문학사改稿國文學史』(1954)
임동권任東權,『한국민요사韓國民謠史』(1964)
윤영옥尹榮玉,『신라시가의 연구新羅詩歌의 研究』(1979)

② 백제가요로 보는 입장

이병기李秉岐,『국문학전사國文學全史』(1957)
이종출李鐘出,『산유화가소고山有花歌小考』(1963)
최상수崔常壽,『국문학사전國文學辭典』(1956)
조재훈趙載勳,『백제가요의 연구百濟歌謠의 研究』(1971)

국적의 문제는 다음 항에서 자세히 검토할 예정이어서 여기서
는 할애하기로 한다.

그러니깐 본 가요에 대한 본격적인 접근은 하나도 없는 셈이며,
있다고 하면 국적에 대한 언급 정도에 그치고 있어서 처녀지 그대
로라 해도 지나친 말이 아니다.

2) 방등산가가 불린 시기와 작자의 문제

이 가요의 불린 시기와 작자의 규명은 매우 중요한 과제로서, 이

노래의 성격을 이해하는 데에 있어서 우선해야 할 과정이다.

(1) 불린 시기의 문제

이 가요가 불린 시기(국적)가 문제되는 것은 다 아는 바처럼 소전문헌所傳文獻의 혼란에서 오고 있다.

> ① 方等山在羅州屬縣長城之境 新羅末盜賊大起 據此山 良家子女多
>
> 被擄掠 長日縣之女 亦在其中 作此歌以諷其夫不卽來救也
>
> 　　　　　　　　　　『고려사高麗史』권71 張 46 志 第25樂2
>
>
> ② 半登山在縣東五里鎭山 新羅末盜賊大起 據此山 良家子女多被掠
>
> 長日縣之女 亦在其中 作歌以諷其夫不卽來救 曲名謂之方等山 方
>
> 等語轉爲半登 長日縣疑卽長城
>
> 　　　　　　『신증동국여지승람新增東國輿地勝覽』권36 高敞山川
>
>
> ③ (補) 半登山曲 高敞縣有半登山 新羅末盜賊大起 據此山 良家子
>
> 女多被掠 長日縣之女 亦在其中 作歌以諷其夫不卽來救 曲名方等
>
> 山 方等語轉爲半登云
>
> 　　　　　　　　『증보문헌비고增補文獻備考』권106 樂考17

위 기록들은 모두 신빙할 만한 것들로서, 조선조 초에 쓰여진 ①이 가장 오래된 문헌이며 그 다음이 중종조 중종조에 만들어진 ②이고 가장 최후의 것이 고종조에 된 ③이다. 내용상 거의 같은 사실로 미루어 보건대 ②와 ③은 ①을 따른 것이라 할 수 있다. 따라서 ①의 기록은 가장 오래된 내용상 원형이라 하여 무리가 없을 것이다.

그런데 문제는 ①의 문헌에 백제속요百濟俗謠로 분류해 놓음으로써 백제가요로 본 데에 반하여 ③의 기록은 악고樂考나 예문고藝文考에 모두 신라의 속요로 포함시키고 있다는 사실에 있다. 가장 신빙할 만한 ①의 문헌이 백제의 것으로 간주한다면 그대로 믿을 수밖에는 다른 도리가 없는 것이다. 하지만 내용에 있어서 '신라말 도적대기新羅末 盜賊大起' 운운은 상호 모순이어서 그 이해가 불가능하다. 따라서 '신라말新羅末'을 '백제말百濟末'의 착오로 일단 가정해 볼 수 있다. 고구려의 부단한 남침과 한반도 동남단 한반도에 편재한 신라의 영토확장을 위한 몸부림 틈에서 백제는 끊임없이 동요를 겪어야 했다. 15세 이상은 잦은 정역에 강제로 동원했기 때문에 민심이 이탈하였던 것을 『삼국사기』는 여러 곳에서 보여 주고 있다. 그러나 그러한 사실에도 불구하고 신중에 신중을 기했을 후대의 사서에서 그냥 반복한다는 것은 상상할 수 없는 일이다. 그러므로 '신라말新羅末'은 부정하기 어렵다. 말할 나위 없이 '도적'은 신라말 이전에도 있었으며 그러한 사실을 신라 원성왕대 영재永才라는 승려가 지었다는 「우적가遇賊歌」에서도 찾을 수 있다.

도적들은 대개 두 가지 부류에 속했을 것이다. 하나는 유리걸식하는 부랑아로서의 좀도둑류일 것이고, 다른 하나는 계급적 착취로 인하여 또는 국가체제의 변동으로 인하여 일군의 무리들이 그들 나름의 공간을 확보하고 그곳을 거점으로 지배 체제에 부단히 도전하는 의적류일 것이다. 그 성질이야 어쨌든 기존 사회로부터 이탈된 특수 소외층이라는 데에는 일치하고 있다. 이러한 특수 소외층이 신라말에만 있었으리라는 추단은 옳지 못하다. 그렇다고 엄연히 실재하는 기록을 착오로 돌리는 것도 역시 올바른 태도가 아니다. 더구나 신라말에는 기강이 전반적으로 해이하여 후삼국이 태동하는 등 도처에 민란이 야기됨으로써 대단한 사회적 혼란이 끊이지 않았다는 사실을 상기해 볼 때 사실상 '신라말' 운운은 거부하기 어려워 보인다.

『삼국사기』의 다음과 같은 기록을 보면 신라말이 얼마나 혼란의 극에 달하였나를 쉽게 알 수 있다.

- 왕은 이후로 비밀히 2·3인의 소년 美丈夫를 불러 들여 음란하며 이내 그들에게 요직을 주고 국정을 맡기기까지 하였다.

- 5년 10월에 北原의 적의 괴수 梁吉이 그 부장 궁예를 보내어 百餘騎를 거느리고 동쪽의 부락과 溟洲 관할 내인 酒泉 등 10여 郡縣을 侵襲케 하였다.

- 6년에 完山의 적 甄萱이 州에 據하여 後百濟라 자칭하니 武州 東南의 군현이 다 이에 降屬하였다.

- 10년에 적이 國都 西南方에서 일어나 그들이 바지를 붉게 하고 다니므로 시인이 '赤袴賊'이라 불렀다. 그들은 州縣을 무찌르고 서울의 西部 牟梁里에 이르러 민가를 겁략하였다.

- 11년 6월 왕이 좌우 諸臣에게 이르기를 "近年 以來로 백성이

곤궁하고 도적이 蜂起하니 이는 나의 부덕한 까닭이다. 현인을 피하여 位를 넘겨주려 하는 나의 뜻이 결정되었다."하고 位를 太子 嶢에게 禪하였다.[227]

- 4년 10월에 國原. 菁州. 槐壤의 적수 淸吉·莘萱 등이 城을 들어서 궁예에게 투항하였다.

- 5년에 궁예가 이윽고 왕이라 칭하였다. 8月 後百濟王 甄萱이 大耶城을 치다가 항복하지 아니하므로 군사를 錦城 南으로 옮기어 연해변의 부락을 약탈해 갔다.[228]

이러한 사정은 경명왕景明王과 경애왕대景哀王代에 극에 달하고 있다. 왕은 무력한데다가 황음荒淫에 빠지며 궁예, 견훤 그리고 왕건이 등장하여 서로 각축전을 벌인다. 거기에다 말갈靺鞨의 무리가 내구來寇하는가 하면 봄에 서리가 내리고 또 강한 지진이 일어나는 등 천재지변이 잇달아 일어난다. 양민들은 사찰로 피하여 승려가 되고 그리하여 병兵·농農은 점차 줄어들어 국가는 멸망의 위기에 직면하게 되었다.

이러한 사태는 삼국통일 이후에도 정치의 중심지를 한반도의 동남단에 편재한 경주로 고집하고 그 경주를 중심으로 한 폐쇄문화의 옹호에 급급한 데에서 초래된 것이다.

227 『삼국사기』 신라본기 제11 眞聖王條
228 위의 책, 같은 곳. 제12 孝恭王條

188

이와 같은 新羅경제의 몰락과 이로 인한 사회의 혼란은 다음의 왕인 興德王 7년(832) 8월 "굶주림이 밀어닥쳐 도적이 모든 곳에서 들끓었다."(『신라본기新羅本紀』홍덕왕興德王 7년 8월條)고 한데 이어 다음 해인 8년 10월에는 악성전염병까지 번져 많은 목숨을 앗아가는 등 新羅 왕조로서는 좋지 못한 일들이 겹치게 되었던 것이다.

(……)

이것은 뒤의 일이지만 眞聖王 2년(889)에 "국내의 여러 州와 君이 (中央에) 공납을 보내지 않아 (政府의) 창고에 저장된 것이 전연 없게 되어 나라의 살림이 궁하기 짝이 없어서 왕이 사신을 보내어 독촉하자 이에 도처에 떼를 지은 도적이 일어났다.……"(上揭書 卷十一 新羅本紀 眞聖王 3年條)는 것은 바로 慶州至上主義 경제의 고립화의 파탄을 뜻하는 것이었다.[229]

이러한 '경주지상주의慶州至上主義'때문에 경제의 파탄이 생기고 그로 인해 강토 전역에서 농민의 반란이 일어나게 되는 것은 당연한 일이 아닐 수 없다. 방등산方等山을 거점으로 한 일군의 도둑들도 그런 사회정세 속에서 형성된 필연적인 사회적 산물임이 분명하다.

이상의 사실을 근거로 할 때, 이 노래는 신라의 것으로 간주하게 된다. 다음과 같은 주장도 역시 같은 데에 근거를 두고 있다.

… '方等山'은『高麗史』樂志 三國俗樂條에는 백제의 것으로

229 이용범,『한국사(고대)』제3권, pp.526~527.

되어 있으나 "新羅末盜賊大起"라는 기록을 감안해 볼 때, 이것
은 백제 멸망 후의 어지럽던 新羅末의 상황을 말해주는 것으
로 現解되기에 新羅의 것으로 취급하고자 한다.[230]

　그러나 이러한 견해에는 보다 세밀한 관찰이 간과되어 있다. 첫
째, 『고려사』의 편찬자들이 무슨 이유로 백제 속악 안에 이 노래를
포함시켰느냐 하는 문제다. 신라 속악 안에 넣어야 할 것이 착오로
그렇게 되었다고 하기에는 석연치 못한 곳이 많다. 그 이유는, 같은
기록은 아니지만 『신증동국여지승』의 '장일현長日縣'이 정확하게
어느 곳인지 불분명하다는 것이다. 정비된 신라의 지명에도 없고
그 이전의 백제의 것에서도 찾을 수 없다. 물론 후대의 고려나 조선
조에도 나타나지 않는다. 『승람勝覽』의 찬자는 아마 당시의 장성長
城이 아닌가 의심된다고 하였으나 역시 확실한 것은 아니다. 이러
한 사실로 미루어 볼 때에도 신라의 노래라고 하기는 어렵다. 둘째,
노래의 제명이나 내용으로 보아 신라의 많은 노래와 엄격히 구분
된다는 사실이다. 비록 가사는 전하지 않는다 치더라도 속요의 가

230　윤영옥, 『신라시가의 연구』, 1979, p.275.
　　　그는 『동국여지승람東國輿地勝覽』에서 말한대로 장일현長日縣을 현재의 장
　　　성長城이 아닌가 보고, 이 지방은 통일신라統一新羅의 서남西南에 위치해
　　　있닫고 못박았다. 그리고 신라新羅 제사십팔대第四十八代 문성왕대文聖王代
　　　에 궁복弓福이 완도莞島에 거점을 두고 모반謀叛하여 무주인武州人 염장閻
　　　長이 그를 참斬한 사실(삼사三史·신라본기新羅本紀 제사십일第四十一)과,
　　　앞에서 언급한 바 있는 진성왕조眞聖王條를 들어 동왕同王 10년에는 도적
　　　이 국서남에서 일어나 주현州縣을 도해屠害하여 서울 서쪽 모량리牟梁里까
　　　지 와서 인가를 겁략해 갔다는 기록을 통해, 도적의 크게 일어남과 서남의
　　　방향을 일치시키고 있다.

명은 거개 산명山名으로 되어있는 것이 백제가요의 특징 가운데에 하나다. 뿐만 아니라 내용에 있어서도 퍼스나, 정확히 말하여 창자唱者가 여성 그것도 유부녀이며 여인의 정절과 긴밀하게 관련되어 있다는 점이다. 「무등산가無等山歌」는 예외이지만 「선운산가禪雲山歌」, 「지리산가智異山歌」 등이 그러하다. 특히 「선운산가禪雲山歌」의 경우는 지리적 공간상으로 보아 근접해 있으며 이 두 지역은 백제의 영토 또는 그 고토故土이다.[231]

서상敍上한 것들은 근거로 하여 필자는 이 가요는 신라의 것이 아니고 백제의 것으로 간주한다. 필자는 사회의 혼란과 도적떼가 크게 들끓은 것이 반드시 신라말에만 있었던 것으로 국한할 수 없다고 생각하여 후백제 이전에 불리어졌으리라고 판단한다. 비록 후대에 와서 널리 불리웠다 하더라도 여러 가지 면에서 백제의 것과 맥락을 함께 하는 이상 백제 속악의 범주로 보는 것은 자연스러운 일이다.[232]

---

231 이종출李鐘出은 그의 「'山有花歌'小考」에서

　　方等山歌는 문헌 및 국문학전서國文學專書에도 백제가요百濟歌謠 또는 新羅歌謠로 보는 두 갈래의 설이 있으나, 그 제작경위製作經緯의 기록적 사실을 보더라도 역시 백제가요百濟歌謠로 봄이 옳을 것으로 안다.(『무애양주동박사화탄기념논문집』, p.431, 밑줄 필자)

　라, 하였는바 제작 경위의 기록적 사실이 구체적으로 무엇을 가리키는지 알 수 없으나 아마 필자가 위에서 지적한 사실들이 아닌가 한다.

232 이런 견해는 조동일에 의해서도 이미 제기된 바 있다. 그는 이렇게 말하고 있다.

　　「방등산」은 신라말에 있었다는 사건에서 유래한 노래이다. 그때 도적이 크게 일어나 장성지방의 방등산에 근거를 두고 양가 여자를 많이 잡아 갔다고 하면서, 잡혀간 여자 가운데 하나가 남편이 와서 구해 주지 않는 것을 이러한 사실을 뒤에 다시 논의될 것이다.

(2) 작자의 문제

문헌의 기록에 의거하건대, 이 가요의 작자는 두말할 것 없이 장일현長日縣에 살던 여자이다. 도둑들의 약탈에 의해 잡혀간 포로이며 그는 이미 결혼을 하여 남편을 가지고 있는 몸이다. 아마 이러한 경우는 비단 이 여인 하나에만 국한되는 게 아니었을 것이다. 산을 거점으로 한 도적들은 거개가 건장한 남정네들이었을 것이며 그들은 상대 사회로부터 이탈된 소외계층이기 때문에 정상적인 결혼생활이 불가능했을 것이다. 그리하여 그들은 우리나라에 전래해 오는 약탈혼의 수법을 통하여[233] 주로 야음을 틈타 농민들이 거

풍자하느라고 이 노래를 지어 불렀다고 했다. 그렇다면 이 노래는 후백제 시대의 것이라고 보아야 마땅하다. 도적이라고 일컫는 무리는 후백제의 군사일 수 있다. 고려의 입장에서 후백제 정권이야말로 도적같은 것이라 해서 이런 노래가 생겼다고 하면 명분이 선다.(『한국문학통사』·1, p.117)

　도적의 무리를 후백제의 군사로 가정한다거나 고려사 편찬자의 입장에서 명분상, 도적 운운하는 것은 『삼국사기』등의 기록을 볼 때 무리이다.
233 여자들을 푸대에 싸서 업어가는 약탈혼 행위는 특이한 예에 속하지만, 사실은 오래전부터 전해져 온 풍습이기도 하다.
　전라도 지역은 어느 지방보다 내외가 심했다. 시아버지는 며느리의 방에 들어갈 수 없고 형부와 처제가 둘이서만 따로 앉을 수 없다. 그러니 외간 남자와 이야기하거나 남의 여염집 아낙네와 마주 서 이야기를 하는 것은 상상조차 할 수 없는 일이었다.(전영래의 『전라북도』, 뿌리깊은 나무, 1983. pp.96~97) 따라서 과부가 시집을 간다는 것은 불가능했다. 이 불가능을 돌파하기 위하여 합리화시킨 현명한 방법이 소위 약탈혼掠奪婚이라고 하는데, 사실은 꽤 오래전부터 광역에 걸쳐 있어왔다. 손진태孫晉泰는 「과부약탈혼속寡婦掠奪婚俗에 취하여」라는 논문에서 그 형성의 배경을 다음과 같

주하는 취락지구를 습격, 여자라고 여겨지면 노소를 불문하고 납치해 갔을 것이다. 물론 성생활의 해결과 취사, 세탁 등 생활상의 필요 때문인데, 노약자의 여성은 마을로 내려 보냈을 것이며, 한편으로 아내나 어머니, 또는 딸이나 누이를 잃은 가족들은 산골짜기 헤매며 택호宅號를 연호連呼하거나 또는 관군으로 편입하여 찾으려고 사력을 다했을 터이다. 피랍된 여자들도 가족을 그리워하였을 것이며 관군이 와서 풀어 주었으면 좋을 터이지만 그들은 탐색과 음탕에 빠진 무능한 존재들이기 때문에 결국 믿어야 할 사람은 자기 가족이요, 가족 중에 가장 완력이 센 가장 곧 남편일 수밖에 없었을 것이다. 그리하여 풀려나가는 노약자에게, 구해주기를 기다리지만 오지 않는 남편을 원망하는 그런 노래를 지어 전했음 직하다. '작차가作此歌'의 '작作'은 흥에 겨워 저절로 이루어진 것이 아니

이 극명하게 진술하고 있다.

> 약탈혼인掠奪婚姻의 일형태로서 고래로 우리 조선족祖先族 사이에 존재하였던 것이며 그 기원은 외족과의 투쟁에 의한 포로혼捕虜婚에 있을 것이요, 또 이 포로혼捕虜婚은 상필 축첩제도蓄妾制度의 발단일 것이매 원시씨족사회原始氏族社會의 소산은 아니되 노예제도奴隷制度와 함께 부족사회시기 部族社會時期로부터의 사상事象일 것이다. 포로이므로해서 일절의 의식이 생략되는 것이다. 씨족사회氏族社會의 결혼형식은 솔서제도率婿制度이었다. 포로혼捕虜婚의 습속이 계급착취階級搾取의 심각화에 의하여 국민에 수다한 빈궁자가 생기게 됨에 따라 그 경제적 이유로써 무산자 사이에 일종의 결혼형식으로 변전되어 그들의 사회생활상에 등장하게 되었다. 그 중 거로써 고금을 통하여 지배 귀족간支配 貴族間에는 이 형식의 혼인이 존재하지 않았다. 그것이 발해민渤海民의 일보 혼속이며 조선에도 아마 오랜 후세까지 전승되었을 것이다. 그러다가 이조초李朝初에 이르러 여성의 생활권을 극도로 유린한 과부재혼금지법寡婦再婚禁止法이 생기자 약탈혼掠奪婚의 전승과 빈민계급의 경제적 이유가 결합하여 부녀 재혼의 활로를 타개한 것이 과부약탈혼寡婦掠奪婚이었을 것이다.(『朝鮮民族文化의 연구』, p.115)

라, 일부러 지은 것을 의미한다고 볼 때 수긍이 되는 바가 있다.
이렇게 볼 때 다음과 같은 견해는 재고되어야 할 것이다.

> 그래도 잡혀간 여자가 자기를 구하러 오지 않는 남편을 풍
> 자했다는 것은 무언가 말이 되지 않는다. 도적떼가 성한 판에
> 남편인들 어쩔 도리가 없다. 오히려 남편을 그리워하면서 노
> 래를 불렀다고 하면 더 어울린다. <u>백성의 민요를 채택하면서
> 사연이나 사설을 바꾸어 놓을 때 다소 무리가 생겼을 수 있
> 다.[234]</u>(밑줄 필자)

물론 남편을 그리워하는 노래를 부른다는 것은 자연스러운 일
임에 틀림이 없지만 그러나 포로로 잡혀 막대한 신체상의 제약을
받고 있을 정황을 생각해 보면 구하러 오지 않는 자에의 원망이 더
앞설 것이다. 그러나 주목해야 할 부분은 밑줄을 친 내용인데 이것
은 옳다고 보며 그 까닭은 다음과 같은 점 때문이다.
필자는 이 가요를 단순히 한 개인의 창작이라고 생각하지 않는
다. 입에서 입으로 구전되던 민요이며 같은 정황에 처한 여인 또는
일반 여성간에 널리 불렸을 것으로 본다. 그렇다면 이 노래는 도적
소굴의 밖에서만 가능하다. 도둑의 소굴에서 이 노래를 혼자 또는
여럿이 가창을 한다면 생명의 위험이 따를 수 있기 때문이다. 만약
포로로 잡힌 신분으로 이 노래를 불렀다 하더라도 산 속에서 널리
불려지지는 못했을 것이다. 그러므로, 이 노래는 풀려난 노약자로
부터 전해져 퍼졌거나 아니면 딱한 여인은 상정, 그런 노래가 널리

---

234 조동일, 앞의 책, 같은 곳.

불렸으리라고 생각된다. 「아리랑」 등 여러 민요를 두고 보건대, 후자의 경우가 옳을 것이다.

이상의 서술을 정리해 보면, 짓거나 부른 사람은 특수한 개인이 아니라 당시 다수의 여성일 것이며 그 여성들은 도적떼에 잡혀 산속에 갇혀 있었다기보다는 그런 정황을 당하거나 또는 본 산 밖의 마을 사람이라 할 수 있다. 도적떼 속에서의 노래가 널리 유전된다는 일은 당시의 상황으로 보아 불가능하기 때문이다.

그리고 이 노래의 의미는 단순히 '以諷其夫不卽來救也'에 그치지 않는다는 데에 주목할 필요가 있음을 덧붙이지 않을 수 없다. 이 점은 다음 항에서 논의될 것이다.

3) 방등산가의 성격

앞에서 「방등산가」의 불리어진 시기와 작자 또는 창자唱者에 관하여 살펴봄으로써 대강의 윤곽이 밝혀졌으리라 생각한다. 그러나 가요부전歌謠不傳의 노래이기 때문에 그 성격을 더 이상 규명한다는 것은 무모한 일인지도 모른다. 그러나 하나의 단서로서, 주로 '방등산方等山'에 초점을 맞추어 이 노래의 성격을 살펴보고자 한다.

(1) 방등산의 위치와 그 의미

'방등산方等山'은 현재 방장산方丈山이라고 불리우는데 고창高敞의 동쪽에 있는 진산鎭山이다. 흔히 고창 주민들은 앞방등산, 뒷방등산이라고 하여 한 주맥의 두 산봉우리를 나누어 부르고 있다. 진산으로서의 방장산은 앞방등산이며 해발 600m가 조금 넘는다. 앞방등산에서 산줄기를 따라 4km정도 동북쪽으로 가면 거기에 해발 700m 좌우의 뒷방등산이 나타난다. 뒷방등산은 산이 높을 뿐 아니라 바윗돌이 많아 거칠고 가파르며 물이 없다. 여기에 비하여 앞방등산은 순한 지세를 보여 주고 있으며 또한 식수로 쓸 수 있는 우물이 있어서 사람이 거처하는데 큰 불편이 없다. 그 산기슭 서편에는 백제 때 창건된 것으로 전해지는 상원사上院寺가 있을 뿐 아니라 남북의 협곡으로 마을이 들어와 있다.

　이러한 방등산方等山(방장산方丈山)의 위치와 생김을 우리는 거시적으로 바라볼 필요가 있다. 좀더 멀리서 개관할 때 그 의미가 확연히 드러나기 때문이다.

　다 아는 바와 같이 우리나라는 국토의 70% 이상이 산으로서 서해안 일대에 주로 농경지가 분포되어 있다. 강의 경우도 거의가 동쪽의 산맥에서 발원하여 서쪽으로 흘러 황해로 들어간다. 농업국가로 장착, 옛날의 우리나라는 많은 주민들이 농경지를 찾아 서해안 쪽으로 몰릴 수밖에 없어서 인구의 밀도가 자연히 높았다. 경주를 제외한 우리 역사상 역대의 수도가 서해안 쪽에 위치해 있는 까닭도 여기에 있는 것이다. 서해안 쪽에서도 특히 남단南端은 기후나 강우량 등으로 보아 풍부한 농산물 획득의 적지適地이다. 논산, 강경(놀뫼갱갱이들)으로부터 활짝 열려진 들은 김제金堤(벽골, 볏골)를 지나 부안, 고창까지 망망대해처럼 펼쳐진다. 그 너른 들을 가로 질러 막는 것이 태백산맥에서 갈려져 나온 노령산맥의 줄기이다. 다시 말하면 입암산笠巖山 쪽에서 약간 서남쪽으로 달려나간 마치 인체에 있어서 횡격막 같은 것이 노령산맥蘆嶺山脈인 것이다. 노령에는 '갈재'가 있는데 '위령葦嶺, 노령蘆嶺' 등의 이름은 거기에

서 나왔다. 여기에서 노령에 관한 약간의 언급이 요구된다. '노령蘆
嶺'의 의미를 분명히 해야 방등산方等山의 지정학적 위치가 확연히
드러나기 때문이다.

어떤 이는, '갈재'라는 토속지명에 한자의 훈訓을 이용하여 '로
蘆'자를 쓰거나 또는 음차音差하여 '갈葛'자를 쓰는 게 통례인데, 이
것은 잡초인 갈대가 수북이 자란 것에서 왔으므로 예외 없이 황무
지를 가리킨다고 말한다.[235] 그러나 그런 견해는 옳지 않다. 한마디
로 말하여 '갈재'(노령蘆嶺, 위령葦嶺 또는 갈산葛山 등등)의 정확한
뜻은 '갈라놓은 고개(재)이다'. 흔히 산이 외산이면 고산孤山(외산,
충남 예산의 옛 이름 등)이며 산과 산 사이의 고개는 사잇재(간령
間嶺)로서의 '새재(조령鳥嶺)'로 불리고, 관문의 역할을 하면 열려
있다고 하여 열뫼(열산悅山, 충남 공주의 연미산燕尾山), 갈라져 있
으며 갈미(갈산葛山, 노령蘆嶺, 위령葦嶺) 등등으로 각각 명명되고
있다. '로蘆·위葦'로서의 [kal]은 굴 음[江], [刀], 갈다 [磨, 割, 耕] 가
르마 등의 어근과 어원상 동일한 것으로서 서로 갈라놓는 '분계分
界'의 의미가 있는 것이다.

그러므로 노령산맥蘆嶺山脈은 남과 북의 분계分界를 담당하고 있
으며 '갈재'는 남북뿐 아니라 잘록한 허리로서 동과 서까지도 갈라
놓고 있는 것이다.

이러한 노령산맥의 중간 끝에 방등산이 위치해 있다는 사실은
그 의미하는 바가 크다고 하지 않을 수 없다. 집결된 인구와 풍부한

---

235 이영택, 『한국의 지명』, 「한국지명의 지리·역사적 고찰」, pp.286~288.
　　그는 정읍군 입암면과 장성군 북이면의 고개인 노령蘆嶺을 언급하고 있다.
　　많은 학자들도 이러한 '갈대'의 뜻으로 보는 견해에 동의하고 있다.

농산물, 더 나아가 인접한 해안의 수산물까지 쉽게 약탈할 수 있는 도적떼의 소굴로서 최적지라는 것이다. 촌로들에 의하면 옛날에 적소謫所로 유배 도중 스스로 탈출이나, 도적떼들에 의한 습격으로 말미암아 피랍되는 경우, 험준한 동북방東北方보다는 땅이 비옥하고 기후가 온난한 서남방西南方을 택하곤 하였다고 하는데, 이러한 사실도 노령과 그 줄기 속에 있는 방등산을 이해하는 데에 도움이 된다고 할 것이다.

도둑(떼)의 이야기(설화)는 전국적으로 고루 유포되어 있고 이 것은 손진태孫晋泰가 이미 지적한 바대로 지하국대적제치설화地下國大賊除治說話[236]의 성격을 지니는 게 보통이다.

그런데, 방등산이 있는 전북지역의 도적설화는 다른 곳보다 더 많은 듯 하며, 그것들은 여인의 정절을 강조하는 데에 역점이 주어지고 있음을 특징으로 하고 있다. '외지 동팔랑가의 도둑이야기'는 그 대표적인 예가 된다.[237]

---

236 손진태,『한국민족설화의 연구』, 1974, pp.106~133.
　　이와 유사한 이야기를 필자는 7~8세 시절(서산군 인지면 산동리와 서산군 부석면 가사리) 여러 차례 들은 일이 있다. 도적에게 마누라를 빼앗겨 되찾는 이야기라든가 또는 빼앗긴 누이동생을 찾는 흥미진진한 이야기들이다.

237 최래옥,『전북민담』, 1979, pp.106~115.
　　옛날 어느 산골에 농사를 짓는 총각 한 사람이 살았는데 천신만고 끝에 천하절색의 각시를 얻게 되었다. 그러나 한시도 떨어지기 싫어하여 일을 할 수가 없었다. 젊은 각시는 보다 못해 자기 얼굴을 한 장 그려 주었다. 신랑은 일하다 말고 무시로 그 그림을 꺼내 보곤 하였다. 외지동팔랑간(외지동은 외지다, 곧 궁벽하다는 뜻일 것이다. —필자)에 사는 도둑이 그걸 보고 각시가 혼자 집을 지키고 있는 곳을 알아내 그 각시를 뒤집어 들쳐 업고 달아났다. 그 도적을 고생 끝에 찾아내었을 때 피납된 각시는 버드나무 아래 샘물의 우물물을 길며 동서남북을 향해 절을 올린 다음,
　　"칠성님네 칠성님네 강림하소서. 그저 우리 본서방님이 나를 찾아 올테

'지하국대적제치설화地下國大賊除治說話'류의 범주에 속하지만 도둑을 죽이는 대목이 없을 뿐 아니라 여자의 정절이 특히 강조되고 있다. 부부가 상봉하여 탈출하다가 들켜서 도둑의 추적을 당할 때 '할머니'가 기지를 발휘하여 구해 주었다는 화소話素도 여인의 부덕婦德을 강조한 것으로 해석해야 할 것이다.

전북 고창(방등산이 있음)에서 전해 오는 '검단백염黔丹白鹽의 유래'[238]도 도둑이야기이기는 하지만, 이것은 여인의 정절에 관한 것이 아니고 불교의 덕화에 의하여 도둑들이 건전한 양민으로 순치되는 과정을 담고 있어서, 산속에 위치해 있는 사찰의 불교적 교화와 경제적 생산(여기서는 소금)을 통한 도덕적 건전성의 회복을 그 밑에 깔고 있다. 말하자면, 이러한 산山이라는 동일한 공간 속에서 약탈과 피탈이라는 갈등이 '도둑행위'를 버림으로써 건전한 양민이 되었다는 것인데, 이러한 사실은 방등산의 도적떼를 이해하는 데에 시사하는 바가 크다. 단순한 좀 도둑들이 아니기 때문이다.

어쨌든, 방등산은 지리적 위치로 보아 봉건농촌 사회구조 속에서 적응할 수 없는 일군의 사람들이 그들을 추방(?)한 사회체제에 저항하면서 한편으로 풍부한 농산, 어산물에 의존하여 생활하기에 가장 적합하였던 것이다. 뿐만 아니라, 남 또는 북으로 분산하여 관의 침공으로부터 피하기도 좋았고 또 동과 서로 숨기에도 아주 적당했다. 특히 동과 서의 경우, 동으로는 험준하면서도 산상에 넓

면 이 골짝에 들어오기를 천만축수 바라옵나이다."
이렇게 빌고 있었다. 각시는 이 핑계 저 핑계를 대며 도둑에게 몸을 허락하지 않았다. 남편은 그런 각시를 그곳에서 상봉하여 만리마를 타고 탈출하는 데에 성공하였다.

238 이홍기, 『조선전설집』, 1944, pp.94~98.

은 농경지까지 있는 입암산성笠巖山城(이 성은 마한 때부터 있었다는 게 학계의 정설이다.)으로 갈 수 있으며, 서로는 해발 400~500m의 산들을 거쳐 서해에 이를 수 있어서 천혜의 피신처라 할 수 있다. 이러한 호조건好條件을 바탕으로 의적의 성격을 지니는 도둑들이 집결하여 이 방등산을 거점으로 활약했다고 봄이 옳을 것이다.

(2) 방등산의 지명학적 해명解明과 도적성盜賊城

노령산맥의 중간쯤에 방등산이 위치해 있다는 사실을, 그리고 그 의미하는 바를 앞에서 살펴본 바 있다. 그러나 '갈재'로서의 '나누임'(분리分離·분계分界)'만으로 '방등산'의 성격을 완전히 규명하기는 어렵다.

방등산의 의미를 찾기 위해서는 그 어원을 먼저 살펴보는 게 순서일 상 싶다. 방등산의 명칭은,

      ㉠   ㉡   ㉢

① 半登山 → 方等山 → 方丈山(반등산 → 방등산 → 방장산)
② 方等山 → 半登山 → 方丈山(방등산 → 반등산 → 방장산)

이렇게 두 과정을 상정해 볼 수 있다.

위에서 볼 때, ㉠과 ㉡의 차례, 그 하나에만 문제가 있음을 알 수 있다. 그런데 ①의 경우는 문헌의 근거가 없어 불가능한 것처럼 보일 수 있다.[239]

239 필자의 소견으로 ①의 경우가 바른 게 아닐까 생각하는 데, 그 근거로는 정

불교의 '방등方等'에 대하여 '방장方丈'은 도가적 명칭이다. 우리나라에 도교가 먼저 유입이 되었는지 아니면 불교가 먼저 유전되었는지 극명하게 밝혀지지 않았지만 여러 가지 기록을 통해 볼 때 불교가 보다 먼저 계층을 초월하여 넓게 전파되었다 할 것이다. ①, ②에 모두 끝 단계인 ⓒ에 '방장方丈'이 오는 까닭도 그런 데에 연유할 것이다.

필자는 ②를 버리고 ①을 취한다. 불교 용어로서의 어휘보다는 토속적인 의미로서 먼저 쓰였다는 생각이 옳을 듯하다. 방등方等이나 반등半登도 실은 토착어의 표기라고 할 때 그 부분은 문제가 될

신사로서의 종교적 배경이다. ①의 ⓖ은 종교적인 면으로 볼 때, 별다른 의미가 없어 보인다. 그러나 ②의 ⓖ '방등方等'은 한자로 보건대 불교에서 쓰는 말로서 방정하고 평등하다는 뜻으로 대승경전大乘經典의 통명通名이기도 하다.
한 사전은 '방등方等'을 이렇게 설명하고 있다.

台家有三釋 (一) 約理釋之 謂方者方正 等者平等 中道之理方正而生佛平等也 因此義 故方等爲一切大乘經之通名 釋籤六曰「此以理等名方等典」. 四敎儀集解上曰「三諦共談 理方等也. 若相方等五時之中唯除鹿苑 餘皆有之 以諸大乘經悉談三諦. 故云大乘方等經典」. 閱藏知律二曰,「方等亦名方廣 (……) 是則始從華嚴 終大涅槃一切菩薩法藏 皆稱方等經典」元照彌陀經疏二曰,「一切大乘皆以方等實相爲體 方謂方廣 等卽平等 實相妙理, 橫便諸法 故名方廣 竪該凡聖 故言平等」(二) 約事釋之謂方者廣之義 等者均之義 佛於第三時經廣說藏通別圓四敎 均益利鈍之機 故名方等 是限於台家之釋義 種五時之方等部者是也. 四敎儀集解上曰「今之方等者 四敎俱說 事方等也 (……) 若事方等 正唯在於第三時也」. 僧史略下曰「方等者卽周徧義也」(三) 約事理釋之 謂方者方法之義 有門空門雙亦門雙非門四門之方法也 等者平等之理體 依四門之方法 各契平等之理 謂之方等卽方者能契之行 卽事也. 等者所契之理也. 止觀二曰,「方等者 或言廣平 今言方者法也 般若有四種方法 謂四門入淸凉池 卽方也 所契之理平等大慧 卽等也」

無錫丁福保仲祐編,『佛學大辭典』상권, 보련각, 1976, p.624
불교보다는 토착지명이 앞섰다는 통례에 따라 '반등半登'이 앞선 명칭이라고 생각한다.

수 없겠기 때문이다.

'방등산方等山'을 표기하고 있는 현존하는 가장 오래된 문헌은
『세종실록』권151 지리지라 할 수 있는데 그 책의 전라도全羅道 고
창현조高敞縣條에,

　　鎭山 半登 在縣東

라 쓰여 있으며,『여지도서輿地圖書』안에 들어있는 각종 읍지邑志
또는 고산자古山子의『대동지지大東地志』에 있어서도 마찬가지다.
이러한 사실은『신증동국여지승람新增東國輿地勝覽』,『증보동국문
헌비고增補東國文獻備考』도 동일한데, 다만 반등半登은 방등方等이라
는 말이 바뀌어 된 것이라 하였다.[240]『대동지지大東地志』,[241]『읍지邑
誌』[242] 등의 기록도 역시 마찬가지다. 따라서 이상의 신뢰할 만한 기
록에 의지하여 방등산方等山이 반등산半登山으로 옮겨지고 이것이
다시 현재의 방장산方丈山으로 바뀌었다고 보아야 타당하다는 것
이 된다. 하지만 한자상의 표기로 보아 현저하게 차이가 남에도 불
구하고 실제에 있어서는 동일한 의미 범주에 속하는 말이라는 데

240 「방등산가의 불리어진 시기와 작자의 문제」항목 참조.
　　방등어전위반등方等語轉爲半登의『신증동국여지승람新增東國輿地勝覽』의
　　기록이 그러하다.
241 『대동지지大東地志』11 흥덕조興德條에 "반등산 고운방등산 남십오리 장성
　　정읍고창계 유용추半登山 古云方等山 南十五里 長城 井邑高敞界 有龍湫"라 기
　　록되어 있고,『여지도서輿地圖書』에는 그런 기록이 없다.
242 『구흥덕현읍지舊興德縣邑誌』, 한국문헌연구소 편,『호남읍지湖南邑誌』, 제
　　5책, p.272에 "반등산재현남십오리고명방등산 半登山在縣南十五里古名方等
　　山"이라 하였다. 그런데 '방方'자가 '궁弓'자로 보이기도 하여 흥미롭다. 왜
　　냐하면 '방등이'와 '궁둥이'는 의미상 같기 때문이다. 같은 문헌 속의『고
　　창현읍지高敞縣邑誌』, 상게上揭『호남읍지湖南邑誌』, p.280에도 역시 같은
　　데,『신증동국여지승람新增東國輿地勝覽』의 내용과 동일하다.

에 주목할 필요가 있다.

'방등方等'은 불교에 사용하는 한자어휘로서가 아니라 실은 [paŋdiŋ] 또는 [paŋdæn] 의 토속음을 갖는 말이다. 그렇다면 [방등] 또는 [반등]은 어떠한 유래에 의하여 형성된 말일까? 그것은 단적으로 말하여 [반둥] 또는 [방둥]의 '밧등'에서 나온 말이다. '밧'은 '밖(외外)'이라는 듯이요, '등'은 고개 또는 작은 산오름을 의미한다. 말하자면 '바깥쪽에 있는 산오름'이라는 의미가 된다. 이것은 주로 고창과 흥덕 쪽에서 본 산의 모습이다. 서북쪽으로부터 펴져오는 평야의 남단(밖, 밧(외外))에 우뚝 가로 막고 서 있기 때문이다. 현 방장산方丈山이 위치하는 고창군 신림면의 신평리에 '바깥등, 안깟등, 갓박등' 등의 지명이 현존하고 있는 것[243]은 그 흔적이라 할 수 있다.

특히 산등성이를 가리키는 '등'자의 지명이 이 고장에 매우 흔한 것도 간과해서는 안될 것이다. 현재의 고창군에 있는, 조사된 '등'자의 지명을 방등산이 위치해 있는 기슭의 마을, 이를테면 고창읍의 월곡리, 월암리 그리고 신림면의 가평리, 반룡리, 신평리 등지에서 찾아보면 다음과 같다.[244]

> 새잿등, 잿등, 펑고등, 부앗등, 갓박등, 모릿등, 바깥등, 안
> 깟등, 정문등 ……

---

243 한글학회, 『한국지명총람』· 11, 전북편 · 상, 1981, pp.90~91.
　　고창군 부안면(본래 흥덕군 지역) 상암리에도 '갓등'이라는 지명이 있다.
244 앞의 책, pp.52~53, p.86, pp.90~91 등.

이러한 '등'이 결합된 지명은 다른 지역에 비하여 고창군내에는 매우 빈도가 높게 나타나고 있다.

'바깥등'으로서의 [밧등]은 시간의 흐름에 따라 발음하기 편리하게 [밧]의 'ㅅ'이 'ㄴ'으로, 그것이 잇달아 뒤에 오는 [ㄷ] 소리의 영향을 받아 [방등]이 되었을 것이다. 필자가 고창에 들려 촌노들을 만났을 때(1986. 7. 21.~23.) 그들은 거개 '방등산'이라고 발음하였으며, 그들로부터 어렸을 때 어른들한테 "방등산, 방뎅산, 그렇게 장 말하는 걸 들었다."라는 이야기를 청취한 바 있다. 이런 [방등]('방등'이 아님)이라는 소리가 길짐승이나 인체의 하반부, 곧 배설과 성기가 있는 하체의 명칭과 같아서 산을 숭상해 오던 관습(방등산方等山은 고창의 진산이다.)으로 볼 때 그러한 음(소리)을 피하지 않으면 안 되었을 것이다. 따라서 민간에서는 머리를 쳐든 듯한 앞방등산과 그 등골로부터 10리여를 완만하게 100m 정도 내려와 봉우리를 이룬 뒷방등산을 사람이나 짐승의 방둥이(엉덩, 궁둥)로 보아 아주 친숙하게 '방둥산'이라 불렀고, 한편으로 예의를 내세우는 식자층은 '방둥'을 천하다 하여 '반둥'이라고 부르고 심지어는 궁자弓字 또는 그와 유사한 방자方字를 피해 '반半'을 써 반등半登²⁴⁵이라 표기했음이 분명하다.

---

245 半登의 한자에 특별한 의미가 없음은, 반半이 아주 희귀하기는 하지만 '방防'으로 쓰여 있다거나, 등登이 '燈'(『여지도서輿地圖書』, 전라도장성부조全羅道長城府條) 또는 등嶝으로 표기된 사실로서도 알 수 있다.

　　그러나 '반'에는 다른 의미가 있는 것처럼 보인다. 반半은 우리말고 '가웃(웃)'이다. 대보름을 한가위라고 하는 것은 일 년 중 가장 크며(한), 또 달이 크게 되는 것은 음력 15일(한 달의 반半)이기 때문이다. 지금도 곡식의 양을 헤아릴 때 반半을 가웃이라고 한다. 이를테면 '한 말 반'을 '한 말 가웃'이라고 하는 식이다.

'방등方等'의 방을 『세종실록』 지리지 고창현조에 보이는 이 고장 속성屬姓 방씨方氏(충남 서천 비인에서 옴)와 연결하거나 또는 고창의 백제 때 명칭이 모량부리毛良夫里였기 때문에 방方의 훈과 모毛의 음을 연결해서 각각 그 의미를 찾고자 할 수도 있을 것이다. 그러나 아무리 향리鄕吏라 하여도 방씨方氏 이외에 이李, 조趙, 양씨梁氏가 있었으며 설령 그 중 어느 종속이 우세하였다 하더라도 산명山名을 호칭하는 데에는 아무런 영향도 줄 수 없었을 것이다. 고창인의 어떤 이들은 더러 모량毛良에서 온 신라 때 고창읍高敞邑의 지명 모양牟陽의 '모'를 일러 보리가 잘 자랄 뿐 아니라 전국 생산량의 절반 이상이 그곳에 나기 때문이라고 말하고 있는데 여건상 근거 없는 것이다. 모량毛良은 [moro] 또는 [mora]로서 높은 산을 가리키는 옛 말이기 때문이다.

'밧등'으로서의 방등산에 도둑들이 모여 군거할 최적의 조건은 앞에서 상술한 바 있다. 그러면 현재 그 흔적을 찾을 수 있는가, 있다면 어느 곳이며 그것은 어떠한 의미를 지니는 것일까?

遁辭이나 方丈山 神仙臺 南쪽(長城便) 봉우리 위에 石城의 殘
痕이 뚜렷한데 이 城을 이 地方에서는 '盜賊城'이라 한다. 或 傳

[가옷]의 '가'는 소리로 보아 '바깥'의 '외外'를 의미하는 '밧'(중심에서 벗어남, 외각 또는 끄트머리, 변두리)과 범주가 같다. 노령산맥의 한 맥인 변산邊山도 갓뫼 또는 밧뫼로 불리웠을 가능성이 크다.

어쩌면 방등산方等山의 동쪽에 연해 있는, 보다 험한 입암산立巖山도 마치 '갓'처럼 생긴 입암笠巖 때문에 생긴 이름이 아니라 변반邊半으로서의 '가'에서 나온 것이 아닌지 의심해 봄직하다. 또한 '등登'도 제주도의 '오름'과 견주어 생각해 볼 수 있다.

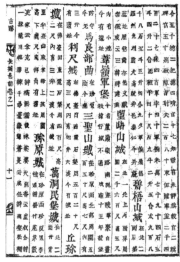

구舊『장성읍지長城邑誌』

來하는 이 이름이 그 當時의 도둑이 雄據 하였던 城임을 알려주는 좋은 資料가 될는지도 모르겠다.[246]

이런 답사 기록에서 보는 바와 같이 앞방장산의 산정山頂 남편南便에서 그 유지遺址를 찾을 수 있다. 그 성은 동쪽의 거대한 입암산성笠巖山城과 서로 마주하고 있는데 고창·장성을 비롯한 인근 주민들이 외적의 침입이 있을 때 피난지로 사용하였으며 임진왜란 때에는 많은 사람들이 이 성에서 난을 피하였

---

246 류재영, 『전래지명의 연구』, 圓大出版部, 1982, p.344.

문순태의 기행록인 『南道의 빛』, 전남매일신문사 간, 1971, pp.175~176에도 '도둑성城'이라고 전래해 온다고 이렇게 쓰여 있다.

(……) 반등산半登山은 북이면北二面 사무소事務所에서 6키로쯤 떨어진 곳에 칠흙처럼 떡 버티고 서있다. 해발 600미터 높이(전남全南 장성長城 쪽에서 사가四街의 서북쪽으로 접근하고 있다. ─필자) (……) 양고산령兩高山嶺을 넘으면 청운부락, 30여호나 될까?

6·25 때 피해가 많은 상처투성이인 일명 죽청리竹靑里를 끼고 마을 뒤의 음산한 골짜기에 들어섰다. 이따금 '심마니꾼(산삼캐는 사람)'들이 드나든다는 청운 꼴자기엔 살벌한 바람마저 귓전을 때렸다.

푸르푸릇한 나뭇가지에서 이름 모를 새소리가 들려올 뿐 시퍼렇게 조용한 오후. 얼마를 더 추어 올라가니, 반등산성半登山城이 보였다. 이 곳 사람들은 도둑성이라고 하는 이 성은 주위 사백四百간의 산성으로 천년의 숨결을 아슴프레 느낄 수가 있었다.

다고 한다.[247]

이 성의 문헌상 기록을 위와 같은 삽도의 『장성읍지長城邑誌』에서 발견할 수 있다. 곧 만동민보성萬洞民堡成이 그것인데

萬洞民堡城 在北二面 竹靑里 半登山東草峰上 其周圍高下幾尺未
詳 尙有舊址[248]

이렇게 기록되어 있다.

성의 규모는 아주 작아서 직경이 약 200m, 둘레가 약 800m밖에 되지 않는다. 민보성民堡城이라는 명칭이나 그 크기로 보아 관에서 정역을 통하여 쌓은 것이라고는 보이지 않는다. 물론 이것은 『삼국사기』, 『신증동국여지승람』 등 문헌에 나타나 있지 않은 이유기도 하다. 그런데 필자가 주목하는 것은 '만동萬洞'이라는 명칭이다.

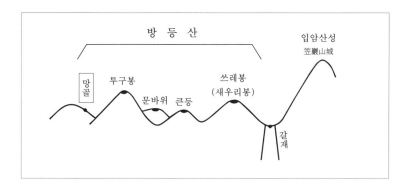

247 건설부 국립지리원, 『지명유래집』, 인성문화사, 1984, p.315.
248 『장성읍지長城邑誌』, 권1, 12항. 이 문헌은 1927년경에 간행된 것으로 추정된다.

위의 그림은 장성 쪽에서 본 방등산의 봉우리들을 설명의 편의
상 늘어놓은 것인데, 망골이 바로 만동萬洞이라는 사실이다. 그러
니까 만동萬洞은 여러 많은 골짜기라는 뜻보다는 '망보는 골짜기'
로서의 '망꼴'을 음사音寫하고 있는 것이다. 현재 군대에서의 O.
P.와 같다고나 할까, 적의 동정을 세밀하게 살피어 거기에 대응하
도록 하게 하는 장소로 판단된다. 그러면 무슨 이유로 산의 남쪽에
성이 있으며 그것이 왜 망골 민보성民堡城일까? 그 첫째 이유는 도
적떼들의 생활 때문일 것이다. '방등산의 위치와 그 의미'라는 앞
서의 항에서 이미 서술한 바처럼 뒷방장산은 거친 바위산이며 물
이 없고 또한 마을과 너무 떨어져 있어서 의식주의 생활상 불편하
다. 이런 점에서 앞방장산(갓등, 밧등)이 훨씬 최적지이며 남쪽은
양지이기 때문에 자연스럽게 주거의 공간이 되었을 터이다. 그 둘
째 이유는 이들의 도적떼들이 크게 활동한 지역이 방장산의 북서
부, 현재 고창군 신림면 반룡리, 가평리, 신평리 등지로 보인다. 반
룡리盤龍里, 더 구체적으로 말하면 하반룡下盤龍 남쪽에 도덕골[249]이
라는 골짜기의 이름은 그 뚜렷한 증거다. 이 골짜기에 예전에 도둑
들이 숨어 살았다 해서 붙여진 명칭인 것이다. 그 셋째 이유는 도둑
떼를 제어하는 관군이 주로 장성長城 쪽의 사가四街 등지에서 온 때
문이라고 생각된다.

　도적들은 생활하기 좋은 앞방장산을 거점으로 하되 곡창이 널
리 펼쳐 있는 북서방을 약탈의 배경으로 삼고 그쪽에서 눈에 잘 띄
지 않는 양지 바른 남편南便에 거주한 것으로 판단된다. 앞방장산
의 정상에서 남쪽으로 가파르게 내려가는 북이면北二面의 청운 마

249　한글학회, 앞의 책, p.87.

을 골짜기를 이용, 양식을 약탈해 가고 또 부녀자들을 빼앗아 갔을 것이다. 이런 현상은 물론 북편의 고창군계, 곧 가평, 신편, 반룡리 등도 마찬가지였을 것이다.

그런데, 「방등산가」의 경우, 방장산의 남편南便(현 전남 장성군계)과 북편北便(현 전북 고창군계) 전 지역에서 부녀자를 납치했을 터이니, 『신증동국여지승람』의 편자가 장일현長日縣을 장성長城으로 짐작한 것처럼 장성으로 보아야 옳을 것이다. '망꼴'로서의 만동萬洞이라든가, 민보성民堡城의 명칭 그리고 그 성이 장성長城 쪽의 남편南便에 위치해 있다는 사실 등등을 종합해 볼 때 그러하다. 시기를 후 백제라고 할 때 그 권력의 장악지역이 노령산맥의 북쪽이라 하겠기에 더욱 그러하다. 그리고 이 성은 장성長城 쪽에서 곡창지대인 고창高敞, 흥덕 방향으로 침입하는 적을 막기 위한 요새지로서의 기능을 하였을 것이며 반대로 북쪽에서 내려오는 호병이나 몽고병을 막는 보루로 작용하였을 것이다. 입암산성笠巖山城이 항몽抗蒙의 거점으로서 그리고 갑오혁명 시時 주둔지로 이용된 것과 성질상 동궤의 기능을 하였으리라 생각된다.

(3) 여타 민요, 시경詩經, 악부樂府 등과의 비교

「방등산가」가 민요임은 췌언을 요치 않는다. 백제의 이름 없는 여인이 불렀다고 전해 오기 때문이다. 여인은 단수로서의 특정인이라기보다 복수로서의 당대 익명의 여인이라고 함이 타당할 것이다.

민요의 창자는 대부분 여인들이다. 가부장적 사회에서 억눌려 지내는 삶을 누린 탓이다. 특히 조선조에 와서는 남성본위의 유교문화에 짓눌려 서러움과 한을 간직해 왔다. 시집살이에 길쌈에 영일이 없는 생황의 억압 때문에 그네들은 그것을 해소할 분출로서의 기제가 필요했다. 민요는 바로 그런 필연적 요구에서 발생하였던 것이다.

「방등산가」의 민요적 특성은 현존하는 여타의 민요들과 잘 연결되지 않는다. 임동권의 민요분류에 따른다면[250] 규방요閨房謠의 여탄요女歎謠에 속하고 그 가운데에서도 이별요離別謠, 과부요, 또는 원부사에 속한다고 할 수 있을 것이다. 그러나 「방등산가」의 특수한 상황 때문에 일반화하기는 어려운 것이다. 도적에 잡혀간 여인이 많지 않을뿐더러 지속적으로 그러한 일이 일어나지 않았기 때문에 방등가류의 민요는 전승되고 있지 않다고 보아야 할 것이다.

시경詩經의 경우도 역시 마찬가지다. 원초적으로 시경의 영향을 따진다거나 상호 비교한다는 것은 정당하지 못할 수가 있다. 왜냐하면 중국의 시경을 백제 땅 익명의 부녀자들이 알 수 없겠기 때문이다. 「황조가黃鳥歌」가 시경의 영향 또는 모방이라는 사실을 우리는 알고 있다. 백제의 모시박사毛詩博士가 있었다는 사실도 또한 알고 있다. 하지만 창자가 부녀자라는 점에서 시경과 연결시키는 것은 무리임이 분명하다.

그럼에도 불구하고 「선운산가」는 시경과의 연관성을 간과할 수

---

250 임동권은 그의 『한국민요집』에서 민요를 가.노동요勞動謠 나.신앙성요信仰性謠 다.규방요閨房謠 라.정연요情戀謠 마.만가輓歌 바.타령打令 사.설화요說話謠 아.가사적민요 歌辭的 民謠로 나누고, 동요편童謠篇을 첨가하여 가.동물요動物謠 나.식물요植物謠 다.연모요戀母謠 라.애무와 자장요 마.자연요自然謠 바.풍소요諷笑謠 사.어희요語戲謠로 분류한 바 있다. 임동권, 『한국민요집』·III(집문당), 목차 및 pp.785~796참조.

없다. 시경에는 정역征役에 나간 남편을 그리워하고 기다리는 여인의 노래가 상당수 실려 있기 때문이다.[251]

> 伯兮朅兮하니 邦之桀兮로다
> 伯也執殳하고 爲王前驅로다
> 自伯之東하여 首如飛蓬이라
> 豈無膏沐이오만 誰適爲容고
>
> 其雨其雨에 杲杲出日이로다
> 願言思伯이라 甘心首疾이로다
>
> 焉得諼草하여 言樹之背로다
> 願言思伯이라 使我心痗로다

위풍衛風의 한 편인데 정역에 나가 오랫동안 돌아오지 않는 남편을 그리는 노래이다. 이런 현상은 싸움이 그치지 않는 난세에서 여인들이 겪는 고통스러운 숙명이 아닐 수 없다. 당대에 와서는 영토의 확장과 내란으로 인하여 전쟁이 끊임없이 일어났으며 그러한 현상이 전쟁문학을 형성하기조차 하였다. 그 속에서의 반전사상이 야기되는 것은 당연한 일이며, 비인간적인 면을 강조하는 것으로 여인네의 고통을 노래하기도 하였다.[252] 그러나 「방등산가」와

---

251 필자는 이런 사실을 시경의 국풍國風, 소아小雅를 들어 살펴보았다. 禪雲山歌 항 참조.
252 胡雲翼, 『唐代的戰爭文學』, 臺灣商務印書舘, 1977, 1, 2, 3, 4, 5, 8장 및 談談非戰

같이 도적에게 잡혀간 여인이 원망하는 투의 노래는 전연 나타나 있지 않다.

악부樂府의 경우도 예외는 아니다. 악부는 일종의 악곡에 맞춘 가사로서 고대의 시경이라 이를만 하다.[253] 물론 악부 속의 민요는 모두 일하는 사람의 노동요만은 아니고 지식인들의 작품도 있지만, 공통되는 것은 하층민의 생활과 그 고통을 동정하고 있다는 사실이다. 그 속에는 전쟁의 비참함을 날카롭게 묘파한 「전성남戰城南」도 있으며, 15세에 정역에 나갔다가 80세에 비로소 돌아온 이의 정경을 그린 「십오종군정十五從軍征」도 있다. 이러한 것들은 어느 면에서 「선운산가」의 맥에 닿아 있다. 뿐만 아니라 「지리산가」와 극히 흡사한 것 가운데 염라연행豔羅敷行(일명 백상상陌上桑)이 있어 흥미롭다.

이상에서 살펴본 것처럼 악부의 경우에 있어서도 「방등산가」와 유사한 것은 발견하기 어렵다. 따라서 시경이나 악부와는 무관하다고 할 수 있다. 그러나, 여타 백제의 가요가 시경 또는 악부의 영향 범주에서 크게 벗어날 수 없다고 한다면, 「방등산가」의 경우도 비록 내용상 거리가 있다 할지라도, 배경이라든가 정서, 모티브 등등의 관련을 섬세하게 고찰할 필요가 있을 것이다.

4) 방등산가의 특성

「방등산가」는 민요로서 여타의 것들과 내용상 구별된다. 앞에

文學 참조.
253 劉大杰, 『中國文學發展史』, 上海古籍出版社, 1962, p.197.

서도 잠깐 말한 바와 같이 흔한 당대의 생활감정을 드러낸 것이 아니기 때문이다. 그것을 크게 두 가지로 나누어 살펴보고자 한다. 하나는 도적들에게 부녀자가 납치된 사실과 관련하여 '도적'에 초점을 두는 것이며, 다른 하나는 도적들에게 부녀자가 납치되어 남편의 구원의 손길을 기다렸으나 결국 미치지 않으므로 원망의 심정을 풍자해 불렀다는 그런 사실 가운데 여인 또는 결혼속結婚俗에 관하여 중점적으로 살피려는 것이다.

먼저 도적의 문제를 고찰하고자 하는데, 도적의 형성과 그 배경 그리고 도적의 성격 추정 등의 차례로 언급하겠다. 『고려사』의 기록에[254] "新羅末盜賊大起"라는 것은 그럴듯하게 여겨진다. 왜냐하면 어느 국가체제가 다 그러하듯이 망할 무렵에는 기강이 무너지며 그것에 따라 사회의 혼란상이 야기되기 때문이다. 혼란 중에 대표적인 것은 체제에 대한 반란과 도처에서 나타나는 도적들의 횡행이다. 신라 효공왕 2년에 궁예는 패서도浿西道와 한산주漢山州의 삼십여성三十餘城을 함락시키고 마침내 송악부松岳府에 정도定都하고 동同 팔년八年에 국호를 마진摩震, 연호를 무태武泰라 하였다.[255] 이미 정강왕定康王 때에 큰 흉년이 들었고[256] 그 다음의 진성왕 때에는 국가의 재정이 궁핍하여 국민들에게 공부貢賦를 독촉한 까닭에 사방에 도적이 일어나기도 했다.[257] 궁예와 더불어 커다란 반란은 후백제를 세운 견훤의 도전으로서, 대야성大耶城을 공략하다가 금성錦

<hr>

254 『고려사高麗史』, 권71, 樂志二
255 『삼국사기』, 新羅本紀 제12, 52 孝恭王條
256 위와 같음, 제11, 50, 五十 定康王條
257 위와 같음, 제11, 51 眞聖王條

城으로 옮겨 연해변의 지역을 점령하기도 했다.[258] 이와 같은 일들은 일일이 열거하기 어려울 정도로 많다.

그러나 필자는 「방등산가」를 백제의 것으로 봄으로[259] 이상의 신라말에 있었던 현상을 배제하고[260] 백제사에 초점을 두는 것이 타당하다고 생각한다.

백제는 두루 알다시피 고구려의 일족이 남하하여 한반도의 중서남단에 건국한 나라이다. 평야가 형성되어 있을 뿐 아니라 거의 모든 강줄기가 동편의 고지에서 서해안의 저지로 흘러들기 때문에 비옥한 농토를 점유할 수 있었다. 거기에다가 일조량이 많고 또 리아스식 해안과 조수간만의 심한차이, 한반도의 서해안과 대응되는 중국 동해안의 고도한 문화의 접촉 등등 여러 면에서 천혜의 조건을 가지고 있었다. 그리하여 다른 지역에 비하여 상대적으로 인구가 많고 또 농토를 바탕으로 밀집된 모습을 보이지 않을 수 없었다. 따라서 계급 모순이 생기게 되는 것은 필연적인 일이다. 백제 지역에 있어서 도적이 생겨나게 된 배경은 첫째 백제의 부족국가의 형성에서 찾아야 한다. 그것은 원주민이라고 할 수 있는 마한과의 싸움과 그 점령이다. 백제사의 초기를 『삼국사기』는 이렇게 말해주고 있다.

- 24년 7월에 熊川柵을 축조하니 馬韓王은 사신을 百濟로 파견하여 책망하되, "왕이 처음 왔을 때 발들일 곳이 없었기에

---

258 주 228 참조
259 이점은 졸고, 「백제가요의 연구」, 『百濟文化』 제5집, 1971, p.8 참조.
260 후백제後百濟의 범주 속에 넣는 방법도 생각해 볼 수 있으나 재고를 요한다.

내가 東北一百里의 땅을 떼어 주어 편히 살게 하고 왕에 대한 대우도 후하게 하였으므로 마땅히 이에 대한 보답이 있을 것으로 생각했으나 이제 국가를 완전히 이룩하자 우리 강토를 침범하니 그 의리가 어찌 되는것인가"하니, 왕은 부끄러워하며 熊津柵을 헐어 버렸다.[261]

- 26년 7월에 왕이 말하기를, "馬韓은 점점 쇠약하고 백성의 마음은 틈이 생겨 그 세력이 능히 오래지 않을 것으로 반드시 다른 나라의 아우르는 바가 될 것이다. 이것은 입술이 없어지면 이가 찬 것 같이 뉘우친들 소용이 없을 것이니 먼저 이를 취하여 뒷날의 한탄을 면하도록 하는 것만 같지 못하다"하였다. 10월에 왕은 군사를 내어 사냥을 한다고 말하고 가만히 마한을 습격하여 드디어는 그 국읍을 아울렀으나 다만 圓山城과 錦峴城의 二城은 굳게 지키며 항복하지 않았다.[262]

- 27년 4월에 圓山城과 錦峴城의 二城이 항복하므로 그 백성을 漢山의 북쪽으로 옮겼다. 이에 馬韓은 마침내 망하였다.[263]

- 34년 10월에 馬韓의 舊將 周勤(勒)이 中谷城에 웅거하여 반역하므로 왕은 친히 5천의 군사를 거느리고 나가서 이를 토벌

261 『삼국사기』권제23, 百濟本紀 제1 始祖溫祚王條
262 위와 같음.
263 위와 같음.

하니 周勤(勒)이 자살하므로 그 시체의 허리를 끊어버리고
아울러 그 처자를 주살하였다.[264]

　　이러한 단편적인 사서의 기록에 의거하여도 마한의 강한 저항
을 짐작하기에 충분하다. 백제의 복속을 거부한 마한의 지배자 가
운데에 생활과 은신이 가능한 산 또는 섬으로 탈출하여 하나의 소
집단을 형성할 수 있다. 특히 백제의 초기는 말갈과의 싸움이 잦았
고, 뒤에 고구려의 남침과 신라의 영토 확장 획책에 따른 충돌 때문
에 중간자적 도적의 형태로 남아 있었을 가능성이 있는 것이다.

　　둘째로는 백제의 건국과 확장에 따르는 무리 곧 피지배계층에
대한 과도한 착취와 지배 계층 내의 권력 쟁탈 때문에 지배 권력의
복속을 거부하는 집단이 생겨났다고 판단되는 것이다. 앞서 잠깐
언급한 것과 같이 백제는 마한과의 싸움을 통하여 마한을 점령하
였으나 말갈 등 외적의 끊임없는 침략 때문에 병비를 증강하여야
했고 거기다가 고구려, 신라와의 전쟁으로 하여 국력을 과도하게
소모해야 했다. 중국의 제도를 모방하여 제도상의 하이라키는 확
립되었지만 권력을 장악하기 위한 내분은 백제가 망하는 날까지
간헐적으로 나타났다.

　　백성이 이탈하여 도적집단을 형성하게 되는 일차적 요인은 기
근과 혹독한 노동력의 착취에 있다고 보며 거기에 해당되는 기록
을 『삼국사기』에서 뽑아 보기로 한다.

264　위와 같음.

□ 기근에 관한 것

- 多婁王 28년 봄·여름에 한재가 들므로 죄수를 살리고 사죄
  死罪를 사면하였다.(밑줄 필자, 이하 같음)
- 己婁王 14년 3월에 큰 한재가 들어서 보리가 다 말라죽고 6월
  에는 큰바람이 불어 나무가 뽑혔다.
- 같은 왕 32년 봄·여름에 한재가 들어서 백성들은 굶주려
  서로 잡아 먹을 지경이었다.
- 肖古王 43년 가을에 蝗災와 한재가 들어 곡식이 순조롭게
  여물지 못하고 도적이 일어나므로 왕은 이를 안정시켰다.
- 같은 왕 46년 8월에 국남지방에 蝗災가 들어 곡식을 해하였
  으므로 백성들이 굶주렸다.
- 古尒王 15년 봄·여름에 한재가 들고 겨울에 기근이 심하므
  로 왕은 창고를 풀어 이를 진휼하고 또 1년간 세금을 감면
  시켰다.
- 같은 왕 24년 정월에 큰 한재가 들어 수목이 모두 말라버렸다.
- 比流王 13년 봄에 한재가 들고 큰 별이 서쪽으로 흘러갔다.
- 같은 왕 28년 봄·여름에 큰 한재가 들어 초목이 말라 죽고
  강물이 말랐는데 7월에 이르러 비가 왔으나 흉년이 들고
  기근이 심하여 백성들은 서로 잡아 먹을 지경이었다.
- 近仇首王 8년 봄에 비가 오지 않고 6월까지 한재가 계속되
  므로 백성들은 기근이 심하여 아들을 팔아 먹는 사람이 있
  었다.
- 毗有王 21년 7월에 한재가 들어 곡식이 여물지 않아 백성들

이 굶주려서 신라로 도망가는 자가 많았다.

- 같은 왕 28년 8월에 蝗災가 들어 곡식을 해치고 흉년이 들어 기근이 심하였다.
- 三斤王 3년 봄·여름에 큰 한재가 들었다.
- 東城王 21년 여름에는 큰 한재가 들고 백성들은 굶주려 서로 잡아먹을 지경에 이르고 도적이 많이 일어나므로 군신들은 창곡을 풀어 내어 구제할 것을 청했으나 왕은 이를 듣지 않았다. 이때 漢山 사람들은 2명이나 고구려로 도망갔다. 10월에는 나쁜 병이 크게 유행했다.
- 같은 왕 22년 5월에 한재가 들었으나 왕은 군신과 臨流閣에서 잔치를 베풀고 밤새도록 즐겼다.
- 武寧王 6년 봄에 크게 병이 돌고 3월부터 5월까지 비가 오지 않으므로 내와 못이 모두 마르고 백성들이 굶주리므로 왕은 창곡을 풀어 구제하였다.
- 같은 왕 21년 5월에는 큰물이 지고 8월에 蝗災가 있어 곡식을 해하므로 백성들은 굶주리고 9백호가 신라로 도망갔다.
- 武王 7년 4월에 큰 한재가 들고 흉년이 들어 기근이 심하였다.
- 같은 왕 13년 5월에는 홍수가 져서 많은 민가가 표몰되었다.
- 義慈王 13년 봄에 큰 한재가 들어 기근이 심하였다.
- 같은 왕 17년 4월에는 큰 한재가 들어 땅이 빨갛게 타 붉었다.[265]

---

265 왕이 궁인과 더불어 음란과 탐락을 일삼을 때는 나당군이 침략하기 바로 3년 전이었다.

218

□ 노동력의 과도한 징발에 관한 것

- 溫祚王 42년 2월에 한수동북의 <u>모든 고을 사람으로 15세 이</u>
  <u>상을 징발하여</u> 慰禮城을 수리하였다.(밑줄 필자, 이하 같음)

- 辰斯王 2년 봄에 <u>국내의 사람으로 나이가 15세 이상 된 자를</u>
  <u>징발하여</u> 관방關防을 설치하였는데 靑木嶺에서 북으로는
  八坤城에 연하고 서쪽으로는 바다에 이르렀다.

- 阿莘王 8년 8월에 왕은 고구려를 치고자 하여 <u>크게 군마를</u>
  <u>징집하니</u> 백성들은 고역에 질려 신라로 달아나므로 <u>戶口</u>
  <u>가 감소하였다.</u>

- 蓋鹵王 21년 '그렇다. 내 장차 이 일을 할 것이다.'라고 하고
  곧 <u>나라사람들을 모두 징발하여</u> 흙으로 城을 쌓고 그 속에
  궁실과 閣台榭를 짓되 장엄하지 않은 것이 없었다. (……)
  이 때에 <u>창고는 텅비어 마르고 백성은 곤궁하여 나라의 험</u>
  <u>악한 형세가 累卵과 같았다.</u>²⁶⁶

- 東城王 12년 7월에 北部사람으로 <u>나이 15세 이상을 징발하</u>
  <u>여</u> 沙峴城과 耳山城의 두 성을 쌓았다.

- 武寧王 23년 2월에 왕은 한성으로 행차하여 佐平 因友와 達
  率 沙烏 등에게 명하여 漢北州의 군민으로 <u>나이 15세 이상을</u>
  <u>징발하여</u> 雙峴城 쌓고 3월에 한성에서 서울로 돌아왔다.

---

266 고구려의 장수왕이 백제를 치고자 중 도림道琳을 간첩으로 삼아 백제의 궁
중에 침투시킨 뒤, 그로 하여금 바둑을 통하여 개로왕의 신임을 얻게 하였
다. 도림은 왕을 부추겨 호사스러운 건축물을 짓도록 함으로써 민심을 이
간시키고 또한 국력을 탕진시켰다. 도림은 고구려로 달아났지만, 결국 그
일로 왕은 옛 신하한테 잡혀 살해되고 말았다.

위에서『삼국사기』백제본기百濟本紀에 나타난, 재해에 따른 기근 및 징역과 공사를 위한 징발의 기사를 들었다.

한재旱災와 황재蝗災가 자주 들었을 뿐 아니라 웅진熊津으로 천도遷都 이후에는 홍수의 피해도 적지 않은 것으로 나타나고 있다. 그러한 재해는 결국 '자식(아들)을 팔아먹'거나 '서로 잡아 먹을 지경'이었고, 더러는 떼 지어 고구려나 신라의 영토로 도망을 갔다. 이 때에 유민遊民들이 으슥한 산으로 숨어들어 도적이 되는 것은 필연적인 사실일 수밖에 없다.

또한 서남해안은 비교적 안정을 취할 수 있었으나 북과 동의 고구려, 신라와의 분쟁 그리고 말갈의 침공, 마한세력의 저항으로 군의 강화가 요구되었고, 고구려의 남침에 따른 두 번의 천도는 막중한 수축비修築費를 필요로 하였기 때문에 혹독한 징세와 노동력의 착취가 따르지 않을 수 없게 되었다. 15세 이상의 남자를 동원하여 성을 쌓고, 또한 전장에 나가게 함으로써 지배 체제로부터의 일탈과 반항을 불러 일으켰던 것이다.

그리하여 비교적 지배 체제의 힘이 느슨하면서도 거점으로서 적당한 공간을 찾아 이들은 집단을 이루게 되는데[267] 방등산은 그

---

267 곳곳에 도적떼와 유랑민이 출몰한다는 이야기는 수없이 많이 전해 온다. 유랑민은 술따비, 장돌뱅이, 남사당패, 보부상 등등으로 일반 사회로부터 유리된 점은 있어도 단절되어 있지 않은데, 도적의 경우는 가치중립 또는 부정적 의도로 많은 이야기가 전국 각지에 분포되어 있다. 필자는 어려서 인가가 그리 많지 않은 바다근처의 산아래 마을(서산군 인지면 산동리)에서 한 1년여 산 일이 있었는데, 그때 도적에 관한 이야기를 많이 들었으며 실제로 광(고방)의 담을 뚫거나 부엌에 잠입하여 곡식 또는 음식들을 가져가는 도적이 끊이지 않고 일어났다. 그때 들은 도적이야기 중에 「방등산가」와 유사한 것이 많았다.

대표적인 예라 할 수 있다. 이미 앞에서 이야기한 바 있기에 췌언을 피하거니와, 갈재(노령蘆嶺)와 장성長城 사이, 더 정확히 말하면 갈재의 남쪽 평원지대에 사거리(사가리四街里)라는 마을이 현재에도 남아 있다는 사실을 짚고 넘어가지 않으면 안 될 것이다. 왜냐하면 사거리는 네거리(또는 시거리)로서 통행이 활발한 공간일 뿐 아니라 갖가지 통신과 교역이 이루어지던 곳이기 때문이다. 도적들이 상인이나 기타 다른 사람들의 재물을 노획하기도 쉽고 또 그것을 팔아넘기기도 편리하다는 점을 감안한다면 방등산과 사가리四街里는 서로 긴밀히 맞물려 있는 관계임이 분명하다.[268] 도적집단 근처에 활발한 시장 경제가 이루어진다는 사실을 홈스바움은 다음과 같이 진술하고 있다.

훔친 가축이나 행상의 상품을 어떻게 처분하는가? 비적도 사고 판다. 실제 그들은 그 지방의 보통 농민보다 훨씬 많은 현금을 가지고 있기 때문에 비적의 지출은 지방의 상점, 여인숙 기타를 통하여 상거래에 종사하고 있는 농촌사회의 종류 계층에 재분되며, 지방경제의 화폐경제적 측면 가운데에서

---

268 세거리는 삼거리로서 서로 다른 두 방향이 한 곳에서 합치는 곳인데 이 합치점에서는 서로 다른 세 방향으로 갈 수 있다. 이것은 가장 많이 나타나고 있는 대표적 예가 된다. 천안삼거리는 그 중 잘 알려진 것의 하나이다. 네거리는 십자로로서 동서남북의 네 방향으로 가는 접합점인데 인구가 적고 교통이 발달하지 않던 시절에는 흔하지 않았다. 그 이상의 오거리는 있기는 하나 인구밀도가 비교적 많은 시장 근처에 소규모로 형성되는 경우가 더러 보일 뿐이다. 두거리가 없는 것은 접점이 없이 한 끝에서 한 끝으로만 이어져 있기 때문이다.

중요한 구성요소의 하나가 되어 있다.[269]

이러한 지역 경제를 이루는 데에는 도적과 상인의 사이에 중간 상인이 끼게 되며 그것을 통하여 한층 넓은 거래망을 획득한다. 활발한 교역 행위가 이루어질 수 있는 시장을 거점(주로 적절히 험한 겹산)의 근방에 두어야 하는 이유가 바로 여기에 있는 것이다.

지배 체제로부터의 일탈 또는 항거의 집단으로서 도적은 어떠한 성격을 지녔을까에 관하여 일별할 차례다.

그 구성원은 대부분이 남자였을 것이며 또한 독신이었을 것이다. 그것은 15세 이상의 징발이 남자에 한하였으리라는 데에 근거를 두며, 그러한 집단은 가정을 가질 수 없다는 일반적인 사실에 토대를 둔다. 만약 여자와의 합류가 일대일의 비율이 되지 않을 때 싸움이 생길 것이며, 짝을 지어 가정을 이룬다 해도 자식을 두고 안정적으로 살기는 어려울 것이다.

> 고원지대에 있어서 특색 있는 비적단은 젊은 목동, 토지를
> 가지고 있지 않은 노동자, 전병사로 이루어져 있는 일이 많고
> 자식이 있는 남자나 기술자가 포함되는 일은 드물다.[270]

269 E. J. Hobsbawm, *Primitive Rebels*, Manchester, 1959, 황의방 역, 『의적의 사회사』, 한길사, 1978, pp.110~111.
     이러한 지적은 정확한 것이다. 그는 이어서 말하기를, "또한 지주와 달리 비적은 그 현금을 대개 그 지방에서 쓰기 때문에 재분배라는 점에서 한층 효과적"이라고 한다. 더욱이 도적들은 일반 농민보다 손이 크기 때문에 흥청거리는 시장이 형성되어 삶의 활력을 불어넣기도 한다.
270 앞의 책, p.34.

홉스바움의 이런 진술은 주로 서구의 경우를 전제로 한 것이지만, 역시 보편성을 지닌다.

체제로부터 일탈한 집단은 탈주자들의 공유하는 성격 때문에 반체제의 모습을 갖게 되고 그것은 전투성 또는 혁명성의 방향을 지니게 된다. 이러한 점에서 의적 또는 의적과 흡사한 집단으로 활약하게 되는 것이다. 방등산 거점의 도적집단도 그런 성향의 것이었으리라 짐작된다.[271]

그리고 도적은 주로 방등산(또는 반등산)의 정상과 서쪽, 북쪽을 거점으로 하였음에 틀림이 없다. 그 근거는 다음에 세 가지다. 첫째로 방등산은 장성 고창의 경계에 위치하지만 실제로는 고창의 진산으로 봄은 전술한 바와 같다. 둘째 방등산의 '등'자 산이름이 이 산의 서쪽과 북쪽에 열거 할 수 없을 정도로 무수하게 많다는 것이다.[272] 제주도의 작은 산이름에서 보듯, '오름'의 '등嶝'이거나, '등성이'로서의 '등'에 유래하는 듯한데, 다른 지역에 비해 그런 '등'자 이름이 유난히 많다는 사실은 방등산의 지형이 그쪽으로 연결되었음을 의미하는 것이다. 셋째로는 방등산과 연해 있는 현

---

271 갈재는 조선조 때에도 남해 쪽으로 귀양 가는 중요한 길목이었다. 그 길목에서 미리 잠복한 정치적 세력이나 또는 그쪽을 점거하고 있는 도적들에 의해 탈출이나 나포가 가능했을 것이다. 필자가 만난 토박이 고창 사람들은 고창은 햇살이 풍부해서 보리가 잘 되어 예로부터 '牟陽'이라 했고(이것은 물론 근거 없는 민간어원folketymology이다.) 또 땅이 기름질 뿐 아니라 평야가 발달해 있으며 소금과 어류가 풍부한 해안에 접해 있어서 탈주자들이 살기에는 최적지였을 것이라고 했다.

272 한글학회, 『한국지명총람』·11, 전북편·상, 1981, 고창군 條, pp.45~109. 특히 무장면 내의 강남, 고과, 교흥, 덕림, 도곡, 만화, 목우등 지역과 부안의 오산, 용대, 성내의 돌산, 부덕, 신성, 양계, 월성, 신림의 신평, 외화 등지에 많이 분포되어 있다.

고창의 동쪽의 신림면 반룡리盤龍里 '도덕굴'의 이름이 현존한다는 사실을 들 수 있다.[273] 하반룡下盤龍의 남쪽에 위치한 곳으로서 옛적에 도둑들이 숨어 살았다는 이야기가 전해 내려오고 있다.

방등산의 남쪽 그러니까 장성을 향한 곳에 만동萬洞[274]과 그곳이 지금도 성곽이 허물어진 채로 전해오고 있어 그들(도적)의 적이 주로 남쪽에 있음을 알 수 있으며, 현재 문헌적인 거점을 찾을 수 없는 '長日縣之女'의 '長日'도 그 남쪽의 장성쯤으로 비정할 수밖에 없다.

방등산과와 연결시켜 '도적'의 문제와 함께 살펴보아야 할 것은 혼속婚俗에 관한 것이다.

백제를 포함해서 삼국의 혼인은 부모에 의해 결정되는 중매혼도 있었지만 대체로 당사자의 의사에 따른 자유혼이었으리라는 것이 학계가 기배적인 견해이다.[275] 그러나 백제의 경우는 엄격하였던 것으로 추정된다. 엄격한 윤리가 혼인을 위요한 남녀의 관계나 부부의 생활에 있어서 커다란 구속력으로 작용한 것처럼 보인다.

> 아내가 간음하면 沒入하여 남편 집의 비를 삼았다. 혼례의식
> 은 대략 중국의 풍속과 같았다.[276]

---

273 앞의 책, p.87.
274 이미 밝힌 대로, '숨어서 망보던 곳'의 그 '망'음을 취자取字한 것이다.
275 최재석,「한국가족제도」,『한국문화사대계』. IV, p.440.
276 『주서周書』권49, 列傳四十一 異域·상
　　상복喪服의 기록도 보이는데, 부모상과 남편상은 3년간 복상服喪한다는 것이다. 가부장적 엄격성을 엿볼 수 있다. 형벌도 엄해서, 모반자와 반역자, 그리고 임전후퇴한 사람, 살인자는 참형에 처하고 도둑질한 사람은 도둑질한 물건의 두 배를 보상시키고 유형에 처하였다. 이와 거의 같은 내용의 기

이러한 중국사서의 기록은 백제가 얼마나 혼인관계의 규제가 엄격했나 하는 사실을 말해준다. 인접하였던 신라와 비교해 보면 이점이 두드러지게 드러난다.

『삼국유사』에 전하는 「도화녀桃花女와 비형랑鼻荊郞」, 「사금갑 射琴匣」, 「수로부인水路夫人」, 「처용랑處容廊과 망해사望海寺」 등등의 이야기에는 많은 불륜의 사건들이 들어 있다. 물론 석일연釋一然의 고차원적인 불교적 의도가 숨어 있는 것이기는 하지만, 표면의 현장만을 볼 때 음란한 점이 많은 게 사실이다. 정사正史로 인정을 받는『삼국사기』의 여러 기록에도 그런 점은 잘 드러난다.

> 5월에 두꺼비와 개구리가 떼를 지어 宮城의 서쪽 玉門池로 모여들었다. 왕은 이말을 듣고 군신들에게 말하기를, "두꺼비와 개구리는 성난 눈이니 이는 군사의 상이다. 내가 일찍 西南邊에 玉門谷이라는 곳이 있다고 들었는데 이들의 징조로 미루어 반드시 백제의 군사들이 몰려 그곳에 침입해있는 것 같다"하고 장군 關川, 弼谷 등에게 명하여 이를 수색하여 토벌케 하였다. 關川 등이 군사를 거느리고 나가니 과연 왕의 말과 같이 백제장군 于召가 獨山城을 습격하고자 군산 5백명을 거느리고 그곳(玉門谷)에 와서 복병을 하고 있으므로 關川 등이 기습하여 격살시켰다.[277]

록이『북사』, 권94 列傳 제82, 『隋書』, 권81 列傳 및『唐書』, 권220 列傳 제145 東夷에도 보인다.

277 『삼국사기』, 新羅本紀 권5 善德王條

이러한 우소于召의 옥문곡玉門谷에서의 참패는 같은 책『백제본기』권 제27에도 나타나 있어 정확성을 보여준다. 그런데 문제는 왜 옥문곡玉門谷에서 백제군이 패배 할 수밖에 없느냐 하는 왕 곧 선덕여왕의 설명이다. 그녀는 신하들에게 그 까닭을 이렇게 말했다.

옥문玉門이란 곧 여자의 음글陰莖이다. 여자는 음陰이고 그 빛은 흰데 흰빛은 서쪽을 뜻한다. 그러므로 군사가 서쪽에 있다는 것을 알았다. 또 남근男根이 여근女根에 들어가면 죽는 법이다. 그래서 잡기가 쉽다는 것을 알 수 있었다.[278]

권위와 위엄으로 제압해야 할 왕이, 더구나 체모를 차려야 할 여자가 신하 그것도 남자들 앞에서 이런 음담을 이야기할 수 있다는 사실은 두말할 나위 없이 당대 사회의 자유분방한 성관性觀을 의미하는 것이다. 비록 전설이기는 하되, 선덕여왕을 짝사랑하던 이름 없는 남자 지귀志鬼의 잠든 가슴에 여왕이 팔찌를 얹어 놓는 장면도[279] 당대 계급을 초월한 성의 자유를 뜻한다. 음란한 진성여왕에 대하여 탄핵하지 않던 당시의 정황도 역시 마찬가지라 할 수 있다. 이렇듯 남녀의 사귐이 자유분방하며 심지어는 성의 개방과 대처제貸妻制까지 행해진[280] 신라에 비하여 백제는 유가적 윤리가 지배하였다. 도미都彌의 처에 관한 설화라든가[281]「지리산가」의 여인 등

278 『삼국유사』, 권1 紀異 제1 善德王 知幾三事條
279 권문해,『대동운부군옥大東韻府群玉』心火繞塔條(殊異傳 권2)
280 문경현,『신라사연구』, 경북대출판부, 1983, pp.229~257
281 『삼국사기』, 권49 제48, 列傳 제8

은 모두 지배자의 유혹에도 굴하지 않고 저항한 정절의 여인들이었다. 이러한 흐름은 연면히 이어져 춘향, 논개류의 여성상을 보이기에 이르렀다. 춘향전의 무대와 그 태어남이 한반도의 서남단인 백제의 고토 남원이라는 점은 시사하는 바 크다. 농업을 위주로 한 비교적 밀집된 인구의 공동체 생활에서 가장 요구되는 것은 질서였을 것이며 그것은 가정의 바탕인 성의 안정과 그 규율에서 찾고자 했을 것이다.

불교도 고구려나 신라와는 달리 율학律學 위주의 율종律宗을 확립, 그것을 중심으로 발전시킨 사실[282]도 백제인의 엄격한 윤리관과 무관하지 않다.

「방등산가」의 경우, 아무리 전래해 온 약탈혼의 관습에 의해[283] 납치되었다 하더라도 엄연히 남편이 있는 어엿한 유부有夫의 부인일 수밖에 없으므로 구원을 바라는 것은 당연한 일이다.

그것은 당대 백제의 엄격한 윤리관으로 볼 때 더욱 그러하다. 그러나 면밀히 관찰해 보면, 남편의 무능에 대한 비판이요, 납치된 스스로에의 합리화라 할 수도 있다. 이 노래가 현실적으로 도적의 영역에서 불렀다기보다는 아내를 빼앗긴 남편 지역의 다른 여러 여인들에 의하여 불리고 또 전파되었고 생각할 때에 더욱 그러한

---

282 김영태,『백제불교사상연구』, 동국대출판부, 1985, pp.19~42.
283 최재석, 앞의 책, pp.490~494.
　　약탈혼掠奪婚은 지역에 따라 '보쌈'이라고도 불리우는데 흔히들 유교가 지배했던 조선조 사회에서 과부의 개가를 위해 만들어진 지혜의 산물이라고도 한다. 학자에 따라서는 조선조에 와서 생겨진 것이라고도 하고 더러는 그 이전부터 있어온 것이라고도 한다. 필자의 견해로는 부권사회로 넘어오면서 생겨진 것이 아닌가 생각한다.

판단이 가능하다.

아무튼 「방등산가」는 기근과 징발 때문에 집단을 이룬 도적의 한 무리가 곡창지대의 방등산에 자리하여 약탈하다가 부녀자까지 피랍, 많은 여자들이 가장을 잃게 되자, 여타의 많은 부녀들은 그녀들의 처지를 동정하면서 남편들의 무력 또는 지배자의 무능을 역설적으로 빗대어 노래한 민요라 할 수 있다.

5) 방등산가의 국문학사적 의미

문학사의 면에서 어느 작품을 자리매김하는 것은 우리 한국문학사의 관례를 따른다면 무슨 무슨 장르의 효시라거나 또는 최고 봉이라든가 하는 따위다. 비학문적인 입시문제 위주식의 그러한 태도와 또 그런 것에 전적으로 몰입하는 태도를 보아 오면서 그런 점을 빨리 지양하였으면 하는 생각을 갖는 것은 비단 필자만 아닐 것이다. 한국문학의 건강한 미래를 위해서도 처녀작, 효시 운운의 화제성의 지나친 구속으로부터 과감히 벗어나야 한다. 정말로 중요한 것은 정확한 분석과 그 분석을 통한 가치의 부여에 있다. 가치란 언제든 수용하는 당대의 진실과 희망에 따른다. 그러므로, 작품이 당대의 현실로부터 결코 자유로울 수 없는 것이다.

「방등산가」는 무슨 장르의 효시도 아니며 또 특수한 화제작도 아니다. 가사가 전해오지 않는 민중문학의 한 작품일 따름이다. 몇 가지로 그 사적 위상을 살펴보면 이렇게 될 것이다.

첫째로, 민요라는 것이다. 어느 특정인이 지어 부른 독특한 개성의 그것이 아니고 익명의 다중에 의하여 불린 노래라는 점이다. 가

사는 전하지 않지만 역시 다른 민요처럼 진솔하면서도 단순 소박한 내용에 반복을 거듭하는 형식을 갖추고 있었으리라 짐작된다.

둘째로 산을 배경으로 하고 있다는 사실이다. 백제 속요의 특징 가운데 하나는「무등산가」,「선운산가」,「지리산가」등 산을 무대로 하고 있는 것인데「방등산가」도 그 중에 속한다.

산은 초월, 은거, 신선, 높음, 신성성 심지어는 죽음 등 여러 측면의 상징적 의미를 지닌다. 백제가요에서의 산은 일반적으로 소외와 격리의 이미지를 보여주고 있다. 공간적으로 관아로부터의 격리요, 계급적으로 지배 계급으로부터의 소외를 드러내는 것이다.

셋째로, 여인들 그것도 부녀자가 불렀다는 점이다. 도적에 잡혀간 부인이 지어 부른 것으로 되어 있지만 실제로는 도적의 약탈권에 든 지역의 부녀자들이 집단적으로 불렀을 가능성이 크다. 왜냐하면 도적떼 속에서 그런 의사표시를 하기는 어려울 것이기 때문이다. 노동의 중요 부분을 여인이 담당한 것처럼, 민요의 주체는 아무래도 여성이 아닐 수 없다. 민요는 근본적으로 노동과 맞물려 있음으로써다.

이 민요에도 가부장적 사회에 억눌린 여인의 한이 섬세한 가락에 얹혀 짙게 나타났을 것이다.

넷째로, 고대의 삼국시대, 더 정확히 말해 백제시대의 사회상을 잘 반영하고 있다는 것이다. 혹독한 징발과 기근으로 말미암아 탈주자로서의 도적집단을 이룬, 당대의 어지러운 사회상이 적나라하게 드러나고 있다는 사실을 간과해서는 안 될 것이다. 이 속에는 남편으로 대표되는 남성위주의 각 지배사회에 대한 항거도 포함된다.

많은 민요뿐만 아니라, 여타의 백제 속요와도 구분되는「방등산가」의 특수성이 바로 여기에 있다고 필자는 생각한다.

다섯째로, 방등산을 현재에 방장산으로 부르는 점으로 보아 혹시 낙원 의식의 투영을 엿볼 수 있는 게 아닐까 하는 점이다. 한자의 표기로 오래된 이 산의 명칭은 방등산이었다는 신뢰할만한 기록에도 불구하고 반등산半登山이었음이 확실하다. 방등산조에 거의 예외 없이 고명 방등산方等山이라 되어 있으나 이것은 뒤에 불교의 영향으로 동음의 취음으로 바뀐 것이며 오늘날 방장산이라 부르는 것도 도교의 통한 캄프라쥐라기보다 억압된 민중의 유토피아 의식이 은연중에 발현된 것이 아닐까 하는 것이다.

「방등산가」는 백제 때의 어지러운 사회상을 반영하면서, 남성 지배 체제의 허약성을 풍자한 민요라는 사실에서 그 사적 위상을 요약할 수 있을 것이다.

6) 소결小結

이상의 서술한 바를 요약하는 것으로 결론을 삼고자 한다.

근자에 와서 백제의 문화에 대한 관심이 고조되고 있는 것은 바람직한 일이다. 왜냐하면 패전국가로서 백제는 승자의 신라에 가리어 거의 문화사의 저편으로 함몰된 상태였기 때문이다. 그것은 문헌의 기록과과 유물의 빈약에 따른 불가피한 일이었을 터이다. 그 정도가 문학의 연구에 있어서는 더욱 심하여 한 두어 줄의 간단한 언급에 머물고 있음이 우리 학계의 실정이다. 「방등산가」의 경우도 예외는 아니다. 다만 기록상 같은 책에도 백제 또는 신라로 되어 있어서 그런 혼란에 대한 가벼운 언급이 보일 뿐인 것이다.

「방등산가」의 형성은 『고려사』의 기록에 철저할 때, 후백제시대에 이루어졌다는 견해가 타당한 것처럼 보인다. 그러나 반드시 그것만을 고집해서는 안 될 것이다. 백제는 고구려 일족이 세운 나라로서 북에서 남하하여 강한 마한의 저항을 받아야 했다. 뿐만 아니라 말갈의 부단한 침략이 있었고 또 어느 정도 안정을 얻은 때에도 북의 고구려와 동남의 신라 사이에서 싸움이 그치지 않았다. 거기에다가 천도를 거듭하는 바람에 불안정은 물론 많은 노동력과 재물이 요구되었다. 열다섯 살 이상의 사람들을 징발했다는 기록이 사서에 자주 나타나는 것은 그 때문이다. 설상가상으로 한재나 수재 또는 유행병 등 재해까지 겹쳐 집단 유민이 생겨나지 않을 수 없었다. 이런 현상은 비단 '신라말'에 한하지 않았으므로 실은 백제의 어느 시기(주로 중·후기)로 보아도 무방할 것이다.

작자의 경우, 기록에 따르면 도적떼에 잡혀간 유부녀인데, 그녀는 '장일현지녀長日縣之女'이다. 이것은 「방등산가」가 민요라는 점을 감안할 때, 어느 특정인에 의하여 지어졌다고 판단하기는 어렵다. 도적의 약탈권 안에 드는 방등산 부근 촌락의 부녀자들 사이에서 널리 불렸다는 것이 바른 견해라고 한다면 익명의 부녀자들이 사실은 작자인 셈이다.

「방등산가」의 성격을 규명하는 데에는 방등산에 대한 접근과 도적의 양태 및 당시 혼속에 대한 이해가 요구된다.

방등산은 한반도의 서남단에 위치하는 백제 영토 내의 산이다. 이 산은 태백산맥의 등줄기에서 비스듬히 서남단으로 내려온 노령산맥의 한 부분을 차지한다. 노령산맥을, 특히 정읍이나 고창지역에서 장성으로 가는 고개를 지금도 '갈재'라고 불러오고 있는데 이것은 남과 북의 지역을 갈라놓은 '재(산 또는 성城)'를 어원으로 한다. 또한 남과 북으로 넘어 가면서 생긴 잘록한 허리는 동과 서를 슬쩍 갈라놓기도 한다. 이런 점에서 철저히 갈라놓는 고개인 셈이다. 그런데 특히 서북쪽은 넓은 평야가 발달하여 곡창지대를 형성하고 있을 뿐 아니라 조수간만의 차가 많은 리아스식 해안이 발달해 있어서 힘을 크게 들이지 않아도 식량 조달이 쉬운 그런 천혜의 지역이다. 사람들이 밀집하는 이유가 거기에 있고 따라서 온갖 모순과 갈등이 생겨나는 까닭도 거기에 있다. 단적으로 말하여 도둑이 생겨나는 조건을 갖추고 있는 것이다. 방등산 위의 허물어진 석성을 지금도 도적성이라고 한다거나, 장성 쪽을 향한 북이면 산골짜기에 '만동' 곧 '망보는 골'의 이름을 가지고 있다거나 하는 사실은 이곳이 도적떼의 거점이었음을 의미한다.

도적들은 기근과 징발 등 혹독한 착취 속에서 견디다 못해 일탈한 자들이며 이들은 주로 15세 이상의 남자들로 구성되었으리라고 판단된다. 그리고 그들은 체제를 거부하는 의적의 성격을 지녔을 것으로 이해된다. 반등산을 방등 또는 방장산으로 불교와 도교식으로 미화해서 부르는 것도 암암리에 그들의 의적성에 근거를 두는 것이 아닐까한다.

당시의 혼속은 개방되어 자유혼이었다는 것이 학계의 정설이다. 그러나 백제와 경우는 비교적 엄격하였던 것으로 보인다. 인접한 신라와 비교하면 그 특징이 두드러지게 드러난다. 신라의 경우는 남녀의 관계가 자유분방하여, 혼속도 그 규제가 그리 엄격하지 않았던 것으로 기록은 전한다. 하지만 백제는 달랐던 것이다. 도미처의 이야기라든가, 지리산녀의 태도 등은 한결같이 여인의 굳은 정절에 연결되어 있다. 이것은 엄격한 유가적 가부장사회의 한 반영이라 할 수 있다.

「방등산가」는 그러한 가부장적 부권지배사회에 대한 저항과 비판이 내포된 노래로 보인다. 이런 것들이 다른 많은 민요나 여타의 백제가요와 크게 다른 점이다.

4. 선운산가禪雲山歌

1) 서론

백제는 북방의 고구려와 동남방의 신라 사이에 위치한 지정학적 요소 때문에 자체 내의 영토수호를 위해 진력하였을 뿐 아니라, 한편으로는 중국 남조와의 제휴를 통하여 양대 침략세력을 견제하고자 하였다. 따라서 고구려나 신라에 비하여 비교적 넓은 평야를 가진, 순후한 지리적 환경임에도 불구하고 성城·책柵이 훨씬 많았으며, 또한 항해술이 유별나게 발달하였던 것이다. 이것은 토인비의 말을 빌려, 하나의 도전에 대한 응전의 결과라고 해석될 수도 있다. 이를테면, 다음과 같은 외국의 사서들이 전해 주는 백제의 넓은 영토 확장도 그런 면에서 이해됨직하다.

百濟國嘗爲馬韓故地 在京師東六千二百里 處大海地北小海之南

東北至新羅 西渡海至越州 南渡海至倭國 北渡海至高麗

『구당서舊唐書』百濟傳

百濟直京師東六千里而贏濱海之陽 西界越州 南倭 北高麗 皆踰海

乃至其東 新羅也

『신당서新唐書』百濟傳

其後 高驪略有遼東 百濟略有遼西 百濟所治 謂之 晋平郡 晋平縣

『송서宋書』百濟傳

晋世 句驪既略有遼東 百濟亦據有遼西晋平二郡地矣 自置百濟郡

『양서梁書』百濟傳

이러한 사서들의 기록으로 보아 백제의 지배력이 왜국은 물론 중국에까지 뻗쳐 있었음을 쉽게 알 수 있다. 그러나 이것이 중국의 경우, 오호五胡16국시대의 일대혼란기를 틈타서 팽창하였던 것이며 그 후로는,

前秦이 高句麗를 牽制하던 前燕을 멸하고 高句麗와 同盟觀係를 맺게 됨에 前秦·高句驪와 高句麗의 勢力圈下에 있던 新羅가 聯盟 狀態를 이루고, 이에 대항하기 위하여 百濟는 東晋(뒤에 와서는 南朝)과 연결하고 百濟勢力 圈下에 있던 倭를 끌어 넣어 대항하 게 됨에 저절로 南北 兩勢力의 對立關係를 시켰던 것이다.[284]

와 같이, 남북의 양대 세력이 대치됨으로써 물론 북중국에의 진출이 실현되었고, 아울러 고도한 한문화가 크게 영향을 끼쳤음은 더

284 김철준, 『한국고대사회연구』, p.52.

말할 나위 없는 사실이다.

이 글은 침략과 피침략이라는 영토확장의 와중에서 자연발생적으로 불린 노래 –「선운산가禪雲山歌」의 사적 배경을 살펴보며 또한 시경의 몇 노래들과 비교해 봄으로써 그 성격을 규명하는 데에 목표를 두고자 한다.

2) 소전문헌所傳文獻 및 연구사

이 노래는 모두 조선조 때에 와서 이루어진 사서에 다음과 같이 기록되어 있다.

> 禪雲山 長沙人征役 過期不至 其妻思之 登禪雲山 望而歌之
>
> 　　　　　　　　　　『고려사高麗史』志 권25 樂二

> 禪雲山歌一篇 詳見 樂考
>
> 　　　　　　　　　　『증보문헌비고增補文献備考』권246 藝文考 五

> 禪雲山 禪一作仙 在縣北二十里 高麗史樂志 有禪雲山曲 百濟時
>
> 長沙人 征役過期不至 基妻思之 登是山 望而歌之
>
> 　　　　　　　　　　『신증동국여지승람新增東國輿地勝覽』권36 茂長 條

이 중에서 가장 오래되었을 뿐 아니라, 신뢰를 주는 것은『고려사』의 내용이며, 여타의 둘은 이것을 모본으로 한 것이다. 이 짤막하기 그지없는 사료를 통하여 그대로 그 사실을 간추리면,

부른 사람: 어느 장사인의 아내

부른 곳: 선운산禪(仙)雲山 산정

부른 내용: 정역에 나가 기한이 되었는데도 돌아오지 않는 남편
을 기다림

이와 같이 된다.

그런데 이 노래는 여러 가지 국문학사류에 보이는 기록대로 소
개되었을 뿐 더 이상의 언급이 없으며, 별도의 고찰도 찾을 수 없
다.[285] 말하자면, 사료의 빈곤 때문에 사서의 기록에 머물러 있다고
볼 수밖에 없다. 사실상, 자료의 빈곤을 극복하는 길은 현지의 전통
적 민요나 민담을 발굴하여 서로 상관을 시키는 일인데, 이것 역시
천여 년의 시간적 상거 때문에 믿을 만한 것이 되지 못한다.

3) 작자고

사의 화자 곧 여기에서는 작자의 문체가 제기될 수 있다. 남편을
정역征役으로 멀리 보낸 젊은 부인네임은 의심의 여지가 없다. 그
러나 시적화자의 거처가 장사長沙라는 데에는 의구심을 갖은 이가
많다. 그 까닭은 단순하다. 선운산을 둘러싼 고창 일대에 장사長沙
라는 지명이 고래로 없다는 것이다. 그래서 그냥 불특정의 긴[長]
모래사장[沙]이라고 말하는 이가 적지 않다. 흔히 지명을 두 곳의
첫자를 따 부르는 경우가 많다. 많은 지역이 그렇고 도道의 명칭도

---

285 필자가 졸고 「백제가요의 연구」, 『백제문화』 제5집, 1971에서 단편적으로
언급하였을 뿐, 별다른 연구업적이 보이지 않는다.

당시 번창한 두 지역의 첫자를 따서 써오고 있다. 강원, 전라, 경상 등이 다 그렇다. 고창에는 '장'과 '사'자로 시작되는 지명이 다른 곳보다 눈에 띄게 많다. 그 중 어느 곳의 하나를 장사로 붙여 불리었을 가능성이 크다. 그 근거를 찾는 일이 과제의 하나라 할 수 있다.

4) 가요의 사적 배경

(1) 백제의 침략 및 피침 개관

앞에서도 말했듯이, 가사가 전하지 않고 또 그 설명도 너무 간략하여서 본질적인 접근은 어차피 가능하지 못하다. 따라서 우선 '정역征役'에다 초점을 맞추어 이 노래의 보편적인 성격을 알아보기로 한다. 『삼국사기』의 「백제본기百濟本紀」를 바탕으로 하여, 도읍지를 거점으로 한성시기를 전기, 웅진시기를 중기, 사비시기를 후기라고 편의상 구분하고, 다시 백제가 능동적으로 침략한 사실과 침략 당한 사실로 구분, 각 주변 국가와의 마찰과 분규를 살펴보기로 한다.

『삼국사기』「백제본기」에만 의존하여 백제의 침공과 여타 족(국가)의 내침을 다음과 같이 개관해 보았다. 「고구려본기高句麗本紀」와 「신라본기新羅本紀」와를 서로 대조하여 면밀한 검토가 따라야 보다 정확도가 있을 터이지만, 본고가 의도하는 바가 가요의 배경을 알아보려는 데에 있으므로 더 이상의 천착을 보류할 수밖에 없다.

위에 나타난 사항을 시기별로 요약하면 다음과 같다.

침·피침, 기타 시기	침공	피침	정역, 기타
한성도읍기	1. 온조왕 ·동왕 18년 11월 낙랑 우두신성 습격 ·동왕 22년 9월 왕이 사냥 중 말갈 적을 만나 격파	·온조왕 3년 9월 말갈이 북경 침범, 대파 ·同 8년 2월 말갈이 삼천 내습 위례성 포위 추격 5 백여인 포로 ·同 10년 10월 말갈이 북경 침범 아군 패배 ·同 11년 4월 낙랑이 말갈을 시켜 병산책 파괴 ·同 17년 낙랑이 내침, 위례성 소신 ·同 18년 10월 말갈이 엄습 갱살	·온조왕 8년 7월 마수성 병산책 세움 ·동년 7월 독산·구천책 세움 ·同 13년 7월 한산 하에 책, 동년 9 월 성궐세움 ·同 22년 8월 석두 성 고목성 쌓음 ·同 24년 7월 웅진 책 세움
	2. 다루왕 ·동왕 37년 신라 2 차 침공, 일진일 퇴 ·동왕 39년 와산 성(신라)공취 곧 패퇴 ·동왕 43년 신라 침공 ·동왕 47년 상동 ·동왕 48년 와산 성(신라) 함락	·다루왕 3년 10월 말갈 대파 ·동왕 4년 8월 말 갈 대파 ·동왕 7년 9월·10 월 말갈이 공격 ·동왕 28년 8월 말 갈이 북경北境 침 범 ·동왕 49년 와산 성(신라) 내줌	·同 29년 2월 우곡 성 쌓아 말갈에 대비

한성도읍기	3. 기루왕 ·동왕 9년 1월 신라 변경 침입	·동왕 32년 7월 말갈이 약탈	
	4. 개루왕 (없음)	·동왕 28년 10월 신라 침공 그냥 돌아감	
	5. 초고왕 ·동왕 2년 7월 신라 서경의 2성 襲破 ·동왕 5월 10월 신라 변경 침략 ·동왕 23년 2월 신라 모산성 공략 ·동왕 24년 7월 신라와 싸워 대패 ·동왕 25년 8월 신라의 서경 침공, 대파 ·동왕 39년 7월 신라 요차성 함락 ·동왕 49년 9월 말갈의 석문성 습취	·동왕 2년 8월 신라가 침공 ·동왕 동월 신라의 반격 ·동왕 45년 10월 말갈이 침략 ·동왕 49년 10월 말갈이 내침	·동왕 45년 2월 적현 사도성 쌓음
	6. 구수왕 ·동왕 5년 신라 장산성 침공 패배 ·동왕 9년 10월 신라의 우두진 노략	·동왕 3년 8월 말갈이 내침 격파 ·동왕 7년 10월 말갈이 북변 침입 ·동왕 11년 7월 신라가 침입 ·동왕 16년 11월 말갈이 침입, 백제 대패	·동왕 4년 2월 사도성 옆에 두 책 설치

한성도읍기	7. 고이왕 ·동왕7년신라침공 ·동왕13년8월낙랑 변경 공략 ·동왕22년9월 신라를 침공, 대파, 10월 신라를 침공, 이기지 못함 ·동왕33년8월 신라 와산성 침공, 백제 대패 ·동왕39년11월 신라를 침략 ·동왕45년10월 신라와 괴곡성 포위 ·동왕50년9월 신라의 변경 침범	(없음)	·동년 고구려의 침구를 두려워 阿旦城 蛇城을 수리
	8. 책계왕	·동왕13년 한(낙랑)이 맥인(동예)과 함께 내침	·동왕1년 丁夫 징발 慰禮城 수리
	9. 분서왕 ·동왕74년2월 낙랑의 西縣攻取		
	10. 비류왕 (없음)	(없음)	
	11. 계왕 (없음)	(없음)	

한성도읍기	12. 근초고왕 · 동왕 26년 겨울 고구려 평양성 공격	· 동왕 24년 9월 고구려왕이 내침, 고구려 대패 · 동왕 26년 고구려 침공, 고구려 대패 · 동왕 30년 7월 고구려 내공, 수곡성 함락	· 동왕 28년 7월 청목령에 성 쌓음
	13. 근구수왕	· 동왕 2년 11월 고구려 내침	
	14. 침류왕	(없음)	(없음)
	15. 진사왕 · 동왕 5년 9월 고구려 남변 침략 · 동왕 6년 9월 고구려를 쳐서 도곤성을 함락	· 동왕 2년 8월 고구려 내침 · 同 9월 말갈과 싸움 · 동왕 7년 4월 말갈이 북변 적현성 함락 · 동왕 8년 7월 고구려왕이 내침, 십여성 함락 · 同 10월 고구려 내침, 관미성 함락	· 동왕 2년 봄에 국내인 15세 이상 징발, 關防 설치

한성도읍기	16. 아신왕 · 동왕 2년 8월 실지 회복을 위해 고구려를 침공, 실패 · 동왕 4년 8월 고구려 침공, 백제 대패 · 동왕 4년 11월 고구려 침공 중 중지 · 동왕 7년 8월 고구려 침공 중 중지 · 동왕 12년 7월 신라의 변경을 침공	(없음)	· 동왕 6년 5월 왜국 태자 腆肢를 볼모 잡음 · 동왕 8년 8월 고구려를 치려고 병마 징발, 백성들은 병역에 못견디어 신라로 도망
	17. 전지왕	(없음)	· 동왕 13년 7월 동북이부의 15세 이상을 징발, 사구성을 쌓음
	18. 구이신왕	(없음)	
	19. 비류왕(없음)	(없음)	
	20. 개로왕 · 동왕 15년 8월 고구려 남변을 침공	· 동왕 21년 9월 고구려왕이 내침 한성 함락, 왕 피살	· 동왕 15년 10월 쌍현성 수리. 청목령에 대책 세움 · 魏에 청병, 빈번히 내침하는 고구려군을 막고자 했으나 거절당함

한성도읍기			·고구려의 첩자, 승도림의 책동으로 국민을 징발하여 성, 궁실 등 장려하게 세움
웅진도읍기	21. 문주왕	(없음)	·동왕 2년 2월 대두산성 수리
	22. 삼근왕	(없음)	
	23. 동성왕 ·동왕 20년 8월 왕이 탐라를 親征中중지	·동왕 4년 9월 말갈이 한산성을 노략 ·동왕 10년 위가 내침. 백제에 패배 ·동왕 17년 8월 고구려가 치양성을 포위	·동왕 8년 7월 궁실중수, 우두성 쌓음 ·동왕 12년 7월 북부인 15세 이상을 징발 사현 ·이산의 두성 쌓음 ·동왕 20년 7월 사정성 쌓음 ·동왕 23년 7월 탄현에 柵 ·동왕 8월 가림성 쌓음
	24. 무령왕 ·동왕 1년 11월 고구려 수곡성 침공	·동왕 3년 9월 말갈이 침범, 격퇴	·동왕 7년 5월 말갈에 대비코자 고목성 남쪽에 책, 장령성 쌓음

웅진도읍기	·동왕 2년 11월 고구려 변경 침공	·동왕 6년 7월 말갈이 내침	·동왕 23년 2월 한수이북 주군의 백성 15세 이상을 징발, 쌍현성을 쌓음
		·동왕 7년 10월 고구려와 말갈이 공모하여 내침, 격퇴	
		·동왕 12년 9월 고구려가 여러 성(가불성, 원산성)을 공취, 그러나 백제군에 대파	
	25. 성왕 ·동왕 18년 9월 고구려 우산성을 쳤으나 실패 ·동왕 28년 1월 고구려 도륭성을 공취	·동왕 1년 8월 고구려병이 내침, 격퇴 ·동왕 7년 10월 고구려왕이 침공 혈성 함락 ·동왕 26년 1월 동예와 공모, 독산성을 공략 ·동왕 28년 3월 고구려병이 금현성을 포위	·동왕 4년 10월 웅진성 수리, 沙井柵 세움
	26. 위덕왕 ·동왕 8년 7월 신라변경 침략, 백제 대패 ·동왕 24년 10월 신라 서변 주군을 침공, 실패	·동왕 1년 고구려가 웅천성을 침략, 패퇴 ·동왕 45년 고구려가 침공	

사비도읍기	27. 혜왕	(없음)	
	28. 법왕	(없음)	
	29. 무왕 ·동왕 3년 8월 신라 아막산성을 포위, 실패	·동왕 3년 8월 신라가 소타 외석, 천산, 옹령의 네 성을 쌓고 국경 침범, 백제 패배	·동왕 6년 2월 용산성을 쌓음
	·동왕 13년 10월 신라의 가령성 함락	·동왕 6년 8월 신라가 동쪽 국경 침범	·동왕 12년 8월 적암성 쌓음
	·동왕 17년 10월 신라의 모산성 공략	·동왕 8년 5월 고구려가 내공 석두성 함락	·동왕 33년 2월 마천성 개축
	·동왕 24년 가을 신라의 능노현 침공	·동왕 19년 신라가 침공 가령성을 회복	
	·동왕 25년 10월 신라의 속함, 앵잠, 기령, 봉령, 기현, 용책 등 6성을 공취		
	·동왕 27년 8월 신라의 왕재성 침공		
	·동왕 28년 7월 신라 서변의 두성을 함락		
	·동왕 29년 2월 신라의 개봉성 함락		
	·동왕 34년 8월 신라의 서곡성 함락		
	·동 37년 5월 신라의 독산성을 침습		

사비도읍기	30. 의자왕		
	·동왕 2년 7월 신라의 40여성을 함락	·동왕 4년 9월 신라 김유신이 내공來攻, 7개 성 공취攻取	·동왕 15년 2월 태자궁 수리
	·동왕 8월 신라의 대야성 함락	·신라가 내침來侵	·동 7월 마천성 중수
	·동왕 3년 11월 신라의 당항성 공취	·동왕 20년 당군과 신라군이 합세 드디어 백제의 종언終焉	
	·동왕 5년 5월 신라의 7개성을 습취		
	·동 7년 10월 신라의 두 城을 공략, 실패		
	·동왕 8년 3월 신라 서변의 십여 개 성을 공략		
	·同 4월 옥문곡으로 진군, 대패		
	·동왕 9년 8월 신라의 7개성을 공략, 재차 싸움에서 패배		
	·동왕 15년 8월 고구려·말갈과 함께 신라의 삼십여성을 공파		
	·동왕 19년 4월 신라의 독산, 동령의 2성을 침공		

- 『삼국사기』권 제23「백제본기」제1에서 제6까지를 자료로 했다.「고구려본기」와「신라본기」와의 비교·대조가 요청되지만, 이 글의 성격상 두 사료는 참고하지 않았다.
- 다루왕 3·4년조는 침공인지, 피침인지 기록상 분간하기 어렵다.
- 개로왕 28년조는 모반하다가 탄로되어 백제로 망명간 아창길선阿搶吉宣을 돌려주지 않아 침공한 것이어서 영토 확장과는 관계가 없다.
- 초고왕 24년조는 침공인지, 피침인지 기록상 분간하기 어렵다.
- 진사왕 2년 9월조 말갈과의 싸움도 침공인지, 피침인지 기록상 분간하기 어렵다.

이상의 정리된 자료를 요약하면 다음과 같다.

① 한성도읍기(온조왕~개로왕)

    ㄱ. 침공
       ㄱ) 횟수: 35회
       ㄴ) 대상국: 낙랑 — 3회
              말갈 — 2회
              고구려 — 8회
              신라 — 22회

위 현상에서 볼 때, 백제의 영토확장을 위한 남하책을 이해할 수 있다. 북방의 족속들에 대한 적극적 침공이 동남에 위치한 신라에의 공격보다 훨씬 적은 횟수를 보여 주고 있기 때문이다.

　　ㄴ. 피침
　　　ㄱ) 횟수: 32회
　　　ㄴ) 대상국: 낙랑　─ 2회(맥인貊人 포함)
　　　　　　　　 말갈　─ 17회
　　　　　　　　 고구려 ─ 8회
　　　　　　　　 신라　─ 5회

　　주로 북방의 말갈과 낙랑이 백제의 건국초기에 빈번히 침략해 왔으며, 백제가 어느 정도 기틀을 잡자 고구려의 침략이 증가, 결국은 개로왕이 고려군에 의하여 피살됨으로써 웅진으로 천도하기에 이르렀던 것이다. 신라가 침략한 경우는, 거의 백제의 침략과 약탈에 의한 실지회복의 소극적 양태를 띨 따름이었다.
　　하여튼, 위 현상에서 백제는 동북쪽의 낙랑과 말갈에 의하면 빈번한 습격을 받으면서 한편으로 부단히 남진정책을 펴 신라를 빈번하게 공략했다는 사실로 집약시킬 수 있다.

　② 웅진도읍기(문주왕~무령왕)

　　ㄱ. 침공
　　　ㄱ) 횟수: 3회

ㄴ) 대상국: 탐라　 ― 1회(친정親征 중지)

　　　　　고구려 ― 2회

　64년의 짧은 기간이요, 고구려의 혹독한 습격 때문에 침공이 약화된 것이라고 할 수 있으나, 천도에 따르는 궁중의 신축·중수를 위해 많은 백성들의 정역이 요구되었을 것이다.

　　　十二年 秋七月 懲北部人 年十五歲已上 築沙峴耳山二城

　　　二十年設熊津橋 秋七月 築沙井城

　　　二十二年春 起臨流閣於宮東 高五丈 又穿池養奇禽 諫臣抗疏 不報

　　恐有復諫者 閉宮門[286]

　이러한 기록이 그러한 사실을 극명하게 드러내 준다.

　ㄴ. 피침
　　ㄱ) 횟수: 7회
　　ㄴ) 대상국: 말갈　 ― 3회(고구려와 공모 1회 포함)

　　　　　　고구려 ― 3회(상동)

　　　　　　위魏　 ― 1회

　위魏가 내침하였다는 기록은 그대로 신뢰하기 어려운 바이지만, 북방족의 침략이 계속되었음에 반하여 신라의 경우 1회의 침공도 없음은 고구려의 남진정책을 제어하기 위한 백제·신라와 동맹관

---

286 『삼국사기』, 百濟本紀 권29 제26 東城王 條.

계에 연유한다.

③ 사비도읍기(성왕~의자왕)

ㄱ. 침공
ㄱ) 횟수: 24회
ㄴ) 대상국: 고구려 ― 2회
　　　　　신라 ― 22회(고구려·말갈과 함께 1회 포함)

어느 정도의 정착과 함께 국력이 신장되면서 동남방의 신라에 대한 공격이 급증하며, 한 번 크게 타격을 받은 고구려에의 침공은 둔화되었다. 결국, 신라에 대한 빈번한 침공은 신라로 하여금 당군과 제휴하게 함으로써 멸망을 자초하기에 이른다.

ㄴ. 피침
ㄱ) 횟수: 13회
ㄴ) 대상국: 고구려 ― 7회(동예와 공모 1회)
　　　　　신라 ― 6회(나·당연합군 1회 포함)

고구려의 집요한 남진정책에 위협을 받으면서, 신라의 침공에 대한 반발을 찾아 볼 수 있다. 백제의 맹렬한 신라에의 공격이 도리어 신라로 하여금 활로를 찾는 결과를 가져 왔음을 알게 해준다.

이상의 사실을 종합해 볼 때, 백제는 개국초부터,

二十四年秋七月 王作熊川柵 馬韓王遣使責讓曰 王初渡河 無所容
足 吾割東北一百里之地 安之其待王不爲不厚 宜思有以報之 今以國
完民聚 謂莫與我敵 大設城池 侵犯我封彊 其如義何 王慙 遂壞其柵[287]

마한의 일우에서 시작하여,

二十六年秋七月 王曰馬韓漸弱 上下離心 其勢不能久 儻爲他所幷
則脣亡齒寒 悔不可及 不如先人而取之 以免後艱 冬十月 王出師 陽言
田獵 潛襲馬韓 遂幷其國邑 唯圓山錦峴二城固不下
二十七年 夏四月 二城降 移其民於漢山之北 馬韓遂滅[288]

이와 같이 마한 점거함으로써 영토를 확장, 국세를 떨쳐 고구려
의 남하와 신라의 틈바구니에서 적지 않은 싸움이 벌어지게 되었
던 것이다. 따라서 성城·책柵 또는 전쟁에 많은 사람들이 징발되었
을 것임은 자명한 일이다. 15세 이상의 남자를 징발하여 각종 역사
에 종사시켰다는 기록[289]은 그런 사실을 잘 드러내 준다.

그러므로 정역에 나간 남편을 기다리는 일들은 보편적이었을
것이며, 따라서 거기에 얽힌 많은 설화와 민요적인 노래가 널리 불
렸을 것임에 틀림없다. 아마, 이 노래는 선운산이 위치한 지리적 여
건으로 보아 백제 중·후기에 부녀자들 사이에 불려진 노래라 할

---

287 위의 책,「百濟本紀」권23 제1.
288 위와 같음.
289 앞의 주 284와 「百濟本紀」제3 辰斯王 二年條 二年春 發國內人年十五歲已上 設
   關防 自靑木嶺 北距坤城西至於海 등 빈번하게 나타난다.

수 있을 것이다.

(2) 신앙적 배경

이 노래를 기록이 간략하게 전하는 대로, 정역에 간 남편이 기한이 차도 돌아오지 않으므로 남편을 그리워하여 산에 올라가 '망이가지望而歌之'한 것이라고만 보아야 할 것인가? 여기에는 몇 가지 의문이 제기될 수 있다. 선운산이라는 특수한 지명의 성격이 그 하나이며, 산에 올라가 멀리 바라보고 노래했다는 사실이 그 다른 하나이다. 다시 말하면, 단순한 망부가가 아니라 어떠한 종교적 배경을 가지고 있는 노래라 볼 수 있다는 것이다.

먼저, 선운산에 관하여 알아보기로 한다. 선운산禪雲山은 일명 선운산仙雲山이라 하며, 또 도솔산兜率山이라고도 부른다. 이 두 명칭은 본래 고유한 것이라고 할 수 없겠지만, 도교나 불교적 의미를 내포하고 있다.

四方陡絶한 一石臺를 일운 것이 '兜率'이란 것이오 이것이 이 山의 精華라 하여 禪雲을 一에 도솔산이라고 하게까지 되었다. 禪雲의 禪은 一에 仙으로도 씀으로써 그것이 古名의 取音임을 알 것이오 또 그것이 '술'의 鼻音化한 一形임은 他의 類例로써 알기 어려운 것이 아니며 따라서 이 도솔이 佛教로 말미암아서 비로소 宗教的 靈場이 된 것이 아니라 실상 '붉'道부터 오랜 來歷이 있음을 대개 짐작할 것이니 '붉'과 彌勒이 예로부터 많이 雜糅和同된 事實을 아는 이는 禪雲의 一名이 도솔임에서 큰 暗示와 顯證을 얻을 것이다. 시방 兜率內院이라 하는 것이 본디부터 '붉'道에 있는 神殿又祭壇 그대로의 承受일 것도 거의 의심 없을 일이오 臺의 滿月이라 함도 開城의 그것과 한 가지로 무슨 宗敎的 因由를 가진 名稱일 것이다. (『楓嶽記遊』參照) 城內에 있는 梵宮佛宇가 어느 것이고 古 '붉'道의 靈場을 代占함 아닌 것이 없지마는 그 中에서도 彌勒道場인 名或實을 가진 것은 그 가장 直截明白스러운 것이다.[290]

　육당은 위 글에서 '仙'과 '率'을 동일한 소리로 간주하고 '兜率山'의 '도솔兜率'을 통하여 그의 이른바 「불함문화론不咸文化論」에서 극명하게 보여 준 '붉'도道와 연결시켜 하나의 미륵도량彌勒道場으로 단정한다.
　'선운사禪雲山'의 '선禪' 또는 이 산의 다른 명칭인 '도솔산'의 '도솔'은 한자명을 그대로 믿을 때, 불교적 산물임은 의심의 여지가 없다. 필자가 알기로는, 서구에서 들어온 종교를 제외하고, 재래의 토속 민간 신앙이나 신흥종교는 예외 없이 '미륵'을 신앙의 핵으로 하고 있다. 이것은 신도信徒라는 측면에서 볼 때, 한국불교 사상의 주류를 형성하고 있는 정토사상과 서로 쌍벽을 이룬다. 그리고 두 사상은 신분계층에 따라서 현격한 차이가 있기는 하지만, 미래지향적이라는 점 곧 미래에 있을 낙원에의 지향이라는 점에서 일치한다. 이것은 피지배층이 겪는 삶의 숙명적 어려움과 인고로 점철된 한국사의 맥락 위에서 이해해야 마땅하다. 이런 측면에서 미루어 보건대 육당의 그런 견해가 크게 빗나가지 않을 듯도 하다.

290 최남선, 『심춘순례尋春巡禮』, p.98. 현대 표기법으로 옮겼음.

兜率: (界名) 天名 舊作兜率 兜率陀 兜率哆 兜率等 新作都史多 鬭瑟

哆 珊 覩史多 等 譯曰 上足 妙足 知足 喜足等 欲界之天處 在夜

摩天與樂 變化天之中間 下當第四重分天處內處之二 其內院爲

彌勒菩薩之淨土 外院則天衆之欲樂處也. 四阿含暮抄下曰「兜

率咤 此云 上足天」西 域記三曰「覩史多天 舊曰 兜率侘」又曰

兜術他訛也

兜率天: (界名) 兜率此翻知足 謂於五欲境知止足 故 此天依空而居

人間四百年 爲此天一晝夜 則人間十四萬四千年 方爲此天一

年 若此天壽 四千歲 則該人間五十七億六百萬年矣[291]

　위에서 보는 바와 같이, '도솔兜率'은 지족知足, 묘족妙足 등의 뜻
으로서 외원外院과 내원內院으로 각각 양분되어 앞의 것은 천중天
衆의 기쁨을 누리고자 하는 곳이오, 뒤의 것은 미륵보살의 정토로
서 중생을 위해 설법하는 곳이다. 그리고 '도솔천'은 '空'에 의거하
여 있되 그곳의 하루는 인간세상의 400년에 해당 된다. 그런데, 미
래불로서의 미륵이 사는 '도솔천(외원)'은 전래의 도교사상과 밀
접한 관계를 갖고 있다. 장생불사의 신선사상에 연결되기 때문이
다. '선운산禪雲山'의 '선仙'도 그런 의미로 해석해야 옳지 않을까 한
다. 백제 때에 이미 도교사상(신선사상)이 세간에 퍼져 있었던 것
이다.
　『북사北史』가 보여주는

---

291 無錫丁福保仲祜,『불교대사전』(台北), pp.1941~1942.

其人雜有新羅高麗等 亦中國人 秀異者頗鮮屬文 能吏事 又知醫藥

蓍龜與相術 陰陽五行法 有僧尼多寺塔 有投壺摴蒲 弄珠握槊等雜戲

(밑줄 필자)

라는 기록이라든가, 또는

進擊大敗之 追奔逐北 至於水谷城之西北 將軍莫古解諫曰 嘗聞道

家之言 知足不辱 知止不殆 今所得多矣 何必求多 太子善之止焉[292]

이라는 사서의 내용이 이를 증명한다. 이능화도 구로이타 가쓰미
黑板勝美의 논문 「我カ上代ニ於ケル道教思想及ビ道教ニツィテ」의 개요
를 들어 설명하고 있다.[293] 육당은 선운산의 전설을 듣고서 몇 가지
의미를 검출해 냈는데, "여긔잇든 古宗教의 禪좌座가 쫓겨난 結果
로 어대가서 새 자리를 잡앗다는 事實이 投影된 것들"이라고 결론

---

292 『三國史記』, 권25 近仇首王條
293 그 요약을 옮기면 다음과 같다.

　고지끼古事記 오진應神 천왕조에, 왕인이 백제로부터 논어와 천자문을
가지고 온 기사가 있고, 일본서기日本書記에도 또한 아직기와 왕인이 백제
로부터 경전을 가지고 와서 우리나라에 전하여 태자 토도치랑자菟道稚郎子
가 왕인에게 가서 여러 전적을 배웠다고 하였다. 이 기록 중에 여러 전적이
란 뜻은 논어뿐만 아니라 기타의 서적도 있었을 것이니 어찌 비단 유교전
적에 국한되었겠는가.
　이것으로 추측컨대 아직기와 왕인은 반드시 순수한 유학자가 아니라 차
라리 도가류의 사람이라 추측된다.(밑줄 필자)

이러한 추측은 延喜式 권8 祝詞 六月晦 大祓條의 注에 의거하고 있다.(이능
화, 『조선도교사』, 이종은 역주, pp.59~60)

을 내림으로써[294] 불교가 들어오기 이전에 이른 바 '붉道'의 영장靈場이었다고 해석한다.

> 압혜는 石築까지 잇슴을 보면 필경 넷 窟庵의 터로 禪雲山二十四窟의 重要한 一處임은 冊論이려니와 들어가 보매 天井은 단단하여도 旁邊과 바닥은 石質이 特히 脆弱하여 격지가 연방 일어난즉 窟 그대로 菴이 되엇슬 것 갓지는 아니하다.[295]

이러한 현장 답사의 기록에 의거하건대, 도교와 습합된 원시신앙의 영지靈地였을 가능성이 짙다. 따라서 「선운산가」는 단순한 '남편 그리움'의 노래라기보다는 종교적 소원이 담긴 가요라고 할 수 있을 것이다.

종교적 성격에 이어 고찰의 대상이 되는 것은 산꼭대기에서의 '망이가지望而歌之'다.

> 屛風 뒤로 한 등성이를 올라서면 七山바다를 中心으로 한 西海가 속이 시원하게 압혜가 터지고 海馬가튼 蝟島가 숭지를 쑴으려 가지고 잇다. 마츰 둥싯거리는 紅輪, 수멀거리는 金波, 兜率天의 莊嚴에는 업서 못될 것이 落照에 번득어리는 七宝色임을 實現하얏다.[296]

294 육당, 위의 책, pp.101~102.
295 위와 같음, p.96.
296 위의 책, p.103.

바다[297]가 바라보이는 산정에서 멀리 가 돌아오지 않는 임을 그
린다는 것은 숭고한 그리움의 한 양태이다. 산정은 하늘과 가장 가
깝다는 점에서 한울님에게 하소연하는 신성처요, 눈 아래로 하계
가 내려다 보일 뿐 아니 라 멀리 볼 수 있는 사실에서 희원希願의 공
간이 된다. 그러므로 '망望'에는 절절한 바램이 들어있고, '가歌'에
는 애절한 호소가 스며있었을 것이다. 특히 '가歌'는 밀도 짙은 염
원이 카타르시스로 작용하였을 것이다.

5)『시경詩經』과의 비교

중국의 가장 오래된 고전 중의 하나인『시경』에, 정역에 나간 남
편을 그리는 노래(풍風)들이 들어 있어 자못 흥미롭다.

十九年 王遣使入梁朝貢 兼表請毛詩博士 涅槃等經義 幷匠, 畫師
等 從之[298](밑줄 필자)

사비泗沘로 천도한 3년 뒤의 이러한 기록은 백제에서『시경』이
주로 지배계층 사이에 널리 읽혔다는 증거가 된다. 지배계층 사이
에서 처음 읽히고 불리게된, 특히『시경』의 '풍風'에 속하는 노래들
은 하나의 민요로서 여러 가지 모습으로 변형되어 불리어졌을 가
능성을 배제할 수 없다. 앞서 살펴 본 바와 같이 잇다른 병란으로

---

297 '바다'의 중세어는 '바룰'인데 이것은 '바라다, 바라보다…' 등 '望, 際, 願'
　　따위를 뜻하는 동사에서 나왔을 것이다.
298『삼국사기』, 권26 聖王條

말미암아 정역에 끌려가 '과기불지過期不至'의 현상이 보편화되었
다면, 틀림없이 남편을 그려 '망이가지望而歌之'한 노래가 적지 않
았을 것이며, 그것은 자연발생적인 성격을 또한 띠었을 것이다. 따
라서 상호 영향 관계 운운한다는 것은 우스운 일인지도 모른다. 하
지만 백제에 『시경』이 들어와 읽힌 것이 사실이라고 한다면 알게
모르게 침투되어 특히 지배계층간에는 '아雅·송頌' 등이 궁중묘악
으로, 그리고 피지배계 층간에는 '풍風'이 자연 발생적 민요와 더
불어 각각 침투하였음도 전적으로 부정할 수 없다. 『시경』에는 정
역에 관한 노래가 많이 실리어 있다.[299] 이 가운데에서 정역에 나간
남편을 그리는 노래만을 들어 살펴보면 다음과 같다.

遵彼汝墳하야	저 汝水의 뚝을 좇아
伐其條枚호라	그 가지와 줄기를 자르리라
未見君子라	그대를 보지 못한지라
惄如調飢호라	맘주림이 거듭 주린듯하도다
遵彼汝墳하야	저 여수의 뚝을 좇아
伐其條肄호라	그 가지와 다시 나는 움을 베리라
旣見君子호니	이미 그대를 보니
不我遐棄로다	나를 멀리 버리지 안했도다
魴魚赬尾어늘	방어의 꼬리가 붉거늘

---

299 國風—汝墳, 草蟲, 殷其雷, 雄稚 君子于役 등등.
　　小雅—菜薇, 杕杜, 北山, 無將大車 등등.

王室如燬로다	왕실이 불타는 듯하도다
雖則如燬나	비록 불타는 듯하나
父母孔邇시니라[300]	부모 심히 가까우시니라

  정주鄭注에는 '言此婦人 被文王之化 厚事其君子'라 하였으나 주희
朱熹는 남편이 행역에 나가서 돌아오지 않는 때에 그리는 정이 이
와 같아 추후로 지은 것[301]이라고 풀이하고 있다.

  문왕文王의 덕화는 여수汝水의 지역에도 미치었으나 그때까지
은殷 주왕紂王의 학정에 시달리고 있어서 행역에 끌려간 남편의 고
생을 걱정할 뿐 아니라, 무사히 끝내고 돌아오기를 기원하는 그런
내용의 '풍風'이라 할 수 있다. 이와 유사한 노래로「초충草蟲」,「은
기뇌殷其雷」,「웅치雄雉」,「군자우역君子于役」 등이 있는 바, 모두 '풍
風'에 속한다.

喓喓草蟲이여	요요하는 풀벌레여
趯趯阜螽이로다	살짝 뛰는 부종이로다
未見君子이라	그대를 보지 못한지라
憂心忡忡호라	근심하는 마음이 충충하도다
亦旣見止며	또 이미 보며
亦旣覯止면	이미 만나면

---

300 『正傳詩傳集註』권1 國風 周南(世昌書館版), pp.14~15.(『한문대계』제12권,
  周南, pp.14~15 참조)
  朱子는 "汝旁之國 亦先被文王之化者 故婦人喜眞君子 行役而歸 因記其末歸之時 思
  望之情如此 而追賦之也"라고 본다. 이 글도 그의 견해를 따랐음은 물론이다.
301 앞의 주 참조.

我心則降이로다　　　내 마음 곧 내리리로다

陟彼南山하여　　　저 남산에 올라

言采其蕨호라　　　그 고사리를 캐노라

未見君子이라　　　그대를 보지 못한지라

憂心惙惙호라　　　근심하는 마음이 철철하도다

亦旣見止며　　　또 이미 보며

亦旣覯止면　　　이미 만나면

我心則說이로다　　　내 마음 곧 기쁘리로다

陟彼南山하여　　　저 남산에 올라

言采其薇호라　　　그 고사리를 캐노라

未見君子이라　　　그대를 보지 못한지라

我心傷悲호라　　　내마음 슬프도다

亦旣見止며　　　또 이미 보며

亦旣覯止면　　　또 이미 만나면

我心則夷로다[302]　　　내 마음이 곧 편하리로다

　　『모전毛傳』에는 '大夫之妻 待禮而行隨從君子'라 하였으나『집전集傳』는 "南國 被文王之化 諸候大夫行役在外 其妻獨居 感時物之變 而思其君子如此 亦若 周南之差耳也"라 해석한다. 「차이差耳」가 남편의 부재 때문에 그를 그리는 후비后妃의 노래라고 한다면 이 「초충草蟲」은 그것과 짝하여 제후대부가 행역에 나가, 어느덧 철이 바뀜에 따라

302 위의 책, 권1 召南, pp.19~20(『漢文大系』제12권, pp.19~20).

그 아내가 이 노래로 그리움과 근심을 달랬다는 것이다.

「선운산가」와 관련하여 이 노래에 주목되는 것은 둘째 장과 셋째 장의 "陟彼南山척피남산"이라는 구句이다. 왜냐하면, 앞의 백제 노래도 선운산에 올라 노래를 불렀고, 이 「초충草蟲」도 창자가 산에 올라가는 행위를 똑같이 보여 주고 있기 때문이다. 주희는 "登山蓋託以望君子"라고 적절한 주석을 달고 있는데, 산에 오른다는 것은 멀리 바라볼 수 있다는 동경의 원초적 심상을 가지게 마련이다. 사실상 산에 오른다는 그 근저에는 미지에의 동경과 개척의 혼이 꿈틀거리고 있음을 간과해서는 안될 것이다.

그러나, 이 두 노래에 있어 창자는 남편을 어느 곳엔가 멀리에 둔 아내들이라서 '홀로 있음'과 '그리움'을 나타내는 데에 기여해 준다.

殷其雷는	은은한 그 우레 소리는
在南山之側이어늘	남산의 남쪽에서 들리거늘
何斯違斯라	어찌 이에 가서
莫敢或遑고	감히 겨를도 못하는고
振振君子는	믿음 두터운 그대는
歸哉歸哉인저	돌아올진저 돌아올진저
殷其雷는	은은한 그 우레 소리는
在南山之側이어늘	남산 가에서 들리거늘
何斯違斯라	어찌 이에 가서
莫敢遑息고	감히 쉴 틈조차 없는고
振振君子는	믿음 두터운 그대는

歸哉歸哉인저	돌아올진저 돌아올진저
殷其雷는	은은한 그 우레 소리는
在南山之下어늘	남산의 아래에서 들리거늘
何斯違斯라	어찌 이에 가서
莫或遑處오	혹도 겨를 하여 쉬지 못할고
振振君子는	믿음 두터운 그대는
歸哉歸哉인저[303]	돌아올진저 돌아올진저

이 노래를, 소남召南의 대부가 정사政事 때문에 멀리 가서 편안한 겨를이 없으매, 그 아내가 그 수고로움을 민망히 여겨 의義로써 권한 노래[304]라고도 하지만, 『집전集傳』에는

南國 被文王之下 婦人 以其君子從役在外而思念之故 作此詩[305]

라, 하여 외지로 행역을 간 남편을 생각해서 지은 노래라 하고 이어,

言殷殷然雷聲 則在南山之陽 何此君子 獨去此不敢少暇乎 於是 <u>又 美其德 且冀其早畢事而還歸也</u>[306](밑줄 필자)

---

303 위의 책, 권1 소남, pp.25~26(『한문대계』 제12권, p.24).
304 『漢文大系』 제12권, p.24.
305 『集傳』, p.25.
306 위와 같음.

라고 설명한다. 원元의 유근劉瑾도 역시 주남周南의「여분汝墳」과 같다고[307]했는데, 원망의 어사가 엿보이지 않음은 부덕婦德을 강조하고 국가를 비호하기 위한 윤색 때문일지도 모른다.

雄雉于飛여	수꿩이 날아감이여
泄泄其羽이라	서서히 날으는 날개로다
我之懷矣여	내 그리운이여
自詒伊阻로다	스스로 막힘을 끼쳤도다

雄雉于飛여	수꿩의 날아감이여
下上其音이로다	그 소리 내리고 오르도다
展衣君子여	진정코 그대여
實勞我心이로다	실로 내마음 괴롭게 하도다

瞻彼日月하니	저 일월을 바라보니
悠悠我思로다	유유한 내 그리움이로다
道之云遠이어늘	길이 멀거늘
曷云能來리오	어찌 능히 올 수 있으리오

百爾君子는	무릇 그대는
不知德行가	덕행을 알지 못하는고

---

307 然視汝墳 獨無尊君 親上之意者 蓋彼詩作於旣見君子之時 故得慰其勞 而勉以正 此詩作於君子未歸之日 故但念期行役之勞 然而無言無咎之辭 則其婦人之賢 文王之化 亦皆可見矣(우현민 역,『시경』(상), p.75)

不忮不求이면	해치지 않고 탐하지 않으면
何用不臧이리오[308]	어찌 써 좋지 않으리오

이 노래도 모시서毛詩序에는 선공宣公이 음란만을 일삼을 뿐 국
사를 근심하지 않아 자주 전쟁을 일으키니, 대부가 정역에 나가 부
부가 서로 오래 떨어져 있음에 원한이 커, 나라사람이 위衛 선공宣
公을 비난하기 위해 지은 노래[309]라 했다. 그러나 『집전』에는

婦人以其君子從役于外 故言雄雉之飛 舒緩自得如此而我之所思

者 乃從役 於外而自遭阻隔也

라, 하여 풍자의 시로는 보지 않고 단순히 행역에 나간 남편을 그리
는 노래로 보았다.

君子于役이여	그대 행역에 감이여
不知其期로다	그 기약을 알지 못하겠도다
曷至哉오	어디에 이르렀을고
鷄棲于塒며	닭이 홰에 깃들이며
日之夕矣라	날이 저문지라
羊牛不來로소니	양과 소도 내려오지 않나니
君子于役이여	그대 행역에 감이여

308 『集傳』, 권2 邶風, pp.48~49(『漢文大系』 제12권, pp.11~12).
309 雄雉 刺衛宣公也 淫亂不恤國事 軍旅數起 大夫久役 男女怨曠 國人患之 而作是 詩
(『漢文大系』 제12권, p.11)

如之何勿思이리오	어찌 그리워하지 않으리오

君子于役이여	그대 행역에 감이여
不日不月이로소니	날로 못하고 달로 못하리니
曷其有佸고	언제 그 만날고
鷄棲于桀이며	닭이 홰에 깃들이며
日之夕矣라	날이 저문지라
牛羊下括이로소니	소와 양도 내려 이루노니
君子于役이여	그대 행역에 감이여
苟無飢渴이어다[310]	또 굶주림이나 없을지어다

　모시서毛詩序에는 '君子于役 刺平王也'라 하여 평왕平王을 비난한 노래라고 한 다음, 군자君子가 행역에 나가 기한이 차도 오지 않으므로 대부가 그 위난危難을 생각하여 부른 노래라고 이렇게 말한다.

　　君子行役 無期度 大夫思其危難 以風焉[311]

　그러나 내용의 전후 문맥으로 보아 대부가 지었다고 단정하기는 어렵다. 해가 저물어 소와 양이 산에서 내려와 자기 우리를 찾는다거나, 닭이 홰에 오른다는 것들은 서민의 단란한 가정을 떠올리게 하기 때문이다. 따라서,

---

310 『集傳』권4 王風, pp.107~108(『漢文大系』제12권, p.3).
311 『한문대계』제12권, p.3.

大夫 久役于外 其室家 思而賦之 曰 君子行役 不知其反還之期 且

今亦 何所至哉 鷄則棲于 塒矣 日則夕矣 牛羊則下來矣 是則畜産出入

尙有日暮之節 而行役之君子 乃無休息之時 使我如何而不思也哉

라는, 주희의 주석이 타당한 것처럼 보인다.

「선운산가」의 모티브와 유사한 네 편의 노래 가운데에서 더욱
가까운 것은 「초충草蟲」「군자우역君子于役」이다. 어쩌면 이러한 노
래가 흡사한 환경의 부녀자들 사이에서 그리움과 원망이 뒤섞인
노래로 퍼져 불리었을 가능성도 있으며, 한편 자연발생적으로 불
리어진 노래와 서로 혼류되었을 가능성도 배제할 수 없을 것이다.

6) 소결小結

「무등산가」, 「방등산가」, 「정읍가」, 「지리산가」, 「산유화가」[312]
등과 함께 「선운산가」는 『고려사』를 위시하여 『증보문헌비고』,
『신증동국여지승람』 등 문헌에 아주 간략히 그 노래와 모티브만
기록되어 있을 뿐이어서, 많은 국문학자들도 그 기록을 그대로 옮
겨 놓는 정도에서 더 벗어나지 못하는 형편이다.

사실상 지나친 자료의 빈곤 때문에 이 노래의 연구는 「정읍가」
를 제외한 여타의 노래들과 함께 연구의 대상에서 도외시된 것이
사실이다.

이 글에서는 첫째로 '정역征役'에 초점을 맞추어, 『삼국사기』,
「백제본기」의 기록을 바탕으로 백제의 능동적 침공과 주변제국의

312 산유화가는 『증보문헌비고增補文獻備考』에만 보인다.

피침으로 양분하여 왕조에 따른 통시적 고찰을 시도해 봄으로써 그 배경의 일부를 천착하고자 하였다. 그 결과 침공 횟수는 모두 62회로서 대상국은 신라가 44회, 고구려가 12회, 기타 낙랑 3회, 말갈 2회, 탐라 1회 등의 차례가 된다. 피침은 모두 52회로서 대상국 별로 보면 말갈이 20회, 고구려가 18회, 신라가 11회, 기타 낙랑樂浪 2회, 위魏 1회 등의 차례가 된다. 통계상 비록 공략이 많이 나타나 있으나, 백제는 고구려의 남진정책과 한편 신라의 위기의식에 따른 지모와 단결의 도전을 끊임없이 받으며, 주로 중국 남조 그리고 왜와 교류를 하는 소위 원교근공의 술책으로 활로를 찾으려 하였다. 그리하여 세련된 중국문화를 일찍 받아들일 수 있었고, 또 왜국에 전파시키는 교량적 역할을 할 수 있었다. 하지만 끊임없는 싸움과 성城·책柵의 중수 등으로 인하여 15세 이상의 남자들이 정역에 나가 시달려야 했다. 이런 것을 배경으로 하여 이 노래는 생겨나 다양한 민요의 하나로 널리 불리어졌음에 틀림없다. 둘째로 선운산에 올라가 '망이가지望而歌之'하였다는 기록으로 미루어 종교적 배경을 간과해서는 안 될 것이다. 선운산禪雲山을 일명 선운산仙雲山, 도솔산兜率山이라고도 부른다는 사실에서 이 노래는 불교와 습합된 원시고유신앙 또는 도교의 영향 아래 이루어진 주술적 기원의 노래라고 추측할 수도 있다. 선운사의 전래 설화나 24처處의 굴窟 등이 그 점을 극명하게 드러내 준다. 특히 '망望'은 기원처로서의 산과 선운산이 위치한 임해의 여건을 감안할 때 함축하는 바가 크다.

끝으로, 중국 최고의 고전이자 민간문학의 대표적 존재인 『시경』(특히 '풍風')과 비교함으로써 실전失傳가요인 「선운산가」의 성격을 유추하고자 하였다. 『시경』이 백제에 유포되었다는 기록이 있지만, 아마 이것은 주로 지배층에 한했으리라 생각된다. 그러나 주남周南, 소남召南 등의 '풍風' 따위는 피지배 계층 간에도 침투되었을 가능성을 전적으로 배제할 수 없다. 특히, 「초충草蟲」, 「은기뇌殷其雷」, 「웅치雄雉」, 「군자우역君子于役」은 「선운산가」의 모티브와 가까워서 「선운산가」의 내용을 짐작하는 데에 크게 기여해 준다.

아무튼, 「선운산가」는 백제의 여인들 사이에 널리 불리었던 종교적 망부가로서, 아마 삶의 고통스러움과 시대상황에 대한 풍자도 담겨졌던 노래라고 봄이 옳을 것이다.

5. 무등산가無等山歌

1) 서론

지정학적 측면으로 보아, 백제는 항시 긴장 속에서 국가 체제를 유지해야 하였다. 백제의 지배족이 고구려족임에도 불구하고 고구려의 끊임없는 남침과 반도의 동남에 편재한 신라의 침략을 받아야 했던 것이다. 여타의 두 나라에 비하여 유난히 성을 많이 쌓은 까닭도 그 때문이다. 물론 백제 측에서도 영토의 확장을 위해 고구려와 신라의 여러 성을 선제 공략한 일이 없는 것은 아니다. 그러나, 『삼국사기』를 면밀히 검토해 볼 때, 고구려의 호전성과 신라의 영토 확장을 위한 안간힘의 틈에서 시달려 왔음을 간파하기 어렵지 않다.

일찍이 백제는 주어진 천혜의 조건대로 농업을 위주로 한 농본사회로 정착하였고 또 양면이 바다인 만큼 어업을 곁들이었으며 또한 바다 건너 남조와의 활발한 교역을 보임으로써 소위 선진 문물을 어느 나라보다도 더 빨리 받아들여 소화할 수 있었다. 따라서, 안정과 정착 속에서 높은 문화를 발전시켰으나 당唐의 무참한 유린과 신라의 폐쇄적인 복수로 말미암아 약탈 또는 회신灰燼됨으로써 당시의 문화 흔적들이 고고학에 의존하여 밝혀질 정도라는 사실은 누구나 다 공인하는 바다.

본고에서는 백제가요의 하나인「무등산가無等山歌」를 대상으로 하여 제의라는 관점에서 그 가요의 성격을 규명하는 데에 목표를 두고자 한다.

2) 소전문헌고所傳文獻考

「무등산가」가 백제가요라 하여「정읍가」,「선운산가」,「지리산가」,「산유화가」등등 여타의 가요와 함께 실려 있는 문헌은『고려사』와『증보문헌비고』그리고『신증동국여지승람』등이다. 해당 부분을 발췌하여 옮겨 보면 다음과 같다.

無等山: 無等山 光州之鎭州 在全羅爲巨邑 城此山 民賴以安樂而

歌之.

『고려사高麗史』志 권25 樂二

無等山一篇 詳見 樂考

『증보문헌비고增補文獻備考』, 권246 藝文考 五

無等山曲 光州有無等山百濟時城此山民賴以安樂而歌之扶餘國

東明至扶餘王之 以臘月祭天大會連日飲食歌舞名曰迎鼓行人無晝夜
如歌吟音聲不絶

『증보문헌비고增補文獻備考』, 권106 樂考十七

俗有無等山曲 百濟時 城此山 民賴以安樂而歌之

『신증동국여지승람新增東國輿地勝覽』, 권35 光山縣

　이상 열거한 것들이 현존하는 문헌 중에 가장 오래되었으면서
신뢰할 만한 자료들인데, 이 가운데 가장 오래된 것은 『고려사』의
기록이다. 『고려사』의 기록이 어떠한 것을 근거로 하였는지는 알
길이 없지만, 『증보문헌비고』나 『신증동국여지승람』은 『고려사』
를 모본으로 한 것임에 틀림없을 것이다. 『동국여지승람』에는 '속
유무등산곡俗有無等山曲' 운운했으나 전하는 내용의 같음으로 보아
서 『고려사』의 기록에 의거하고 있는 것으로 판단되기 때문이다.
　위의 전하는 기록에 의거하건대,「무등산가」는,

　　無等山근처에 살던 百濟人들이 無等山에 城을 쌓고 외적의
　　침공에 대한 근심에서 놓여나 그 편안함과 즐거움을 노래

한 것으로 되어있다. 이것을 다음과 같이 간추려 볼 수 있을 것이다.

부른 자: 무등산 근처 주민 (피지배계층)
부른 곳: 무등산상無等山上 또는 그 근처 촌락
부른 때: 성을 쌓을 때 또는 쌓은 뒤

내용: 외적의 공격에서 벗어날 수 있다는 안도와 그 안락감

그리하여, 학계에서는 이 노래를 일종의 태평가로 보는 게 지배적인 듯하다.

> 이밖에 無等山이란 노래가 있는데 이는 광주의 無等山에 사는
> 백성들이 태평스럽게 사는 것을 노래한 일종의 太平歌이다.[313]

위에 든 인용은 그 대표적 예라 할 수 있으며 대부분의 학자들은 상기 문헌의 기록을 옮기는데 그칠 따름이다.[314]

그러나, 이 노래는 성을 쌓으면서 여럿이 얼려 부른 노동요의 성격을 지녔으리라 추측할 수도 있다. 그럼에도 불구하고 필자는 이 가요를 제천의식에 따른 무가의 일종으로 파악하여 고구考究하고자 한다.

3) 가요의 성격

(1) 내용

이 가요를 제천의식의 무가로 보는 데에는 크게 두 가지 사실을

---

313 장덕순,『한국문학사』, 1975, p.130.
314 다음과 같은 것들이 그 대표적 예가 된다.
　　김사엽,『개고국문학사』, 1952, p.194.
　　조윤제,『조선시가사강』, 1937, p.79.
　　위와 같음,『한국문학사』, 1963, p.43.

근거로 한다. 첫째는 무등산에서 성지城地 흔적을 발견할 수도 없을 뿐 아니라, 또는 성城에 관한 기록이 전혀 보이지 않는다는 사실을 들 수 있고, 둘째는 무등산의 산악적 성격 곧 전래적으로 그 근처 주민이 가지고 있는 통념 – 영산靈山이라는 점을 지적할 수 있다.

먼저, 첫째의 문제부터 검토하기로 한다.

무등산은 해발 1,187m로서 광주시, 전남 담양군, 화순군의 사이에 있는 산으로서 그 근처에서는 가장 높은 바,『신증동국여지승람』은 다음과 같이 설명하고 있다.

無等山在縣東十里鎭山 一云武珍岳 一云瑞石山 穹窿高大雄盤

五十餘里 濟州漢拏山 慶尙道南海巨濟等島皆在眼低 山西陽崖有石

條數十櫛立高可百尺 山名瑞石以此 天旱欲雨與久雨欲晴 山輒鳴聲

聞數十里[315]

제주도의 한라산이 보인다는 것은 과장된 표현이다. 그러나, 전남·북, 경상남도 일대가 한눈에 들어옴으로써 군사적으로 중요한 역할을 담당했을 듯하며 따라서 홑산이라 하더라도 성이 있었을 법하다. 현재 그 자취를 발견할 수 없다 하여 성이 없었다는 추론은 성급한 느낌이 들지만, 산에서의 성城의 보존이 오래 지속된다는 사실을 감안해 볼 때, 성城의 흔적이 발견되지 않고 있다는 것은 본래부터의 성城의 존재를 의심하게 한다.

315『신증동국여지승람』권35, 光山縣條.

『광주시사光州市史』[316]에 보면,『동국여지승람』의 읍성[317](석축주石築周 8,253척, 고高 9척, 내유백정內有百井)을 위시하여, 무진지독고성武珍旨督古城[318] 광주현성光州縣城[319], 고병영성古兵營城[320], 우치산성牛峙山城[321]등이 현 광주 시내의 성지城址로 조사되어 있다. 그밖에 무등산을 중심으로 하는 일대의 성지에 다음과 같은 것들이 보인다.[322]

金城山城, 潭州山城, 金贅山城, 禮城山城, 和順內里城址, 鐵甕山城, 安城里城址, 鳥城山城址

이것들이 축성된 시기를 정확히 알기는 현재의 조사 업적으로 보아 어렵지만 가장 오래 되어진 것으로는 담양군 용면 산성리에

---

316 『광주시사』제1권, pp.721~722.

317 이 성성은 1908년부터 1918년에 걸쳐 철거할 때 백제 도기가 발굴되어 백제 또는 신라 통일 시대에 구축된 것으로 추정하는데, 동문은 현 광주 M.B.C 건너편 네거리에, 북문은 현 중앙로 네 거리에, 서문은 현 황금동 쪽에서 불로동 쪽으로 가는 네거리에, 그리고 남문은 구광주시청 앞을 지나 전남대 의대로 가는 세 거리에 각각 위치해 있었다고 하니 시가지에 있던 성이다.

318 『광주읍지』고적조古跡條에 "武珍都督古城在州北五里 土築 周三萬二千, 四十八尺 今廢"라 하였는데, 무진도독부가 설치된 것이 통일신라 이후니까 신라 시 구축된 것으로 추정되며, 장소도 1914년 광주로부터 갈려간 현 담양군 대전면 대치리로 비정된다.

319 광산현의 구허舊墟로서 현 서산동, 효죽동, 문화동, 장운동을 연결하던 주위 1,660척의 큰 석축성石築城이었으나 지금은 그 자취를 찾기 어렵다

320 우내묘성右內廟城이라고도 하는데, 병영이 강진으로 옮겨가기 전에 광주 서쪽 30리에 주위 1,681척의 석축성石築城이었다고 한다.

321 현 광주시 서구 우치동(생룡부락)에 주위 5리쯤의 성으로서 구한말 범씨 일가들이 피난처로 축조했다고 한다.

322 『문화유적총람』하, 1977, pp.198~300.

있는 금성산성金城山城으로 보여지며 무등산에 가까이 있었던 것
으로는 화순군 동복면 신률리 소재의 철옹산성鐵甕山城과 화순군
동복면 안성리 소재의 안성리 성지城址가 아닐까 한다.

이와 같이 조사되어진 성지를 통틀어 놓고 볼 때 무등산의 것은
전혀 보이지 않는다. 따라서 필자는 무등산의 영산靈山적 특성에다
가 초점을 맞추어 실전失傳한 이 노래의 성격을 살펴보고자 하는
것이다. 결론부터 든다면, 「무등산가」는 무등산에서 시행되었던
제의에서 불리어진 무가巫歌로서 국태민안國泰民安 등 민중의 염원
이 담겨진 노래라고 파악된다.

① 무등산의 명칭

고대가요명은 지명으로 되어 있는 경우가 많다. 특히 백제소전
百濟所傳의 것들은 「산유화가」만을 제외하고 모두 지명, 그것도 거
의 산악명山岳名으로 되어 있다. 「지리산가」, 「방등산가」, 「선운산
가」 등이 그러한데, 여기에서 생각할 것은 가요의 내용적 성격과
제명題名과의 상관성이다. 물론 민요의 특성을 갖는 노래는 내용이
중심이 되지 제명題名은 그리 중요하지 않은 게 사실이다. 편의상
식자들이 붙였을 가능이 많기 때문이다. 그러나, 면밀히 관찰해 보
면 상관성이 매우 깊음을 알 수 있는데, 이러한 사실은 향가의 명칭
과 「홍부전」, 「심청전」, 「배비장전」, 「춘향전」 등 고대 소설명에서
도 발견된다.

「무등산가」는 무등산이라는 특정 공간을 배경으로 한 노래이기
때문에 무등산의 전래적 특성에서 파악하는 것이 옳으며, 무등산

의 특성을 규명하기 위해서는 그 명칭의 원류를 캐어 보는 게 순서인 상 싶다. 산의 명칭에는 그 산의 민간 신앙적 성격이 극명하게 투영되어 있기 마련인데, 무등산의 여러 명칭과 그런 명칭이 붙게 된 까닭을 다음에 살펴보기로 한다.

첫째, '무덤 산'이라는 명칭이다. 이것은 그곳 고로古老들이 간혹 부르는 이름으로서 산형이 홑산인 데다가 무덤처럼 둥글넓적하게 생겼으며 사방 어느 곳에서 보거나 그 모양이 유사하기 때문에 구전되어 오는 것이 아닐까하는 견해다.

> 그런데 다시 이 '無等'이란 두 자의 원형을 생각하건대 시방 俗稱에 '무덤산'이라 하는 것으로 보아서는 이 山이 홋山으로 둥글넓적하게 隆起한 것을 形象한 이름인 듯도 하지마는 이러한 산이 近處에서도 여긔쑨 아니오 또 不淨을 몹시 忌諱하는 古俗이 그 끔찍하게 아는 神域에 이러한 穢惡한 이름을 썻슬 것 같지 아니한 즉 그 보담도 더 근본되는 語義에서 나옴으로 봄이 올을 듯하다.[323]

육당의 이러한 견해는 고로古老들이 산형山形을 보고 붙인 속칭의 것으로서 '예악穢惡'한 이름이기 때문에 다른 명칭에서 나왔다는 것인데, 사실상 이 명칭이 널리 쓰이는 것은 아니지만 '무덤'이 반드시 기휘忌諱의 대상이 되어 그런 것은 아닐 것이다. 무덤의 반구체형半球體形을 '난卵'의 형상으로 보아 소생과 부활을 의미한다거나 또는 농본사회에서의 가장 큰 목표 곧 풍요로운 열매의 수확

323 최남선,『심춘순례』, 1925, pp.129~130.

을 상징한다는 등의 N. 프라이나 M. 엘리아데의 견해를 떠올려서
가 아니다. 거대한 무덤을 통하여 사자死者의 영원한 모습을 누구
나 느낄 수 있겠기 때문이다. 그런 점을 우리는 경주에 산재한 봉분
을 통해 인지할 수 있다.

그러나 '무덤 산'이라는 이름이 보편적으로 그리고 오랫동안 불
리지 않은 것은 사실이다.

둘째, 한자 그대로 '무등의 산'이라는 견해다. 곧 불교적 명칭으
로 보는 것으로서 다음과 같은 노산鷺山의 주장이 그 대표적인 예
가 된다.

> 無等山이란 이름은 佛敎가 이 山의 文化的 주인 노릇을 맡아
> 보게 된 以後에 이 산의 形而上, 形而下의 價値的 설명으로 지어
> 낸 이름일 것이요, 지금 俗에 '무덤산'이라 함은 '無等'의 訛音
> 으로 밖에 해석할 길이 없습니다.[324]

속전俗傳의 '무덤산'이라는 명칭도 불교적 어휘인 '무등'의 와음
이라고 하는데, 이러한 주장은 사찰 등, 이 산의 곳곳에 널려 있는
불교유적 때문에 나온 것이다. '무등'이라는 어휘는,

> 羹食 自諸侯以下至於庶人無等(禮, 內則)[325]

등에서 보는 바처럼 '등급이 없다. 차별이 없다'는 뜻인데, 불교

---

324 이은상, 『노산문선鷺山文選』, 1947, p.167.
325 諸橋轍次, 『대한화사전大漢和辭典』권7, 1968, p.446.

276

에서는 시방삼세十方三世에 무비無比라 하여 석존釋尊의 뜻으로 쓰이고 있다. 불교사전에서 인용해 보면 이렇다.

> 無等: 佛之尊號 梵語曰 阿沙磨(Asama) 謂比之餘生無與等也 智度
> 論二曰 婆伽婆名有德 先已設 復名阿婆磨 奏言無等 大日經疏
> 三曰 如來智慧 於一切法中無可譬類 亦無過上 故名無等[326]

일체一切 법法 중에서 여래如來의 지혜를 비유할 만한 것이 없고 또한 그 이상 지나는 것이 없기 때문에 석존釋尊(또는 불도佛道)을 무등無等이라고 한다는 것이다. 이러한 사실을 미루어 볼 때, 무등산은 산 그 자체를 법신法身 또는 석존釋尊으로 여긴 명칭임에 틀림없을 것이다. 그러나, 아무리 불교신앙이 보편화되었다 하더라도 특수층만 이해할 수 있는 불교적 한자로 불려 왔을 리 만무하다. 이

---

326 無錫丁福保仲祜, 『불교대사전』, 1976, p.2180.
　　'無等等'도 거의 같은 뜻으로서 다음과 같이 여러 전거를 들어 설명해 준다.

> 佛道及佛之尊號 佛道超絶無與等者 故云無等 唯佛與佛等 故曰等 維摩經 佛國品
> 曰 無等等佛自在慧 法華經普門品曰 皆發無等等阿耨多羅三藐三菩提心 註維摩經一
> 曰 肇曰 佛道超絶無與等者 唯佛佛自等 故言無等等 智道論二曰 復名阿娑摩裟摩 奏
> 言 無等等 同四十曰 無等等 諸佛名無等 與諸佛等 故名爲無等等 同淨影疏曰 佛比餘
> 生無等 名爲無等 佛佛道齊 故復言等 法華經嘉祥 疏十二曰 佛道無等 唯佛與佛等 故
> 名此道爲無等等 又九界之衆生 不能等於佛佛 能等於此理佛 則無等之等也 法華文
> 句十曰 無等等者 九法界心不能等理 佛法界心能等此理 故無等而等也 又無等無等之
> 意 如無上上 只顯法之獨絶也 賢首心經略疏曰 獨絶無倫 名無等等 法華文句十曰 如
> 是知見究竟法界 廣無崖底 無等無等等 更無過上 玄義私記二本曰 無等之下重雲等者
> 以一無字冠二等 字也

불도佛道나 불타佛陀는 어떠한 것에서도 뛰어나기 때문에 무등無等이지만 깨달으면 같기 때문에 등等을 하나 더한 것뿐이다.

것은 필시 다른 우리말의 음역音譯이라고 보여진다.

셋째, 무등산 상봉에 있는 기암괴석 때문에 붙여진 이름이라고
보는 주장이다. 멀리에서 보면 무척 완만한 능선이라서 유순하게
생각되지만 막상 올라가 보면 주봉主峰, 새인봉璽印峰, 서석대瑞石臺,
입석대立石臺, 천왕봉天王峰, 지왕봉地王峰, 인왕봉人王峰 등의 웅장한
입석立石들로 하여 경악과 감탄을 금할 수 없게 된다. 고경명의『유
서석록遊瑞石錄』중 입석대의 묘사를 들어보기로 한다.

> 庵子 뒤에 怪石이 쫑긋쫑긋 서 있는 모양이 삼엄하여 마치
> 진을 친 軍士의 깃발이나 창검과도 같고, 봄에 죽순이 다투
> 어 머리를 내미는 듯도 하며, 芙蓉이 처음 나올 때와도 같다.
> (……) 더욱이 알 수 없는 것은 네모를 반듯하게 깎고 갈아 층
> 층이 쌓아올린 품이 石手가 먹줄을 튕겨 다듬어서 포개 놓은
> 듯한 점이다. 세상개벽의 창세기에 돌이 融結되어 우연히 이
> 렇게도 기괴하게 만들어졌다고나 할까? 神工 鬼匠이 조화를
> 부려 교활한 지혜를 다한 것일까 누가 구어 냈으며 누가 지어
> 부어 만들었는지, 또 누가 갈고 잘라 냈던 말인가 崑崙山의 玉
> 으로 된 門이 땅에서 솟은 것일까, 그렇지 않다면 成都의 石筍
> 이 海眼을 진압한 것이 아닐까, 알지 못할 일이로다.[327]

곧, 무등산은 '무리 지어 있는 돌'의 뜻으로 '무돌'이라 했으며
'무돌'이 있는 고장을 '무드레'라고 불렀으리라는 생각이다. 육당
은 대개 산형山形이 우뚝 무던하게 생겼음에 원래의 이름 무악武岳

---

327 박선홍,『무등산』, 1976, pp.316~317.

이라 했고 무등無等도 그 별역別譯에 불외不外하다고[328] 하였으나 백제 시대의 명칭을 상고할 때 '무돌'이 옳지 않은가 한다.

현 광주를 백제 때 무진주[329]라 부른 것은 무등산의 무진악武珍岳 (또는 서석산瑞石山)이라는[330] 옛 이름에서 나왔음에 틀림없다. 무진이 '무돌'임은 다음과 같은 사실에서 입증된다.

石山縣本百濟珍岳山縣[331]

곧 '珍'을 석釋으로 [tol] 또는 [tul]로 읽었다.[332] 이러한 사실은 『고려사』 권57 지리 2의 다음과 같은 것으로도 설명할 수 있다.

馬靈縣 本百濟馬突縣 一云馬珍 一云馬等良

鎭安縣 本百濟難珍阿縣 一云月良縣

'珍'을 [돌突]의 음으로 또 '月'이 훈으로 읽었음을 알 수 있는 바[333] 무등산의 별명인 무진산은 '무돌산'의 음·훈으로 붙인 이름이다.[334]

---

328 최남선,『육당최남선전집』3권,『조선상식』, 1973, pp.201~202.

329 『삼국사기』, 권36 雜志 제5 地理三 武州 本百濟地 神文王六年 爲武珍州 景德王改 爲武州 今光州

330 『고려사高麗史』권57 地理二, 新增東國輿地勝覽 光山縣條

331 『삼국사기』, 주 329와 같음.

332 이기문,『국어사개설』, 1974, p 37.

333 양주동,『조선고가연구』, 1942, p.708.

334 육당은 그의 『심춘순례尋春巡禮』, p.131에서, "쏘 서자瑞字로써 짐작하여 보면 '선돌'의 '선'도 그직립한 형체를 그리려 한 것 보담 돌이어 '신성'을 표시하려는 '슨'이란 말이 든 것이 원의原義의 상실된 뒤에 천견속화淺見俗化"

따라서, 무등산은 '무돌(둘)뫼'에서 왔다는 주장이 성립된다.

넷째, '무정산'이라고 부른다는 전설이다. 이태조가 역성혁명으로 개국한 뒤 국내에 가뭄이 계속되자 무등산에서 기우제를 지냈는데 산신이 왕명에 불복하여 비가 내리지 않았다. 왕이 이에 격노해서 무등 산신을 지리산으로 귀양 보낸 뒤 이 산을 무정한 산이라 하여 '무정산'이라 불렀다는 것이다. 이러한 명칭과 그 유래는 보편적인 것도 아니거니와 본고에서는 주의 깊은 분석이 요구되지도 않는다.

다섯째, '무당산'에서 붙여진 이름이라는 견해인데 필자는 이 견해를 가장 합리적인 것이라고 확신한다.

『고려사』에 보면, 무등산에서 신라시대는 소사小祀를 지냈고, 고려시대는 국제國祭를 지냈다고 하였으며『동국여지승람』,[335]에는 무등산 신사神祠가 있어서 신라, 고려 때는 물론 조선조에도 춘추로 본읍本邑에 명하여 제를 올렸다고 하였다.

우리나라는 아주 오랜 상고로부터 토착적인 산악신앙이 있어 왔는데[336] 산이 높거나 기묘할 때 숭상의 대상이 되었다. 무등산은 해발 1,187미터의 높은 산이지만 매우 유순한 느낌을 주며 산정에는 이와 달리 무리지어 기암괴석이 늘어서 있어서 영산靈山이 되어 왔다. 근자에도 소인묵객騷人墨客들이 무등산을 노래하는가 하면[337]

하여 '立'의 뜻으로 쓴 것이 아닐까 하였으나, 실은 '立石'그 자체가 고대의 묘제墓制와 아울러 신성시되어 '서 있는 돌'의 '선돌'로 불렸을 것이다.

335 無等山神祠: 在縣東十里 新羅爲小祀 高麗致國祭 東征元帥 金周鼎祭各官城隍之神 歷呼神名以驗神異 州城隍鳴靈鈴者三周 鼎報于朝封爵焉 本朝春秋 令本邑致祭

336 차주환,『한국도교사상연구』, 1978, p.32.

337 다형, 미당 등의 시편들은 널리 인구에 회자되고 있다.

280

무수한 화가들이 화폭에 그 모습을 담고 있다. 무등산은 정히 광주 지역의 정신적인 지주라 해도 틀린 말이 아니다. 적지 않은 샤머니 즘이 이 산을 무대로 분포되어 있는 것도 모두 그 때문이다. 예로부터 무돌산으로서의 영산이기 때문에 국가가 설치한 제단이 있었고 산신은 영험하였던 것이다.

元宗十四年 討三別抄于耽羅也 無等山神有陰肋之驗 命春秋

致祭[338]

庚辰 以光州無等山神陰助討賊 命禮司加封爵號 春秋致祭[339]

고려시대에 있었던 이러한 단편적의 기록을 통해서도 그런 사정을 쉽게 알 수 있다. 민간인들도 따라서 무속의 형태로 칩거하여 예언 또는 병의 치료, 소원성취를 위한 도량이 되었을 것임에 의심의 여지가 없다. 그리하여 '무당산'이라 부르게 되었고 그리고 고려조에 와서 불교가 국교화하자 '무등산'이라고 명명했을 것이다.[340]

이상의 다섯 가지 명칭 가운데서 셋째의 '무돌산'과 다섯째의 '무당산' 설이 옳다고 보며 이 둘은 별개의 것이 아니라 본질적인

338 『고려사高麗史』志 권17 禮五.
339 『고려사高麗史』, 世家 권27 元宗三
340 육당도 이렇게 말하고 있다.

그러나 하필 '無等'이란 譯語를 擇함은 또한 理由가 잇섯슬지니 神山의 通俗 的 칭호로 '무당'山이란 이름이 널리 행하고 이것을 音에도 갓갑고 義에도 合하게 譯對한 것이 대개 이 '無等'이오. 시방 소위 '무덤'도 쏘한 '무당'이 '言語疾病的'으로 轉訛함에 불과한 것일 것이다.(『尋春巡禮』, p.130)

성격으로 보아 동일하다.

그러므로 이 산에서 부른 노래는 필연적으로 무가적 성격을 지니게 되었을 것이다. 이러한 사정은 백제인들의 제천의식이라는 전통적 맥락에서도 찾아 볼 수 있다.

② 백제의 제천의식

제의에 있어서 백제는 여타의 고구려, 신라와 비교할 때 특별한 양상을 띄운다.『삼국사기』잡지雜志 제일第一 제사조祭祀條에 보면, 고구려, 백제의 제례는 분명하지 않기 때문에 고기古記와 중국사서에 실려 전하는 것을 상고하여 옮긴다고 전제하고 나서, 백제는 매년 2·5·8·11월에 왕이 하늘과 오제五帝의 신을 제사했다고 하고, 역대왕에 따라 제사드린 것을 열거하고 있는데 대체로 본기本紀의 내용에 일치한다. 여기에 비하여 신라가 '皆境內山川而不及天地者' 한 것은 예기禮記 왕제王制에 '天子七廟 諸侯五廟 二昭二穆與太祖之廟而五'요, 또 '天子祭天地天下名山大川 諸侯祭社稷 名山大川之在其地者'라 한데서 말미암은 것이다. 그러나, 소사小祀, 중사中祀, 대사大祀와 사성문제四城門祭, 사대도제四大道祭로 나누어 명산대천名山大川 등에도 제사한 기록이 자세히 나오고 있다.

이러한 기록만을 통해 볼 때 신라 쪽이 가장 엄격한 제도 아래 다양하게 실시한 듯하다. 그러나 본기本紀를 보면 백제 쪽이 천제天祭로 보아 훨씬 많다. 신라가 통일하였을 때까지 삼국을 비교해 보면 그런 사실이 극명하게 드러난다.

표로 정리하여 보면 다음과 같다.

백제	신라	고구려
·溫祚王 38년 10월 왕이 大壇을 쌓고 天地에 제사	·南解次次雄 3년 1월 시묘始廟 세움	·太祖大王 69년 10월 부여의 太后廟 제사
·多妻王 元年 1월 始祖 東明廟 배알 元年 2월 南壇에서 천지에 제사	·儒理尼師今 2년 2월 始祖廟에 제사	·新大王 3년 9월 卒本에 가서 始祖廟 제사
·古爾王 5년 1월 天地에 제사(鼓吹 사용) 10년 1월 大壇을 쌓고 天地山川에 제사 14년 1월 南壇에서 天地에 제사	·脫解尼師今 2년 2월 始祖廟 제사	·故國川王 2년 9월 始祖(東明)廟 제사
·責稽王 2년 1월 東明廟에 배알	·婆娑尼師今 2년 2월 始祖廟제사 30년 7월 왕이 山川에 제사	·中川王 13년 9월 卒本에 가서 始祖廟 제사
·汾西王 2년 1월 東明廟에 배알	·祇摩尼師今 2년 2월 始祖廟 제사	·故國原王 2년 2월 卒本에 가서 始祖廟 제사
·比流王 9년 4월 東明廟에 배알 10년 1월 南郊에서 天地에 제사(왕이 친히 희생을 벰)	·逸聖尼師今 2년 1월 始祖廟 제사 5년 10월 太白山에 제사	·安藏王 2년 9월 卒本에 가서 始祖廟 제사

	·阿達羅尼師今 2년 1월 始祖廟 제사 19년 2월 始祖廟 제사	·平原王 2년 2월 卒本에 가서 始祖廟 제사
	·伐休尼師今 2년 1월 始祖廟제사	·榮留王 2년 4월 卒本에 가서 始祖廟 제사
	·奈解尼師今 1년 7월 始祖廟 배알	
·近肖古王 2년 1월 天神과 地神에게 제사	·助賁尼師今 1년 7월 始祖廟 배알	
·阿莘王 2년 1월 東明廟 배알 南壇에서 天地에 제사	·沾解尼師今 1년 7월 始祖廟 배알	
·腆支王 2년 1월 東明廟 배알 南壇에서 天地에 제사	·味鄒尼師今 2년 2월 國祖廟제사 20년 2월 始祖廟 배알	
·東城王 11년 10월 壇을 쌓고 天地에 제사	·儒禮尼師今 2년 1월 始祖廟 배알	
	·基臨尼師今 2년 2월 始祖廟 제사	
	·訖解尼師今 2년 2월 시조묘 제사	
	·奈勿尼師今 3년 2월 始祖廟제사	
	·實聖尼師今 3년 2월 始祖廟 제사	
	·訥祇麻立干 2월 1월 始祖廟 배알 19년 4월 始祖廟 제사	

| | · 慈悲麻立干
2년 2월 始祖廟 배알

· 照知麻立干
2년 2월 始祖廟 제사
7년 4월 始祖廟 제사
17년 1월 神宮에 제사

· 智證麻立干
3년 3월 神宮에 제사

· 法興王
3년 1월 神宮에 제사

· 智證王
2년 2월 神宮에 제사

· 眞平王
2년 2월 神宮에 제사

· 眞德王
1년 11월 神宮에 제사 | |

이상을 국가에 따라 내용별로 집계하여 비교하면 다음과 같다.

내용 ＼ 나라	백제	신라	고구려	계
제천지	10	2 (산천)		12
제시조묘 祭始祖廟	6	24	8	38
기타		6 (신궁神宮)		6
계	16	32	8	56

이것으로 보아 천지에 제사를 많이 지낸 나라는 백제임을 알 수 있다. 국으로서의 왕권의 지속기간을 서로 비교할 때 그러한 사실이 더욱 극명하게 드러난다. 신라의 경우 2회는 누리가 곡식을 해하므로 기양祈禳을 한 것과, 왕이 북방에 연행하여 태백산을 망사望祀한 것이므로 실제에 있어서 국가의식으로 천지에 제사를 지낸 것은 백제뿐이라 할 수 있을 것이다. 그것도 개국과 함께 온조왕이 대단大壇을 쌓아 천지에 제사를 지냈음을 감안해 볼 때, 백제인의 제의가 다른 나라에 비하여 특이할 뿐 아니라 종교적 성향이 높고 넓었음을 간파하기 어렵지 않다.

그리고, 지배족인 고구려족의 영향도 그냥 간과해서는 안 될 것이다. 위의 조사에는 졸본卒本에 행행하여 시조묘에 제사드린 사실만 조금 나타났으나 일반 서민 사회에서는 다양한 신앙이 있었던 듯하다.

> 高句麗常以十月祭天 多淫祠
>
> 『북사北史』

> 高句麗於所居之左 立大屋祭鬼神 冬祠零星社稷
>
> 『양서梁書』

> 高句麗俗多淫祠 祀靈星及日 箕子可等神
>
> 『당서唐書』

『신당서』가 전하는 '백제속여고려동百濟俗與高麗同'대로 백제에도 토테미즘 또는 샤머니즘이 뿌리 깊게 자리하였을 것이다.

百濟俗愛墳史 其秀異者 頗解屬文 又解陰陽五行 及醫藥卜筮占相
之書

『후주서後周書』

이러한 기록을 볼 때, 음양오행 사상과 복서점상卜筮占相의 책까
지도 읽혔음을 알 수 있는데, 이러한 것들은 원시신앙을 가진 일반
서민에까지 깊이 침투하여 복잡한 신앙을 형성하였을 것이다.

③ 무가巫歌로서의 무등산가

앞에서 필자는 백제의 제천의식을 살펴봄으로써 여타의 다른
나라와는 다르다는 사실을 밝혔고, 백제민들의 신앙형태도 매우
다양하였으리라는 점을 추단推斷하였다.

그러한 신앙적 풍토 속에서 호남의 명산인 무등산은 영산으로
서 지배계급의 제천의식의 성소聖所가 되었고 또 일반 서민들의 신
앙적 거점이 되었다. 이러한 사실은 천 4, 5백년이 지난 오늘에도
뿌리 깊이 뻗어 내려와 의식적이든 무의식적이든 그 고장 사람들
의 정신적 지주가 되어 오고 있으며 또한 그곳 민간신앙의 메카 노
릇을 하고 있다.

「무등산가」는 질병 또는 전쟁의 공포로부터 벗어나 국태민안을
비는 주술적 가요다. 성지를 찾아낼 수 없다는 점과 '무당산'이라
는 산의 명칭이 그러한 사실을 십분 드러내 준다. 그러나 구체적으
로 어떠한 내용의 것이었나 하는 것은 전혀 알 길이 없다.

(2) 형식

실전가요의 형식을 운운한다는 것은 무의미한 일이다. 그러나, 이 가요가 주로 산상山上에서 여러 사람들에 의하여 불리어진 것이 확실할진대, 민요의 리듬과 형식을 가졌을 것이다.「무등산가」를 떠올리게 하는 신라의「풍요風謠」는,

래여래여래여	來如來如來如
내여애반다라	內如哀反多羅
애번다의도량	哀反多矣徒良
공덕수질여량래여	功德修叱如良來如

의 4구로 가요의 원초적 형태를 보여주고 있는 바,

a	a	a
a		b
b	—	b'
c	—	b'a

의 a, b, b'의 반복이 경쾌하게 이루어지고 있다. a, b, c의 연쇄를 다시 a로 싸[힙]는 리듬의 반복 구조를 보여 주고 있는 것이다.

「무등산가」도 민요가 갖는 리듬의 소박한 반복 형식에 경쾌한 2음보격의 것이라 짐작할 수 있다.

4) 국문학사적 위치

가명歌名뿐이든 또는 내용이든 현존하는 백제가요는 거의 남녀 간의 섬세한 애정을 모티브로 한 점에 주목할 만하다. 이것은 민요가 갖는 내용적 특성의 일면에 그대로 부합된다.

그런데, 백제가요 가운데 「무등산가」는 애정이라는 측면에서 볼 때 예외에 속한다. 주술적인 무가적 성격을 지녔다고 보기 때문이다. 신라의 가요 중 주술적인 것으로 처용가가 있다. 그러나 「무등산가」는 제천의식이라는 점에서 처용가와 구별된다. 구태여 유사한 것을 찾아본다면 신라 헌강왕 대의 산신가가 될 것이다. '지이다知而多逃 도읍장파都邑將破'의 뜻이라고 하지만 실은 주술적 진언眞言인 '지리다도파도파智理多都波都波'의 산신가와 많이 닮았을 듯하다.

어쨌든,

라는 점으로 보아, 백제인들의 제천의식과 종교적 성향을 짐작하게 하는 귀중한 자료라고 평가할 수 있을 것이다.

5) 소결 小結

앞에서 서술한 내용을 간추리면 다음과 같다.

「무등산가」는 『고려사』악지, 『증보문헌비고』예문고, 『신증동
국여지승람』등에 실전가요로서 '무등산에 성을 쌓고 백성들이 안
도감을 갖게 됨으로써 안락하여 노래한 것'이라는 모티브만 전하
고 있다. 따라서, 학계 일각에서는 태평가로 간주하는 경향을 보여
준다. 그러나 이 가요는 성 쌓기와 관련되는 노동요로 볼 수 있다.
아닌 게 아니라, 백제는 많은 성과 책柵을 구축한 나라였다. 그것
은 호전적이며 용맹한 고구려의 끈질긴 남침과 온갖 지모로써 영
토 확장을 위해 온힘을 기울였던 신라의 침공 때문이었다. 이런 점
에서 '성 쌓기'와 이 노래를 관련시킨다는 것은 극히 자연스러울
수 있다. 그러나, 문제는 무등산에서 성지城址를 전혀 찾을 수 없다
는 데에 놓이게 된다. 토성도 얼마든지 있으니까 그것의 완전한 붕
괴를 상정할 때, 현재 성지의 없음을 근거로 한다는 것은 위험할는
지도 모른다. 그러나, 더 주목해야 할 사실은 무등산의 성격 파악에
있다. 무등산은 오랜 옛날부터 오늘까지 호남의 영산이다. 기록에
의하면 신라시대에는 소사小祀, 고려조에는 국제國祭, 조선조에는
춘추春秋로 제를 지냈으며 오늘날도 그 고장 주민들은 의식하든 의
식하지 못하든 간에 정신적 지주처럼 생각해 오고 있는 것이 사실
이다.

우선 다음과 같은 산 명칭의 유래에서 종교적인 산임을 알 수 있다.
첫째, 무덤산에서 왔는데 이것은 산형에서 말미암았다고 보는
것이다.

둘째, 불도佛道 또는 붓다의 존호尊號로서의 '무등'이라는 뜻 곧 불교의 산으로 '무등산'이라는 견해다.

셋째, 산정山頂에 '무리 지어 돌들'이 우뚝우뚝 서 있기 때문에 '무돌산'에 서서 나왔다는 것인데 백제시대의 명칭 무진악, 서석산과 일치한다.

넷째, 이태조가 이곳 산신에게 기우제를 지냈으나 비를 내리게 하지 안 했다해서 '무정산'이라 불렀다는 전설,

다섯째, 무당산에서 붙여진 이름이라는 것

이 가운데에서 셋째와 다섯째가 가장 합리적이다. 산정에 그것도 유순한 원경遠景의 산봉우리에 기암괴석이 절립하였다는 점에서 '무돌산'이라 했을 것이며, 그러한 신비경神秘境에서 자연히 외경감을 갖게 되거나 민간신앙이 습합되어 무당산이라 불렸을 것이다. 천제天祭와 관련하여 이 고장 백성들의 신앙적 성소聖所로서 그 성격을 드러내 준다.

이러한 사실은 백제의 종교의식을 분석할 때 쉽게 이해된다. 『삼국사기』에 의하건대, 백제는 여타의 나라와는 달리 개국 첫 임금부터 단壇을 쌓고 천지에 제사를 지냈다. 이러한 신앙은 여러 형태로 민간에 침투하여 다양한 민간신앙을 형성하였을 것이다.

그러므로 「무등산가」는 성 쌓기 또는 한낱 태평을 기리는 노래라기보다는 무가巫歌적 성격을 지녔을 것이며 그것은 주술적인 내용에 경쾌한 2음보격의 형식을 가졌을 것으로 추측할 수 있다. '무등탄다'는 말이 있거니와 이 말은 대중의 열광과 흥분 곧 어떤 샤만적 엑스타시와 관련이 있는 게 아닐까 생각되는데, 이런 점으로도 「무등산가」의 어느 일면을 엿볼 수 있을 듯하다

이 노래는 비록 실전失傳이지만 백제인들의 종교의식을 엿볼 수 있는 유일한 노래로서 그 가치를 평가해야 한다.

6. 지리산가智異山歌

1) 서론

백제는 한반도의 서남단에 위치, 비교적 비옥한 땅과 바다를 낀 천혜적인 여건 때문에 농어산물이 풍부하였을 뿐만 아니라 남침을 일삼는 북방의 강대국-고구려로 말미암아 오히려 활로를 찾고자 해양을 통하여 중국(전한, 후한, 위, 진, 남북조, 수, 당)과의 무역을 활발히 전개함으로써, 풍요한 생활과 고도의 문화 수준을 지닐 수 있었다. 북사北史가 전해 주는,

其人雜有新羅高麗等 亦有中國人, 秀異者頗解屬文 能吏事 又知

醫藥蓍龜與 相術 陰陽五行法 有僧尼多寺塔 有投壺樗蒲 弄珠握槊等

雜戲(밑줄 필자)

이러한 단편적인 기록을 통해서도 생활과 문화의 정도를 짐작하는 데 부족함이 없다. 곧, 오락이 적지 않음은 생활의 여유를 의미하며, 음양오행의 어려운 철리를 알았다는 것과 도처에 사탑이 많았다는 것은 높은 문화를 가지고 있었다는 사실을 드러내 준다.

이 장에서는 지리산 기슭에 살던 지리산녀의 노래, 곧「지리산가智異山歌」를 살피되, 이 가요의 모티브라고 할 수 있는 '저항성'에

초점을 두어 고구考究하고자 한다.

2) 소전문헌고所傳文獻考

『고려사』와『증보문헌비고』에 그 모티브만 전하며『신증동국
여지승람』은 작자 지리산녀智異山女에 관하여 간략한 내용을 담고
있다

『고려사』는 삼국 속악조에 '新羅百濟高句麗之樂 高麗並用之 編之
樂譜故附著于此詞皆俚語'라 한 다음, 신라의 동경東京, 목주木州, 여
나산余那山, 장한성長漢城, 이견대利見臺를 차례로 들고, 잇대어 백제
의 선운산, 무등산, 방등산, 정읍, 지이산을 들었는데, 그 중「지리
산가」만 들어 보면 다음과 같다

求禮縣人之女, 有姿色 居智異山 家貧盡婦道 百濟王聞其美 欲内
之 女作是歌 誓死不從

『증보문헌비고』에도 역시 같은 내용이 실리어 전하는데, 이것
은『고려사』의 것을 근거로 하고 있음에 틀림없다.『고려사』는 세
종의 명에 의하여 정인지 등이, 정도전이 쓴 고려사를 고쳐 엮은 것
이며,『증보문헌비고』는『고려사』의 간행보다도 약 300년 후 영조
때 왕명에 의하여 홍봉한 등이 지은『동국문헌비고東國文獻備考』를
4세기 간 뒤에 고종의 명에 의하여 박용대 등이 증보하였기 때문
이다.

『신증동국여지승람』 구례현조에 '智異山女 女有姿色 居智異山下

史失其名 家貧盡婦道 百濟王聞其美欲内之 女誓死不從'이라 하여 열녀
라 본 기록도, 『동국여지승람』 및 『신증동국여지승람』의 간행 연
대가 『고려사』보다 훨씬 뒤여서 역시 『고려사』의 것을 근거로 하
였음이 분명하다. 다만, 『신증동국여지승람新增東國輿地勝覽』에 가歌
가 빠져 있는 것은 책의 편찬방식 때문이라 생각된다. 따라서 가장
오래된 기록은 『고려사』의 것이다. 「방등산가」가 신라의 것이냐,
백제의 것이냐에 대한 문헌상 혼란을 보여주는데 반하여 그런 것
도 없으며, 「정읍가」의 정읍이 여러 문헌에 서로 다른 듯이 등장하
여 깊은 고찰을 하도록 하는데 이 노래는 그런 것도 없어, 문헌상의
상고는 사실상 요구되지 않는다.

3) 연구사고研究史考

가사는 없이 그 모티브만 전하기 때문에 학계의 연구는 거의 없
는 편이다. 심지어는 권위 있다는 국문학사류에서도 빼놓고 있는
실정이며 거개는 고려사의 것만을 그대로 인용하고 있을 뿐이다.
한마디로 말하여 연구자의 관심권 밖에 있다고 할 만하다. 다만 가
람嘉藍만 주목의 대상으로 삼고 있는데 그는 『삼국사기』열전의 도
미의 아내를 지리산녀와 동일인으로 추정하고 춘향의 원형을 여
기에서 찾아야 될 것이라고 이렇게 주장했다.

나는 이것을 地異山女와 都彌의 妻 이야기에서 기인된 것이
아닐까 한다. (……) 이것은 또 『高麗史』志 樂二 三國俗樂 百濟
條에 있는 智異山曲의 裏面과도 같다. 그러면 智異山女란 과연

294

누군가? 이가 즉 百濟人 都彌의 妻가 아닌가 한다. (……) 이런 說話를 名唱의 邸中이던 남원 광대들이 번안 분장한 것일 것이다. 이른바 龜兔說은 忠을, 旁乭는 友愛를, 連權女는 孝를, 이 智異山女는 烈을 主旨로 한 것이다. 『春香傳』이 南原地方을 根據로 하여 생겼다는 것이 이를 한 證據로 하고 있다. 智異山은 慶尙 全羅의 어름에 雄據한 山이지마는 南原에 屬한 山으로서 全羅道에 가장 接近하여 이 說話도 여기서 가장 傳播되었을 것이다.[341]

백제 때 도미의 처에 관한 이야기가 지리산녀의 이야기로 전승되었고 이것이 광대들에 의하여 번안됨으로써 「춘향전」의 모태가 되었다는 견해인데, 이것은 「춘향전」의 원류를 밝히는 데에 도움이 될 수 있는지 모르겠지만, 「지리산가」의 이해에는 기여하는 바가 없다고 생각된다. 그러나 활발한 「정읍가」에의 연구나 그보다는 못하지만 「산유화가」의 연구에 비해 유독 백제의 실전 가요에 대한 연구가 전무한 속에서 「지리산가」에 관심을 보여 주고 있다는 사실은 주목에 값한다고 할 수 있을 것이다.

4) 문학사적 성격

『고려사』가 전하는 「지리산가」를 아래와 같이 요약할 수 있다.

---

341 이병기 외, 『국문학전사』, p.163.
이러한 견해는 이재수, 김동욱, 김기동, 최래옥 등등에 의하여 춘향전의 근원설화로서 지리산녀 설화를 받아들이고 있다

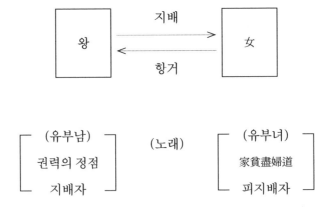

　절대권력을 장악한 왕이 가난하지만 부도를 다하고 있는 어느 미모의 유부녀를 궁중으로 맞아들이려 하자 이 노래를 불러 죽기를 맹세하고 따르지 않았다는 것으로서 여기에는 간과할 수 없는 몇 가지 문제점이 내포되어 있다. 첫째로 군주정치 체제 아래에서는 왕이 전횡을 할 수 있는 데에도 불구하고 일개 이름 없는 아녀자가 죽음을 맹세하고 따르지 안 했다는 그 철저한 항거의 정신을 찾을 수 있음이요, 둘째로는 거절의 내용을 노래에 담아 불렀다는 사실이며, 셋째로는 그녀의 굽히지 않은 뜻이 성취되었다는 점 등이다. 이러한 점들을 뒤에서 살피고자 하거니와, 특이하게도 백제의 노래들은 거의 여인 그것도 남편이 있는 아낙네가 부른 것으로 되어 있고 궁극적으로 여인의 정절을 주제로 한 것이 대부분이다. 그러나 절대 군주의 난폭한 요구에 항거한 것은 「지리산가」를 제외하고서는 없다. 이것은 비단 백제의 가요에 국한한 것이 아니라, 모든 한국 고대 문학과 근대문학에 있어서도 찾아 볼 수 없는 거의 유일한 것이다. 구태여 찾아본다면 『삼국유사』의 도화녀와 비형랑의 설화 정도다.

第二十五 舍輪王 諡眞智大王 姓金氏 妃起烏公之女 知刀夫人 大
建八年丙申卽位(古本云 十一年 己亥 誤矣) 御國四年 政亂荒婬 國之
廢之 前比 沙梁部之庶女 姿容艶美 時號桃花娘 王聞而召致宮中 欲幸
之 女曰 女之所守 不事二夫 有夫而適他 雖萬乘之威 終不奪也 王曰
殺之何 女曰 寧斬于市 有願靡他 王戲曰 無夫則可乎 曰可 王放而遣
之 是年王見廢而崩 後二年其夫亦死 浹旬忽夜中 王如平昔 來於女房
曰 汝昔有諾 今無汝夫 可乎 女不經諾 告於父母 父母曰 君王之敎 何
以避之 以其女入於房 留御七日 常有五色雲覆屋 香氣滿室 七日後忽
然無蹤 女因而有娠

『삼국유사三國遺事』紀異 第一桃花女 鼻荊郎

이러한 기록은 다분히 정치의 주권을 잡은 왕에의 경고로 보여
진다. 왕이 주색에 빠져 음란하여 정사가 어지러우매 국인이 그를
폐위시켰다는 내용이 그러하다 그러나, 여기서 우리가 주목해야
할 것은 도화녀의 태도다. 남편이 있는 유부녀로서 남에게 몸을 허
락한다는 것은 천자의 힘으로도 불가능하다고 거절하는데, 그 근
거는 오직 남편이 있다는 사실 때문이다. 남편이 세상을 떠나자 왕
의 혼이 찾아와 다시 요구할 때, 부모들은 '군왕지교君王之敎 하이
피지何以避之'라고 하여 결국 입방함으로써 비형을 낳게 된다. '서
사불종誓死不從'이 아니라 왕의 영혼의 요청까지 수락한 사실을 비
교해 본다면「지리산가」의 여인과는 아주 판이함을 알 수 있다.

대체로 고구려나 신라의 다른 두 나라에 비하여 백제의 경우는 남녀의 구별이 엄했던 듯하다.

　　　　其俗淫 男女已嫁娶 便稍作送終之衣

　　　　　　　　　　　　　　　　　　　　　　『삼국지三國志』

　　　　其俗好淫 男女多相奔誘

　　　　　　　　　　　　　　　　　　　　　　　『양서梁書』

　　이밖에 『후주서』, 『수서』 등 이웃나라의 사서가 보여 주는 바대로 고구려의 풍속이 남녀의 문제에 있어서 문란했었다면 백제의 경우는 대조적으로 절도가 있었던 듯하다.

　　　　百濟其拜謁之禮 以兩手據地爲敬

　　　　　　　　　　　　　　　　　　　　『후주서後周書』

　　위의 기록을 볼 때 현존하는 절의 풍습이 그때에도 있었음을 알 수 있고 이것을 통하여 엄격한 위계질서의 사회상을 생각할 수 있다. 또한,

　　　　百濟其刑法 婦女犯奸 沒入夫家爲婢

　　　　　　　　　　　　　　　　　　　　　　『북사北史』

로 보아, 남녀 특히 부녀와의 관계가 극히 엄중하였음을 엿볼 만하다. 그뿐만 아니라,

百濟婦人 衣似袍而袖徹大 在室者編髮 盤於首後 垂一道爲飾 出嫁

者 乃分爲兩道

『후주서後周書』

라는 것을 보아, 출가한 여자와 처녀를 머리 모양으로 구별했음을
알 수 있는데 이것은 남녀 관계가 어느 정도 엄격하였음을 시사해
준다. 아마, 지리적 여건으로 인하여 일찍부터 농본사회로 정착하
였기 때문에 유교가 들어오기 이전부터 철저한 규범을 필요로 하
였던 것 같다.

그러므로, 지리산녀의 열烈은 자연스럽게 이해되며 이것의 전통
적인 흐름 위에「춘향전」의 춘향이 위치한다고 말할 수도 있다. 따
라서 같은 유형의 도미[342]의 처를 지리산녀라고 보는 가람의 견해
도 넓게 생각하여 일리가 있다고 보인다. 그러나, 열烈은 열烈이되
다른 것에 비하여 독특한 성격을 지니고 있다는 사실에 주의를 기

---

342 『삼국사기』 열전에서 편호소민으로 취급하고 있음은 특이하다. 열을 강조
하기 위한 것이라 보여지며 한편으로는 백제에 대한 비판적인 저의가 있는
지도 모른다. 옮겨 보면 이렇다.

都彌 百濟人 雖編戶小民 而頗知義理 其妻美麗 亦有節行 爲時人所稱 蓋婁王聞之
召都彌與語曰 凡婦人之德 雖以貞潔爲先 若在幽昏無人之處 誘之以巧言 則能不動心
者鮮矣乎 對曰 人之情不可測也 而若臣之妻者 雖死無貳者也 王欲試之 留都彌以事
使-近臣 假王衣服馬從 夜抵其家 使人先報王來 謂其婦曰 我久聞爾好 與都彌博得之
來日入爾爲官人 自此後爾身吾所有也 遂將亂之 婦曰 國王無妄語 吾敢不順 請大王
先入室 吾更衣乃進 退而雜飾一婢子薦之 王後知見欺 大怒 誣都彌以罪 矐其兩眸子
使人牽出之 置小船泛之河上 遂引其婦 强欲淫之 婦曰 今良人已失 單獨一身 不能自
持 況爲王御 豈敢相違今以月經 渾身汗穢 請俟他日薰浴而後來 王信而許之 婦便逃
至江口 不能渡呼天慟哭 忽見孤舟随波而至 乘至泉城島 遇其夫未死 掘草根以喫 遂
與同 舟至高句麗蒜山之下 麗人哀之 丐以衣食 遂苟活 終於羈旅

울여야 한다. 우선 도미의 처와 지이신녀를 동일인으로 보기 힘들다는 것이다. 첫째, 열烈의 성격으로 보아서 그렇다. 물론, 왕이 강제로 지배하려 하고, 거기에 편호소민編戶小民의 아내가 끝까지 요구를 들어 주지 않는다는 점에서는 같으나 비자婢子[343]를 대신 보낸다든가, 거짓으로 생리현상을 들어 거절하는 등 계교를 쓰고 있다는 점에서 구별된다. 그리고, 전자가 노래를 불러 거절한 데 대하여 후자는 계교로써 위기를 모면하되 눈 먼 남편을 따라 이웃나라 고구려에 표착, 그 나라 백성의 동정을 받으며 구차스럽게 생을 영위한다. 죽음을 걸고 거절하는 지리산녀의 처절성이 도미처의 그것보다 더 장엄한 듯이 보인다. 둘째, 도미전의 사실을 그대로 믿기 어렵다는 점이다. 같은 『삼국사기』의 백제본기 제일 개루왕조에 보면 '己婁王之子 性恭順 有操行 己婁在位五十二年薨 卽位'라 하여, 성품이 공순하고 조행이 있었다고 했으니 그런 천성을 가진 사람으로서 유부녀를 겁탈한다거나 그의 남편을 혹독하게 가해 한다는 것은 있을 수 없는 일이다. 셋째로 지리산녀와 도미의 처를 동일인으로 볼 수 없는 이유는 지리적 상거에서도 찾을 수 있다. 도미와 그의 처가 작은 배를 타고 강을 따라 흘러가 고구려의 땅에 닿았다면 당시 고구려의 영토로 보아 그들은 백제의 북방에 위치해서 살고 있었다고 생각된다. 따라서, 도미 및 그의 처와 지리산녀는 백제 영토의 북쪽에서 각각 살았다는 이야기가 된다. 그러나 지리산의 거주는 북쪽

---

343 벽촌의 소민小民으로서 비자婢子를 두었다는 것은 쉽게 믿을 수 없다. 왕명王名과 남편의 이름이 나와 있기는 하지만 이것은 분명히 설화로 봄이 옳을 것이다.

이 아니다. 그밖에 더 찾을 수도 있을 터이나[344] 이상에 열거한 것들만으로도 서로 동일할 수 없다는 사실을 이해하기에 충분하다고 생각한다.

그리고, 살피고 넘어가야할 것은 춘향전과의 관계다. 여러 춘향전 이본 중 가장 오래된 것은 완판본으로서 열녀춘향수절가라는 이름을 가지고 있어, 춘향의 열에 초점을 두고 있음을 간파하기 어렵지 않다.

그 둘을 간추려 비교하면 이렇게 될 것이다

왕의 요구를 죽음으로써 거절한 지리산녀의 '서사불종誓死不從'의 그 열烈과 변학도의 난폭한 요구를 거부한 퇴기의 딸 춘향의 열烈은 성질상 매우 흡사하다. 그러나, 하나는 아득한 백제시대로서 아직 윤리규범이 정밀하게 틀을 잡지 못한 때에 이루어진 것이며, 다른 하나는 남존여비의 유교적 윤리강령이 상하를 지배하던 조선 중·후기에 이루어진 것이다. 이러한 시대적 배경을 놓고 보거나 특히 지리산녀의 이야기가 허구가 아니라 실제담이라는 점을 감안해 볼 때, 열烈의 밀도와 그 심각성은 배가된다.

344 『국역 삼국사기』에서 이병도는 도미가 그의 아내와 함께 고구려로 갔다는 기록으로 미루어 21대 개로왕(一云 近蓋婁)때를 배경으로 한 이야기라 보며, 그 이유로 개루왕 때는 백제와 고구려 사이에 대악랑군이 존재했음을 들고 있다.(『국역 삼국사기』, p.707)

동서고금을 막론하고 남녀 간의 사랑은 다양하고 흥미진진하게 이야기되어 온다. 그 사랑에는 공식의 틀처럼 이별이 따르고 두 남녀의 사랑을 방해하는 요인, 이를테면 강력한 대적자가 나타나 괴롭히기 마련이며 여기에서 생기는 갈등은 독자의 긴장감을 고조시킨다. 고구려의 실전가요 「명주가冥州歌」에서도 그러한 점을 찾을 수 있고 더욱이 『해상잡록海上雜錄』에 보이는 사랑의 드라마는 「춘향전」의 그것과 흡사하다. 참고로, 『해상잡록』에 실린 이야기를 대강 옮겨 보면 이러하다.[345]

高句麗의 安藏王이 太子로 있을 때, 상인으로 가장하고 백제의 영토인 皆伯을 돌아다니다가 백제 偵吏의 눈을 피해서 당지의 장자 한씨네에 숨는다. 그 때 한씨의 딸인 절세미녀 珠를 알게 되어 잠통함으로써 몰래 부부의 약속을 맺고 "나는 고구려 대왕의 태자인데, 돌아가 대병을 이끌고 와서 이 땅을 취하고 그대를 맞아 가리라."는 말을 남기고 자기 나라로 피하여 돌아간다. 태자는 부왕을 이어 왕위에 올라 珠를 취하기 위해 장수를 보내어 그리고 몸소 백제를 쳤으나 번번이 패배하고 만다. 한편, 계백의 태수가 珠의 아름답다는 소문을 듣고 그녀를 취하려 하나 珠는 죽기를 결심하고 거절한다. 태수는 더욱 진노하니, 그녀는 정 둔 남자가 있음을 실토한다. 태수는 그 남자를 대라, 왜 못대느냐, 필시 적국의 간첩인 모양이니 그렇다면 죽여야 된다고 협박하면서 옥에 가둔다. 옥 안에 갇힌 그녀를 위협 반 감언 반으로 회유하지만 일편단심의 노래를 불러 거절

345 신채호, 『단재신채호전집』 상권, pp.223~226.

한다. 드디어 珠를 죽이기로 결정한다. 한편 안장왕은 이런 사정을 밀탐하고 안절부절한다. 장군 을밀이 자기(왕)의 친매 안확을 좋아하는 것을 이용하여 계백현을 치도록 한다. 그것도 모르고 태수는 생일을 맞아 큰 잔치를 열고 "오늘은 내 생일인데 내 말을 들어주면 네 생일도 되지만 그렇지 않으면 너를 죽이리라."고 협박하나 끝내 듣지 않자 대노하여 사형을 집행하려 한다. 그 순간 변장한 을밀의 군대들이 입성을 외치며 태수를 베고 珠를 데려가 결국 안장왕과의 행복한 결합을 이룬다.

이상과 같은 드라마틱한 사랑의 이야기는 공간이나 시간을 뛰어넘어 소설의 골격을 이룬다. 이런 점에서 볼 때, 「춘향전」이 「지리산가」의 이야기에서 근원되었다고 단정하는 것은 속단일 가능성이 많다.

머리말 부분에서 비친 바 있지만 필자는 이 노래가 지닌 문학적 성격과 문학적 위치를 철저한 저항성에서 찾고 싶다. 단순한 사랑의 이야기로서가 아니라 자기를 지키려는 노력으로서의 항거에 역점이 주어져야 된다고 믿는 것이다. 지리산녀의 열녀로서의 성격을 여타 열녀들과 비교해 보면 그런 사실이 극명하게 드러난다.[346]

일련번호	열녀 이름	내용	소전문헌
1	都彌의 처	백제 개루왕이 범하려하나 불응, 남편과 함께 고구려로 망명하여 해로	삼국사기

346 장덕순, 『한국설화문학연구』, p.390, p.433, pp.467~468, pp.513~514.

2	薛氏녀	출정나간 약혼자 가실을 기다려 결혼	상동
3	强首의 처	왕이 하사하는 조 백석을 받지 않음	상동
4	李得仁의 처	우왕시 왜적이 욕을 보이고자 하나 항거, 피살됨	고려사
5	金妻	남편이 호랑이한테 물려가는 것을 보고 남편을 구했으나 남편은 결국 죽음	상동
6	李得仁의 처	왜적이 범하려 하자 항거하다가 피살됨	상동
7	金彦卿의 처	왜적이 범하려하자 매도하다가 피살됨	상동
8	康好文의 처	왜적에 잡혀가다가 절벽에서 투척, 기적적으로 살아남	상동
9	李東郊의 처	왜적이 업은 아기를 죽이자 함께 죽음	상동
10	鄭滿의 처	두 아이와 함께 왜적에게 항거하다 죽음	상동
11	江華三女	왜적에게 욕보이게 되자 셋이 함께 투강 자살	상동
12	安天儉의 처	집에 불이 붙자 취한 남편을 구하려다가 함께 분사	상동
13	洪義의 처	趙日新亂 때 남편에게 내리는 반군의 칼에 남편과 함께 죽음	상동
14	胡壽의 처	몽고병에게 욕보이게 되자 물에 빠져 자살	상동
15	玄文奕의 처	삼별초란 때 남편이 부상당하자 두 딸을 안고 물에 빠져 자살	상동
16	李氏	남편이 악질에 걸렸을 때 단지 화약으로 처방	동국여지승람

17	奉今	남편의 병을 단지로 치병	상동
18	莫時	남편이 광질에 걸리자 단지로 치유	상동
19	李氏	남편이 앓자, 단지로 죽음을 맹세, 하늘에서 약이 내려서 치유	상동
20	楡德	남편이 앓자, 斫手指和羹하여 치유	상동
21	自妃	남편이 앓자 단지하여 치유	상동
22	玉杯	호랑이한테 물린 남편을 구원	상동
23	卵公	호랑이한테 물린 남편을 호랑이를 잡아서 구원	상동
24	伐等伊	호랑이한테 물린 남편을 구원	상동
25	內隱德	호랑이한테 물린 남편을 구원	상동
26	權金의 처	호랑이한테 물린 남편을 구원	상동
27	世隱	호랑이한테 물린 남편을 구원	상동
28	三德	호랑이한테 물린 남편을 구원 그러나 남편이 죽자 수절	상동
29	燕伊	호랑이한테 물린 남편을 구원	상동
30	權氏	남편이 죽자 3년간 거묘, 호랑이가 자식을 헤치려 하매 항거	상동
31	金氏	범에 물린 남편을 구원	상동
32	徐氏	남편이 죽은 뒤 죽림당에 나가 대를 안고 우니 3년 뒤 78총이 됨	상동
33	地異山女	백제왕이 그 미모를 듣고 불러들이고자 하였으나 서사부종	고려사
34	朴堤上의 처	남편이 왜국에서 죽자 치술령에서 망곡하다가 죽음	동국여지승람
35	觀瀾亭女	어느 과댁이 元룡의 연군에 감동되어 종신수절	조선읍지

36	韓氏女	홍건적에 쫓기게 되자 투신자살	상동
37	牛娥	사비 우아가 과부되어 사는데 군노 억갑이 겁탈하려하자 벼랑에서 투신자살	상동
38	徐應男의 종	남편이 익사하매 3일간 호곡, 그 정성으로 남편의 시체가 떠옴	상동
39	僧房洞女	취처한 지 하루만에 원정, 익사하니 그의 처는 동굴에 들어가 삭발, 여승이 됨	상동
40	女桂	관비 여계가 서울사람과 언약, 수절하고 있는데 도사가 자색을 듣고 위협, 우물에 빠져 자살	상동
41	金大奉의 처	남편이 호랑이한테 물려 가매 쫓아가 호랑이를 죽이고 살려냄, 그러나 3일 후 남편도 죽음	상동
42	牟氏	임란 시 왜적이 오매 굴하지 않고 투강 자살	상동
43	崔夢璘의 처	남편이 호랑이한테 물려 가매 쫓아가 시체를 거둠	상동
44	鄭夢覺의 처	남편이 죽자 거묘 삼년을 생시와 같이 함	상동

이상은 『삼국사기』, 『고려사』, 『동국여지승람』, 『조선읍지朝鮮邑誌』 등에 실린 열녀를 뽑아 본 것인데 이것을 내용에 따라 요약해 보고자 한다. 호랑이한테 물린 남편을 구조한 것을 가형, 남편의 병을 단지로 치유한 것을 나형, 적의 병정에게 욕을 보게 되자 자살한 것을 다형, 남편이 죽자 거묘, 망곡 등으로 기적이 나타나거나 수절 또는 죽은 것을 라형, 왕 또는 지배자가 여인의 아름다움을 듣고 욕구를 채우려 하자 거절한 것을 마형, 수절한 것을 바형, 기타를

사형이라 하여 각기 분류하면 다음과 같이 된다.

형	일련 번호	항수項數
가	5, 22, 23, 24, 25, 26, 27, 28, 29, 31, 41, 43	12
나	16, 17, 18, 19, 20, 21	6
다	4, 6, 7, 8, 9, 10, 11, 14, 36, 42	10
라	30, 32, 34, 38, 44	5
마	1, 33, 40	3
바	2, 13, 35, 37, 39	5
사	3, 12, 15	3

위의 표에서 우리는 호환으로부터 남편을 구한 것이 가장 많음을 알 수 있으며, 다음으로 왜적, 몽고병들로부터 자기를 보호하기 위한 자살, 남편의 질병을 단지로 치유한 것 등의 차례임을 발견하게 된다. 그리고, 거의 전부가 남편과의 관계를 맺고 있음을 알게 된다.

그런데, 여기에서 말하고자 하는 것은 지리산녀형의 마형과 여타 것과의 대비에 있다. 마형을 제외한 것들이 거의 남편을 위해서 손가락을 자른다거나, 또는 죽음이라는 소극적인 방법을 취하고 있는 데 반하여 마형은 적극적인 항거를 보여준다. 특히, 같은 마형으로서 우물에 빠져 자살을 함으로써 해결한 여계女桂와 또한 기지를 써서 위기를 모면, 외국으로 탈출하는 것에 성공한 도미 부처의 것을 놓고 볼 때, 지리산녀의 그것은 비록 노래로 거절의 뜻을 표시했으되, 도피나 패배가 아니라 당당한 것이라고 할 수 있을 것이다.

이러한 사실을, 편찬자는 그 이름을 밝히지 않고[347] 지리산에서 살고 있었다는 기록에서 확인할 수 있다고 생각한다. 왜 하필이면 다른 곳이 아니고 지리산이냐는 의문과 지리산이 지닌 상징적 의미를 규명함으로써 그 답이 얻어질 것이라는 생각에서다.

『동국여지승람』은 지리산에 대하여 이렇게 설명해 준다.

　　在府東六十里 山勢高大雄據數百里 女眞白頭山之脈 流至于此 故
　　流作留爲是 又名地理又名方丈 杜詩方丈 三韓外注及通鑑輯覽 皆云
　　方丈在帶方郡之南是也 新羅爲南岳躋中祀 高麗及本朝並仍之[348]

지이산은 별칭으로 두류산頭流(留)山, 지리산地理山, 방장산方丈山 등이 있다는 것인데, 방장산은 한자식 이름이며 그 밖의 다른 것은 우리말의 차자식 한자음이다. 여타의 많은 산천명에서 그런 사실을 알 수 있거니와 특히 지리산의 경우, 음이 비슷하면서 서로 다른 세 종류의 한자를 가지고 있음이 그런 점을 분명하게 드러내 준다. 따라서

　地理山, 智異山 ← 디리뫼
　頭流(留)山 ← 두류뫼

---

347 가장 오래된 문헌인 『고려사』에 구례현지녀求禮縣之女로서 지리산에서 살았다고 되어 있다. 사실기명이라 하였으나 서술의 논리성 때문에 그렇게 썼으리라고 생각된다.
348 『신증동국여지승람新增東國輿地勝覽』, 권39, 남원도호부조.

에서 온 것이라고 할 수 있다.[349]

  ① 디리(다)→찌르다
  ② 두류(렷)다→둥글다

이렇게 그 뜻을 두 가지로 유추해 볼 수 있는데, ①은 산이 높아서 하늘을 찌르고 있다는 뜻으로, 그리고 ②는 둥근 하늘을 그대로 가지고 있다는 의미로 각각 이해된다. 그런데, ①보다는 ②로 해석해야 마땅하다. 왜냐하면 지이산의 최고봉이 천왕봉이며 거기에 산신을 모시고 있는 까닭이다. 육당의 "古에는 地理 혹 頭流의 字를 쓰니, '두리' 又 '두루'의 對字로 대개 圓은 한 가지 天을 의미"[350]한다는 견해도 그런 점에서 받아들여져야 한다. 따라서, 지리산의 이

---

349 『남원지南原誌』, 신증판, p.544에 보면, 智異山名을 "智異山을 풀이하면 '특이하게 슬기롭고 지혜로운 山'이란 뜻이 되고, 地理山은 '神地의 奧妙한 이치를 갊아 있는 山'이란 뜻이요, 方丈은 三神山 또는 三仙山의 하나이며, 三神山은 蓬萊, 方丈, 瀛洲를 말하는데 이는 모두 하늘의 仙人들이 내려와 논다는 아름다운 山이다"라 풀이하고,

　'流'는 흐른다는 뜻이니 頭流山이라고 하게 되면 '白頭山으로부터 뻗는 여러 줄기 山脈中에서 南쪽으로 흘러 이에 맺혀 있는 슬기로운 山'이란 풀이가 된다. 또 혹 말하기를 南으로 뻗는 山脈 줄기가 東海岸 절벽에 멈추도록 하였다는 뜻에서 '流'를 '留'로 表現하기도 하니 '頭留山'이라 함이 즉 그것이다. 이와같이 이 山은 智異, 地理, 方丈, 頭流, 頭留라는 여러 갈래 이름이 있는데 그 이름은 모두가 智異山의 슬기로움이 빼어나게 휼륭함을 상징하고 있거니와 과연 南原의 智異山은, 우리나라에서 白頭山에 다음 가는 靈峰이라 해서 마땅하다.

고 말하고 있는데 方丈山을 제외한 한자의 풀이는 바른 것이 못 된다.
350 최남선, 『육당최남선전집』·3, p.202.

름은 두루(렷) '圓, 周, 天'에서 나온 것으로서 절대적인 영지靈地의 뜻으로 보아야 옳을 것이다. 그리고 여기에서 우리가 주목해야 할 사항은 천왕봉에 모신 산신의 저항적 성격이다. 이성계가 역성혁명을 일으켜 조선조를 세울 때 모든 신(산신)들은 응락하였지만, 지리산의 여신은 끝가지 거절하였다는 내용이 바로 그것이다.

聖母廟 在智異山天王峰頂 有聖母像 其頂有劍痕 諺云 倭爲我太祖

所破 窮蹙 以爲天王不助 不勝其憤 斫之而去[351]

위와 같은 기록에서도 알 수 있으며 또한 다른 기록들[352]이나 민담 등[353]에서도 발견할 수 있다. 특히, 남원부 운봉면에서 채록한 '둥구리' 이야기[354]는 지명과 관련하여 주목할 만하다.지리산에서 장차 나올 경세제민의 인물 이름이 '둥구리'라는 것은 '두루(렷)'과 서로 일치되기 때문이다.

어쨌든, 지리산신은 이태조의 간곡한 요구에도 불구하고 끝내 불복하였다는 사실에서 지리산녀의 저항적인 성격을 찾아 볼 수 있을 것이다. 고려사가 여기저기에서 보여 주는 적들(주로 왜적이지만)의 근거지가 지리산이었다는 점도 시사하는 바가 많다.

또 하나 덧붙일 것은, 지리산녀가 왕의 요구를 노래로 거절하였다는 점이다. 노래로 의사를 표시하는 것은 적지 않은 풍류담에서

---

351 『신증동국여지승람新增東國輿地勝覽』 권36 진주, 사묘조.
352 『남원지南原誌』(신증판), pp.658~659.
353 원광대, 『향토문화연구』 창간호, pp.103~112.
354 위의 책, pp.103~104.

찾을 수 있으나, 지리산의 운상원雲上院이 신라 당시 음악의 중심지였다고 미루어 볼 때[355] 설령 신라시라 하더라도 크게 시간적으로 상거가 되지 않는 만큼 크게 영향을 주었거나 아니면 그 지역에서 널리 불리운 것이 아닌가 짐작된다.

이 가요와 유사한 것으로 중국의 악부 중에 염가라부행豔歌羅敷行(일명 맥상상陌上桑)[356]이라는 것이 있어서 흥미롭다. 이것의 이야기는 대강 이러하다

옛적에 진씨라는 미인이 살았는데, 그녀는 누에를 잘 쳤다. 또 얼마나 치장을 잘했는지 지나는 사람이 흘낏 쳐다보고도 넋을 잃곤 했다. 나이는 스물은 안 됐고 열다섯은 조금 넘었다. 하루는 높은 벼슬아치가 지나다 보고 첫눈에 반해 함께 자기를 요구했다. 그녀는 벼슬아치가 아내를 가지고 있듯이 자기도 남편이 있는 몸임을 들어 거절했다.

이 악부樂府를 두고, 유대걸劉大杰은 용감하고 군센 부녀의 모습을 본다고 하면서 조금도 봉건의 흔적이 없다고 격찬하고 있다.[357]

---

355 羅人沙湌恭永子玉寶高 入地理山雲上院 學琴五十年 自製新調三十曲 傳之續命得得 傳之貴金先生 先生亦入地異山不出(『삼국사기』 권13 雜志 제1 樂)

356 日出東南隅 照我秦氏樓, 秦氏有好女 自名爲羅敷. 羅敷喜蠶桑 採柔城南隅 素絲爲籠 係 桂皮爲籠鈎. 頭上倭墮髻 耳中明月珠 緗綺爲下裙 紫綺爲上襦 行者見羅敷 下擔將 髭鬚 少年見羅敷 脫帽著帩頭 耕者忘其犁 鋤者忘其鋤. 來歸相怒怒 但坐觀羅敷. 使 君從南來 五馬立踟躕 使君遣吏往 問是誰家姝? 秦氏有好女 目名爲羅敷 羅敷年幾何? 二十尙不足 十五頗有餘. 使君謝羅敷「寧可共栽不」羅敷前置辭 使君一何愚 使君自 由婦 羅敷自由夫 東方千餘騎 夫壻居上頭 何用識夫壻 白馬從驪駒 靑絲繫馬尾 黃金 絡馬頭 腰中鹿盧劍 可直千萬餘 十五夫小女 二十朝大夫 三十侍中郎 四十專城居 爲 人潔白晳 鬑鬑頗有鬚 盈盈公府步 冉冉府中趨 坐中數千人 皆言夫婿殊
郭茂倩, 『樂府詩集』 권28 相和歌辭·三, 里仁書局, 台北, 1984, pp.410~411.

357 劉大杰, 『中國文學發展史』, 上海古籍出版社, 1962, p.20.

「지리산가」는 비록 실전失傳일망정 한국 고대 가요 가운데 뚜렷한 성격과 위치를 갖는다. 한국인의 의식이나 문학에서 찾기 힘든 저항의식이 유별나게 나타나 있기 때문이다. 만약 추측이 허락된다면 이것은 지리산 근처에 살았던 피지배층의 항거의식을 담은 민요[358]였으리라고 규정하여도 무방할 듯싶다.

5) 소결小結

앞에서 서술한 내용을 요약해 보면 이렇게 될 것이다.

첫째, 실려 전하는 문헌은 『고려사』, 『신증동국여지승람』 등으로 가장 오래되고 또한 믿을 만한 것은 『고려사』다.

둘째, 「지리산가」에 대한 학계의 관심은 전무한데, 가람만 도미

---

358 임동권, 『한국구비문학사』 하(『한국문화사대계』 V), p.716.
고대가요가 거의 민요이듯이 이 노래도 민요임에 틀림없을 것이다. 그러나 설화로도 전해오고 있어서 설화가 민요화된 것인지 아니면 그 반대인지 쉽게 그 선후를 추정하기 어렵다. 대개 서사적인 설화가 원천인 것은 사실이지만 이것은 현재 전하는 내용이 후대에 윤색된 것으로 보여 민요에 의한 것으로 판단된다. 줄거리를 들어보면 이러하다.
수려하고 웅장한 지리산에 예쁜 여인이 남편과 더불어 오손도손 행복하게 살았다. 그러던 중 남편이 출타하였을 때 아래쪽에서 꽃사슴을 사냥하는 한 떼의 남정네를 발견하게 되었다. 그녀는 놀라 풀덩굴속에 숨었다 그때 꽃사슴은 피를 흘리며 그녀가 숨어 있는 칡덩굴 속으로 뛰어들었다. 사냥꾼도 뒤쫓아 뛰어 들었다. 그때 사냥꾼을 따라온 왕이 그 여인의 미모에 반해 데려가려 했다. 그러나 그녀는 완강히 거절하였다. 임금은 다음날 신하를 보내어 그녀를 데려오라고 했다. 신하들이 가마를 가지고 그녀를 찾았을 때에는 이미 그들 부부는 이사를 간 뒤였다. 그러나 다시 지리산을 샅샅이 뒤져 그녀를 잡아갔다. 그러나 끝내 그녀는 거절했다. 그리하여 그녀는 모진 고문 끝에 죽고 말았다.(구례군, 『내고장 전통 가꾸기』, 1981, pp.98~102)

의 아내 이야기와 더불어「춘향전」의 원류로 보았다. 문헌에 전하는 백제의 가요는 한결같이 여인들이 불렀으며 또 주로 정절을 내용으로 하고 있다는 점에서 공통성을 보여 주는데 이 노래도 예외가 아니다.

「춘향전」의 기원설화를 여기에서 찾고자 하는 것은 도미의 처와 지리산녀가 모두 백제인으로서 그 성격이 유사하다는 데에 있다. 또한 지리산녀가 살았던 지리산은 남원의 영내에 있고, 남원을 무대로「춘향전」이 펼쳐지는 데다가 변사또에 항거하는 춘향이의 열烈이 유사하다는 데에서 온 주장이다. 그러나『해상잡록海上雜錄』등에 실려 전하는 드라마틱한 사랑의 이야기 등으로 미루어 볼 때 극적인 사랑의 이야기가 갖는 보편성의 틀을 떠올릴 필요가 있다고 생각한다.

셋째,「지리산가」는 한국문학사에서는 그 류를 찾기 어려운 저항성의 노래라는 점을 부각시킬 수 있다는 것이다. 신라의 도화녀가 홀로 되자 왕의 영靈과 관계를 맺는 데 대하여, 집이 어려운 지리산녀가 왕권에도 굴하지 않고 그의 요구를 서사불종誓死不從하였다는 것은 높이 평가해야 할 일이다. 이것은 치열하였던 백제부흥군들의 처절한 저항에 연결되었을 뿐만 아니라 고려조의 많은 민란과 조선조의 동학혁명에까지 면면히 이어지는 것이라 보여진다.

이러한 이 가요의 저항성은 지리산녀가 살았던 지리산에 초점을 맞춰보면 더 선명하게 드러난다. 지리산은 '두(루)렷' 뫼로서 절대불가침의 신산神山이라는 것이요, 그 성모 여신은 이태조의 간곡한 요청을 거부하고 '둥구리'를 키웠고, 그 '둥구리'가 죽자 더 불복하였다는 저간의 설화에서 확인된다. 또 하나 덧붙여 생각할 것은 노래로서 거절했다는 점인데 설령 신라시이기는 하지만, 지리산 운상원이 음악의 중심지였다는 사실을 미루어 시간적 상거가 멀지 않은 백제조부터 싹텄던 것이 아닐까 생각되며, 따라서 그 영향을 크게 받은 것이 아닐까 여겨지는 것이다.

영향관계의 단서는 없으나 중국의 것과의 유사한 것으로 「맥상상陌上桑」이 있으며, 또 구례의 전설에 『고려사』의 기록에는 없는 지리산녀의 비극적인 이야기가 있어 상호관계를 주목하게 해 준다.

거듭 강조하지만, 「지리산가」는 한국문학사에서 발견하기 어려운 '저항성'을 담고 있다는 점에서 더욱 주목되어야 할 민요라 할 수 있다.

IV. 백제가요의 특성과 국문학사적 위상

1. 백제가요의 특성

백제가요 전체의 성격을 운위한다는 것은 위험스러운 일이다. 가요부전歌謠不傳의 작품이 대부분을 차지할 뿐 아니라 유독 가사가 전하는 「정읍가」와 「산유화가」의 경우에 있어서도 원형 그대로라고 보기 어려운 점이 많음을 생각할 때 더욱 그러하다.

서론에서도 언급한 바 있지만 내외의 제사서諸史書를 훑어 볼 때, 백제문화가 눈부셨음을 규지窺知할 수 있고, 음악도 또한 매우 발달하였음을 알 수 있건만, 역대병화歷代兵火로 말미암아 연멸煙滅되었음은 심히 안타까운 일이다.

상류층은 상류층대로, 하류층은 하류층대로 노래를 즐기었고, 그런 숱한 노래들은 입들과 입들로 전해 오다가 흐르는 시간의 수면 위에 한낱 수포처럼 사라져 갔을 터이다. 그러나 자료를 더 이상 얻을 수 없다면 그런대로 전하는 수편의 것을 가지고 그 성격을 짐작할 수밖에 없다. 따라서 「정읍가」 등 여섯 편의 작품을 종합하여 일반적인 성격을 추출해야지 다른 방법은 없는 것이다. 그 일반적 성격을 들어보면 다음과 같이 될 것이다.

첫째, 가난한 백성들의 노래라는 점이다. 이것은 상대가요上代歌謠의 한 특징이라 할 수 있는 바, 백제요도 예외가 아니란 사실에서 그 두드러진 특징을 찾을 수 있지 않을까 한다. 「정읍가」는 그 작자가 행상인의 처라 되어 있고 내용 또한 행상인의 처가 불렀을 법한 극히 평범하면서도 간절한 것이며, 『투호아가보投壺雅歌譜』의 기록을 믿는다면 기창오락妓唱娛樂에 불려졌고, 또 후렴구의 반복 등등으로 미루어 민요로 봄이 옳을 것이다.[359] 「방등산가」, 「지리산가」 등도 『고려사』의 기록에 '作此歡' 또는 '作是歌'라 하여 '作'을 사용했으나 역시 그 당시 널리 불리어진 민요로 봄이 타당할 것이다. 이 노래들은 어느 개인이 지은 노래들도 아니요, 또 어느 특정한 개인을 찬양한 노래들도 아닌 철저하게 백성들의 노래라고 보이는 것이다.

둘째, 거의 여인들 그것도 남편을 가진 아낙네가 부른 것으로 되어 있다는 사실이다. 이 여인들은 이름 없는 행상인의 아내거나 편호소민編戶小民의 아내들이다.

셋째, 거의 모두가 사회적 불안을 담고 있다는 것이다. 언뜻 보아 「무등산가」는 예외라 할 수 있을지 모르나 이것도 사실은 불안한 사회상을 보여주는 작품이라 할 수 있다. 백제의 모든 노래들 속에는 그들 나름의 괴로움을 벗어나려는, 연약하나 끈질긴 몸부림이 깃들여 있는 것처럼 보인다.

넷째, 남녀의 정사情思를 중심적 내용으로 하고 있다는 점이다. 그것도 여요麗謠처럼 음사淫辭가 아니라 일상에서 볼 수 있는 예사로운 것들로서 부권사회를 엿보이게 하는 망부望夫, 정절貞節 등의 섬세한 애정이다. 이 점을 도남陶南은 다른 고구려가요나 신라의

---

359 임동권, 『한국민요사』, p.29.

가요와 비교하면서 이렇게 이야기 한 바 있다.

　　다시 이를 삼국상호관계에 본다면, 지리적 환경, 정치사회
의 제도, 민정이 다른 데 따라 그 시가생활에도 자연히 다른
색채를 나타낼 것은 물론일 것이니, 신라에서는 鵄述嶺曲, 陽
山歌와 같이 의를 보고는 찬미하지 안 할 수 없다는 의래적 방
면이 있는 동시에 勿稽子歌, 確樂과 같이 남의 영화를 부러워
하지 않고 자기를 만족하는 낙천적 방면이 있어 勇勇悃悃한
것이 보이며, <u>백제에서는 얼마 안 되는 가운데에서도 아직 그
섬세한 애정적 방면이 보인다.</u> 이에 대하여 고구려는 암만하
여도 강건한 인상을 준다 할지로대, 이러한 평은 혹은 타당하
지 않은지 모른다. 그러나 속을 맛보지 못하고 그 껍질을 핥는
맛으로는 이 밖에는 더 말할 수 없을 듯하다. 만약 좀 더 구체
적 비평을 얻으려면 다시 다른 문화예술의 힘을 빌어야만 되
겠으나 여기서는 이 이상 더 안 하기로 하겠다.[360](밑줄 필자)

　　다섯째, 전파성과 지속성의 문제[361]를 들 수 있을 것이다. 특히
「산유화가」와 「정읍가」에서 그러한 점을 찾을 수 있다. 백제 때의
그대로는 아니지만 「산유화가」도 방사적으로 전파, 농요로서 현
전하고 있으며, 「정읍가」도 조선조 초기까지 궁중음악으로 불리
었던 사실이 그런 것을 반증한다.

---

360 조윤제, 『조선시가사강 朝鮮詩歌史綱』, p.82
361 필자는 졸고, 「산유화가의 전통성」, 『백제문화』 제25집, 1996, pp.135~142
　　에서 살핀 바 있다.

여섯째, 순응의 거부를 지적할 수 있다. 어느 한 상황에 순응하는 것을 거부하되, 거기에는 의로운 것이 전제되어 있으며 또한 자연스럽게 고통이 따른다. 「지리산가」 등에서 그런 성향이 잘 트러나지만, 여타의 가요들을 지배하는 여인의 정절도 사실은 소극적이나마 항거의 모습이라 할 수 있다.

일곱째, 가명歌名이 모두 고유명사로 되어 있고. 그 중에서도 지명 특히 산악명山岳名으로 되어있다는 사실이다.

(百濟)其民土著 地多下濕 率皆山居 有五穀

이러한 『후위서後魏書』의 기록대로 산을 거점으로 하여 살았던 때문일까?

자연 그대로 자연에 동화 또는 자연에 귀속되었을 상고인上古人들의 소박한 생활양태의 반영인 것으로 보인다. 또 이와는 달리 전란에 말미암은 사회의 혼란과 더 밀접한 관계를 맺고 있다는 견해가 있을 수 있다. 혼란과 불안의 도피처는 산악일 수 있기 때문이다. 노래의 내용을 볼 때 후자의 견해가 더 타당한 것으로 판단된다.

이상으로 개관해 보건대, 다양하지는 않지만 행복과는 먼 거리에서 행복을 그리는 토착적인 여인네의 정한情恨으로 백제가요는 이루어졌다고 볼 수 있다.

2. 백제가요의 국문학사적 위상

백제문학이 한국고전문학사에 차지하는 위치와 그 의미는 무엇일까? 더 좁혀서 백제가요가 갖는 국문학사적 위상은 어떠한 것일까?

여섯편, 그 중에서도 넷이 모티브만 전하는 실전가요失傳歌謠라는 점을 생각할 때 보편성을 획득하기란 어렵다. 그러나 그 당대의 문학의 일면을 충분히 규지窺知할 수 있고 그것을 단서로 하여 국문학사적 위상을 논의할 수 있을 것이다.

첫째로, 평민문학이라는 사실이다. 한결같이 민요의 성격을 지니고 있어서, 상류계층이 아닌 피지배계급의 것이다. 그리고 「무등산가」를 제외하고는 모두 민중의 슬픔과 한을 바탕으로 하고 있다. 이것은 크게는 백제의 역사와 사회가 보여주는 외세의 침탈 등 그 고난에 기인하겠으나, 직접적인 원인은 아니다. 그보다는 군주시대의 계급적 갈등에 따른 서민의 한이라고 함이 옳을 것이다.

이러한 요소는 민요뿐 아니라 많은 가요의 저변을 형성하고 있으며, 오늘날의 시가에도 닿아 있다.

둘째로, 남녀의 정사情思이다. 문학이 갖는 남녀상호의 유인은 사랑으로 나타나기 마련이고, 이것은 동서고금 일치하는 보편적 현상이다. 따라서 여기에서 의미를 찾는다는 것은 도로徒勞일 수 있다. 그러나 가부장적 농본사회에서 보이는 백제의 정사는 특이한 양상을 띤다. 여성이 남자를 그리워하되 그 사이에는 사회의 장애적 요인이 가로 놓여 있다. 한과 아울러 이러한 것은 한국시가문학의 한 전형을 형성해 준다.

셋째로, 정서는 섬세하되, 내용은 윤리적이라는 것이다. 가요의 화자가 거의 여성이기 때문에 정한의 정서가 극히 섬세하다. 이것은 비단 화자의 문제 때문만은 아닌 것 같다. 백제지역의 풍토가 주는 영향이라 보기 때문이다. 농·어업의 물산이 풍부하므로 인구가 집중되고, 그런 결과 사람간의 애증이 다양하게 분출되었을 것이다. 오늘날도 호남의 말투(또는 토운) 등에 그런 사실을 쉽게 간취할 수 있다.[362]

그런데 자연 발생적인 애정은 윤리적 규범에 의하여 규제를 받는다. 이러한 사정을 필자는 이렇게 이야기한 바 있다.[363]

백제문화의 전반을 지배하는 질서는 엄격한 윤리에 있었다. 사람들이 많이 몰려 살되 정착된 봉건 농본사회이니까 당연한 일로 여겨진다. 조선조가 일반민중으로부터 불교를 빼앗고 그 대신 유교로 다스린 것도 그런 맥락에서 이해해야 옳다.

가령 불교에 있어서도 백제가 율종을 택한 것은 바로 그러한 사정 때문이며, 불교 이외의 생활규범에 있어서도 매우 엄격했던 것처럼 보이는 것은 그 때문이다.

현존하는 백제의 가요를 볼 때 그런 사정은 쉽게 이해된다. "정읍가"에서도, 피지배계층인 하잘것 없는 장돌뱅이의 아내가 남편을 염려하는 간절한 염원을 만날 수 있으며, "선운산가", "지리산가" 등 특히 "지리산가"에서는 왕의 유혹에도 굴복하지 않고 정절을 지키는 지조 높은 여인을 볼 수 있다. 삼국

---

362 졸고, 「금강과 신동엽의 문학」, 『호서문학』 17호, 1991, p.158. 이 글은 '백제정신론을 겸하여'라는 부제를 갖고 있다.
363 위의 글, p.157.

사기에 전하는 「도미전」에서도 그러한 여인을 발견하게 된다. 이러한 것은 조선조 남원을 무대로 출현한 「춘향전」의 춘향을 통해서도 면면히 드러난다. 음풍淫風이 횡행했다는 고구려나, 비교적 남녀의 만남이 자유로웠던 신라와 비교할 때, 그것은 아주 두드러진 현상이다.

넷째로, 저항성의 전통이다.

우리 한국문학이 보여주는 저항의 전통은 다른 나라에 비할 때 비교적 약하다. 그러나 백제의 것에서 그것이 두드러지게 드러난다. 백제가요 가운데에는 「지리산가」가 그 대표적인 예이다. 관탈민녀형의 설화 중 백제의 「도미전」도 그러하며, 「방등산가」도 같은 범주에 든다. 고구려와 신라의 가요에서 이러한 예를 찾기란 쉽지 않다.

저항의 정신이 백제 고토에서 면면히 나타나는 것은 우연이 아니다.[364]

---

364 위의 글, pp.158~160에서 필자는 그런 전통성을 이렇게 썼다.

　　백제정신의 가장 중요한 부문은 저항성인데, 이 점은 대부분의 사람들에 의하여 간과되었다. 순종을 미덕으로 아는 맹목적인 봉건적 윤리의 침윤과 철저한 지배사관의 영향 때문이라고 판단된다.

　　비교적 레지스땅스의 역사가 빈약한 우리로서는 백제의 저항성에 대하여 새로운 면에서 마땅히 의미부여를 해야 한다.

　　외세를 업는 등 부당한 방법으로 백제를 멸망시킨 신라는 백제인들의 강한 저항을 수년에 걸쳐 받아야 했다. 대흥산, 건지산 등에서 복신, 흑치상지 등의 저항은 격렬한 것이었다. 7세기 후반(A.D. 660) 나당군에 의하여 백제가 멸망하자 이듬해 복신, 도침 등이 주류성에 거점을 잡고 거병하였으며, 뒤에 투항을 했으나 흑치상지, 지수신 등은 임존성에서 당군과 싸웠다. 이 싸움은 3·4년간이나 지속되었다.

　　이러한 현상은 고구려나 신라의 최후에서는 결코 볼 수 없는 일이다.

다섯째로, 유전성流轉性의 문제이다. 특히 「산유화가」가 그런 사정을 극명하게 드러내준다. 백제의 수도 소부리(부여)에서 유행하던 상화가류相和歌類의 남녀상열지사男女相悅之詞가 나·당 연합전에 참전하였던 신라군에 의하여 주로 선산지방에서 유행하였고, 백제의 고토故土에서는 패권의 허망(무)감을 담아 농요로 바뀌었다. 그런 것이 방사형으로 전파되어 충남의 청양은 물론, 평북 지역에 까지 수전농업의 북상에 따라 유전되었다. 그것은 애조의 곡과 유행 때문에 한학자의 관심의 대상이 되어 그 일부가 한역漢譯되거나 음영吟詠되었다. 그리하여 그 유전流轉의 역동성이 민요의 주요성을 강조하였던 수원출신의 홍사용이 극단〈산유화〉를 조직하게 하였고 또한, 관서의 소월로 하여금 「산유화」라는 시를, 또 같은지역 출신에게 동명의 소설을 쓰게 하였던 것으로 판단된다.

하나 더 첨가할 것은 장르의 생성에 관해서이다. 도남이 일찍이 지적한 대로 「정읍가」의 후렴을 제거하면 삼장육구의 시조 형식

백제인의 저항성과 공고성은 현존하는 은산의 별신굿과 무령왕릉의 보존에서도 발견된다. 별신굿은 도침, 복신 등 백제의 부흥을 위해 적군과 싸우다 장렬하게 전사한 장군 및 병사들에 대한 해원과 위로의 제사이다. (……)

후백제를 세운 견훤이 신라 포석정까지 쳐들어 가 백제의 원수를 갚는 대목에서도 동일한 맥락을 찾을 수 있으며, 이러한 것들은 1894년 농민전쟁으로 이어지고 다시 동학의 제3대 교주 손병희 선생이 주도한 3·1운동으로 맥맥히 흘러 왔다.

필자는 계룡산(공주), 모악산(김제) 등이 왜 신흥 민족종교의 메카이며, 이들 종파들은 각각 다양한 도그마를 내세우는 데에도 불구하고 왜 미륵신앙을 공통으로 그 기반에 깔고 있는가에 주목하고자 한다. 이것은 모두 부패 질곡으로 가득찬 현실에의 부정과 그에 따르는 미래지향의 낙원사상 때문이라고 보는데, 현실에 대한 저항성이 없이는 그 형성은 불가능하다.

과 유사해서 그 남상濫觴으로 볼 수도 있겠기 때문이다.「정읍가」
가 고려의 가요로 전해 오고 그것이 조선에서 한동안 궁중의 연악
에 쓰였다면 그 생존력과 영향력을 간과해서는 안 될 것이다.

　백제의 가요는 한국가요의 원류가 되어, 그 섬세한 정서와 한의
정감이 고려와 조선조로 흘러 현대시가에도 닿아 있으며, 심지어
는 판소리계 소설의 원천으로 작용하기도 했다.

　이와 같은 점에서 백제가요가 점하는 국문학사상 그 위상은 크
다고 하지 않을 수 없을 것이다.

V. 결론

　서상敍上한 바를 요약하는 것으로 결론을 삼고자 한다.

　학계가 보여 준 백제가요의 연구는 빈약하다. 그 주원인은 자료의 빈곤에 있다. 그러나 얼마 안되는 문헌의 기록들이지만 그것을 단서로 하여 백제문학의 양상을 살피려는 노력이 별로 없었다. 그나마 관심의 대상이 되어 온 것은「정읍가」에 지나지 않는다. 이 가요도 백제의 것이 아니라는 견해가 적지 않은 실정이고 보면, 백제가요에 대한 연구는 그야말로 처녀지 그대로라 할만하다.

　현재까지 전해 오는 백제문학의 자료는 한문학, 설화, 연희, 가요 등으로 나눌 수 있다. 한문학에 속하는 것으로는 금석문金石文과 문헌문文獻文 등이 있는데, 전자는 명銘과 지誌가 주류를 이루며 후자는 표表 등 외교문서가 중심을 차지한다. 당대 한문학의 경향을 알 수 있는「사댁지적비지砂宅智積碑誌」의 변려체騈儷體가 주목의 대상이 될 뿐이다. 백제의 한문학이 흥성하였음은 사료의 많은 기록을 통하여 잘 알려진 사실이지만 안타깝게도 전해 오는 것은 영성하다. 설화의 경우도 문헌에 담겨 있는 것은 건국신화와 익산 미륵사연기설화, 도미설화, 계백설화 등에 지나지 않는다. 마한과의 오랜 싸움 그리고 병탄倂呑, 샤먼과 불교의 융성을 생각할 때 적지 않은 서사문학이 있었으리라 짐작되지만, 그것이 구비문학이요, 주로 피지배계층의 것이기 때문에 인멸되고 말았다. 그러나 곰나루전설, 은산별신굿 설화 등 백제의 두 고도(공주·부여)에는 백제 때의 전설로 전하는 설화가 많이 남아 있는 편이다. 연희로는 은산별신恩山別神굿이 백제 패망 바로 뒤에 태어나(A.D. 660년의 패망 후 4년여간 백제 부흥군의 저항이 각처에서 있었다.) 현재까지 내려오는 거의 유일한 것이다. 하지만 백제인 미마지味摩之가 일본에 기악무伎樂舞을 전해주었다는 기록으로 미루어 백제의 연희는 매우 풍부했을 것으로 보인다.

이 논문에서는 이상에 든 것들을 배제하고 가요만 그 연구의 범주로 삼았다. 문학적 가치로 보아 가요가 백제문학을 대표한다고 하여도 지나친 말이 아니다.

가요 중에는 백제의 것으로「서동요」와「완산요」를 넣는 학자들이 있으나 학계의 일반적인 견해가 아니므로 제외하였다. 따라서 가사가 전해 오는「산유화가」,「정읍가」와, 가사는 전하지 않고 그 모티브만 간략히 기록되어 전해오는「방등산가」,「지리산가」,「무등산가」,「선운산가」만을 고찰의 대상으로 삼았다. 이러한 가요를 통해서 백제문학의 면모를 어느 정도 파악할 수 있다. 백제가요의 본격적인 고찰을 위해 어떠한 문화적 여건 속에서 생성 되었을까를 먼저 살펴보는 게 순서일 것 같다.

백제는『삼국사기』의 기록에 의거할 때, B.C. 18년에서 A.D. 660년까지 근 700년간 한반도의 서남단에 위치해 있었다.

한반도의 강은 대체로 동쪽에서 서쪽으로 흐른다. 백두대간이 동쪽에서 남북으로 뻗어 있기 때문이다. 그리하여 동과 북은 산으로 이루어진 고지이며 반대로 서와 남은 평야가 발달한 저지이다. 농본사회로 정착한 신석기 이후로 이 지역은 가장 살기 좋은 곳으로서 인구가 집중되었다. 강물이 평야를 적시는 비옥한 땅 그리고 일조량이 많아서 물산이 풍부하였고, 조수간만의 차가 큰 리아스식 서해안이 발달하여 해산물이 또한 넘쳐났다. 이웃 중국의 여러 사서에 보이는 백제의 풍요로운 산물 운운은 과장이 아닌 것이다.

그들의 의식을 지배하고 있던 것은 신앙이었을 터이고, 그것은 종교로 나타났다. 토속신앙인 토템과 샤먼이 바탕에 깔려 있었고, 불교가 남조로부터 전해 오자 도읍을 중심으로 융성하기 시작하였다. 그런데 백제에서 핵심을 이루었던 불교는 율종律宗이었다. 이것은 우연한 일이 아니다. 인구가 많은 농본사회의 통어기능으로서 필요하였기 때문이다. 유교라는 뚜렷한 교리적 개념이 일반화되지 않았는데에도 여인의 정절이 요구되었다. 이러한 사실은 백제가요를 지배하는 것으로 나타나고 있으며 줄곧 이 지역을 무대로 하고 있는 적지 않은 작품의 주류를 이루었다.

언어도 백제 초기에는, 고구려 일파의 남하한 지배계급과 마한 원주민 사이에 차이가 컸던 것으로 보인다. 그러나 백제의 강역이 확대되면서 중국문화의 영향이 확산되었다. 그러나 고유문자가 없었기 때문에 국문학으로 정착하여 전해 오는 것은 없다. 하지만 백제는 신라보다 훨씬 앞서 향찰식표기를 했던 것으로 보인다. 무령왕릉에서 출토된 왕비의 팔찌 안쪽에 새겨진 '多利'라는 이름이 그러한 단서를 제공하고 있다. 그럼에도 불구하고 지명과 인명 등에서만 그 흔적을 찾을 뿐이며, 그런 표기의 문학 작품은 전하지 않아 확신하기는 어렵다. 다만 6세기 「서동요」의 작자가 백제인이며,

또 「서동요」가 향가군鄕歌群의 가장 오래된 노래라는 사실에서 우리는 많은 시사를 얻을 수 있다.

풍요로운 생활의 여건에 따라 백제인들의 섬세하고도 풍부한 정서가 백제가요에 잘 드러나 있음을 발견하게 된다.

「산유화가」 '산유화가'라는 동일한 제명題名을 갖는 노래들, 주로 한시 또는 한역가가 적지 않아서, 학계의 「산유화가」에의 관심은 주로 명칭과 유전流轉에 대한 논의가 주류를 이루고 있다. 여러 견해들을 압축하면 다섯 가지 정도로 나눌 수 있다. 첫째, '산유화'의 '메놀꽃'에서 나왔다는 것. 둘째, 산백합(권단卷丹)의 우리말이라는 것. 셋째, '메'는 '멀[遠·旧]'로, '나리'는 향유享有의 원래 뜻이 '시대'로 바뀌어 '구시대'라는 주장. 넷째, 남도잡가창조南道雜歌唱調의 우조羽調라는 견해. 다섯째, 후렴이 없는 '민짜아리'의 민아리에서 나왔다는 설 등이 바로 그것들이다. 필자는 이들과는 달리 '메나리노래'라 보고, 그것을 '뫼'와 '아리'의 결합으로 파악한다. '아리'의 '아'에 'ㄴ'이 첨가하는 것은, 국어의 음운현상에서 흔히 나타나는 모음충돌을 막기 위한 매개자음의 그것이다. 그리고 '아리'는 '알/얼'을 어근으로 하는 명사로서 '交, 合, 嫁 圓'의 의미로 해석한다.

내용은 매우 다양하여, 부여지방의 백제 패망의 비감을 담은 A형, 무상감과 관능적 성의 남녀상열이 보이는 예산,「선운산가」의 B형, 남녀의 이별을 매개로 한 애정의 강서江西 것을 C형, 잡다한 내용의 초동가樵童歌 등은 D형으로 묶을 수 있다. 내용에 따라 지역적 분포의 특성을 드러내 준다.

「산유화가」는 유전성流轉性이 매우 강해서 A형 → B형, A형 → C형, A형 → D형 등의 전파과정을 통하여 유전·전파되고 있는데, 부여의 것을 원형으로 삼는다.

「정읍가」 여러 연구자에 의하여 활발하게 논의되어 오고 있는 노래다. 이 가요에 대한 연구의 초점은 대강 두 부분이다. 가요의 국적과 주석이 그것이다.

필자는 먼저 이 가요의 명칭을 「정읍가井邑歌」로 명명하고자 한다. 종래의 '사詞'로 부른 것은 조선조 성종시 성현成俔 등에 의해 만들어진 문헌 『악학궤범』의 기록에 따른 것이다. 현존하는 가사의 전문이 실려 있어서 '사詞'로 부르는 것은 타당한 것처럼 보일 수 있다. 그러나 그 이전의 문헌인 『고려사』 악지에 「선운산가」 등 여타의 가요명과 함께 끼어 있어서 여타의 것들처럼 '가歌'로 부르는게 합리적이라는 생각을 갖게 한다. 더욱이 '사詞'는 중국문학 가운데 악곡을 중심으로 한 그 특유의 장르이기 때문에 그것과의 구별을 위해서도 '가歌'로 불러야 타당하다는 생각이다.

이 노래가 처음 불리어진 시기를 고려초나 조선조의 것, 심지어는 신라 유리왕대의 도솔가兜率歌에서 파생된 것으로 보는 견해들이 있는데 이것은 옳지 않다. 백제의 것에서 많이 변형되었다손 치더라도 그 원형을 유지하고 있다고 보기 때문이다. 물론 일차적으로 가장 신빙할만한 『고려사』의 기록도 그 전제가 된다.

이 노래는 '달노래'이다. 이 달은 원초적 상징물로서, 여타 신라의 향가 등에 나타난 것과 판이하게 다르다. 신라의 것이 서방정토등 미타사상의 불교적 상징이라면 이것은 천지신명과 원초적 성

본능의 그것이다. 그리고 부른 사람이 '행상인의 처'로 되어 있는데, 그녀의 남편 '행상'은 보부상일 것이며, 상 행위를 하는 데에는 지게가 필요했을 것이다. '지게'는 중국 사서에 의거하건데, 삼한 때부터 이용되었던 것으로 보인다. 또 보부상의 행상은 그 당시 정착적인 농본사회에서는 소외된 하층계층의 떠돌이였음이 분명하다. 따라서 이른바 장돌뱅이의 노래 범주에 속하며, 이 계층을 백제 초기의 마한족이라고 한다면 백제로부터 소외된 한 유랑집단의 노래로도 볼 수 있다.

그리고 이 가요는 민요의 고형古形을 온전히 보존하고 있다는 점, 고려 속요 형식의 남상濫觴이라는 것, 시조형식의 출발점으로 잡을 수도 있다는 사실 등 국문학사적 의미를 갖는다.

「방등산가」 이 가요는 기록에 철저할 때 신라 또는 후백시대 형성된 것으로 볼 수 있다. 신라의 것이라고 보는 이유는 『고려사』 악지에 백제의 속요로 분류해 놓고는 내용으로는 '신라말' 운운한 대목과 『증보문헌비고』의 악고樂考와 예악고藝文考 모두 신라의 것에 포함시켰기 때문이다. 그리고 후백제의 것이라는 견해는 백제의 것이라고 보되 '盜賊大起'라는 대목에 초점을 맞추다 보니까 가장 사회상의 혼란한 후백제를 택하게 된 것이다. 이 두 견해는 재고되어야 한다. 고려사의 편찬자들이 착오로 백제 속악 안에 포함시키지는 않았을 것이라는 사실, 노래의 제명이나 내용으로 보아 신라 여타의 것과 엄격히 변별이 된다는 점 등등이 그 근거가 된다. 도적에게 잡혀간 유부녀, 곧, '長日縣之女'가 불렸다는 이 노래는 특정인이라기보다는 도적의 약탈권 내에 드는 방등산 부근 촌락의 부녀자들 사이에 불리어진 일종의 민요라 할 수 있다. 이 노래는 사회의 혼란상과 아울러 가부장적 남권사회에 대한 저항과 비판이 내포된 것으로 보인다.

「선운산가」 정역征役에 나간 남편이 기한이 지나서도 돌아오지 않으므로 선운산에 올라가 남편을 그리어 '望而歌之'하였다는 게 『고려사』 악지에 기록된 모티브다. 백제에 있어서의 정역征役을 알기 위해서 전쟁을 능동적 침공과 주변국의 침략(피침)으로 조사한 결과, 침공 횟수는 모두 62회, 신라가 44회, 고구려가 12회, 기타 낙랑, 말갈, 탐라의 순위로 나타났다. 피침의 횟수는 모두 52회, 말갈이 20회, 고구려가 18회, 신라가 11회, 기타 낙랑, 위 등의 순이다. 114회의 전쟁은 백제인들에게 고통을 주었다. 이런 전쟁과 전쟁을 위한 성쌓기, 책 만들기 등의 정역에 15이상의 남자들이 강제로 징발되어야 했던 것이다. 그러므로 이런 류의 노래는 넓은 지역에서 부녀자들 간에 널리 불리었을 것으로 짐작된다. 이 노래는 『시경』이 백제에서 널리 읽혔다는 기록에 의거할 때에, 시경 속의 「초충草蟲, 은기뇌殷其雷, 웅치雄稚, 군자우역君子于役」 등의 영향을 받지 않았을까, 그런 유추가 가능하다. 또 하나 간과할 수 없는 것은 이 노래가 불리어진 지리적 공간 곧, 선운산이라는 사실이다. 이 산에는 이십사처의 굴이 있어서 원시고유신앙과 연결된 주술적 기원의 비나리적 성격이 이 노래를 지배하였으리라고 본다.

하나 덧붙일 것은 시적화자인 작사의 거소 문제다. 장사長沙의 여인이라 하여 장사라 했는데 선운산을 중심으로한 고창에 장사라는 지명이 고래로부터 보이지 않는다는 것이다. 이것은 한 지명

의 첫 음이 다른 지명의 두음頭音과 연합하여 불리어지는 지명의
형성방법에 따라 찾아낼 수가 있다. 거기에는 전승의 근거가 따라
야할 것이다. 그러나 장소의 여하가 이 노래의 성격을 좌우하지는
않는다.

「**무등산가**」 학계에서는 일반적으로 태평가의 하나로 보고 있다.
그러나 이 가요가 불려진 '무등산'을 주목하여 그 성격을 유추하는
것이 이 노래의 핵심을 찾는 첩경이 된다.

무등산은 여러 가지 유래담을 보여 준다. 그 중에 필자가 주목
하는 것은 무당산설이다. 이것은 '무덤산'이라는 또 다른 이름에
서 소리의 유사성에 따라 '무당산'으로 바뀐 것이라고 하나 그것은
옳지 못하다. 그보다는 '무돌산'(이것은 광주의 옛 이름이기도 하
다.) 곧 기암괴석奇巖怪石이 우뚝우뚝 솟은 산상의 모습(현 서석대)
에서 명명되던 것이, 그 신비와 외경감 때문에 천제와 관련한 '성
소'로 바뀌어 오늘날까지 전해 오고 있다는 견해가 합리적이다. 따
라서 이「무등산가」는 국태민안國泰民安을 기원한 주술적 가요라
할 수 있다.

「**지리산가**」 이른바 관탈민녀형의 노래다. 그러나 왕이라는 절대
권력 앞에서도 시골의 한 나약한 아낙네가 굳게 정절을 지켰다는
점에서 다른 것들과 차이를 보여준다. 가령 신라의 도화녀가 홀로
되자 왕의 영靈과 관계를 맺는다거나, 순정공純貞公의 아내 수로부
인이 해룡에 납치되어 갔다가 중구삭금衆口鑠金의 해가海歌로 인하
여 뭍(남편)으로 나왔을 때 그의 몸에서 이상한 향기가 난 그런 것

들과 전혀 다른 것이다.

'사서불종死誓不從'의 정절을 담고 있는 이 노래는 '저항성'이라는 점에 그 가치를 두어야 한다. 비록 가난한 시골 아낙이지만 임금의 요구도 거부하는 그 당당한 기세를 단순히 가부장적 사회 속에서의 여인의 미덕만으로 좁게 볼 수 없겠기 때문이다. 이태조의 간곡한 요청을 거절한 지리산의 성모여신의 전설도 이 가요의 성격과 무관한 것이 아니다.

이상의 고찰을 통하여 백제가요의 일반적 성격을 들어 보면 다음과 같다.

첫째, 가난한 백성들의 노래라는 사실이다. 이 노래들은 어느 특정 개인이 지어 불렀거나, 특정 개인을 찬양한 것이 아니다.

둘째, 거개가 여인들 그것도 남편이 있는 부녀자가 불렀다는 것이다. 그러니까 작품 속에서의 퍼스나는「무등산가」만 제외하고는 한결같이 여성인 셈이다.

셋째, 모든 노래가 사회적 불안을 배경으로 하고 있다는 것이다. 전쟁, 침탈, 생활고 등을 겪는 삶의 고통이 압축되어 있다.「무등산가」는 언뜻 보아 예외인 듯하나 사회적 불안의 역설적 가요라는 점에서 여타의 가요들과 궤를 같이 한다.

넷째, 남녀간의 정사情思를 그 내용의 중심으로 삼고 있다는 점이다. 그것도 여요麗謠처럼 음사淫辭가 아니라, 부권사회가 보여 주는 망부, 정절 등의 유교적 정서를 예외 없이 모두 보여 주고 있다.

다섯째, 유전성流轉性이 강하다는 것이다. 특히 농요로 바뀐「산유화가」의 다양성과 지속성에서 그런 사실을 쉽게 발견할 수 있다.

여섯째, 적극적이든 소극적이든 저항성이 나타나 있다는 것이다.「지리산가」에서 그러한 사실이 두드러지게 드러나지만, 정절을 지키려는 백제 여인들의 그것도 저항의 다른 표현으로 이해된다.

일곱째, 가요가 전부 고유명사이면서 산명山名이라는 사실이다. 이것은 당대 주거생활의 한 반영이면서, 혼란한 사회 속에서의 은신처라는 상징성을 지닌다.

백제가요의 이러한 성격은 국문학사상 많은 의미를 갖는다. 평민성, 저항성, 윤리성, 정한성과 그 유전성流轉性 등이 그러하다. 이것들은 한국가요의 원류로서 고려조와 조선조 문학의 저변을 흘러 오늘의 현대시가에까지 그 맥이 닿아 있다.

참고 문헌

1. 자료

1. 姜槿馨, 『民謠大全集』, 永和出版社, 1962.

2. 姜仁求, 『百濟古墳硏究』, 一志社, 1977.

3. 國史編纂委員會, 『輿地圖書(下)』, 國史編纂委員會, 1979.

4. 국사편찬위원회, 『한국사(고대편)』, 探究堂, 1978.

5. 權文海, 『大東韻府群玉』, 正陽社, 1957.

6. 近藤 杢, 『支那學藝大辭彙』, 立命館出版社, 1937.

7. 今西 龍, 『百濟史硏究』, 國書刊行會, 1970.

8. 金富軾, 『三國史記』, 景仁文化社, 1977.

9. ———, 『三國史記』, 先進文化社, 1960.

10. ———, 『三國史記』, 乙酉文化社, 1977.

11. ———, 『三國史記』 상 · 하, 과학원출판사, 1959.

12. 金聖昊, 『沸流百濟와 日本의 國家起源』, 知文社, 1982.

13. 盧思愼 外, 『新增東國輿地勝覽』, 古典刊行會, 1958.

14. 盧重國, 『百濟政治史硏究』, 一潮閣, 1988.

15. 望月信亨, 『佛敎大辭典』, 世界聖典刊行協會, 1979⁹.

16. 無錫丁福保仲祜, 『佛敎大辭典』, 寶蓮閣, 1976.

17. 文公部, 『文化遺蹟總覽』, 文公部文化財管理局, 1977.

18. 文明大 外, 『百濟의 彫刻과 美術』, 公州大 百濟文化硏究所, 1991,

19. 文定昌, 『百濟史』, 栢文堂, 1975.

20. 朴桂弘 外,『韓國口碑文學大系』, 精神文化硏究院, 1981.

21. 朴增洪,『無等山』, 全南每日出版局, 1976.

22. 朴容大 外,『增補文獻備考』, 古典刊行會, 1964.

23. 朴鐘鈗,『百濟 · 百濟人 · 百濟文化』, 知文社, 1988.

24. 백제문화연구소,『백제의 역사』, 충남도, 1995.

25. 『百濟史資料』, 百濟開發硏究院, 1985.

26. 史在東 外,『百濟 佛敎文化의 硏究』, 忠大百濟文化硏究所, 1994.

27. 徐榮洙 外,『中國正史 朝鮮傳』, 國史編纂委員會, 1986.

28. ――― 外,『中國正史 朝鮮傳 譯註』1~4, 國史編纂委員會, 1987~
     1990.

29. 釋一然,『三國遺事』, 景仁文化社, 1977.

30. 崔南善 編,『三國遺事』, 民衆書館, 1954.

31. ―――,『삼국유사』(리상호 역), 과학원출판사, 1960.

32. 成俔 外,『樂學軌範』, 亞細亞文化社, 1975.

33. 신형식,『百濟史』, 이대출판부, 1992.

34. 安承周 外,『百濟 武寧王陵』, 百濟文化硏究所, 1992.

35. ――― 外,『公州의 古文化』, 百濟文化硏究所, 1977.

36. 劉國盈 外,『中國古典文學辭典』, 北京出版社, 1987.

37. 劉蘭英 外,『中國古代文學詞典(上 · 下)』, 廣西敎育出版社, 1992.

38. 兪元載,『中國正史百濟傳硏究』, 學硏文化社, 1993.

39. 柳在泳,『전북전래지명총람』, 민음사, 1993.

40. 尹武炳,『百濟考古學硏究』, 學硏文化社, 1992.

41. 李基東,『百濟史硏究』, 一潮閣, 1996.

42. 梨大韓國女性硏究編,『韓國女性關係資料集』, 梨大出版部, 1984.

43. 李道學,『백제 고대국가 연구』, 一志社, 1995.

44. ──────,『백제사』, 푸른역사, 1997.

45. 李丙燾 譯註,『三國史記』, 乙酉文化社, 1977.

46. ──────,『三國遺事』, 東國文化社, 1962.

47. 『二十五史』, 上海古籍出版社, 1986.

48. 李昌培,『歌謠集成』, 靑丘古典聲樂學院, 1961.

49. 李弘基,『朝鮮傳說集』, 朝鮮出版社, 1944.

50. 任東權,『韓國民謠集』· I~VI, 集文堂, 1975.

51. 任哲宰,『韓國口傳傳說(忠南北篇)』, 평민사, 1990.

52. 林憲道,『百濟傳說大觀』, 精硏社, 1985.

53. 張慶浩,『百濟寺刹建築』, 藝耕産業社, 1991.

54. 張師勛,『國樂大事典』, 世光音樂出版社, 1984.

55. 長城郡史編纂委員會,『長城郡史』, 長城郡, 1982.

56. 鄭乃臧 外,『文學理論詞典』, 光明日報出版社(北京), 1987.

57. 鄭麟趾 外, 『高麗史』, 東方學研究所, 1955.

58. 趙成教, 『南原誌』, 南原誌編纂委員會, 1975.

59. 조성일, 『민요연구』, 연변 人民出版社, 1983.

60. 趙素昻, 『韓國文苑』, 亞細亞文化社, 1994.

61. 震檀學會, 『韓國史(古代篇·中世篇)』, 을유문화사, 1956, 1961.

62. 車勇杰 外, 『百濟의 宗敎와 思想』, 忠南大, 1994.

63. 崔來沃, 『全北民譚』, 螢雪出版社, 1979.

64. 崔夢龍 外, 『百濟史의 理解』, 學研文化社, 1991.

65. 崔炳德 外, 『光州誌』, 右文堂, 1964.

66. 崔常壽, 『韓國民間傳說集, 通文館, 1958.

67. 崔在錫, 『百濟의 大和倭와 日本化過程』, 一志社, 1980.

68. ——— 外, 『韓國學基礎資料選集(古代篇)』, 韓國精神文化研究院, 1987.

69. 韓致奫, 『海東繹史』, 景仁文化社, 1974.

70. 洪起文, 『고가요집』, 국립문학예술서적출판사, 1959.

71. 洪思俊, 『百濟史 論集』, 향지, 1995.

72. ———, 『百濟의 傳說』, 通文館, 1950

73. 洪元卓, 『百濟와 大和日本의 起源』, 구다라인터내셔널, 1994.

74. 黃浿江 外, 『韓國古代歌謠』, 새문사, 1986.

75. 世昌書館版 『詩傳』, 『周易』.

76. 富山房版,『毛詩』(漢文大系·12), 1978.

77. 其他 鄕土誌, 世宗實錄 地理志 등등.

78. 『扶餘郡誌』(1964년 및 1987년판).

2. 연구 논저

1. 姜吉云,『古代史의 比較言語學的 研究』, 새문사, 1990.

2. 高晶玉,『國語國文學要講』, 大學出版社, 1948.

3. ———,『朝鮮民謠研究』, 首善社, 1949.

4. 國學資料刊行委員會,『國文學論文集』第四輯 古典文學 散文篇·II, 大堤
   閣, 1990.

5. 權相老,『朝鮮文學史』, 一般프린트社, 1947.

6. ———,『韓國地名沿革考』, 東國文化社, 1961.

7. 金均泰 外,『韓國판소리·古典文學研究』, 亞細亞文化社, 1983.

8. 김무헌,『한국노동민요론』, 집문당, 1986.

9. 金思燁,『國文學史』, 正音社, 1954.

10. 金烈圭,『韓國의 神話』, 一潮閣, 1976.

11. 金煐泰,『百濟佛敎思想研究』, 東國大出版部, 1985.

12. 金用淑, 『韓國 女俗史』, 民音社, 1989.

13. 金哲埈, 『韓國古代社會研究』, 知識産業社, 1975.

14. 金台俊, 『高麗歌詞』, 學藝社, 1939.

15. 金亨奎, 『古歌謠註釋』, 一潮閣, 1968.

16. 南廣祐, 『國語學論文集』, 一宇社, 1962.

17. 文暻鉉, 『新羅史研究』, 慶北大出版部, 1983.

18. 朴魯春, 『韓國文學雜稿』, 시인사, 1987.

19. 朴炳采, 『高麗歌謠語釋研究』, 宣明文化社, 1968.

20. 朴晟義, 『韓國歌謠文學論과 史』, 宣明文化社, 1974.

21. 白南雲, 『朝鮮社會經濟史』, 改造社, 1933.

22. 三品彰英, 『三國遺事考證·上』, 塙書房, 1975.

23. 成慶麟, 『韓國音樂論攷』, 同和出版公社, 1976.

24. 孫晉泰, 『朝鮮民族文化의 研究』, 乙酉文化社, 1948

25. ———, 『韓國 說話의 研究, 乙酉文化社, 1947.

26. 宋芳松, 『韓國古代音樂史 研究』, 一志社, 1985.

27. ———, 『高麗音樂史研究』, 一志社, 1988.

28. ———, 『韓國音樂通史』, 一潮閣, 1984.

29. 신경림, 『민요기행』, 한길사, 1985.

30. 申采浩 改訂版, 『丹齋申采浩全集』, 丹齋申采吾先生記念事業會, 1982.

31. 安東柱,『百濟文學史論』, 國學資料院, 1997.

32. 梁柱東,『朝鮮古歌研究』, 博文書館, 1940.

33. ────,『國學研究論攷』, 乙酉文化社, 1962.

34. ────,『麗謠箋註』, 乙酉文化社, 1947.

35. ────,『增訂古歌研究』, 一潮閣, 1969.

36. 우리어문학회編,『國文學概論』, 一成堂, 1949.

37. 柳在泳,『傳來地名의 研究』, 圓光大出版局, 1982.

38. 尹榮玉,『新羅歌謠의 研究』, 螢雪出版社, 1979.

39. 李家源,『韓國漢文學史』, 民衆書館, 1961,

40. ────,『韓文學研究』, 探求堂, 1969.

41. ────,『朝鮮文學史』上·中·下, 太學社, 1995.

42. 李基文,『改訂國語史概說』, 民衆書館, 1974.

43. 李能和,『朝鮮女俗考』, 東洋書院, 1927.

44. 李明九,『高麗歌謠의 研究』, 新雅社, 1973.

45. 李秉岐,『가람文選』, 新丘文化社, 1966.

46. ────,『國文學概論』, 一志社, 1961.

47. ────外,『國文學全史』, 新丘文化社, 1961.

48. 李炳銑,『韓國古代國名地名研究』, 亞細亞文化社, 1982.

49. 李商燮,『文學研究의 方法』, 探求堂, 1972.

50. 李成千,『國樂史』, 國民音樂研究會, 1976.

51. 이소라,『부여의 민요』, 부여문화원, 1992.

52. ━━━,『韓國의 農謠(第四輯)』, 玄岩社, 1994.

53. ━━━,「모노래, 민아리 및 오독떼기의 비교연구」,『국악원논문집(第八輯)』, 국립국악원, 1996.

54. 李泳澤,『韓國의 地名』, 太平洋, 1986.

55. 李殷相,『鷺山文選』, 永昌書館, 1947.

56. 李鐘出 外,『无涯華誕紀念論文集』, 探求堂, 1963.

57. 李鐸,『國語學論攷』, 正音社, 1958.

58. 李惠求,『韓國音樂序說』, 서울大出版部, 1967.

59. ━━━,『韓國音樂研究』, 國民音樂研究會, 1957.

60. 李弘稙,『韓國古代史의 研究』, 新丘文化社, 1971.

61. 李熙鳳 外,『韓國文化史大系』·II, 高大民族文化研究所, 1965.

62. 印權煥,『韓國民俗文學史』, 悅話堂, 1978.

63. 任東權,『韓國婦謠研究』, 集文堂, 1982.

64. ━━━,『韓國民謠研究』, 선명문화사, 1974.

65. ━━━ 外,『韓國文化史大系』·V, 高大民族文化研究所, 1967.

66. ━━━ 外,『韓國文化史大系』·VI, 高大民族文化研究所, 1970.

67. 張德順,『韓國文學史』, 同和文化社, 1975.

68.　───,『韓國說話文學研究』, 서울大出版部, 1971.

69.　───外,『口碑文學槪說』, 一潮閣, 1971.

70.　張師勛,『國樂槪要』, 精硏社, 1961.

71.　───,『國樂論攷』, 서울大出版部, 1971.

72.　───,『韓國舞踊槪論』, 大光文化社, 1984.

73.　───,『韓國傳統舞踊硏究』, 一志社. 1977.

74.　全圭泰,『高麗俗謠의 硏究』, 正音社, 1976.

75.　田邊尙雄,『東洋音樂史』, 雄山閣, 1940.

76.　鄭東華,『韓國民謠의 史的 硏究』, 一潮閣, 1981.

77.　鄭炳昱,『한국고전시가론』, 신구문화사, 1960

78.　鄭寅普,『朝鮮史硏究』(下), 서울신문사, 1947.

79.　趙東一,『한국문학통사』·1, 知識産業社, 1995.

80.　趙潤濟,『韓國文學史』, 東國文化社, 1963.

81.　───,『朝鮮詩歌史綱』, 博文出版社, 1937.

82.　趙芝薰,『趙芝薰全集』第七卷, 一志社, 1973.

83.　池憲英,『鄕歌麗謠新釋』, 正音社, 1947.

84.　───,『鄕歌麗謠의 諸問題』, 太學社, 1991.

85.　崔南善,『尋春巡禮, 白雲社』, 1925.

86.　───,『六堂崔南善全集』3·6·8, 玄岩社, 1973.

87. 崔在錫 外, 『韓國文化史大系』(風俗·藝術史), 高大民族文化研究所, 1967.

88. 최철 外, 『민요의 연구』, 정음사, 1984.

89. 최철, 『韓國民謠學』, 연세대출판부, 1992.

90. 한국철학사연구회편, 『조선철학사』, 이성과현실사, 1988.

91. 胡雲翼, 『唐代的 戰爭文學』, 臺灣 商務印書館, 1955.

92. E. J. Hobsbawm, *Primitive Rebels*, Manchester, 1959(黃義坊 譯, 『義賊의 社會史』, 한길사, 1978).

93. Ivor H. Evans, *Brewer's Dictionary of Phase and Fable*(Revised edition), London, 1981.

94. Karl A. Menninger, *The Human Mind*, New York, 1945.

95. M. Bodkin, *Archetypal patterns in Poetry*, Oxford University, 1965.

96. M. Eliade, *The Myth of Eternal Return*, New York, 1945.

97. 『公州師範大學論文集』 第四輯.

98. 『百濟文化』, 第五, 六, 七, 八, 九, 十, 十一輯.

99. 『百濟研究』 第二輯, 第三輯.

100. 『亞細亞研究』 通卷 第七輯.

101. 『自由文學』, 通卷 二十七號.

102. 『韓國言語文學』 第十一輯.

103. 『韓國音樂研究』 第二輯(寬齋成慶麟先生華甲紀念 特輯號) 等等.

2부

백제 시기의 문학

| 차 례 |

제2부 백제 시기의 문학

Ⅰ. 머리말˙

백제는 뛰어난 문화와 예술을 가진 나라였다. 무령왕릉의 부장품이나 용봉대향로 등에서 그러한 사실을 쉽게 확인할 수 있다. 그 안에 들어있는 섬세한 감각과 치밀한 수법 그리고 화평을 기본축으로 하는 종교의식이 생생하게 드러나 있다. 아마도 아직 발굴되지 않은 채 땅속 깊이 숨겨져 있는 것도 꽤 많을 것으로 생각된다.

그러나 문학은 전해 오고 있는 것이 영성하기 짝이 없다. 그것은 문학의 속성상 언어로 표현되기 때문이다. 문학의 출발과 바탕은 입말일 터인데 그것이 천삼사 백년을 거쳐 전해 온다는 것은 사실상 불가능한 일이다. 당대 지배계층의 문자인 한자로 표기되었다 하더라도 사정은 별반 다르지 않다.

거기에다가 백제의 비극적인 멸망을 들 수 있다. 느닷없이 첩자와 외세를 끌어들인 신라의 침략으로 말미암아 평화를 자랑하던 백제는 그 대가 끊어지게 되었다. 3년여 우리나라 역사에는 찾아보기 어려운 나·당 점령에 대하여 끈질긴 저항을 보여주었고 그것은

* 이 글은 『충남도지』 권17, 2010, 「고전문학론」에 실린 바 있음. 시간으로는 웅진·사비의 시기, 공간으로는 충남으로 제한되었음. 앞 1부에서 제외되었던 「서동요」가 언급됨.

더욱 백제의 뿌리를 송두리째 뽑으려는 복수로 나타났다. 삼국사기의 백제본기 의자왕조에 보면 며칠 간 불에 타는 소부리의 비참한 모습을 기술하고 있다. 고흥高興이 썼다는『서기書記』도 이때에 타 없어진 것이다. 고작 남아 전하는 것은 약간의 금석문이 전부라 해도 지나친 말이 아니다. 이러한 '태워 없앰' 못지않게 백제가 왜소화되고 왜곡된 것은 후대 사가의 신라 편향의 기록 때문이다. 잘 알려진 것처럼 김부식金富軾의『삼국사기』는 말할 것 없고 승 일연一然『삼국유사』도 말이 삼국이지 백제사는 정도 이상으로 소홀히 취급하였다. 물론 그들의 성향에 따른 것이겠지만 잠재된 의도성이 빤히 보이는 것이었다.

백제가 갖고 있었던 탁월한 배 만들기 기술과 항해의 기술을 이용해 중국 남조와의 교역과 문화 수용 그리고 왜에 불교와 한문화 등을 전파하였다. 그들 나라의 적지 않은 역사서들은 그러한 백제 정신의 열려있음을 알려 주고 있다.

얼마 남아 전하지 않는 백제문학의 편린을 아쉬움과 긍지를 가지고 살펴보려는 것이 이 글의 목적이다.

Ⅱ. 백제문학의 배경

배경은 한 현상의 본질이자 특성을 찾아내는 데에 중요한 단서를 준다. 배경이란 선입견으로 말미암아 대상을 바로 보는 데에 있어서 장애가 되는 수도 있으나 사물을 빠르고 정확하게 파악할 수 있다는 점에서 결코 간과해서는 안 될 것이다.

1. 역사적 배경

삼국사기는 백제의 건국을 고구려의 왕조 일파가 남하하여 세운 것으로 쓰고 있다. 백제도 고구려와의 관계를 형제 사이로 불렀고, 그 조상 나라를 부여라고 여겨 해마다 봄·가을에 동명왕묘제東明王廟祭를 지냈다. 웅진(또는 웅천)에서 소부리所夫里로 천도하고 나서 자기들의 성을 부여扶餘씨로 고쳤다. 비록 국경 문제로 자주 고구려와 치열한 전투를 벌였고 그로 인하여 서로의 왕들이 전사까지 하는 일을 벌였지만, 백제는 어느 기록에도 고구려를 점거하려는 야심을 찾을 수 없다. 말하자면 고구려의 침략적인 남진정책에 대응하는 양상을 보여 주었을 뿐이다. 위례성慰禮城에서 웅진으로의 천도는 패전에 따른 어쩔 수 없는 것이었지만, 웅진에서 소부리泗沘城으로 옮긴 것은 고구려의 무모한 침탈을 벗어나 안정되고 평화로운 나라를 이루고자 한 의도가 그 배경에 깔려있다. 법왕法王 때 살생과 육식을 금하게 하는 왕의 지시도 그러한 맥락에 닿아 있다.

그러나 지배족은 북방계였으나, 피지배 계층은 달랐다. 말도 다르고 풍습도 차이가 있었다. 온조溫祚일파의 무혈입성이 아니었다. 이미 굳세기로 이름난 마한馬韓 세력이 자리잡고 있었다. 진한辰韓, 변한弁韓의 삼한 중에도 마한은 한강 유역의 현 경기 중부 이남지역과 금강 유역의 현 충남 그리고 남으로는 섬진강, 영산강 유역의 현 전남·북 지역을 넓게 아우르고 있었다. 백제의 건국은 그들과의 끈질긴 싸움에 의해서 이루어진 것이었다. 백제가 위례성에서 고구려의 힘에 밀려 웅진으로 왔을 때, 나 어린 문주왕文周王이 피살된 일이라든가, 동성왕東城王이 사비 지역으로 사냥 가 백가苩加('백'이 '구臼'라고 쓰여진 곳도 있음)에 의해 죽임을 당한 것도 마한 세력의 토호와 전연 무관한 것이 아니었다. 갈재蘆嶺 너머 남녘과 탐라국(제주도)까지 완전하게 장악하는 데에는 장구한 세월이 요구되었다.

백제의 지배족은 북방족이지만 선주민의 마한국은 그 성분을 규정짓기가 쉽지 않다. 백제의 지배 훨씬 이전에 북방에서 내려온 족속인지 아니면 남방 쪽에서 온 족속인지 정확하게 단정하기는 어렵다. 다만 삼한이 장기간 선주민으로 존재한 것만은 분명하므로 백제의 북방계에 대하여 남방계라 칭할 만하다. 이렇게 본다면 백제는 북방계와 남방계가 섞여 형성된 고대 국가라 할 수 있다.

2. 문화풍토적 배경

한반도는 북에서 남으로 뻗어 있으며 동고서저東高西低의 지형을 형성하고 있다. 동쪽으로 치우쳐 남으로 뻗은 백두대간은 강의 시발점이 되어 낮은 서쪽으로 흘러가고, 그 흐름에 따라 평원을 만들어준다. 따라서 압록강, 청천강, 대동강, 예성강, 한강, 금강, 영산강 등은 비옥한 농토를 형성하고, 농경사회로 진입한 당대의 중심지가 되었다. 고구려의 평양(대동강)이 그렇고 고려의 개성(예성강)이 그러하며 백제의 위례성(한강) 웅진·사비(금강)가 또한 그러하다. 그러한 사정은 현대에 와서도 마찬가지다.

백제의 강역은 당시 어느 국가보다도 살기 좋은 천연의 조건을 갖추고 있었다. 평야가 넓게 발달하였을 뿐 아니라 기름졌고 거기에다가 일조량이 풍부했다. 농경사회로서의 좋은 조건을 모두 갖춘 땅이었다. 해안선도 다양하고 조류의 간만의 차이도 커서 해산물이 넉넉했다. 강과 그 지류가 잘 발달하여 고루 분포되었고 산도 비교적 나지막해서 교통로도 편리했다.

백제가 천혜의 자연 조건을 가지고 있었다는 사실을 중국의 옛 사서는 이렇게 기록하고 있다.

> 백제는 논밭에 물이 많고 기후가 따뜻해서 오곡과 많은 과일 및 채소가 있으며 술과 반찬, 약품 들이 많다.
>
> 『후주서後周書』

백제에는 오곡이 있으며 소, 닭, 돼지 등 가축을 키운다.

『수서隋書』

백제에는 토산품이 많다.

『구당서舊唐書』

이런 자연적 여건은 거기에 사는 사람의 품성을 평화롭게 만들고 낙천적이게 했다. 그것은 한편으로 인접한 국가의 침공의 빌미가 되었다. 당시 삼국의 어느 나라보다 성城이 많은 것은 그 때문이다.

물과 산이 잘 어울리는 복된 땅의 사람들은 온화하였으며 섬세하였다. 그들이 남긴 금세공은 현대의 기술로도 흉내 내기 어렵다. 치밀하고 섬세한 백제인의 성품이 그대로 반영된 것이었다. 일상에서 일탈한 극단적인 괴기함이 없고 어느 것이나 잔잔한 균형을 갖추고 있으며 그 속에 안온한 품격이 스며있다. 왕의 무덤도 땅위에 돌을 쌓아 거대하게 제압하는 이른바 적석총이 아니라 지하에다 구은 벽돌로 쌓은 그런 전축분이다.

무령왕릉의 지석에 보면 지하를 관장하는 신에게 땅을 사는 계약서 매지권과 그 대금인 돈(오수전)을 놓고 있는데 이것은 왕도 자연의 질서에 따르는 당대 우주관의 한 반영이라는 점에서 시사하는 바가 크다. 백제 때 특히 토기가 발달한 것도 생각케 하는 바가 많다. 흙으로 구워 만든 그릇은 지배자나 피지배자층을 가리지 않고 두루 썼을 것이다. 그것은 지배권의 약화를 의미하는 것이 아니라 계급간의 수평적 조화를 보여주는 것이다. 무령왕릉이 당군이나 신라군으로부터 박해를 피한 것도, 일제강점 시 일제의 도굴에 가까운 발굴로부터도 노출되지 않은 것도 결코 우연한 일이 아니다.

3. 언어적 배경

백제 지배층의 언어는 말할 것도 없이 북방계의 알타이어에 속한다. 일부 학자들은 알타이어계를 인정은 하지만 한국어를 거기에 소속시키는 데에 머뭇거리는 실정이다. 그러나 진지한 노작을 통해 보여준 구스타프 욘 람스테트에 따르면 일찍이 흥안 산맥을 가운데에 두고,

이렇게 살면서 알타이 공통어를 쓰다가 민족 이동으로 각기 분화되었다고 하였다. 그 가운데에서도 한국어는 터키와 함께 맨 먼저 갈라져 나와 여타 민족의 언어와의 친연관계가 가장 멀다고 했다. 이렇게 볼 때 부여계의 고구려어를 계승한 것이 백제이므로 알타이어가 지배했을 것은 당연한 일이다. 가령 풍속도 고구려와 같아서 그러한 사정을 중국의 옛 사서는 이렇게 보여준다.

백제의 언어와 복장은 고구려와 같다.

『양서梁書』

백제의 풍속은 고구려와 같다.

『신당서新唐書』

후위서後魏書에도 복장과 음식이 고구려와 같다는 내용을 담고 있다. 그러나 끈질긴 저항을 거치면서 조금씩 복속된 원주민 곧 마한인의 언어는 곧바로 백제화 되기 어려웠다. 다음의 기록은 그러한 사정을 알기에 충분하다.

백제는 왕을 일러 '어라하於羅瑕'라고 하나, 일반 백성은
'건길지鞬吉支'라 부른다.

『후주서後周書』

백제의 왕도로부터 멀리 떨어져 권력의 미침이 약한 지역은 그들 고유의 말을 썼을 것이다.

문자의 경우는 사정이 다르다. 어떠한 형식이든 시각적 표상의 문자가 존재하였을 것이나, 널리 통용되거나 공동의 집단 약속으로 인정받기는 어려웠을 것이다. 『삼국사기三國史記』 백제 본기 제2 근초고왕조에 나오는,

문자와 그것을 기록한 것이 없다가 박사 고흥高興에 의해
처음 서기書記가 쓰여졌다.

도, 한자漢字를 빌려 쓴 것을 뜻한다고 보아야 할 것이다. 다시 말하면 아직까지 금석문 등 어디에서도 백제의 문자로 추정되는 것이 발견되지 않은 이상 문자는 지배자의 전유물이었을 가능성이 있고 그것은 한자라고 잠정적인 결론을 내릴 수밖에 없다.

그런데 거듭 주목해야 할 것은 한자의 음과 훈을 빌어 쓴 향찰식 문자가 백제에 있었다는 사실이다. 인명 특히 지명에 나타나고 있을 뿐 아니라 이른바 향가의 최초의 노래인「맛둥노래薯童謠」가 백제 무왕 즉위 전 소년 시절의 것이기 때문이다. 신라보다 훨씬 앞서 향찰식鄕札式 문자를 사용하였음이 분명하다. 이러한 점에 대해서는 앞으로 진지한 연구가 더 요구된다.

4. 외교적 배경

백제는 당시 모든 부족 국가와 마찬가지로 농경중심의 사회였다. 적절한 기후에 비옥한 전답은 어느 나라보다도 농경사회에 알맞았다. 그러나 반도의 서남단에 위치해 있다고 해서 폐쇄적인 것은 아니었다. 비교적 풍랑이 심하지 않고 또 수심이 깊지 않은 서해와 남해의 바다는 생활로서 뿐 아니라 다른 나라와의 교역을 활발하게 하였다.

백제는 배를 만드는 기술이 뛰어났고 또 항해술이 발달하였다. 문화와 상품의 교역 대상은 주로 중국 남조와 일본(왜)이었다. 남조와의 사신 연락이 있었고 그 쪽 문화의 수입이 빈번하게 있었다. 중국 쪽 옛 사서에도 그러한 기록이 자주 나타나고, 무령왕릉 부장품 가운데에도 남조의 것이 발견되었다. 중국과 백제와의 사이에 있는 황해를 서로 왕래하는 항로도 매우 발달했다. 산동반도의 현 이엔타이煙台에서 경기도 화성의 제부도 쪽으로 건너 연안을 따라 금강 하구에 도착, 금강을 따라 소부리(부여)와 웅진(공주)로 오는 길이 있었다. 소정방이 10만 대군을 이끌고 온 길이 바로 그 길이었다. 신라는 입지조건이 어려웠기 때문에 한강 하류 쪽을 정복하는데 온갖 힘을 써 화성의 당항성唐項城을 거점 삼아 산동성 쪽으로 도착, 머나먼 당의 장안(서안)을 향했던 것이다. 뒷날에 바다의 실크로드라고 이르는 남부로부터 아랍까지의 항로가 있었다고 하나, 초기는 항해술이나 조선술로 보아 불가능한 일이었다. 신라가 중국으로 사신을 보낼 때에도 백제 사신을 따라 다녔고 말도 통하지 않아 백제 사신이 통역을 해 주었다. 중국 옛 사서인 양서梁書 신라전에 '백제(사신)의 말을 기다려 말이 소통되었다.'는 기록은 그러한 사실을 분명하게 입증해 준다.

불교가 백제에 전해진 것은 삼국사기에 따르건대 침류왕枕流王 원년 9월이었다. 호승 마라난타摩羅難陀가 진晉으로부터 와 왕이 궁전에서 극진한 예를 베풀어 맞이하였다. 호승胡僧이라는 걸로 보아 진나라 승려가 아니라 천축국 등 인도 쪽 사람임이 확실한데 그가 어느 통로로 왔느냐는 사실에 주목할 필요가 있다. 고구려가 먼저 전해졌으니 고구려를 통하여 왔다면 그것은 육로일 가능성이 크다. 그러나 단신으로 온 것을 보거나 호승이라는 것, 그리고 진晉에 조공을 바친 바로 뒤를 이어 온 것을 보면 진왕의 답례 겸 사신격으로 이해된다. 이런 사실 등등을 미루어 볼 때, 반드시 육로를 택했을 까닭이 없다. 더구나 진晉이 장강의 남쪽에 위치해 있었기 때문에 해로를 통하여 왔다고 추단할 수 있다. 왜 이런 추단이 가능하냐 하는 것은 진(중국)과 백제의 거리가 해상으로 볼 때 가깝기 때문이다. 태안 안흥에 가면, 그곳 사람들은 새벽에 중국에서 우는 닭소리도 들린다고 말한다. 실제로 가청지역이 아닌 데에도 가까운 거리, 지척지간임을 과장해 하는 말이지만 서로의 왕래가 빈번하게 있었음을 담고 있는 거리 의식의 소산이다. 현 산동성의 산동반도를 비롯하여 양자강 둘레의 링포, 온저우 등지와 서해안 특히 백제 강역, 이를테면 당진, 안흥, 안면도, 보령, 서천, 장항 그리고 줄포의 곰소 등 전북·남의 지역과 잦은 왕래와 교역이 있었음은 분명한 일이다.

중국과의 관계가 주로 '받아들임'에 있었다면 일본(왜)와의 관계는 이와는 상대적으로 '주는' 성격을 보여준다.

백제의 문화수준은 매우 높아서, 시, 서, 역, 예기, 춘추 등에 통달한 오경박사가 있었다. 한자로 짐작이 되지만 『신당서新唐書』에 보면 '백제에 문자가 있었고 그것으로 기록했다'는 기록도 보이고, 『삼국사기』에도 '백제가 나라를 연 이래 문자가 있었으며 박사 고흥이 (그것으로) 처음 『서기書記』를 지었다'는 내용이 보인다.

이런 고도의 문화를 왕인王仁을 통해 기초인 천자문으로부터 논어에 이르기까지 다양한 전적을 보내는 등, 일본 상고의 아스카문화飛鳥文化를 열어주었다. 종교, 건축물, 한자문화, 음악, 연예 등등 잦은 교역을 통하여 지속적으로 고대 일본문화의 토대를 이룩하는 데에 크게 기여했다. 그러한 사실은 일본서기日本書記 등 그들의 사서에 빈번하게 등장한다. 백제가 나·당 연합군에 의해 패망할 때 일본(왜)의 지원군이 출동할 정도로 일본과 백제의 관계는 아주 친밀했다.

백제는 한마디로 '열린 국가'였다. 그것은 바다를 매개로 한 것이었다. 황해를 통해 중국의 문물을 받아들였고, 남해(그리고 서해)를 거쳐 일본에 불교와 그 밖의 문화, 기술 등을 기꺼이 전수토록 했다. 백제는 그의 온화한 너그러움을 바탕으로 '받고 그리고 주는' 바다처럼 탁 트인 나라였다. 백제가 중국·일본 등과 교류했던 고대 항로를 면밀하게 조사·복원해야 할 필요성이 여기에 있다.

이상의 네 개 항에 걸친 백제문화의 저변을 기초로 하여, 그 문학이 어떻게 전개하였는가를 살펴볼 차례가 되었다.

III. 백제문학의 전개

1. 설화 문학

이 글이 요구하는 제약은 '충남'이란 공간적 제한이다. 사실 백제의 강역은 넓은 마한지역을 포괄하고 있었지만 그때의 사정이 그랬던 것처럼 나라나 행정구역이 지금처럼 명확했던 것이 아니다. 백제에는 담로擔魯제도 라는 지역분할의 행정체제가 있었으나 불완전한 것일 수밖에 없었다. 고구려와 신라의 강역확장 싸움이 단속적으로 치열하였기 때문에 명확하게 강역을 선으로 긋듯 구획 짓는다는 것은 불가능한 일이다. 그러나 다행이라면 다행인 것은 '충남'의 경우, 완전히 백제의 강역이었고, 거기에다가 백제가 번영 했을 때 수도 웅진(공주)과 소부리(부여)가 충남에 있었다는 것이다. 따라서 백제의 강역은 경기도 일부, 충남·북, 전남·북 그리고 제주도까지였지만 그 중심이 충남이라 함은 누구도 부인하지 않는다. (다만 말이 나온 김에 하고 싶은 것은 백제 때로 돌아가 도의 경계를 넘어 백제의 대로를 재구해야 한다는 것이다.)

신화, 전설, 민담 등을 포괄하는 설화는, 보편적으로 사용한 고유문자가 없었다고 할 때 광범위한 지역에서 풍성한 양태를 보이면서 명멸하였다고 볼 수밖에 없다. 따라서 많은 설화가 곳곳에 있었을 것이다. 특히 사찰의 연기 설화 등 불교의 전파와 함께 또는 한 지역의 특수성에 따라 적지 않은 설화가 있었고 또 그것들이 얼마 동안 전해 내려왔을 것이다. 그러나 천사오백 년의 시간을 견딘다는 것은 상상하기 어려운 일이다. 그런 가운데에도 현재 백제의 설화라고 하는 것들이 주로 백제와 연관된 사찰을 중심으로 더러 전해오는 것이 있지만 백제시대의 것이라고 단정하기는 어렵다. 남아 전하는 것으로는 부여의 설화가 특히 많은데 그것들은 백제 멸망과 관련된 것들이 주를 이루고 또 서사구조가 너무 단순하다. 이 글에서는 구비설화로서, 공주의 유명한 곰나루 전설과 부여의 구드레나루(부여에서는 '굿뜨레'라 부른다.) 그리고 문헌설화로서 도미이야기와 수원사 미륵이야기, 상덕 이야기 등으로 국한시켜 서술하고자 한다.

1) 고마나루 전설

고나마루 또는 곰나루는 웅진熊津의 우리 이름이다. 외국사서 예를 들면 한원翰苑이나 양서梁書 등에는 고마성固麻城으로도 쓰여 있으며 용비어천가龍飛御天歌에는 '고마ᄂ라'라고도 하였다. 이 이름은 나루의 이름이자 공주의 옛 이름이었다. 신라 경덕왕 때 땅의 이름을 정비할 때에도 웅천熊川이라 했다. 이것을 공주로 고친 것은 고려에 와서의 일이다. 공주公州의 공公도 공산성의 지형이 公(공)자와 같아서 그 公(공)에서 비롯되었다고 『증보동국여지승람增補東國輿地勝覽』에 쓰여 있지만 사실은 그렇지 않다. 곰熊의 소리에 가까운 음을 취하여 공公으로 바꾸었다고 보기 때문이다.

곰나루는 현재에도 존재하고 있다. 공주시 서북쪽으로 3킬로미터쯤 가면 만날 수 있다. 무령왕릉이 있는 이른바 송산리 무덤군에서 20분쯤 서쪽으로 걸어 내려가면 우거진 솔밭 아래로 나루터가 쓸쓸하게 그 자취를 보여 준다. 곰나루는 예부터 공주로 들어가는 교통의 요지였다. 공주에서 조선조 한양과의 길은 여럿 있는데 그중 백성들이 많이 이동한 곳의 하나였다. 동학농민전쟁 때 예산, 신풍 등지의 동학군들이 공주로 진입한 곳도 곰나루였고 6·25 때 서울 등지서 피난민이 줄지어 내려와 건넌 곳도 곰나루였다. 지금은 뱃사공이 살던 집도 허물어 없어지고 길 따라 백사장에 쭉 이어져 있던 주막거리도 사라진 지 오래되었다. 50년대 중반까지만 해도 행인들로 붐볐었다. 6·25 때에도 공주 사람들은 곰나루에 가야 폭격으로부터 살아남을 수 있다고 해서 하얀 옷을 입은 부녀자들이 어린 자식을 데리고 구름처럼 모이기도 하였다. 왜군에 항거하기 위해 의병을 모집하고 훈련을 했던 곳도 곰나루였다. 더운 여름철에는 초저녁부터 밤늦게까지 인근 각처에서 모인 많은 사람들이 음식을 차려놓고 더위를 피한 곳도 이 곰나루였다. 이러한 사실들로 미루어 볼 때 오래전부터 '신성의 땅'이라는 믿음 비슷한 전설이 민중 속에 체화되었음을 확인하게 된다.

이러한 공간이니 전설이 자연스럽게 널리 그리고 오래도록 전승되기 마련이었다.

이 전설을 수집, 문자화한 사람은 아이러니하게도 우리나라 사람이 아니라 일본인이었다. 공주고보 교사로 부임해 와 있던 가루베輕部慈恩가 바로 그 사람인데, 학생들과 함께 만든 일어로 쓰여진

『충남향토지』(1935)에 이렇게 채록되어 있다.

　　공주읍에서 3km쯤 서쪽으로 가면 熊津이라는 나루터가 있다. 지금으로부터 천수백 년 전의 일인데, 사냥꾼 한 사람이 암콤이 자고 있는 것을 발견하였다. 화살을 쏘려고 하였으나 가련한 느낌이 들었다. 사람의 발자취에 놀라 눈을 뜬 암콤은 사냥꾼을 붙잡아 금강이 접해 있는 연미산 기슭의 자기 집 동굴로 데려가 2년간을 함께 살았다. 둘 사이에는 자식이 셋이 태어났다. 곰이 밖으로 나갈 때에는 언제나 동굴 입구에 돌을 막아 놓았다. 어느 하루 동굴 안이 환해서 이상한 생각이 든 사냥꾼은 동굴 안을 살피니 열려 있었다. 자식을 둔 지금 사냥꾼이 굴을 탈출할 염려가 없어 곰은 마음을 놓고 막지 않고 나간 것이었다. 사냥꾼은 집으로 돌아가고 싶은 바람이 이루어진다는 기쁨으로 고깃배를 타고 도망갔다. 그 때 급히 뒤쪽의 연미산 쪽에서 날카로운 비명소리가 들려왔다. 돌아보니 저편에 암콤이 세 마리 자식을 끼고 눈물을 흘리며 오라고 손을 까불고 있었다. 사냥꾼이 잠자코 있으려니 암콤은 한 마리 새끼를 금강에 던지며 사냥꾼 쪽을 바라다보았다. 그래도 사냥꾼이 태연해 하니 이번엔 두 새끼를 금강에 던지며 사냥꾼 쪽을 바라다 보았다. 그래도 사냥꾼은 눈물을 흘리지 않았다. 그러자 곰은 드디어 슬픈 소리를 지르며 금강에 빠져 죽었다. 그 후에 나룻배가 자주 뒤집혀 사람들이 죽었다.

　　그 이야기가 점점 퍼져 백제시대 왕의 귀에까지 들리게 되었다. 왕이 감찰사(도지사)에게 시켜 주외면州外面 용당리龍

堂里라는 연미산 맞은 편 소나무가 많은 작은 산에 사당을 짓
도록 하고 한 해에 여러 번 제사를 지내게 하였다. 그 뒤로 배
가 뒤집혀 사람이 죽는 사고가 없었다. 이런 연유로 이곳을
웅진이라고 부르게 되었다.(우성면 이웅李熊 제공)

위『충남향토지』에는 이종인 제공의 하나가 또 실려 있는데 서
로 내용이 비슷하다. 곰나루 전설은 곰굴의 위치라든가 곰의 상대
인 남자가 뱃사공, 약초 캐는 사람 등 다양하다. 곰굴의 원위치가
봉황산과 두류산 사이에 흐르는 곰내(곧내?)의 봉황산 쪽 굴이라
는 주장도 있고 곰나루 근처의 촌로들은 연미산(옛적 원 이름은 열
뫼悅山) 기슭 강가인데 지금은 하상이 높아져 모래에 파묻혀 있다
고도 한다. 현재로는 연미산 동남쪽의 도토뱅이 마을에서 구도로
를 따라 올라가다가 둘째쯤 골짜기에서 20미터쯤 올라가면 굴 모
양의 굴이 있고 그 바른 쪽에 문이라고 할 수 있는 바위가 서 있는
곳이 있는데 근자 까지도 제사를 지낸 흔적이 남아 있어서 이 곳을
곰굴로 추정하는 추세이다.(조재훈,「공주 곰나루 설화에 관한 몇
가지 물음」,『전설과 지역 문화』, 민속원, 2002 참조)
이 오래되고 널리 알리어진 전설에 관해서는 여러 견해들이 있
다. 이주민(북방 고구려계)과 원주민(남방 마한계)의 갈등으로 해
석하는가 하면 수신족의 곰토템으로 파악하는 등의 주장이 그런
것들이다. 심지어 고마(중국 문헌의 固麻, 일본서기 등의 久麻那利
등)를 '이물'의 앞[前]에 대하여 뒤[後]로 보는 어원적 풀이도 있
고 '곰'을 '곱'으로 보아 곡曲으로 해석하려는 사람들도 있다.
곰나루가 지니고 있는 그냥 보아 넘길 수 없는 중요한 것은 우

리나라의 개국신화인 단군신화와 닮아 있다는 사실이다. 『삼국유사』가 전하는 단군 신화는 신인 환인桓因의 아들 환웅桓雄이 사람으로 환생한 곰(웅녀)과 혼인하여 단군檀君을 낳고 그 단군이 신단수 아래 배달의 고조선을 개국하였다는 그런 내용인데, 특히 곰과 환웅의 부부관계가 곰나루 전설과 맥을 같이 한다. 단군시화에서는 곰이 햇빛이 들어오지 않는 굴에서 백일기도하여 사람(여자)이 됨으로써 환웅과 부부가 되었다면, 곰나루전설에서는 막 바로 곰(암컷)과 평범한(?) 남자인 사람과 부부가 되었다는 것이 차이라면 차이인데 후자가 더 원시적이어서 보다 오래된 느낌을 준다.

곰 토템이라 할 수 있는 곰신앙은 니오랏제가 그의 『시베리아의 원시신앙』에서 밝힌 것처럼 북방민족에게는 뿌리가 깊은 것이다. 다음과 같은 몽골의 한 신화는 그러한 사실을 극명하게 보여준다.

아주 오랜 옛날 쿠르빙하의 상류에 어르쳐부족의 한 여인이 살고 있었다. 하루는 그 여인이 혼자 숲속에 들어가 야생의 과일과 채소를 모으다가 그만 길을 잃고 말았다. 길을 잃은 그녀는 숲속의 한 나무 구멍에 들어가 쉬었다. 이렇게 몇 년을 지내다보니 가족과 친척을 모두 잊고, 마침내 곰이 되었다. 어느 날 사냥꾼이 그녀의 앞발에 상처를 내었다. 그러자 그 곰은 한 아름이나 되는 나무를 뿌리째 뽑아서 사냥꾼을 눌러버렸다. 그때 곰은 사냥꾼을 해치지 않고 즉시 그를 나무 아래에서 구해 가지고, 동굴로 안고 들어가 상처를 치료해 주었다. 그렇게 하여 그들은 부부가 되어 살았는데, 오래지 않아 그 둘 사이에서 한 아들이 태어났다. 곰은 밖으로 나가 먹고 마실 것을 구해 왔는데, 나갈 때는 동굴의 입구를 큰 돌로 막아 놓고 갔다. 하루는 곰이 밖으로 나간 사이에 입구를 막아 놓은 큰 돌을 움직여 굴에서 도망쳤다. 굴을 빠져나간 그는 태양이 떠오르는 쪽으로 달려가 강에 이르자 거기서 뗏목을 타고 물살을 따라 흘러갔다. 그때 곰은 어린아이를 안고 강가로 쫓아와 몇 번이고 큰소리를 질렀지만 사냥꾼은 돌아다보지 않았다. 곰은 극도로 화가 나서 어린 아이를 두 도막으로 잘라서 한쪽 부분을 사냥꾼 쪽으로 던지고, 다른 부분은 자신에게 남기고 통곡하며 울었다.

데. 체렌서드넘 저, 이안나 역,『몽골민족의 기원신화』,
울란바트르대학출판부, 2001

이 이야기는 사람(여) → 곰(여), 그 곰과 사람(남자 사냥꾼)의 부부로 결합, 그리고 분리(헤어짐)의 비극 이런 진행인데 작은 디테일까지도 우리 곰나루 전설과 빼다 닮았다. 이것은 곰신앙이 민족이동과 함께 남쪽으로 이동한 것으로 판단된다. 웅진사熊津祠를 짓고 조선조에는 그를 남독南瀆을 삼아 봄·가을로 향축을 내려 제사를 지내게 하고 오늘날에도 다시 웅진 솔밭에 사당을 짓고 제를 지내는 것을 보면 단순이 강을 건너는 사람들의 안위만을 위한 것이 아님을 쉽게 알 수 있다.

2) 굿드레/자온대自溫臺 전설

이것도 구전되어오는 이야기다. 자온대自溫臺는 현재 부여읍에서 백제 대교를 지나면 그 다리가 끝나는 곳에 엿바위[窺岩]가 있고 그 강가에 펀펀한 비교적 넓은 바위가 있는데 거기에 큰 글자로 '自溫臺'라고 음각되어 있다. 조선조 우암 송시열의 글씨다.

백제의 임금이 신하를 거느리고 행차하시어 쉬었다는 곳으로서 임금이 갈 적마다 바위가 따뜻했다고 한다. 임금이 신하에게 연고를 물으니 신하가 아뢰기를 임금님의 덕이 높으시어 천지도 감동하여 스스로 더워진 것입니다, 라고 했다. 사실은 행차 때마다 미리 신하가 명령을 내리어 덥게 구들[煤石]처럼 만들어 놓았던 것이다. 말하자면 천지 감동이라는 말은 아첨이었던 것이다.

어쨌든 자온대가 구들의 역할을 했기 때문에 구드래라는 말이 나왔다는 것이다. 이러한 속설에 대하여 부여 박물관장을 역임한 바 있는 홍사준洪思俊관장은 그의 『백제의 전설』(채문사, 1950. 1959년에 통문관에서 재판)에서 그것은 사실이 아니고, 구교리舊校里의 구드래라는 지명의 강촌 위로 5·60미터 가면 산밑 물속에 '가마바위'[釜岩]가 있었는데 가마[釜]는 검다는 말로 솥에 불을 땔 듯이 이 바위에 불을 피웠을 것으로 보아 바로 여기가 진짜 자온대이며 구드래 라는 것이다.

> 규암면窺岩面 규암리 수북정水北亭 앞에 큰 바위가 강편으로 자온대라고 큰 글자를 음각한 것이 있다. 전하는 말을 들으면 자온대라는 것은 옛날 백제 임금님이 이 자온대에 오시어서 글도 지으시고 혹 낚시질도 하시었다하며 바위 넓이가 십여명이 앉을 만하다고 한다. 단 일설에는 정말 자온대는 하상이 돋아짐에 따라 백마강 밑으로 묻혀서 지금은 보이지 아

니한다고 말한다.

이렇게 전제한 뒤 지금의 자온대가 십여 명이 앉을 수도 없거니와 물속에 묻혀 있다는 바위가 물위로 솟아 있으니 현재의 자온대는 가짜 자온대일 수밖에 없다고 말한다. 그는 또 이렇게 쓰고 있다.

또 한편 지리적으로 보든지 거리로 추측하더라도 그 당시 왕궁터가 현 박물관을 비롯하여 동으로 쌍북리雙北里 부소산 남쪽 백제왕이 잡수셨다는 팔각정八角井부근 까지가 궁성터로 정하고 본다면 지금 규암면 규암리에 있는 가假자온대까지 왕이 거동을 하시어서 규암면 신리에 있는 왕흥사(규암면 수북정과 신리간의 거리는 약 3km)의 부처에게 절을 하고 다시 배로 역수하여 3키로를 올라 왕흥사에 드시었다는 것과 지금 구드래에 가시어서 소위 돌석燉石에 올라 마주보는 왕흥사에 절을 하시었다는 것과 비교하면 암만보아도 「구드래」에서 왕흥사 가는 것이 편하다 할 것이다.

그러니까 앞에서 제시한 구교리의 물밑 '가마바위'가 돌석燉石으로서의 구드래로 이것이 진짜 자온대라는 견해이다.

두루 아는 바와 같이 백제의 영향이 매우 컸던 일본의 일본서기 등 문헌에 백제는 구다라くだら라고 불리운다. 백제百濟의 음도 훈訓(새김)이 아닌 걸 보면 백제의 의미적 상징일 것이며 그것이 현 구드래나루의 이름과 같다고 할 때 그 연원은 깊을 뿐만 아니라 역사적 의미가 크다고 하지 않을 수 없다. 현재에도 부여의 브랜드를

「굿뜨래」로 삼고 있지 않은가.

구드래에 대한 어원적 규명은 그런대로 다양하게 지속되어 오고 있다. 요즈음에 와서 필자는 과거의 '굳은성'이라는 주장을 버리고 「굿드래」곧 '굿들+개'가 옳다는 생각을 갖게 되었다. '굿들'은 '굿이 든'다는 뜻이며 '개'는 포浦로서 '들'의 'ㄹ' 아래 'ㄱ'이 탈락되어 '래'가 되었다는 생각이다. 문제는 '굿들'에 있다. 불교를 신봉하는 국가에 '굿巫'이라는 것은 당치도 않다는 주장이 설득력이 있어 보이기 때문이다. 그러나 사실은 그렇지 아니하다. 굿은 불교보다 먼저와 정착했으며, 또 불교와 자연스럽게 습합되었던 것이다. 국중대회國中大會는 잔치이며 이것은 굿의 성격을 자연스럽게 지녔을 것이다. 또 왕성으로 들어오는 강의 입구[浦]이니 만큼 재액을 떨쳐야 할 의식이 항상 필요했을 것이다. 굿이 필요한 이유이다. 우리나라 서남단의 여러 도시외각에 '국고개'라는 땅이름이 적지 않게 남아 있다. 공주의 국고개도 그 하나에 속한다. 고려 때 이복이라는 사람이 효자여서 부모님께 더운 국을 그릇에 담고 가다가 넘어지는 바람에 국이 엎어졌다는 데에서 유래하였다고 전해오는데 실은 공주관아 지역으로 들어오는 경계로서의 고개 아래에 척사의 의식을 치른 곳임이 분명하다. 구드래 라고 불리어오던 지명을 오래전부터 사람들 간에 전해오던 발음대로 '굿뜨래'로 복원한 것은 설령 그와 관계가 없는 것처럼 보인다 하더라도 그 근저에 숨어 있는 것은 '굿을 드는 개'라는 의미임이 분명하다.

3) 물뿌랭이절 전설

웅진 백제의 주목할 만한 사찰은 현 반죽동에 자리했던 대통사
大通寺다. 봉황산 아래 시내에 있던 이 절은 넓은 유구를 보여주고
있지만 당간지주만 서 있을 뿐 적지 않은 유물이 땅 속에 묻힌 채
말이 없다.

이 절 못지않게 알려진 사찰은 수원사水源寺다. 현 공주의 옥룡
동, 월성산 기슭에 있던 절이다.『삼국유사』에 이런 대목이 보인다.

> 진지왕때에 와서 흥륜사의 중 진자眞慈(혹은 정자貞慈라고
> 도 함)가 당堂의 주인인 미륵상 앞에 나아가 발원하여 맹세해
> 말했다. 우리 대성大聖께서는 화랑으로 화해 이 세상에 나타나
> 내 항상 미륵물의 얼굴을 가까이 뵙고 받들어 시중을 들게 하
> 옵소서, 그 정성스러운 간절한 기원의 마음이 날로 더욱 두터
> 워지니 어느날 꿈에 한 중이 나타나 말했다. 네가 웅천 수원사
> 에 가면 미륵선화彌勒仙花를 뵐 수 있을 것이다. 진자는 꿈에서
> 깨어 놀라 기뻐하며 그 절을 찾아가는데 열흘 동안 발자국마
> 다 절을 하며 그 절에 이르렀다. 문밖에서 복스럽게 생긴 눈매
> 가 어여쁘고 아름다운 남자가 그를 맞아 객실로 안내했다. 진
> 자는 올라가면서 읍하며 말했다. 그대는 평소에 나를 모르는
> 데 어찌 대접함이 이렇듯 은근한가, 그는 대답했다. 나 또한 서
> 울사람입니다. 스님이 먼 곳에서 오심을 보고 위로를 했을 뿐
> 입니다. 잠시 후 소년은 문밖으로 나가서 그 곳을 알 수 없었다.
>
> 탑상·4, 미륵선화 미시랑·진자사

신라에서 온 중 진자는 수원사의 중들에게 자기가 여기까지 온 뜻과 지난 밤의 꿈을 이야기했다. 그곳 중들은,

여기서 남쪽으로 가면 천산千山이 있는데 예부터 현인과 철인이 살고 있으므로 명감冥感이 많다고 하니 그것으로 가 보시는 게 좋을 것입니다.

그렇게 말했다. 중들이 가리켜준 대로 찾아가 천산 아래 이르니 산신령이 노인으로 변하여 나와 맞으면서 진자에게 물었다. 여기 엔 무엇하러 왔소, 진자 답하되 미륵선화를 보기 위해서입니다. 노인이 또 말했다. 저번에 수원사 문밖에서 이미 미륵선화를 보았으면서 다시 무엇을 구하려는 것이오, 그리하여 진자는 문득 깨닫고 신라로 돌아갔다. 대충 그런 이야기다.

결국 화랑의 국선으로서 7년간 풍류를 편 미시랑未尸郎이 바로 그 사람이었던 것이다.

이 이야기는 신라의 화랑에 관한 것이라고 할 수 있다. 그러나 신라에서 미륵선화를 찾으러 수원사까지 왔다는 사실에 주목해야한다. 왜냐하면 수원사는 미륵선화의 발원지와 같은 사찰이었기 때문이다. 수원사지에서 남쪽으로 가면 현인과 철인이 많다고 했는데 이 점도 예사롭지 않다. 천산千山은 우리말로 즈믄뫼이다. 현재에도 주미라는 지명이 있는데 한자로는 풍수설에 의거, 주미舟尾라고 쓴다. 여기에 선도, 불도 등에 뛰어난 사람들이 집결하였다면 기묘한 설화가 많았으리라 생각된다.

헐어진 터만 남아 전하지만 절 근처의 주민들은 수원사가 있던

곳을 물뿌렝이라고 부른다. 물이 그 곳에서 시작된다는 뜻일 터이나 그 이상의 상징적 의미가 내재해 있다고 본다.

4) 도미처都彌妻 설화

김부식은 사마천의 사기史記를 본따 끝부분에 열전列伝을 두고 있다. 전 50권 중 10권이 열전이다. 열전이 취급하고 있는 대상은 거개가 신라인이며 그중에서도 특출한 지배계층 출신들이다.

백제에 해당하는 인물은 도미都彌와 상덕向德, 계백階伯, 흑치상지黑齒常之의 네 명뿐이다. 그들은 계백, 흑지상지를 빼고는 이름 없는 계층에 속하는 인물들이다.

도미에 관해서 삼국사기는 이렇게 말하고 있다.

> 도미는 백제 사람으로 비록 가난한 서민이었으나 자못 의리를 알았으며 아내는 아름다울 뿐 아니라 절개를 지키는 행동이 있어 사람들의 칭찬을 받았다. 개루왕蓋婁王이 이 말을 듣고 도미를 불러 이야기하기를, 무릇 부녀의 덕은 비록 정절을 위주로 한다고 하나 만약 어둡고 사람이 없는 곳에서 교묘한 말로 꾀이면 능히 그 마음을 움직이지 않을 자가 없을 것이다. 도미가 대답하되, 사람의 마음을 가히 헤아리지 못할 것이오나 신의 아내만은 비록 죽을지언정 두 마음을 갖지 않을 것입니다. 라 했다.

개루왕은 사건을 만들어 도미를 강제로 붙잡아 두고 도미의 처를 꼬일 일을 도모했다. 가까운 신하를 왕으로 거짓 꾸며 도미 집을 찾아가 왕이 왔다고 전갈하고 도미 처에게 도미와 그의 아내를 두고 내기를 하자고 했다. 명을 거역할 수 없어 내기를 했는데 결국 도미가 지게 되었다. 왕으로 가장한 신하는 도미의 처를 빼앗아 궁중으로 데리고 갔다. 왕은 너를 궁빈으로 삼고자 데려왔으니, 네 몸은 이미 나의 소유라 내 마음대로 하겠다고 수작을 걸었다. 도미의 아내는 왕의 음란한 수작에 이렇게 답했다.

나라의 왕은 망언이 없겠사오니 내 감히 복종치 않을 수 있겠습니까. 청컨대 왕께서는 먼저 방으로 들어가소서, 옷을 갈아입고 들어가서 모시겠나이다.

도미의 처는 데리고 있는 계집종을 단장시켜 왕을 모시게 했다. 왕은 그 뒤에 속은 것을 알고 노하여 도미를 끌어다가 애매한 죄를 씌워 그의 두 눈을 뽑아 버렸다. 그리고 실명한 그를 배에 실어 강물에 띄웠다. 왕은 다시 도미의 처를 이끌어 들여 추행을 하려 했다. 도미의 처는 급박한 상황 속에서도 침착한 어조로 이렇게 왕에게 말했다.

남편을 잃고 홀몸이 되었으므로 능히 스스로 살지 못하게 되었아온데, 장차 대왕을 모시게 되어 어찌 감히 명을 어기겠나이까. 그러나 지금은 몸을 하고 있으므로 몸이 더럽사오니, 청하옵건대 다른 날을 기다려 깨끗하게 목욕을 한 뒤 오겠나이다.

왕은 그 말을 믿고 허락했다. 도미의 아내는 도망치듯 나와 강가에 이르렀지만 배가 보이지 않았다. 어찌할 바 모르고 하늘을 향해 통곡하는데 별안간 조각배가 나타나 그 배에 황급히 몸을 실었다. 물결 따라 이른 곳은 천성도泉城島라는 섬이었다. 그 섬에 남편 도미가 이미 표착해 와 있었다. 그 부부는 풀뿌리를 캐어 먹고 살다가 견딜 수 없어 고구려의 영지로 가 거기에서 일생을 마쳤다.

이 설화는 관탈민녀官奪民女의 전형에 속한다. 이러한 이야기류는 「지리산가智異山歌」에 나오는 지리산녀도 그렇고 계룡산 북쪽 기슭 상신리에서 채록한 설화 등 무수하게 나타나고 있다.

이 도미설화를 두고 『삼국사기』 백제본기 개루왕조에 보이는 개루왕의 '공손하고 소행이 단정'한 점을 들어 사실과 다르다는 주장을 펴는 사람이 있다. 또 개루왕 때에는 백제와 고구려 사이에 대낙랑군이 있어 도미 부부가 고구려로 간다는 것은 불가능하므로 믿을 수 없는 기록이라고 보는 견해도 있다. 이런 점에서 제 20대의 개로왕(일명 근개루近蓋婁)으로 보아야 옳다는 것이다. 그 밖의 견해들도 있지만, 여기에서 주목해야 할 부분은 도미가 살았던 곳이 어디이며 배를 타고 고구려로 간 행로는 어떠한가를 밝히는 문제다. 개루왕이든지, 개로왕이든지 당시의 왕성은 한강 유역의 위례성이므로 그 쪽으로 보아야 하는 것일까? 그렇다면 도미의 처가 배를 타고 닿은 천성도泉城島는 한강의 어디쯤에 있는 것인가?, 그 둘이 처음 고구려로 갔다는 산산蒜山은 어느 곳에 있는 것인가? 천성도나 산산이라는 이름이 현존하지 않기 때문에 알 수가 없어 쉽게 판단하기 어렵다. 『신증동국여지승람』(권7 광주목)에 한자는 같지 않으나 '도미진渡美津'이라는 이름이 기록되어 있어서 그것을 근거로 광주廣州 쪽으로 보는 견해가 있다. 여기에 중요한 문제가 제기된다. 지리적으로는 고구려의 영지와 가깝다고 할 수 있으나, 당시만 해도 국경이란 것이 없었을 뿐 아니라 배를 타고 멀리 가 아무도 없는 섬에서 풀뿌리를 캐먹고 살았다고 한다면 바다 쪽으로 보아야 이치에 맞다. 이런 면에서 보령군 오천항의 앞에 미인도美人島라고 일러오는 섬이 있고 그 섬을 그 고장 사람들이 '도미섬'이라고 부른다는 사실을 간과할 수 없다. 최근의 일이기는 하지만 이곳 주민들이 도미의 사당까지 만들어 놓고 해마다 봄가을 제사를 올리고 있다는 사실도 우연한 것이 아니다.

5) 상덕向德 이야기

공주 중심지에서 강을 따라 동쪽으로 2km쯤 가면 논산과 대전으로 길이 나뉜다. 논산가는 길로 들어서면 바로 '납다리'라는 곳이 나타난다. 지금의 지명은 소학리巢鶴里이지만 예로부터 그곳을 '납다리' 또는 '높은 행길'이라고 했다. 앞의 것이 더 오래된 이름이며 뒤의 것은 행길이라고 하는 걸로 보아 한참 뒤의 명칭이다. '납다리'는 널다리板橋 곧 널로 만든 다리로서 '널'이 'ㅓ'가 'ㅗ'로 다시 'ㄹ'이 뒤의 'ㄷ' 때문에 'ㅂ'으로 바뀐 것이다. 그곳에 가면 길가에 오래된 괴목이 아직 살아남아 있는데 그 괴목 아래에 상덕을 기리는 비가 서 있다. 상덕이 그 마을에서 살았다고 전한다. 상덕의 어머니가 중병에 걸려 백약이 무효라서 고칠 수가 없어 결국 마악 숨을 거두려 하는데, 그 때 상덕이 자기의 넓적다리를 베어 약으로 드렸더니 금방 회생하셨다. 그 때 흘린 피가 지금까지도 붉은 흔적이 있어 그 마을 앞을 흐르는 내를 혈저천血底川이라고 부르고 있다.

이러한 효의 이야기는 흔히 전하는 것이지만 백제 때(사실은 신라 통합 후)의 일로 희귀한 것에 속한다. 『삼국사기』 제48권 열전 제8의 맨앞에 이러한 사실을 다음처럼 기록하고 있다.

> 상덕은 신라의 웅천주 판적향板積鄕 사람이다. 그 아버지의 이름은 선善이고 자는 반길潘吉인데 나면서부터 자질이 온순하여 동네 사람들의 칭찬이 많았다. (……) 그의 어머니가 콧병이 나서 거의 죽을 지경에 이르렀으므로 상덕은 밤낮으로 옷도 풀지 않고 정성을 다해 간호했다. 그러나 가난하여 봉양하기 어려워 자기의 넓적다리 살을 베어서 먹이고 또 그 어머니의 코를 입으로 빨아 마침내 병을 고쳐 평안하게 되었다. 이러한 사실을 향사鄕士는 주州로, 주는 왕에게 보고하니 왕은 전국에 알리고 양식 백 석과 집 한 채 그리고 밭 약간을 하사했다. 그리고 유사有司에게 이 사실을 돌에 새기게 했다. 지금까지 그 마을을 효가리孝家里라고 부른다.

아마 현 지명의 소학리巢鶴里도 실은 '소(효의 구개단모음화)가리(거리)'의 음차일 가능성이 크다. 이 사실은 신라 경덕왕 때의 일로 백제인의 민심을 잡기 위한 한 수단이었을 것이라는 견해도 있다.

앞에서도 말한 바와 같이 백제의 설화는 백제의 강역 처처에 많았을 것이다. 그러나 그것이 거의 입으로 전해온 것이기 때문에 천사오백년을 지나오는 동안 사라졌거나 그 원형을 잃은 채 바뀌어 유전되었음이 분명하다. 계룡산 오뉘탑 전설, 서천 천방산 설화, 계룡산 고왕암, 마명암 이야기 등등 무수한 설화가 그에 속한다. 문헌만 해도 삼국사기 특히 그 안의 백제본기만 검토해도 적지 않은 양이 추출될 수 있다. 의자왕조의 멸망 전후에 나타난 이야기들은 설화로 인정하기에 충분하다. 향후 보다 철저한 자료의 수집과 검토가 따라야 함을 하나의 과제로 제시하면서 미완의 장을 그치고자 한다.

2. 시가 문학

시가라기보다 가요라는 말이 적확하다. 더 정확하게 하면 민요라 할 수 있다. 백제의 것은 수로 보아 아주 적으며 그것을 충남으로 좁히면 아무리 백제 전성기의 지역이라 해도 극히 빈약하다. 하나는 설화로서의 기록된 민요로, 다른 하나는 구전민요로 두 수가 전해올 뿐이다.

1) 서동요薯童謠

우리말로 바꾸면 '맛둥노래'다. 학계에서는 대체로 향가鄕歌에 포함시켜 신라의 것으로 본다. 그러나 짓고 곡을 붙인 이가 백제사람, 그것도 나중에 왕이 된 사람이므로 백제의 것으로 보아도 크게 무리가 없다. 향찰식 표기의 현존 노래 중에 가장 오래되었다는 사실과 맛둥이 신라에 귀화하지 않고 되려 왕의 딸을 아내로 맞아 데려왔다는 점에서도 그러하다.

백제의 왕궁터로 추정하는 부소산 남쪽기슭에서 곧장 남으로 두어 마장쯤 가면 꽤 넓은 연못이 나타난다. 이 연못을 그곳 동네 사람들은 마래방죽이라고 부른다. 많은 사람들은 '궁宮의 남쪽에 못'이 있다는 기록에 따라 궁남지宮南池라고 지어서 호칭하고 있다. 못가 둥글게 둘러 있는 둑에 버드나무가 줄지어 서있다. 못 가운데에는 작은 인공섬이 하나 있다. 그 섬에 정자를 짓고 '포룡정包龍亭'이라는 현판을 붙여놓고 있다. 원래는 그리 넓지 않은 습지로 남아 있던 것을 더 파고 넓혀서 오늘날같이 만드는 데에는 천수백 년을 기다려야 했다. 요즈음은 그 동안 있던 것을 그대로 둔 채 넓게 확대하여 각종 연을 심어 정말 연못의 장관을 갖추게 되었다. 여기에 이런 전설이 전해 온다.

아주 옛적, 이 마래방죽 가까이 외딴 곳에 아름다운 과부 한 사람이 살고 있었다. 소싯적에는 법왕의 후궁이었다는 소문도 있었다. 팔월 대보름 밤이었다. 달빛에 취해 못가를 거닐던 젊은 과댁을 갑자기 검은 그림자가 나타나 덮쳤다. 그 검은 그림자는 못물로부터 나온 용龍이었다. 그 뒤로 과댁은 배가 불러지고 급기야 사내아이를 낳았다. 동네 부인들은 두셋만 모여 앉으면 청춘에 어떻게 홀로 살 수 있담, 그렇게 수군거렸다. 마침내 도성都城까지 이 소문이 퍼져 거의 알게 되었다. 과댁은 창피하였으나 한편 운명이라 여기며 오히려 든든해 했다. 아이는 무럭무럭 자랐다. 기골이 장대한 것이랑 행동거지가 다른 애들과 달랐다. 아이는 어려운 살림을 돕기 위해 산에 올라가 나무도 해다 팔고, 마도 캐다 팔았다. 주로 마를 캐다 파는 것이 업이었기 때문인가. 사람들은 그를 맛둥이라고 불렀다. 어느새 성장해서 열여덟 살이 되자 장가를 들고 싶었다. 그러나 둘레의 백제 소부리에는 짝이 될 처자가 없었다. 과댁도 다 성장한 아들의 짝을 구하려고 은근히 이웃 할머니에게 말을 놓아도 아비 없는 자식이라는 핑계를 대며 요리조리 피하기 일쑤였다. 맛둥도 이런 눈치를 채고 어머니 앞에 나아가 백제를 떠나 신라 서울에 갈 작정이라 말씀드렸다. 너하고 싶은 대로 해라, 그런데 노자가 없어 어떻게 가지? 어머니는 반승락을 하면서 노자걱정을 하자 맛둥은 산에 흔하게 있는 마를 캐어가지고 가면 된다고 대답했다. 산 넘고 강 건너 먼 길을 걸어 드디어 신라 서라벌에 도착했다. 생소하고 인정풍속이 아주 달랐다. 이것저것 새로운 것을 구경하는 데에 정신이 팔려 있다가 진평왕 셋째딸이 예쁘고 착하다는 소문을 듣게 되었다. 그는 욕심이 동했다. 마를 팔면서 사귄 애들에게 짐짓 셋째 공주가 나와 몰래 사랑을 나눈다는 이야기를 노래로 불러 파다하게 퍼지게 되면 그 소문이 마침내 궁중까지 알려지게 되지 않을까, 그런 꾀가 문득 떠올랐다. 선화공주님은 남모르게 맛둥 새서방을 만나 밤마다 몰래 정을 튼다네, 얼네리 꼴레리, 이렇게 애들은 마를 공짜로 얻어먹는 재미로 맛둥이 시키는 대로 골목을 다니며 노래를 불러댔다.

앞의 전설집에 나와 있는 내용을 간추린 것이다. 물론 이것은 현지 취록을 무시한 것은 아니겠지만 『삼국유사』의 기록에 의지하고 있음이 분명하다. 다만 기록에는 전하지 않는 현재의 지명이 등장하여 현장감을 살려준다.

『삼국유사』의 기록 중 필요한 부분만 들어보면 다음과 같다.

제30대 무왕의 이름은 장璋이다. 그의 어머니가 과부가 되어 서울 남쪽의 못가에 살았는데, 그 못속의 용과 관계하여 장을 낳게 되었다. 어릴 때의 이름은 서동薯童이라 불렀는데, 재주가 뛰어나고 도량이 넓어 그 속을 헤아리기 어려웠다. 항상 마를 캐다가 팔아 생계를 꾸렸으므로 사람들이 그를 서동이라 불렀다. 신라 진평왕의 셋째 공주인 선화善化-또는 선화善花-가 매우 아름답다는 소문을 들은 서동은 머리를 깎아 서라벌로 가 마를 동네 아이들에게 먹이며 친하게 지냈다. 아이들이 그를 따르자 동요를 지어 부르게 했는데, 그 노래는 이러하다.

선화공주님은 남몰래 얼어두고
善化公主主隱 他密只嫁良置古
서동방을 몰래 밤에 안고 간다.
薯童房乙 夜矣卯乙抱遣去如

이 노래를 지어 불리운 것은 무왕이 즉위하기 전이다. 그가 왕이 된 해가 A.D. 600이니 적어도 580년 전후가 된다. 6세기말이 되는 셈이다. 이 노래는 향찰식鄕札式 표기로 되어 있다.

따라서 학자들 간에 해독의 편차가 있을 수 있는데 이 노래는 단순해서인가 거의 일치한다. 일인 오꾸라小倉進平(당시 경성제대 교수로서『향가 및 이두의 연구』라는 학위 논문으로 박사학위를 받고 즉시 책으로 낸 바 있다.)가 시도했으나 그 뒤 수정·보완한 양주동의『조선고가연구』(현재 통용판은『고가연구』)가 나와 일단 정리가 되었다. 거기에 나온 것을 제시하면 다음과 같다.

善花公主니믄 눕그스기 얼어두고

맛둥바올 바미 몰 안고가다

선화공주님은 남몰래 남녀관계를 맺고서

맛둥이를 찾아가 밤에 몰래 포옹한다.

학자에 따라서는 『삼국유사』의 석남본石南本에 '卯'가 '卵'으로
쓰여 있었다 하여 남성의 그것으로 보는 견해도 있다. 그러나 대체
로 위와 같이 해독하는 데에 일치를 보인다.

대충 이런 내용으로 풀어 볼 수 있다.

맛둥의 마를 '만'으로 보아 큰아들(장자) 또는 장대한 몸집으로
풀이하기도 한다. 이것은 그가 태어나 자란 마래방죽의 의미를 찾
는데서 시작해야 한다. 방죽은 방축防築 곧 물을 막기 위해서 쌓은
그래서 물을 가둔 못을 뜻하는 말이며 물이 자연스럽게 괴인 규모
가 작은 '둠벙'에 대하여 인공적인 것을 가리키는 후대의 말이다.
'마래'는 '말+개'에서 생긴 어휘이다. 마/말은 남쪽의 뜻으로 쓰이
는 경우도 있으나 마한, 말잠자리 등에서처럼 크고 굳센 것을 가리
키는 우리의 아주 오래된 옛말이다. 그러니까 큰 개라는 뜻이 되는
것이다. 개는 원래 민물과 바닷물이 만나는 곳을 가리키는 말이었
지만 강의 지류가 서로 만나는 곳을 가리키는 말이기도 했다. 서울
의 마포麻浦는 '큰개'이며 마곡사麻谷寺의 '마곡'은 '큰골'이 되는 것
이다. 규암窺岩(엿바위)를 돌아 장암(맞바위 또는 말바위) 쪽으로

흘러내리는 금강(사비강, 백강)을 '이십리 쯤' 끌어들였으니 말개 (큰개)가 되었고 'ㄹ' 아래 'ㄱ'이 탈락하여 'ㅐ'가 되었다. 거기에 'ㄹ'음이 연음하여 '마래'로 바뀌었다는 것이 필자의 생각이다. 말하자면 맛둥은 큰개의 방죽에서 태어나 자랐기 때문에 붙여진 이름이라 할 수 있다.

이 노래는 아이들이 불렀으니 동요이지만 오늘날의 개념으로 이해해서는 안 된다. 옛 중국 천자들은 변복을 하고 시골에 가 문동요聞童謠를 함으로써 진정한 민심을 파악하려 했다. 동요는 민심이자 천심을 뜻하는 것이었다. 백제의 나무꾼 맛둥과 신라왕의 딸 선화가 서로 하나의 부부가 되는 것은 천심이요, 그 천심이기 때문 저절로 이루어진다는 속내가 들어있다. 그것은 그 당시 백제와 신라가 툭하면 전쟁을 벌려 많은 백성의 재물과 목숨을 앗아갔던 비참한 정황 속에서 진정한 평화를 바라는 민심의 반영이었다.

이 노래는 삼국사기의 백제본기나 신라본기를 살펴보건대 성립되기 어려운 것이다. 한 역사학자는 일찍이 동성왕 시절 그 15년 (A.D. 493)에 백제의 요청에 따라 신라 소지왕炤智王이 이손伊飡 비지比智의 딸을 시집보낸 사실이 있었는데, 그것이 시간의 흐름에 따라 와전되어진 것이라 했다. 무왕도 동성왕의 아들 무령왕을 가리키는 것으로 보는데 결국 그것도 그의 부왕 시절의 사실이 와전되는 과정에서 생겨난 것으로 이해했다.

또 어떤 불교학자는 맛둥을 관음보살의 보조처로서 이른바 불전에 보이는 남순동자南巡童子의 한 상징이라고 보기도 했다.

위에 든 몇 가지 주장보다 훨씬 설득력 있는 주장은 익산의 미륵사가 창건될 때의 연기설화緣起說話로 파악하는 것이다. 절이 창건

될 때에는 많은 원력이 드는 것이기 때문에 신비스러운 이야기가 생기기 마련이며 그것은 많은 시간을 거쳐 형성되기도 한다. 사찰의 지향적 성격에 따라 소의경전所衣經典에 의거, 하나의 방편으로 태어나기도 한다. 따라서 그 사찰의 상징이 되는 것이다.

이러한 부분을 강력하게 뒷받침하는 것은 역시 앞에 예시한 바의 『삼국유사』 제2권 무왕조이다.

동요가 서울에 널리 퍼져 대궐까지 들리게 되어 백관들이 임금에게 간곡히 간하여 공주를 먼 곳으로 귀양 보내도록 했다. 공주가 떠나려하자 왕후는 순금 한 말을 주어 노자로 쓰도록 했다. 공주가 얼마 뒤 귀양지에 다다를 즈음 서동이 나타나 공주에게 절하여 모시기를 청했다. 공주는 그가 어디서 온 누군지는 알 수 없었으나 어딘가 모르게 믿음직스러워 보였으므로 이를 허락했다. 서동은 공주를 따라가게 되었으며 이에 몰래 관계를 했다. 그런 다음에 공주는 서동의 이름을 알게 되었고 또 동요가 불려진 연유를 알게 되었다.

그 둘은 백제로 와서 살림을 차렸다. 아무 살림 준비가 없는 터라 선화공주는 모후가 노자로 준 금을 내놓았다. 서동은 크게 웃으며 이것이 무엇이냐고 물었다. 공주는 대답하되, 이것은 황금이라는 것인데 이것만 있으면 평생 부를 누릴 수 있습니다라 했다. 서동은 그 말을 듣고 내가 어렸을 적에 마를 캐던 곳에 흙처럼 많이 쌓아두었다, 그렇게 흰소리를 쳤다.

공주는 그 금을 가져다가 친정의 대궐로 보내고 싶어 했다. 공주라 그렇기도 하겠지만 그때도 여자가 셌던 모양이다. 그 많은 금을 보낼 방법을 찾다가 신력이 뛰어나다는 용화산龍華山 사자사獅子寺

에 주석하던 지명법사知命法師를 만나 상의하기로 했다. 지명법사는 서동의 말이 끝나자마자 공주가 가져온 편지와 함께 그 산처럼 쌓인 금을 그의 신통력으로 하룻밤 새 신라 궁전으로 보냈다. 진평왕은 귀양 간 딸 걱정이 태산 같았으나 오히려 금을 보내왔으니 흐뭇해질 수밖에 없었다. 더구나 신비스러운 일을 마음에 두어 존경심까지 갖게 되었던 것이다. 그 뒤 늘 편지를 보내어 안부를 전하곤 했다.

맛둥은 이로부터 인심을 얻어 마침내 왕위에 올라 무왕이 되었다. 어느 날 무왕의 왕후가 된 선화공주와 사자사에 가려고 용화산 밑 큰 못 가에 닿았을 때 갑자기 미륵삼존불이 못 가운데 불끈 솟아났다. 수레를 멈추고 합장을 했다. 이때 왕후가 무왕에게 진실로 저의 소원이니 여기에 큰절을 지어 주십시오, 라 하자 무왕은 이내 그 말을 허락하고 지명법사를 또 찾아가 의논했다. 역시 법사는 신통력을 내어 하룻밤 만에 산을 헐어 못을 메운 뒤 절을 세우고자 했다. 진평왕은 이러한 사실을 알고 공인工人을 보내어 힘을 도왔다. 이렇게 하여 태어난 절이 바로 미륵사였던 것이다.

익산에서는 절 앞 마룡지馬龍池를 가리켜 마래방죽으로 비정하고 미륵사를 무왕 부처의 원찰로 보는 견해도 있다. 근자 현재까지 남아 내려오는 부서진 서탑에서 사리함 등이 발견된 바 있는데 선화공주와는 상관이 없는 기록이 나와 당황하게 하기도 했다.

이상에 열거한 것들을 요약하면, 첫째, 「서동요」는 백제요로 보는데 큰 무리가 없다는 것이다. 신라보다는 한 세기 또는 그 이상 앞서 향찰식 표기를 썼을 가능성이 높은 것, 그리고 동요형식이라 그럴 수 있겠으나 단순 소박한 4구체의 옛 형식을 가지고 있다는 것들이 그 뒷받침이 될 것이다. 또한 무엇보다 지은이가 백제인이라는 사실을 간과해서는 안 된다.

둘째, 고구려의 끈질긴 침공으로 인하여 백제와 신라는 항상 곤경에 처했다. 이 두 나라가 중국의 역대 여러 나라에 자주 사신을 보내어 도움을 청한 것은 고구려 세력의 저지였다. 한편 백제와 신라 간에도 강역의 확장을 위한 치열한 싸움이 그칠 새가 없었다. 이 때 두 나라 백성이 간절하게 요구하는 것은 안정과 평화였다. 그 점에서는 백제가 더 적극적이었다. 동성왕 때 화친을 목적으로 신라왕의 딸을 결혼의 상대로 요청한 것은 백제였다. 왕의 딸은 아니었지만 신라도 이손이란 높은 벼슬아치의 딸을 보냄으로써 응수했다. 「서동요」가 갖는 의미는 이런 점에서 화和의 상징이라 할 만하다.

셋째, 한 나라의 나무꾼과 다른 나라 공주의 부부관계는 화해와 계급 갈등의 해결을 상징한다는 사실이다. 백제의 무왕은 지략도 뛰어나고 불심도 깊었다. 그래도 그는 왕이 되기 전에는 이름 없는 마장수에 불과했다. 그러한 천민 범부와 그것도 적국의 아름다운 공주와 서로 결합한다는 일은 사실상 불가능한 일이다. 그럼에도 불구하고 머리를 깎아 중 행세를 하면서까지 꾀를 내어 마침내 결합함으로써 행복하게 살았다. 거기에는 나라간의 갈등과 함께 계급간의 갈등도 화해와 평등으로 풀어가는 그런 지혜의 사상이 저변에 깔려 있다.

넷째, 서동의 신분과 왕위의 계승 문제다. 서동이 백제여인이 아닌 신라의 공주를 택한 것에는 여러 의도가 있을 것이다. 그러나 설화에 나와 있는 것처럼 아비를 모르는 과댁의 자식이라는 점이 크게 작용했을 것이다. 백제는 불교에 있어서도 화엄사상이 아니라 율종이 중심이었음을 불교사학자들은 지적하고 있다. 남녀나 그 위계도 신라와는 전혀 달라 엄격하였을 것으로 판단된다. 어쨌든 신라의 왕녀를 아내로 맞음으로써 그의 신분은 상승되었고 그런 속에서 그가 한동안 신혼살림을 꾸린 곳은 익산에 있는 용화산 기슭이다. 왕권의 중심지 소부리(사비·부여)가 아니라는 사실은 주목해야 할 부분이다. 말하자면 주변부의 존재에 불과했다는 것이다. 그런 형편에서 왕위를 이어 받았다는 것은 놀라운 일이다. 서동의 출생 과정을 놓고 볼 때 가위 혁명적이다. 피나는 투쟁도 없이 이러한 일이 일어날 수 있고 또 나라 백성이 용인할 수 있다는 것은 권력의 평등을 암시하고 있다.

서동과 관계된 『삼국유사』의 기록을 사실상 사적 진실로 보는 것은 어리석다. 그러나 그것을 근거 없는 허구라고 일축하는 것 또한 현명한 일이 아니다. 사적 진실이 얼마든지 시간의 흐름에 따라 변형되어 나타날 수 있고 그것이 바람직한 일일 때 신비의 겹이 늘어날 수 있다. 설령 그렇지 않다 하더라도 당대의 그러한 허구는 막강한 신화의 힘을 갖는 법이다. 현대에 와서 우리가 상징으로 접근해야 할 이유이다.

「서동요」의 사실 여부를 따지기 전에 그 노래와 그 것이 형성된 일련의 과정을 깊이 성찰하는 것은 뒷사람에게 주어진 커다란 몫이라 하지 않을 수 없다.

2) 산유화가山有花歌

「산유화가」 곧 메나리는 부여의 노래로 널리 알려져 있다. 백제

때부터 전해져 오는 노래로 지역적 자부심도 강하다.

공주나 부여는 백제의 옛 도읍지어서 그런가 다른 곳보다 유적과 함께 옛 문화의 냄새가 깊이 배어 있다. 놀이와 그것과 뗄레야 뗄 수 없는 노래(놀이)도 그렇다.『신증동국여지승람』웅진조에는 공주지역 사람들이 놀고 노래하는 것을 좋아하는 풍습이 전해오는 데 그것은 당장군 유인궤劉仁軌가 웅진도독부를 맡아 (중국인들의 당나라 지도에 공주지역이 당의 강역으로 표시되어 있는 것은 그 때문이다.) 걸핏하면 기녀를 데리고 질펀하게 놀아서 백성들 속에 그것이 파고든 때문이라 했다. 그러나 부여는 그런 점에서 공주보다 패전국의 애잔한 슬픔의 그늘에다가 옛 것의 전승傳承이 꿋꿋하게 남아 있다. 공주가 조선조에 감영이 있어서일 뿐 아니라 개화의 바람이 세차에 밀려 왔고 또 도청 등 일제의 행정기관이 상당 기간 자리를 잡아서 옛 것이 많이 희석되었다면 부여는 그런 점에서 소외되었었기 때문에 옛것의 보존 능력이 훨씬 강하다.

「산유화가」는 그런저런 연유로 그 생명을 오래 지속시킬 수 있었다.

> 왕은 좌우의 신하를 거느리고 사비하의 북포에 연회를 베
> 풀고 놀았다. 이 포구의 양쪽 언덕에 괴이한 바위와 돌을 세
> 우고 그 사이에 기화요초를 심었는데 마치 그림폭과 같았다.
> 왕이 술을 마시고 흥이 넘쳐 북을 치고 거문고를 뜯으며 스스
> 로 노래를 부르면 신하들은 번갈아 춤을 추었다. 사람들은 그
> 곳을 대왕포大王浦라고 불렀다.

이것을 삼국사기 백제본기 무왕 37년조(A.D. 636)에 적혀있는

내용이다. 백성들 간에는 그런 것을 비판하기보다는 부러워하고 흥을 내는 쪽으로 전화되었을 가능성이 크다. 맨 처음 「산유화가」는 지배계층의 놀이와 그 영향 아래서 불리어진 것이다. 『증보문헌비고』는 그 예문고藝文考에서 백제의 가요로 「선운산가」, 「무등산가」, 「지리산가」, 「방등산가」, 「정읍가」를 들고 그 끝에 「산유화가」를 든 다음 「산유화가」의 주를 다음과 같이 달고 있다.

산유화가는 남녀상열男女相悅의 노래인데 음조가 처완悽捥
하여 마치 반려옥수伴侶玉樹와 같다.

노래의 내용은 남녀의 에로틱한 사랑이며 음조는 슬픈 느낌을 준다고 했다. 그것을 중국 제齊나 진陳에서 불리였던 퇴폐성이 짙은 반려옥수라는 곡으로 비겨 말하고 있다. 왕과 그 측근의 지배귀족들이 취흥에 따라 가창한 음악의 하나가 이 「산유화가」라 추정할 수 있다. 이러한 내용의 노래가 백성들 사이에서도 퍼졌을 것은 짐작하기 어렵지 않다. 그러나 화려한 도성 부여가 며칠간 불에 타재가 되고 왕후장상이 사라지는 참패한 양상을 보면서 망국의 한이 담긴 유민의 노래로 변하게 되었다.

산유화혜 산유화야
저 꽃피어 농사일 시작하야
저 꽃지더락 필역하세
얼럴럴 상사뒤
어여 뒤어 상사뒤

산유화혜 산유화야
저 꽃 피어 번화함을 자랑마라
구십춘광 잠깐 간다

영취봉에 달 뜨고
사비강에 달 진다
저 달 떠서 집에 나와
저 달 져서 집에 돌아간다

농사짓는 일 바쁘건만
부모처자 구제하니
뉘손을 기다릴고

부소산이 높아 있고
구룡포가 깊어 있다
부소산도 평지되고
구룡포도 평원되니
세상일 뉘가 알꼬

　부여에서 불리운 노래다. 선소리와 받음 소리로 된 농요인데 무
상감이 가득하다. 이러한 변화는 시간의 흐름에 따라 농요로만 남
게 되었다. 그런 저간의 사정을 이렇게 단순화시킬 수 있다.

백제시대: 남녀 사랑의 노래 → 백제 패망 후: 백제 유민들의 무상감 → 고려·조선조: 순수한 노동요로서의 농요

오늘에 와서 복원되었다는 「산유화가」는 원 모양과도 다르고 현장의 노래와도 사뭇 다르다.

벼농사의 차례 곧 모심기, 논매기, 벼베기, 바심하기, 볏섬쌓기 등 거의 순차에 따라 세련되게 짜여져 있는 것은 원래의 모습이 아니다. 민속대회 등 출연하면서 전문가의 연출이 작용한 결과이기 때문이다. 「산유화가」를 메나리하여 우조羽調 등의 높은 소리 곡명이지 가사와는 무관하다는 이병기李秉岐 같은 분의 견해가 없는 것은 아니지만, 원래 민요라는 것이 그때그때 시대의 여러 여건에 따라 더늠이 붙는 것이 자연스러운 상례라 한다면 오늘날 전하는 다양한 지역의 다양한 「산유화가」군을 이해할 수 있다.

혹자는 메나리가 강원도에서 시작하였다든가, 또는 경상도에서 시작하였다 하여 백제 부여 기원설에 관하여 회의를 보여주는데, 옛 문헌의 기록과 거기에 부합하는 사실을 먼저 신뢰해야 할 필요가 있다. 수개월 전에 부여 중심의 「산유화가」를 전공하는 국악도를 만난 일이 있는데 그는 악곡의 정밀한 분석을 통해 부여의 그것이 여타의 그것과 크게 다르다고 말한 바 있다.

필자는 신라군이 백제를 패망시킨 뒤 부여에 한 동안 주둔하다가 고향 신라로 돌아간 뒤 전파된 것이 선산善山 지역의 「산유화가」라고 살핀 적이 있다. 다시 그것이 쌀농업 곧 수도권水稻圈의 논을 따라 서해안을 거쳐 북상하여 황해도로 다시 평안도 관서지방에까지 이른 것으로 추정했다. 이러한 주장은 여기에 관심을 둔 학자

들 간에 지지가 적지 않았던 것으로 알고 있다. (이 문제에 관해서는 조재훈, 「산유화가의 연구」, 『백제문화』 7·8 합병호, 1975를 참고할 것)

끝으로 노래의 이름에 관해서 덧붙이고자 한다. 그 명칭에 관해서 학계가 보여준 견해는 구구하다. 산유화山遊花의 산놀이꽃 곧 '메놀꽃', 산백합百合, 철쭉, 메나리의 메를 멀다의 예, 나리는 향유享有로 보아 구시대, 후렴에 없는 독창으로서의 민아리, 창조의 우조 또는 중국 등에서 보이는 산노래[山歌], 심지어는 '有'의 일어 '아리'에 '메'가 붙고 ㅏ에 ㄴ이 첨가해 되었다는 주장 … 참으로 다양하다. 아마 개나리, 참나리 식으로 메[山]에 자생하는 산꽃 그것도 봄에 피는 꽃을 가리켰고 그것은 뒤에 패망한 백제의 넋으로 보았을 가능성이 크다.

3. 한문학

백제와 당시 중국과의 교류는 자연스러운 것이었다. 크기로나 깊이로 보아 황해는 두 나라를 연결하는 데에 적합했다. 특히 우리나라의 비옥한 반도 서남단의 지역과 중국의 넓고 비옥한 동해안 지역과는 경제나 문화지리적으로 보아 서로 흡인력을 가지고 있는 조건이었다. 거기다가 중국도 부족국가의 쟁탈이 극심했고, 마찬가지로 한반도도 삼국 뿐 아니라 북부 말갈 등 여러 부족과의 갈등이 그치지 않았다. 이러한 것은 피차 원교근공遠交近攻또는 제삼의 문화와의 접촉이 요구되었다.

강력한 고구려가 바로 접경하여 북에 위치할 뿐 아니라 남침을 빈번하게 시도하였기 때문에 백제의 지정학적 조건에 따라 바다 밖의 타국과 유대를 맺어야 할 필요성이 대두되었다. 항해술과 조선술이 고구려나 신라보다 탁월한 것은 당연했다. 그러한 기술을 통해 백제가 만난 것은 중국과 일본이었다. 중국은 당시 남북조시대였기 때문에 그 나라들과의 교류였는데 그 중에서도 남조와의 교류가 많았으며 수·당과의 교류도 만만치 않았다.

중국 쪽과의 교류는 주로 조공관계 속에서 이루어졌으며 그네들의 한문화를 받아 들이는 데에 주력했다. 그것에는 도교와 유교의 전적들이 대부분을 이루었다. 그 전적들은 모두 한자로 쓰여진 것이었다. 따라서 한자의 영향은 클 수밖에 없었는데 그것은 일반 피지배계층과는 무관했다.

일부 학자간에는 백제에 그 나름의 고유문자가 있었으리라고 주장하기도 한다. 삼국사기 백제본기 제2 근초고왕近肖古王 조의 끝에 쓰여 있는, '옛기록(책)에 이르되 백제가 나라를 연 이래 문자로 된 기록이 없었는데 박사 고흥에 이르러 처음 서기書記가 있게 되었다.'를 들어, 문자로 된 기록記錄이 없었을 뿐 문자가 없었다는 것은 아니므로 백제 나름의 고유문자가 있었을 것이라 추정한다. 그러나 금석문 등 어떠한 것에서도 아직 한문자가 아닌 문자가 발견된 일이 없으므로 고유문자가 있었다는 설은 설득력을 갖기 어렵다. 다만 향찰식鄕札式 표기가 일찍부터 쓰였음을 알 수 있을 뿐이다. 인명이나 지명 등 그리고 향가의 현존하는 가장 오래된 「서동요薯童謠」가 뒤에 백제 무왕이 된 서동이 지었음은 그러한 사실을 입증해 준다.

그렇다면 백제가 언제 한자와 그것에 의해 쓰여진 전적을 받아드렸을까가 문제다. 그것은 백제 건국의 초기부터라고 볼 수 있다. 온조나 비류가 고구려에서 내려왔다는 사실과 삼국사기 등의 기록이 그런 사실을 알게 해준다. 고구려는 중국과 육지로 인접하였을 뿐 아니라 그 이전부터 섞여서 산 시간이 짧지 않기 때문에 한자문화를 쉽게 받아 드렸을 것이다. 유리왕의 황조가黃鳥歌는 그러한 반증이다. 그리고 삼국사기의 백제본기에 관한 기록이 김부식의 상상의 소산이 아님에 틀림없다면 그가 의존한 기록이 전제되어야하며 그 기록의 원전은 백제인이 백제에서 쓰여진 것이어야 한다. 백제의 사실史實은 백제인이 잘 알기 때문이다. 온조때부터 동명왕묘東明王廟를 세우고 대대로 제사를 올린 것이나 그 뒤 천제天祭를 지낸 것 등은 적어도 한자와 무관하지 않다. 그 형식과 격식이 한자를 필요로 했기 때문이다. 근초고왕 때(A.D. 372) 진晉나라에 2차례나 사신을 보낸 사실이나 근구수왕近仇首王 때에도(A.D. 379) 성공하지는 못하였으나 진晉나라에 사신을 보냈다는 등 삼국사기의 기록을 보면 한자와 한문화의 수용이 꽤 오래되고 그 수준이 높았음을 짐작하게 한다. 그런 사실은 고이왕古爾王 52년(A.D. 285) 왕인王仁이 천자문과 논어를 일본으로 가져가 가르쳤다는 일본서기日本書紀의 기록(『일본서기』 권10 응신천황應神天皇조)과 백제인이 복희伏戱, 신농神農, 황제皇帝가 지었다는 삼분三墳을 좋아했고 속문屬文을 할 수 있었으며 음양오행점술 등을 알았고 (『주서周書』 권49 열전 제41 이역조, 백제) 서적으로는 오경五經과 자사子史가 있으며 표와 소는 중국을 따랐다는 중국 쪽 기록(『구당서舊唐書』 권199 상, 열전 제145 동이 백제조) 등을 볼 때 백제의 한문학에 대한 수준이 매우 높았음을 알 수 있다.

　무왕 때에는 귀족 자제들을 당나라에 유학 보내기 위해 당에 입학을 요청했다는 삼국사기의 기록도 그런 사정을 분명하게 해준다. 그럼에도 백제가 남긴 한문화의 유산은 척박하다. 패망국가의 비극으로 말미암은 것이겠지만 그 정도가 심하다. 한문학의 상징이라 할 수 있는 한시도 한편 전하지 않을 뿐 아니라 문학적 산문조차도 한 편 찾아 볼 수 없다. 한시의 경우는 모시박사毛詩博士를 요청할 만큼 수준이 높았으나 시의 체격 등 어려움이 많고 또 노래로서의 백제어와 너무 거리가 멀어 한시를 짓는다는 일 자체가 어려운 것이었기 때문일 것이다. 산문의 문학 양식도 그런 사정으로부터 크게 벗어나지 않는다. 그것도 그렇지만 신라의 잔인한 백제에의 복수도 백제의 높은 수준의 한문학을 사라지게 하는 데에 크게 작용했다.

　현존하는 것은 얼마간의 금석문金石文과 표表, 상서문上書文이 그 전부라 할 수 있다.

1) 금석문

　금석문에는 칠지도명七支刀銘, 인물화상명人物畵像銘, 무령왕릉은천명武寧王陵銀釧銘, 무령왕릉동경명武寧王陵銅鏡銘, 무령왕릉지석갑을武寧王陵誌石 甲·乙, 금동삼존불명金銅三尊佛銘, 금동석가좌불배명金銅釋迦座佛背銘, 사택지적비지砂宅智積碑誌, 부여융묘지扶餘隆墓誌, 익산출토동경명益出山土銅鏡銘, 표석전부명標石前部銘 등이다. 칠지도명, 무령왕릉동경명, 무령왕릉은천명 무령왕릉지석, 부여융묘지, 사택지적비 등 몇을 제외하고는 간단한 명銘이 몇 자 새겨져 있을 뿐이다. 문학성으로 보면 문학의 범주에서 벗어나는 것이지만 몇 가지만 소개하려 한다.

① 칠지도명 七支刀銘

칠지도의 진위와 연대에 대해서 학계에서는 서로 다른 견해가 있어 의견의 일치를 보여주고 있지 않지만 A. D 369년 백제에서 제작된 것으로 보는 것이 학계의 일반적 추세다. 이것은 길이 15cm의 창모양으로 된 철기로 몸날 앞쪽에 세 개씩 여섯 개의 가지가 나무처럼 어긋나게 뻗어 있다. 그 몸 날의 앞뒤면에 61자의 글자가 새겨져 있다.

그 명문은 다음과 같다.

앞면: (泰)□四年 五月十六日丙午正陽造百鍊鐵七支刀 (出)辟百兵

宜供供候王 □ □ □ (祥)

뒷면: 先世以來未有此刀百(濟)王世 □ 奇生聖音故爲倭王旨造傳示

後世

우리말로 바꾸면 이렇다

앞면: (태)□4년 5월 16일 병오일 정오에 백번 제련한 쇠로

칠지도를 만들어……모든 병화를 물리칠 것이니 마땅

히 후왕에 줄 것이고……(祥)

뒷면: 선사 이래로 이러한 칼이 없었으나 백(제)왕세… 성음

에 의탁하여 특별히 왜왕을 위해 만들었나니 후세에 전

하라

한문학 운운하기는 어렵지만 백제의 중기 한문 수준을 짐작하
는 데에 부족함이 없다. 짧은 글 안에도 초사, 노자, 사기, 논형 등의
전적 속에 보이는 어휘를 구사하고 있음을 보아 상당한 수준의 것
이라 할만하다. 칠지도는 현재 일본 나라奈良의 석산신궁石山神宮에
보존되어 있다.

② 사택지적비문砂宅智積碑文

현재에 남아 전하는 비문 가운데 가장 당대 백제의 한문학 경향
을 잘 알려주는 중요한 자료다. 이 비는 부소산 남쪽 기슭에 쌓아놓
았던 돌더미 속에서 1948년 8·9월경에 발견되었다. 의자왕 때 정
계에서 물러난 사택지적이라는 대좌평을 지낸 고급 벼슬아치가
세월의 무상함을 느껴 불교에 귀의, 원찰願刹을 세웠다는 내용을
담고 있다. 그러나 비신이 부셔져 건립연대는 미상이나 학계에서
는 탑을 세웠다는 내용으로 미루어 갑인년인 의자왕 14년(654) 쯤
세운 것으로 추정하고 있다. 그 비문은 비문 때문이기도 하지만 매
우 짧다.

甲寅年正月九日 奈祗城砂宅智積

慷體日之易往 慷體月之難還 穿金以建珍堂

鑿玉以立寶塔 巍巍慈容 吐神光以送雲

羖羖悲貌 含聖明以 □ □

현대말로 옮기면 이렇다

갑인년 정월 9일 奈祇城의 砂宅智積은 몸이 해가 가듯 쉽게 가
고 달이 가듯 돌아오기 어려움을 슬퍼하도다. 금을 뚫어 진귀
한 법당을 세우고 옥을 깎아 보탑을 세우나니 높고 높은 자비
로운 모양이여, 신령스러운 기운을 뿜어 구름을 보내는 듯, 크
고 큰 자비로운 모습은 성스러운 밝음을 머금으로써(…는 듯)

이 비문은 후기 백제 불교의 법화사상 중심과 그 밖의 성씨 문제
등을 아는 데에 한 몫 하지만, 그것보다는 문체의 고급스러움을 아
는 데에 있다. 곧 4·6 변려문騈儷文의 문체로 되어있다는 것이다. 변
려문은 중국의 전한前漢에서 시작되어 후한後漢, 위진남북조魏晋南
北朝 시대를 거쳐 당唐·청淸에 이르기까지 쓰였던 고급의 미문 문
체다. 전·후 한때는 금체今體라 했으며 만당晚唐에 와서 4·6문이라
불렀고 청淸대에 와서는 변려문이라 일컬었다. 4·6문은 4자구와 6
자구가 반복되기 때문이고 변려문은 대우법對偶法을 쓰기 때문이
다. 특히 대우법은 해박한 지식이 없으면 성공적으로 쓰기 어려운
극히 까다로운 수사修辭의 문체다. 후일에는 그런 이유로 진솔성이
부족하고 사치스런 수사에 빠졌다고 해서 쇠퇴의 길을 걷게 되었
다. 그러나 고문체를 습용하는 사람층에는 그들의 지식이나 계층
을 나타낸다는 점에서 애용되어 오고 있음도 사실이다. 위의 비문

을 배열하면 변려체로서 그 문체의 특성이 분명하게 드러난다.

이러한 비문 형식은 위진 등 중국으로부터 와서 영향을 미친 것이다. 내용을 보더라도 중국의 여러 문헌 이를테면 문선文選, 시경詩經, 예기禮記, 논어論語, 회남자淮南子, 전국책戰國策 등에서 쓰인 어휘라는 점에서 매우 높은 한문학의 수준을 극명하게 알 수 있다.

이 밖에 무령왕릉에서 발견된 지석誌石, 명銘 등이 있으나 문학적 측면에서는 그 가치가 적어 논외로 한다. 다만 한마디 하고 싶은 것은 무령왕 왕비 은팔찌 안쪽에 그것을 만든 다리多利라는 이름이 보이는데 이것은 백제시대에 일찍이 한자의 음차를 썼음을 말하는 것으로 향찰식 문자가 신라보다 1세기 훨씬 이전에 쓰였다는 단서를 제공해 주는 점에서 주목된다.

2) 표表, 상서문上書文 등

표表는 과문육체科文六體라 하여 과거시험을 볼 때 시詩, 부賦, 표表, 책策, 의義, 의疑 등 여섯 가지 문체 중의 하나를 가리키는 말인데, 소회를 적어서 제왕에게 올리는 글을 특히 표表라 하였다.

백제의 왕이 당시 중국의 왕에게 보낸 글이 여기에 속한다. 그것은 중국 옛 사서와 삼국사기에 실려 있는 것들이다. 각각 1편씩을 들어 보고자 한다.

臣國累葉 偏受殊恩 文武良輔 世蒙朝爵 行冠軍將軍 右賢王餘記等
十一人忠勤 宜在顯進 伏願垂愍 竝聽賜除

신의 나라는 누대에 걸쳐 특별한 은총을 많이 받아왔고 문무의 어린 신하들이 대대로 조정의 벼슬을 받았습니다. 행관 군장군, 우현왕 여기 등 십일명은 충성스럽고 현달한 자리에 오름이 마땅하오니 엎드려 바라건대 애처로이 여기사 벼슬 자리를 청하나이다.

송서宋書 백제전百濟傳에 실려 있는 이른바 '상송효제표上宋孝帝表'의 전문이다.

한 한문학자는 '간단하고 아유적인 사대문자'이지만 '필력이 청경淸勁하고 사지辭旨가 온려溫麗하여 교린交隣 문자의 체법이 됨을 인정'하지 않을 수 없다고 하였다.

다음에 들 것은 개로왕 18년(A.D. 472) 북위北魏 효문제孝文帝에서 보낸 표이다. 삼국사기 백제본기 개로왕조에 보인다.

遣使朝魏上表曰 臣立國東極 豺狼隔路 雖世承靈化 莫由奉藩 瞻望雲闕 馳情罔極 涼風微應 伏惟皇帝陛下 協和天休 不勝係仰之情 謹遣私署冠軍將軍駙馬都尉弗斯侯長史餘禮－龍驤將軍帶方太守司馬張茂等 投舫波阻 搜徑玄津 託命自然之運 遣進萬一之誠 冀神祇垂感 皇靈洪覆 克達天庭 宣暢臣志 雖旦聞夕沒 永無餘恨 又云 臣與高句麗源出扶餘 先世之時 篤崇舊款 其祖釗輕 廢鄰好 親率士衆 凌踐臣境臣祖須整旅電邁 應機馳擊 矢石暫交 梟斬釗首 自爾已來 莫敢南顧 自馮氏數終 餘燼奔竄 醜類漸盛 遂見凌逼 構怨連禍 三十餘載 財殫力竭轉自孱蹙 若天慈曲矜 遠及無外 速遣一將 來救臣國 當奉送鄙女 執掃後宮 幷遣子弟 牧圉外廐 尺壤匹夫 不敢自有 又云 今璉有罪 國自魚

肉 大臣彊族 戮殺無已 罪盈惡積 民庶崩離 是滅亡之期 假手之秋也
且馮族士馬 有鳥畜之戀 樂浪諸郡 懷首丘之心 天威一擧 有征無戰 臣
雖不敏 志效畢力 當率所統 承風響應 且高句麗不義逆詐非一 外慕隗
囂藩卑之辭 內懷凶禍豕突之行 或南通劉氏 或北約蠕蠕 共相脣齒 謀
凌王略 昔唐堯至聖 致罰丹水 孟嘗稱仁 不捨塗詈 涓流之水 宜早壅塞
今若不取 將貽後悔 去庚辰年後 臣西界小石山北國海中 見屍十餘 幷
得衣器鞍勒 視之非高句麗之物 後聞乃是王人來降臣國 長蛇隔路 以
沈于海 雖未委當 深懷憤患 昔宋戮申舟 楚莊徒跣 鷂攫放鳩 信陵不食
克敵立名 美隆無已 夫以區區偏鄙 猶慕萬代之信 況陛下合氣天地 勢
傾山海 豈令小竪 跨塞天逵 今上所得鞍一以爲實驗

『과인은 나라를 東極에 세웠으나, 豹狼(高句麗 등을 비유
함)으로 길이 막히고, 비록 해마다 靈化를 받았으나 奉藩의 인
연이 없어 雲闕을 바라보며 달리는 마음 다함없습니다. 싸늘
한 때 생각하면 폐하는 天休에 화협하므로 마음을 이기지 못
하여 삼가 私署冠軍將軍駙馬都尉弗斯侯長史 餘禮와 龍驤將軍
帶方太守司馬張茂 등을 파견하여 거친 물결에 배를 띄우고, 험
한 나룻길을 더듬어 목숨을 자연의 운명에 의탁하며 萬一의
誠意를 보내어 神祇의 垂感과 皇靈의 洪覆을 바라며 天庭에 告達
하는데, 이 뜻을 宣暢한다면 비록 아침에 듣고 저녁에 없어진
다 하더라고 永遠히 한이 없겠노라』하였고, 또 말하기를『우
리는 高句麗와 함께 根源이 夫餘에서 나서 先世때에는 篤實히
舊款을 尊宗하였으나, 그들은 처음 釗(故國原王)가 경솔히 隣
好를 폐하고 친히 많은 군사를 거느리고 우리 강토를 짓밟으

므로, 우리 先祖 須(近肖古王)께서는 군사를 정비하여 가지고 應機馳擊하여 서로 싸워 釗(故國原王)의 목을 잘라버렸는데, 이로부터 그 뒤에 그들은 감히 우리를 엿보지 못하다가, 馮氏가 궁할 무렵부터 그 餘燼으로 奔竄하여 醜類들이 漸盛하고, 드디어는 번번히 凌逼하여 원한을 이루고 재화가 연하여 三十餘年이 되었으며 財彈力竭하고 轉自屠跋하니 만약 陛下가 우리를 사랑하고 불상하게 생각한다면 속히 한 장수를 파견하여 우리나라를 구원하여 주면 마땅히 鄙女를 보내어 後宮을 삼게 하고, 아울러 子弟를 파견하여 圉外에서 牧廄할 것이니 尺壤匹夫라도 敢히 自由하지 않으리오?』하였고, 또 말하기를 『지금 璉(高句麗 長壽王의 諱 巨璉)은 有罪하여 스스로 나라를 魚肉으로 만들고, 大臣强族의 殺戮이 그치지 않아 罪惡이 차 쌓이고 백성들이 崩離하니 이는 멸망할 때로서 손을 쓸 때입니다. 또 馮族軍은 鳥畜의 戀慕가 있고, 樂浪諸郡이 首丘之心을 품으니 天威를 한번 들어내면 싸우지 않고도 정벌할 수 있을 것이니 과인은 비록 不敏하나 뜻을 이루고 힘을 다하여 군사를 이끌고 威風을 이어 받으며 應戰할 것입니다. 또한 高句麗는 不義와 逆詐함이 非一非再하며 겉으로는 藩卑로 받드는 체하지만, 안으로는 凶禍豕突의 행실을 품어 혹은 남으로 劉氏와 통하고, 혹은 북으로 蠕蠕들과 약속하여 서로 脣齒가 되어 王略을 謀凌합니다. 옛날 唐堯는 至聖하나 丹朱를 처벌하고, 孟嘗은 稱仁하여 塗詈를 버리지 않았습니다. 涓流水는 일찍 막아야하니, 지금 만약 공취하지 않으면 장차 후회하게 될 것입니다. 지난 庚辰年(西紀 440) 뒤에 西界小石山 北쪽의 國海中에서 十餘名의 시체를 발견하고 아울러 衣服, 器具, 鞍勒 등을 얻어 보았는데, 이는 高句麗의 물건이 아니고 뒤에 들으니 이는 漢人이 우리나라로 오다가 長蛇隔路하므로 바다에 빠져 죽은 것이라, 비록 확실하지 않으나 깊이 분한 뜻을 품게 됩니다. 옛날 宋의 申舟를 죽이자 楚莊은 徒跣하고, 매가 비들기를 잡자 信陵은 먹지 않고 克敵立名했으니 美隆無已라, 대저 偏鄙로써 오히려 萬代의 信義를 崇慕하였거늘, 況且 陛下는 氣運이 天地에 합하고 威勢가 山海에 기우리고 있으니 어찌 小堅로 하여금 天達에 跨塞케 하리오? 지금 鞍一을 얻어 이를 實驗하려고자 글을 올립니다.』라 하였다.

이 표는 위서魏書 백제전百濟傳에도 실려 있다. 이 역사서를 뒷날 삼국사기의 저자 김부식이 참고했을 가능성을 배제하기 어렵다.

두루마리에 붓으로 썼을 생각을 하면 장문의 문장이다. 고구려의 침공에 따른 원병을 요청하는 내용으로 요구를 들어 주면 여자를 바치겠다는 모멸적인 말도 들어있다. 내용은 그렇다 해도 전고典故도 들면서 대우법을 통해 호소하는 문투와 구체적인 사실을 세세하게 서술하는 솜씨가 뛰어남을 인정하지 않을 수 없다.

이 밖에 동성왕 12년에 제나라 무제에게 보낸 것으로서 남제서南齊書 백제전에 실려 있는 상남조제무제표上南朝齊武帝表, 같은 17년에 남조의 제나라 맹제에게 보낸 상남조제맹제표上南朝齊明帝表 등이 있다. 백제 후기에 와서는 수隋, 당唐에 빈번히 조공을 바쳤으므로 표表도 따랐을 것이나 현재로서는 위에 든 것에 불과하다.

상서문上書文으로는 의자왕 말기의 충신 성충成忠과 흥수興首의 것이 있다. 둘 다 삼국사기 백제본기 의자왕조에 실려 있는데, 앞의 것은 왕에게 간언을 하다가 투옥되자 옥중에서 왕에게 올린 글이요, 뒤의 것은 고마미지현으로 귀양갔을 때 조정의 물음에 답한 말이다. 그래서 뒤의 것은 글에서 제외시키거나 흥수왈興首曰 정도로 취급하는 경우가 많다.

忠臣死不忘君 願一言而死 臣常觀時察變 必有兵革之事 凡用兵必審擇其地 處上流以延敵 然後可以保全 若異國兵來 陸路不使過沈峴 水軍不使入伎伐浦之岸 據其險隘以禦之 然後可也

충신은 죽어도 임금을 잊지 않는다 하므로 원컨대 한 말씀 더 드리고 죽으려 하나이다. 신이 항상 시세의 변화를 관찰하옵는데 반드시 전쟁이 일어날 것 같습니다. 무릇 군사를 쓸 때에는 그 지리를 살펴 上流에 처하여 적세를 늦춰논 연후에야 가히 보전할 수 있으리이다. 만약 다른 나라의 군사가 쳐들어오면 陸路로는 沈峴(혹은 炭峴)을 지나지 못하도록 하시고, 水軍은 伎伐浦(금강하류)의 언덕으로 들어오지 못하게 하시고 그 험난한 곳에 의거하여 방어한 연후에 치는 것이 옳겠나이다.

성충의 이 글은 일종의 상소라 할 수 있다. 실제적인 내용만 건조하고 간결하게 쓴 고문체의 문장이지만, 끝부분 '육로', '수군'의 귀결에서 대우법이 나타나 당시의 문체의 특성을 드러내 준다.

이상 살펴본 바에 따르면, 백제는 서해안을 활용해 백제와 빈번하게 교류를 하였으며 그에 따라 한자문화의 수준이 꽤 높았음을 알 수 있다. 또 그것을 왜(일본)에 전파시켜 일본 열도의 남부 지역을 그 강한 영향권에 두었다.

그런데 표表 등 수치스러운 글만 주로 중국 옛 사서에 실려 전할 뿐, 문학성이 짙은 글(작품)이 전하지 않음은 매우 안타까운 일이다. 그것의 큰 이유는 신라의 잔인한 백제박멸책에 따른 것이다. 『삼국사기』와『삼국유사』를 보더라도 고려조까지에도 일부 남아 있던 것을 훈요십조가 가리키는 바대로 일부러 폐기했을지도 모른다.

그렇지만 당시 삼국이 언어(문자)생활에 있어서 한자문화의 구속에서 벗어나지 못하였으면서 특히 시 쪽에 빈곤한 모습을 보여 주고 있는 것을 보면 작시의 까다로움과 그 당시 언어생활과의 부조화 등의 조건 때문이 아닌가 생각된다.

4. 극문학

백제시대에도 노래와 노랫말(시) 그리고 춤이 하나로 어울려 집단적으로 제사를 지내거나 즐겼을 것이다. 어찌 보면 몸의 동작 속에 의미 있는 소리의 율동이 혼재되었을 것이다. 이런 점에서 극劇 양식은 중요한 문화사적 의미를 갖게 된다.『삼국사기』백제본기 고이왕 5년(A.D. 238)에 보면, '정월에 천제에 제사 지내는데 악기樂器를 사용했다'는 내용이 있는데, '고취'라면 타악기의 북과 관현

악기의 '소'같은 것을 가리킨다.『삼국사기』권32 잡지雜志에 백제에서 썼던 악기명이 자세히 열거되어 있다.

> 백제의 악樂은 통전通典에 이르기를 "백제의 악은 (당의) 중종대에 공인들이 죽어 폐했다가 開元(당 연호)에 기왕岐王의 범範을 대상경大賞卿으로 삼아 다시 주악奏樂을 설치하였으나 이로써 음기音伎가 많이 부족했다. 춤추는 사람은 두 사람으로 자색대수紫色大袖와 군유(裙襦 · 치마와 저고리)를 입고 장포관章甫冠을 쓰고 가죽신을 신었다. 악기는 쟁箏, 적笛, 도피필률桃皮篳篥, 공후箜篌 등이 있는데 내지內地와 같았다."고 말하였고, 북사北史에는 말하기를 "고각鼓角, 공후箜篌, 쟁箏, 간竽, 적笛, 호篪의 악이 있다."고 하였다.

신라악만 상세히 서술한 끝에 극히 간략하게 중국의 사서『통전』(당, 두우杜佑의 저서)과 『북사』에서 인용한 내용이 전부이다. 이로 보면 중국 사서에 전하는 백제의 악기는 대략 7종이 되는 셈이다. 이것들은 거의 중국 남조에서 받아들인 것이며 일부 고구려 악기의 전승이라 할 수 있다.

고고학적 유물의 발굴로 말미암아 백제 악기로 추정될 수 있는 것들이 세상에 알려졌는데 대전 월평동 출토의 백제 팔현금, 광주 신창동 출토의 현악기를 들 수 있다. 그러나 실물은 아니더라도 연구를 통하여 여러 종류의 악기를 보여준 것은 계유명석상과 1993년 12월 부여 능산리에서 출토된 백제대향로이다. 계유명석상에는 요고腰鼓, 쟁箏, 적笛, 소簫, 생笙, 비파琵琶, 금琴 등이, 백제대향로에는 완함阮咸, 장적長笛, 북鼓, 거문고, 배소排簫 등이 나타나 있어 백제악기(주로 궁정음악)의 면모를 짐작하게 되었다.

　일본으로 백제 궁정악사들이 교대로 드나들면서 일본음악에 크게 영향을 미친 사실이 그들의 역사서 『일본서기日本書紀』에 상세히 기록되어 있다.

　　554년 흠명천왕欽明天王 2월 백제의 악사 시덕삼근施德三斤, 계덕 기마차季德己麻次, 계덕 진노季德進奴, 대덕 진타大德進陀를 파견했는데, 모두 대체시켜 달라는 요구에 따른 것이다.

　이 악사들은 백제에서 상당한 사회적 지위를 확보하고 있었던 계층으로 국가기관의 음악부서에서 일했던 사람들이었다. 이름 앞에 붙은 '시덕'들도 관등의 서열을 가리키는 것이다. 이들이 가르치고 사용한 악기 중 '공후'가 큰 역할을 한 듯하다. 다나베田辺尚雄의 『동양음악사』에,

　　공후를 우리나라에서 구다라고도라고 부르는데 그 실물 두 개가 우리나라 나라에 있는 정창원正倉院에 보존되어 있다.

라고 쓰여 있다. 전주왜명유취초箋注倭名類聚抄 권6에도 '공후는 백제금이다. 일본 이름으로 구다라고도久太良古度라' 하고 있다. 백제를 그들은 구다라くだら 일컬어 오고 있는데, 그 백제의 악기라 불렀으니 백제악의 영향이 얼마나 컸었나 하는 것을 짐작케 하기 충분하다.

1) 미마지와 가부키伎樂의 문제

술은 노래와 춤을 따라 다닌다. 삼국사기 백제본기에 따르면 제 2대 다루왕 11년(A.D. 38)에 '가을에 곡식이 여물지 않았으므로 백성들의 술 담는 것을 금하였다.'는 기록이 보이는데 이것으로 미루어 백제 건국 초기부터 술을 담아 마셨음을 알 수 있다. 백제본기 안에 음주 등 쾌락에 탐닉한 기사가 무왕과 그의 아들 온조 왕조에 두드러지게 나타나지만, 술은 국가의 큰 간섭 없이 민간에서도 만들어 썼음이 분명하다.

음주라면 곧장 가무歌舞가 따른다. 일본에서 그 나라 술의 역사의 원조를 백제에다 두는 것을 보면 백제의 가무가 술과 함께 자연스럽게 건너가 침투·확산되었을 것이다, 가와 무는 연희의 틀을 갖기 때문에 백제의 연희도 따라서 전파되었음은 당연하다.

이러한 맥락에다가 불교전파자의 하나로 미마지味摩之를 들 수 있다.『일본서기』에는 이렇게 적혀있다.

> 612년 추고천왕推古天王 20년(武王 13년)에 백제사람 미마지味麻之가 귀화했다. 이 사람은 오吳나라에 가서 기악무伎樂舞를 배웠다고 해서 사꾸라이櫻井에 살게 하고 기악무를 가르치게 했다.

기악伎樂은 13세기 중엽에 쓰여진 '교훈초敎訓抄'에 따르면 적笛, 삼고三鼓, 동박자銅拍子같은 악기의 반주에 맞추어 춤을 추는 것인데 이것은 일본 전통 공연 예술의 하나인 가부키의 시작이 되었다.

미마지가 오나라에 가서 배워왔다는 탈춤은 일본에 가기 전에 우리나라에서도 있었음이 분명하다. 하늘에 제의나 조상을 모시는 제사 그리고 척사진경斥邪進慶의 원시적 행사에서 동서고금을 막론하고 가면(탈)이 쓰였기 때문이다. 특히 불교에서는 불교의 전파를 위하여 불법을 반대하거나 적대관계에 있는 대상을 응징하는 하나의 방편으로 탈을 이용해왔는데 그것이 미마지에 의해 백제에서 일본으로 가 전파되었던 것이다. 미마지みまじ는 일본에서 mimashi라고 부르는데 사실은 일본명도 백제명도 아니다. 미마지의 일본어 '미'는 우리말로 '삼(3)'이 되는데 이로 미루어 미마지의 백제 명칭은 sammaji이며 그 삼마지는 samadi라는 범어에 뿌리를 둔다. '삼마디'는 직분에 의거한 승려의 명칭이다. 그러므로 한 개인의 고유명사가 아니고 하화중생의 특정역할을 수행하는 스님으로서의 보통명사이다. 따라서 소위 미마지는 불교전파와 관련된 한 과정의 연행演行주체였다고 말할 수 있다.

미마지의 일을 미루어 백제에서도 탈을 쓰고 춤추는 연희演戲가 분명 있었을 것이다. 그러나 백제강역의 중심지라 할 수 있는 웅진(공주), 소부리(사비, 부여)가 수백 년을 거쳐 농본중심의 이른바 충청도 양반이라는 유교사회로 바뀌면서 민간연희는 변형되거나 사라졌다.

2) 유왕산留王山 놀이

부여읍에서 남쪽으로 이삼십 리쯤 가면 양화면良化面 원당리元堂里가 나온다. 부여군의 남쪽 끝이며 날씨 맑은 날에는 군산이 보인다는 유왕산이 서 있다. 남당산이라고도 하는데 백제왕이 전망이 확 트인 이곳에 와서 놀았다고 해서 놀 유遊의 유왕산遊王山이라고 도 하고 또는 백제가 망하고 의자왕과 그의 아들 융, 그리고 대신 90 여명, 기타 남녀 쓸 만한 사람 1만 2천 8백여명이 소정방이 타고 온 배에 강제로 실리어 떠날 때 왕이 그 산기슭에서 며칠 유留(잠을 자 다)했다 하여 유왕산留王山으로 쓰기도 한다. 의자왕 일행이 잡혀갈 때의 이야기는 삼국사기 백제본기 의자왕조에 대충 나와 있다.

이 산에서 특이한 놀이가 오랫동안 전해왔다. 지금은 사라졌지 만 촌로 중에는 그것을 보았던 경험을 기억하는 경우가 많다. 이른 바 여자들만의 '반뵈기'놀이다. 음력 8월 17일, 추석명절을 지내고 대강의 정리를 끝낸 시집간 딸이, 엄한 시집살이로 친정에 갈 수도 없었고 또 근친이라 하여 간다면 그만큼 준비할 경제적 어려움도 따르므로 시집과 친정의 중간 쯤(옛날에는 멀다 해야 면이 다를 정 도였다.)에서 딸과 친정어머니가 서로 만나 차린 음식을 나누어 먹 으며 속에 쌓아둔 이야기를 나누는 슬프고도 흥겨운 잔치였다. 가 을 산의 전체가 온통 울긋불긋 꽃밭이 되었다. 함께 어울려 춤을 추 며 노래도 불렀는데 그 노래는 대체로 부여지방에서 불리던 「산유 화가」였다. 중천에 뜬 해가 조금씩 기울기 시작하면 부둥켜안고 우 는 소리가 흘러가는 금강물을 멈추게 하였다. 온전한 만남이 아닌 반쪽[半]만의 만남이기 때문에 반뵈기라 불렀다. 이런 모임은 전북 의 금강변 지역에도 있었다. 해마다 정한 날, 정한 곳에서 잠시 만 났다가 이내 헤어지는 놀이는 단순한 유희가 아니라 극도로 억눌 린 유교사회에서 여성해방의 한 모형으로 볼 수 있다.

이 반뵈기가 먼저인지 백제유민의 그 처절한 떠남이 먼저인지 정확히 결론내리기 어렵지만, 이런 잔치는 가부장사회의 모순을 잠시라도 완화해준다는 점에서 의미를 찾을 수 있다. 어쩌면 백제 망국의 한을 모녀상봉과 이별이라는 외피外皮로 풀어간 망국민의 지혜의 산물로 볼 수도 있다.

이 유왕산 놀이의 구체적 복원이 필요한데 워낙 범위가 넓어서 인지 아직 사라진 채로 그냥 잠들어 있어 안타까운 생각이다.

3) 은산별신恩山別神굿

백제사에는 한국 고대사에서 독특한 양상을 보여주는 사건이 있다. 그 하나가 백제부흥운동이다. 고구려사에서도 찾기 힘들고 (물론 고구려 유민이 발해국을 건립했지만) 천년 사직의 신라도 왕건에게 나라를 순순히 가져다 바쳤다. 마의태자의 비극은 현실 타개와는 무관한 것이었다. 고려가 망했을 적에도 그 역성혁명을 거부하는 절조 높은 학자들이 많았어도 집단으로 정면에서 싸우지는 않았다. 최영이나 정몽주를 정신적 지주로 삼은 백성의 신앙이 널리 퍼졌지만 현상을 바꿀만한 역동적 변혁의 투쟁은 없었다.

백제사의 부흥운동은 비록 반봉건 등 이념의 발전을 기도한 것은 아니지만 정당하지 않은 방법—이를테면 당唐이라는 외세를 끌어들이거나 첩자를 두어 내부를 약화시킨 뒤 습격하는 비겁한 짓, 또 포학하게 모든 문물을 불로 태워 재로 만들어버리는 말살과 약탈 행위… 이런 짓을 백제의 유민들은 좌시하지 않았다. 대흥 산성에, 건지산성에 그 밖의 알리어지지 않은 여러 산성에 거점을 두고 줄기차게 나·당군에 대항했다. 그것도 3년간이라는 결코 짧지 않은 시간이었다. 그러한 연장선상에 있는 것이 은산별신굿의 시작이다.

> 이 곳 은산은 물론은 군내에 큰 전염병이 돌아서 동리마다 날마다 수천 명씩 죽어가므로 어찌할 도리를 몰랐다. 다만 목숨을 하늘에 맡기고 의약의 힘을 빌을 줄 몰랐던 것이었다. 이리하여 거의 동리에 남은 사람이란 손가락으로 세어볼 만치 되었을 때에 어느 동리에 90이나 된 노인이 하루는 꿈을 꾸었다.
>
> 홍사준, 『백제의 전설』, p.72

그 꿈에 5·60세가량 되어 보이는 장군 같은 사람이 흰 말을 타고 나타났다. 금으로 만든 투구에 쇠로 만든 옷을 입고 있었으며 가죽으로 된 신을 신고 있었다. 그의 모습을 앞의 인용서에 이렇게 묘사하고 있다.

> 얼굴은 비록 늙었으나 기름한 대초밀 같은데 눈망울은 황소눈에 눈귀가 좌우로 날카로운 칼날같이 위로 째어지고 코는 다리미자루 거꾸로 매달린 것 같으며 입은 한일자로 째어져서 길이가 서너 치가량 되는데 입술은 상하로 샛빨간 빛이 마치 개를 잡아먹은 범 아가리 같고 귀는 대문짝을 열어젖힌 것과 같았다.

조선조 고소설처럼 묘사된 이 꿈의 인물은 출중하면서도 비장한 영웅 그 자체다. 9척의 큰 키를 가진 그는 말에서 내려와 찾아온 연유를 노인에게 말했다. 나는 어느 나라(나·당군이 점령하였기 때문에 백제라는 말을 그대로 대지 않았다.) 장수였었는데 나라를 위해 힘껏 싸워 적에게 빼앗긴 성을 많이 찾아 임금의 사랑을 입었다. 그러나 간신의 참소로 나는 억울하게 죽임을 당하게 되었다. 이곳 은산은 큰 전쟁터로 원한에 쌓인 군사들의 시신이 산처럼 쌓여 흩어진 곳이라 원혼이 가득 떠돌고 나 자신도 해골이 흩어져 있으니 적당한 데에다 수습해 달라, 그렇게 하면 지금 유행하는 병마가 물러갈 것이다. 그러면서 그 장군과 군사들이 묻힌 곳을 낱낱이 일러주었다. 노인이 눈을 떴을 때에는 그 장군은 간 곳이 없었다. 노인은 살아남은 동네사람들을 모아놓고 꿈의 자초지종을 말한 다음 그가 하라는 대로 했다. 그런 뒤에 병은 씻은 듯이 사라져 버렸다. 그 꿈에 나타난 장군을 별신이라 하고 삼년마다 그 신에게 성대한 제사를 올려서 지금까지 내려오게 되었다.

말하자면 백제 유민이 스스로의 한을 풀어주는 씻김굿 형식의 제의가 바로 은산별신굿이다. 모시는 신 곧 별신이 도침, 복신인 것을 보면, 백제 부흥운동 중의 갈등과 그 좌절의 한이 숨어있음을 알게 된다. 처음에는 궁실 복신과 승 도침이 주류성을 거점으로 하고, 왜에 있는 부여 풍을 불러 힘을 합친 결과 큰 성과를 얻게 되었다. 그러다가 임존성에 거점을 옮기고 지구전을 벌이던 중 복신이 그의 동료인 승 도침을 살해하고 왕손 부여 풍은 복신을 죽이는 등 힘을 합해도 모자라는 판에 서로 싸워 공중 분해된 백제부흥의 꿈을 백제 유민들 특히 부여 인근주민은 피부로 체감하였던 것이다. 그들의 원한과 분노는 매우 컸지만 쉽게 풀 수 없었다. 그것이 별신굿으로 나타난 것이다.

따라서 은산별신굿은 그 규모가 어느 것보다 크고, 조직적이다. 그것은 군대의 조직과 행군을 닮았다. 투구와 갑옷을 입는 것, 장군은 흰 말을 그 외는 붉은 말을 타는 것, 여러 종류의 군기, 4개의 방위 장군목 그리고 참여하는 장사, 중군, 영장, 전·후 배비장 등 이러한 것들은 군의 전투 조직과 같아서 나·당 치하에서 짐짓 제의(굿)의 형식을 갖춘 것이라 할 수 있다.

은산은 대흥 임존성과 한산 주류성을 연락할 때 중요한 통로였다는 점, 곧 당시 군사적 요충지로서 중요한 역할을 하였다는 점과 일제 강점기지만 광산이 개발되어 사방각지에서 사람들이 대거 몰려들어 유흥업이 번창하기도 했었다는 사실들이 절묘하게 결합된 공간이었다. 장터도 어느 곳보다 크고 화려했다. 굿을 하는데 쓰는 비용이 적지 않았는데 그것을 해결할 물주가 선선히 나서게 되어 한동안 쇠하였던 별신굿이 활기를 얻게 되었다. 원래는 윤달이 드는 해 그 달 중순이나 하순에 굿을 벌이던 것을 현재는 국가의 무형문화재로 보호를 받아 해마다 한 번씩 시연하고 있다.

5. 그 밖의 것들

구비문학의 한 영역에 속담, 말놀이 등이 포함된다. 이러한 것들을 빠짐없이 포괄해야하지만 그렇지 못한 경우가 대부분이다. 설화와 민요에 밀려나 있기 때문이다. 이 글에서는 속담·말놀이 뿐 아니라 천안삼거리 등의 민요 등이 빠져있다. 이것은 우리 지역의 민요가 타 지역의 것과 어떻게 변별되는가를 명확하게 찾아내기 어려운 점이 한 몫 한다. 시조는 영제嶺制, 경제京制, 완제完制 등과 구분하여 내포제內浦制 등이 있으나 민요 특히 노랫말에 이르면 사투리가 더러 차이가 있을 뿐 명확하게 구분 짓기 어렵다.

청구영언靑丘永言에 성충成忠이 지은 것이라 하여 시조 두 수가 실려 있다.

> 뭇노라 汨羅水야 굴원이 죽다터니
> 讒訴에 더러인 몸 죽어 묻힐 짜히 업셔
> 滄波에 骨肉을 빠져 魚腹裏에 葬ᄒ니라

육당(최남선)본 『청구영언』뿐 아니라 『동가선東歌選』 등에도 실려 있다. 간신의 참소를 못 견뎌 멱라수에 몸을 던져 목숨을 버린 굴원의 고사를 빗대어 노래하고 있다.

> 묻노라 저 禪師야 關東風景 엇더터니
> 明沙十里 海棠花만 붉어잇고
> 遠浦에 兩兩白鷗는 비소우를 ᄒ더라

육당본과 서울대의 『가곡원류歌曲源流』 등 많은 문헌에 각각 실려 전한다. 『대동풍아大東風雅』에는 작자가 신위申緯로 되어 있다. 이 시조의 내용은 성충과 거리가 너무나 멀어, 작품의 화자는 초장에서 선승에게 묻는다. 관동풍경이 어떠하더냐고, 선승은 중·종장에서 명사십리에 해당화만 붉게 피어 있고 먼 포구에 쌍쌍이 백구만 성긴 빗속을 날고 있더라고 답한다. '뭇노라'로 시작하는 비탄조의 문답형은 서로 유사하지만 앞의 것이 성충의 처지에 근접해 있다면 뒤의 것은 한운야학閑雲野鶴의 한사閑事다. '해당화만'의 '만'이 주는 무심한 자연에의 한탄이 없는 것은 아니지만 세속을 떠난 세상을 그 중심에 두고 있는 까닭이다.

그러나 위와 같은 논의는 성충을 작자로 볼 때 무의미하다. 국문학사상 시조가 나타난 시기는 고려말이다. 그렇다면 이 시조는 적지 않은 시조가 그런 것처럼 위작이라 할 수 있다. 문제는 성충을 빌은 시조들이 오늘날까지 전해 온다는 사실이다. 성충 같은 곧은 정신이 박해를 받는 시대는 늘 있게 마련이고 그것의 경종으로서 조선조 한 시대를 면면히 이어온 것이다.

Ⅳ. 백제문학의 특성과 그 영향

　　충남땅은 백제의 형성 이전에도 있었고 백제의 형성·발전과 멸
망의 때에도 함께 있었다. 뿐만 아니라 신라 통일기, 고려·조선조
를 거쳐 오늘날에 이르고 있다. 그러나 고대사의 입장에서 볼 때 한
결같이 백제의 강역이었을 뿐 아니라 그 중심에 위치해 있었다. 온
조가 위례성에 도읍을 정하고 나서 그 24년에 공주책熊州柵을 축조
했다. 그 때에는 아직 마한의 힘이 커서 마한왕의 항의로 헐어버렸
지만 마한이 자아분열로 망하자 온정성(아산)과 고사부리성(부
여 사비성)을 축조했다. 부父 개로왕이 고구려와의 싸움에서 장수
왕의 군대에 살해되자 문주왕이 대를 이어 A.D. 475년에 웅천(웅
진·공주)으로 천도하여 충남이 그 중심에 서게 되었고 그 뒤 성왕
이 A.D. 538년에 소부리(사비·부여)로 천도, 백제가 망하기 A.D.
660년까지 충남을 벗어나지 않았다. 그것은 충남이 가지고 있는
천혜의 조건 때문이었다. 기후가 좋고 일조량이 많았으며 땅이 비
옥하여 농산물이 풍부했다. 바다의 해안선이 잘 발달한데다가 조
수간만의 차가 커서 수산물도 풍부했다. 또 비교적 거친 파도와 풍
랑이 없는 황해가 서쪽으로 열려 있어 중국으로부터 선진문물을
받아들이는 데에 유리했다. 또 거기에다 가까운 왜를 개척하는 데

에 편리했다. 비록 백제의 778년간 가운데에 겨우 185년 정도 충남 지역에 도읍을 두고 있었지만 이 시대에 가장 찬란한 문화를 꽃피운 때였다. 따라서 백제 문물의 모두는 이때의 것이라 해도 지나친 말이 아니다. 그러나 그 문화유산은 턱 없이 빈곤하여 우리를 안타깝게 한다. 신라의 잔인한 박멸정책과 후대 사학자의 친신라적 편향에 따른 결과임을 다 지적하지만 어찌하랴. 고도의 유적이나 유물은 아직도 발굴될 여지가 있으나 문학은 특별한 일이 일어나지 않는 한 현재 전하는 것이 전부일 수밖에 없다.

특히 백제문학을 충남으로 한정시켜 이야기할 때 그나마 「정읍가」, 「선운산가」, 「방등산가」, 「지리산가」, 「무등산가」 등이 빠져나간다. 특히 「정읍가」는 그 문학사적 가치와 사회사적 가치가 높은 노래라서 허전해진다. 말 많은 「산유화가」와 억지스럽게(?) 끌어드린 「서동요」 이것이 가요로는 전부다. 한문학도 문학성을 조금 보여주고 있는 것으로 사택지적비문 정도이며 설화도 고형에 가까운 것으로는 곰나루 전설뿐이다.

이러한 것을 바탕으로 전반적인 백제문학의 특성을 찾아낸다는 것은 보편성을 유지하기 어렵다. 그러나 있는 자료와 연구를 종합하여 몇 가지 들어보고자 한다.

첫째, 한자의 도입이 고구려보다는 늦었을지 모르지만 적어도 한문화의 수용은 당시 삼국시대에 어느 나라보다도 가장 일찍 높은 수준을 보여주었다는 사실이다. 박사제도를 두고 오경을 연구하였다. 받아들여 소화한 한문학의 한 부분을 통해 왜를 개척하고 교화하는 데에 힘썼던 것도 의미하는 바 크다. 그리고 고흥에 의해 백제서기百濟書記가 나오고, 한자로 표기된 한역된 불경을 받아들여 백제화 할 수 있었다. 그것은 단순히 타국의 문자와 문화수용이 아니라 다른 세계의 발견이었다. 모험과 자신감을 수반하는 적극적 도전의 결과이다.

둘째, 무령왕 왕비 은팔찌 안에 새겨진, 만든 사람의 이름 다리多利 등의 문자에서 벌써 이두식 문자의 효시가 보인다는 사실은 간단히 넘겨버릴 문제가 아니다. 이것은 약 70여 년간이라는 한참 뒤의 일이지만 맛둥(서동)의 노래와 맞물려 있다. 맛둥이 꾀 내어 지은 노래는 구어(입말)일 것이다. 맛둥이 뒷날 왕이 되는 과정으로 보아 그에게는 한자의 소양을 가지고 있었음이 분명하다. 그것을 문자로 바꾼 것이 오늘날 『삼국유사』를 통해 알려지게 된 것이다. 그렇다면 향찰식 표기는 백제가 신라보다 훨씬 이전에 사용하였다는 결론을 얻을 수 있게 된다. 한자 문화는 폭주하고 그것을 다른 말을 가진 사람들이 수용할 때 향찰식 표기의 창안은 자연스럽고 당연하다.

셋째, 섬세성과 평화성을 들 수 있다. 백제의 금속공예나 건축양식은 여타 국가의 것보다 섬세하고 정교하다는 것은 정설이다. 평화로운 것도 모든 문화유산에 배어 있다. 서동이 발칙한 꾀를 내기는 했으나 선화공주를 데려와 처가를 위하는 장면들은 페미니스트처럼 느껴질 정도의 섬세함과 따뜻함이 들어있다. 산처럼 쌓인 금을 보내는 것을 보라. 현세를 벗어난 부처님의 헌신성처럼 느껴진다. 오랜 신라와의 적대관계를 풀고 평화를 사랑하는 한 모습이 잘 나타나 있다. (이것은 신라의 숨은 유인 술책일지 모른다. 무왕의 아들 온조대에 가서 망했으니까)

넷째, 저항의 정신이다. 도미설화나 은산별신굿 등을 보면 부당한 왕권이나 억울한 정복에 대하여 맞서는 민중정신을 쉽게 발견하게 된다. 백제의 다른 지역 설화이자 가요인 「지리산가」에서도 그러한 양상이 드러난다. 겉으로는 순하고 복종적인 것 같지만 안으로는 강인하고 꿋꿋한 정신의 일관성을 다른 많은 백제의 문화 유산에서도 만나게 된다.

다섯째, 꾸준한 끈기이다. 「산유화가」에서 그러한 것이 단적으로 드러난다. 「산유화가」는 일종의 상화가相和歌로서 부여에서 시작된 농요이다. 농업공동체의 줄기찬 사회구조에 따라 「산유화가」가 자연스럽게 전승되었다고만 간단히 말하기에는 부족한 무엇이 있다. 다른 농요도 많이 있을 터인데 이 메나리만 유독이 긴 생명력을 유지할 수 있었을까? 그 것을 지탱하는 근본적 힘은 잃어버린 백제 정신의 견지에 있다. 농경사회가 붕괴되고 있는 오늘날에 와서도 「산유화가」 보존되어 전승되고 있는 이유는 백제 유민의 한과 무관하지 않다. 그것은 꺾이지 않는 끈기에 의해 금강처럼 흐르는 정신이 숨어있기 때문이다.

여섯째, 고마나루 설화가 주는 의미이다. 그냥 고마나루의 지명전설로 치부할 수 있을지 모르지만 사실을 그렇지 아니하다. 몽골의 전설, 퉁구스의 전설, 단군 개국 신화 등의 맥에 닿아있는 까닭이다. 민족의 이동을 가늠할 수 있는 단서가 그 속에 숨어 있다. 곰이 모두 여자라는 것, 꿈을 실현하기 위해서는 수월찮은 통과제의를 통과하여야 한다는 것은 암시하는 바 크다.

이러한 특성들은 여러 형태로 나타나 문화의 한 현상을 이루고 그 것들은 끊임없이 현재 진행형으로 영향을 미치고 있다.

그 중에 몇 가지만 들면 화和와 저항抵抗의 정신이다. 언뜻 보면 상반되는 듯한 것들인데 서로 자연스럽게 공존하고 있다. 「서동요」에서 보이는 화해와 생성은 충남의 정신을 이루는 핵이라 할 수 있다. 언뜻 보면 이것도 아니고 저것도 아닌 듯 보이지만 그 안 깊숙이는 변함없는 뚝심을 가지고 있으며 이것은 궁극적으로 타他와의 조화를 이루는 데에 기여한다. 요즈음 흔한 말로 중용이라 할까, 그런 정신이다. 이와 함께 인내의 한계를 넘는 불의나 불합리한인 것에 대하여 불처럼 저항하는 정신을 가지고 있다는 것이다. 우리 고장을 흔히 충절로 지칭하는 것도 그런 뿌리에서 말미암은 것이다. 가령 부여 땅에서 태어나고 자란 신동엽 시인의 시의 뿌리도 백제와 그 정신에 뿌리를 두고 있음을 누구도 부정할 수 없을 것이다.

일본 관광객이 끊임없이 공주와 부여를 찾는 것도 백제가 베푼 '줌'의 영향이요 그 결과다. 그들은 단순한 외유로 이곳을 찾는 것이 결코 아니다. 몸과 마음에 깊숙이 숨어있는 역사의 감동을 만나고 싶은 그런 가치 있는 욕구의 발로인 것이다. 이런 점에서 백제는 영원하다.

V. 맺음말

충남은 백제의 중심에 있고 백제는 충남의 중심에 있다. 그 이전에도 충남은 한반도의 중심에 있었고 한반도의 중심에 충남이 있다. 이것은 회고벽의 감상도 아니고 지역주의의 조장도 아니다. 그럼에도 신라나 고구려와 비교해 보면 백제는 아직 잠이 들어 있다.

앞에서 얼마 남지 않은 몇 가지 설화를 살펴보았다. 더 많은 양의 것이 충남 전역의 구석구석에 숨어있을 것이다. 그러나 천사오백 년 이전의 구비문학을 찾는다는 것은 불가능에 가깝다. 그러하더라도 디엔에이로 혈족을 찾아내듯이 찾아내는 작업이 있어야 한다는 아쉬움이 따른다. 한문학의 경우나 가요문학도 그러한 사정은 별반 다르지 않다.

빈약하다고 하기엔 너무 엉성한 백제문학의 흔적 앞에서 우리가 확인해야 할 것은 과거에 대한 깊은 성찰과 백제에 대한 애정의 회복이다. 그것은 우리를 지탱하는 아이덴티티의 한 핵이기 때문이다.

3부

굿과 그 중층적重層的 배면背面

은산별신굿을 중심으로

| 차례 |

제3부 굿과 그 중층적重層的 배면背面
은산별신굿을 중심으로

Ⅰ. 문제의 제기

부여에서 서쪽으로 백마강을 건너 북쪽으로 15리쯤 가면 은산
恩山이라는 작은 마을이 나타난다. 시골의 전형적인 면소재지로서
초등학교와 중학교가 하나씩 있는 작은 마을이다. 그러나 일제 강
점기에는 인근에 광산이 있어서 호황을 누렸던 곳이기도 하다. 여
기에 예로부터 은산별신굿이 정월초 또는 그 다음날에 길면 20일
짧으면 일주일간 격년으로 푸짐하게 베풀어져 왔다.

지금은 국가지정 무형문화재(제8호)가 되어 있어서 잘 알려진 행
사의 하나가 되었으나, 알려진 만큼 행사의 생동성은 희박해졌다.
자생적인 굿이 다 그런 것처럼 주민들이 자연발생적 필요에 의하여
굿판이 벌어져야 하는데, 관의 지원과 매스컴이 무형·유형의 압력
을(?) 가함으로써 원형을 잃고 세련된 방향으로 진행되었기 때문
이다.

그러나 은산별신굿의 경우는 그런 속에서도 원형을 많이 유지
하고 있다. 그 까닭은 가까이에 아직은 근대화의 물결에 휩쓸리지
않은 백제 패망의 고도 부여가 있고 또 둘레에 백제 유적지가 많아
서라고 판단된다. 또한 은산이라는 곳도 현재로는 교통이 빈번한
곳이 아니며, 그렇다고 사람이 살기에 어려운 자연환경을 가지고

있지 않은 점을 들 수 있다. 말하자면 역사도시에 부속된 작은 마을로서 물이 많고 농토가 비교적 비옥한 곳이라 대대로 농사를 바탕으로 한 '과거'의 전승이 가능했다는 것이다.

그런데 은산별신굿에 관한 조사 보고서는 더러 있는 편이지만 그 구조를 심도 있게 분석한 논·저를 아직 우리 학계에서는 보여주지 못하고 있다. 있다고 한다면 유래나 연원에 관한 유추라거나 자료의 보충 정도이다.

필자는 이 논문에서 은산별신굿의 구조를 표면과 이면으로서의 이중구조로 보면서 거기에 더 많은 복합적인 요인이 첨가된 백제 또는 백제 유민들의 염원으로 파악하고자 한다. 이 논의는 이웃에 있는 지역의 유사한 굿을 종합하여 분석할 때, 보다 객관성을 지니게 될 터이지만 여기에는 부득이 제외키로 한다.

II. 굿의 중층성

'굿'의 뜻을 밝히려는 시도가 더러 있었으나 설득력 있는 주장이 없었다는 게 필자의 생각이다. 서정범교수는 그의 『우리말의 뿌리』(고려원, 1996)에서 '굿'의 어원을 이렇게 말하고 있다.

> 무당이 하는 제의인 '굿'은 근원적으로는 語의 뜻을 지닌다. 잠꼬대의 '꼬대'는 語의 뜻으로 잠꼬대는 寢語라는 뜻을 지닌다. '꼬다'는 '고대'로 소급되고 어근은 '곧'이다. 일본어 koto(言)와 일치한다. '곧'은 고구려에서의 口의 뜻을 지닌다. '굿'은 '곧(言)'에서 분화한 말이다. 굿이란 신에게 문의하고 소원을 기원하는 행위이다. 신라의 왕칭 '麻立干'의 '麻立'을 '말'로 보면 麻立干은 語王의 뜻을 지니며 巫의 뜻을 지닌다.

샤먼이 하는 역할이 절대자와 인간의 사이에서 사제의 기능을 함으로써 '말'을 전달하는 예언적인 것과, 병을 치료하는 것 등이 그 핵심이라 한다면 '말'로서의 설명은 그럴듯하게 보인다. 그러나 그것을 '꼬대'와 연결하여 고구려·일어로 비교시켜 설명하는 것은 무리이다.

필자의 생각은 '굿'은 '궂'과 동일하다는 판단이다. 다시 말하면, '굿'의 '굿'은 '날씨가 궂다, 험상궂다, 일마다 궂은 일만 생긴다.' 등의 용례에 보이는 '궂'과 일치한다는 것이다. 우리 문학사사에서 그 근원을 필자는 「구지가龜旨歌」에서 찾는다. 김해의 지역에서는 애들 사이에(1970년대에서 80년대 초까지도 그랬다.) '대표로 뽑' 는 것을 '구지 뽑는다.'라고 했다. 그것은 「구지가」가 보이는 김수로왕의 선출에서 나온 전승 때문일 것이다. 실제로는 '구지龜旨'는 '궂'이었음이 확실하다. '궂'의 한자음 차음이 '구지龜旨'라는 것이다. 「구지가」는 지배자인 왕을 정하는 굿판의 하나였던 것이다. 그러므로 이 노래의 뜻은 영신군가迎神君歌로서의 '맞이 노래'가 아니라 '굿노래(궂놀이)'로 봄이 마땅하다. 이 노래가 하나의 삽입가요라고 한다면 『삼국유사』가 전하는 가락국기駕洛國記는 샤먼의 서사적 구조를 가지고 있으며 따라서 「구지가」는 샤먼의 노래가 되는 것이다. 구지龜旨가 곧 궂(곧, 굿)의 음차音借임이 자연스럽게 증명되는 셈이다. 따라서 굿이 궂과 긴밀하게 연결된 어원을 갖는 것은 굿의 중층적 의미를 이해하는 데 명확한 단서를 준다는 점에서 주목된다. '궂'은 일은 나쁘고 험한 대신에 이것은 반드시 제거해야 할 대상이다. 곧, 궂은 것은 없애야 하는데, 그것은 강제로 적대적인 대상으로 삼아 싸움을 거는 방법을 택하지 않고 화해의 길을 찾는다. 그것이 바로 '푸는 것' 곧, '풀이'이며 이 풀이는 '굿'을 통해 이루어진다. 굿=궂이 갖는 일차적 중층의 의미이다.

굿은 이러한 액이라든가 사邪를 '풀이'를 통해 해결할 뿐 아니라 마을 공동체의 응집력으로 작용하여 왔다. 그런 점에서 다음과 같은 주강현의 말은 시사하는 바가 크다.

민족문화유산으로서의 대동굿은 곧 마을 공동체의 대동
단결된 대동세계가 집약적으로 분출되는 굿이다. 포괄적 의
미로는 대동세상, 대동세계, 대동사회 등으로 표현되는 민중
의 비나리가 만개하는 신앙의 틀이자 민중의 대망이 구체적
인 현장에서 연행되는 제축적 반란의 놀이이다. 또한 대동제
는 수평적인 결속력을 요구하는 강인한 연대감을 기초로 하
여 민중의 문제들이 토의·집약되는 진보적 모임틀이기도 하
며, 이러한 대동제가 사회변동의 요구와 맞아 떨어져 일정한
계기를 맞게 될 때에는 곧바로 반지배·반외세 전투조직으로
서의 싸움틀을 의미하기도 한다. 뿐만 아니라 사회 구성의 가
장 깊숙한 비밀인 생산의 토대로서의 노동틀을 의미하기도
한다. (『굿의 사회사』, p.46)

위의 인용에서처럼 대동제의 의미를 지니는 경우가 많으며, 그
것은 마을의 수호신앙이기도 하였고 생산공동체의 의식이기도 하
였다. 외부로부터의 침공과 질병을 막고, 한편 생산을 고양시킨다
는 것은 부족의 유지와 발전을 위해서 가장 기본적인 문제가 아닐
수 없었다. 따라서 굿의 또다른 의미는 생산과 맞물려 있는 노동의
공동체적 협동이라 할 수 있다. 노동 없는 굿은 생각할 수 없는 것
이다. 이것은 농업을 기본으로 한 원시공동사회로서의 노예, 봉건
사회에서는 필연적인 현상이다. 이런 점에서 J. 호이징아의 '호모
루덴스'가 주장하는 '놀이하는 인간'은 그대로 받아들이기 어렵
다. 인간(다른 동물도 마찬가지다.)의 모든 문화의 시작은 그리고
진화의 과정은 생존을 위한 적응의 방식에 의해 좌우되었고 그것

의 근저에는 노동과 생산이 있었기 때문이다. 다만, 생산으로서의 노동과 연계된 굿은 대동의 축제로 전환, '놀이'로서의 성격을 지니게 됨으로써 '놀이'의 여러 가지 면모를 갖추게 되었다.

'굿'에는 이렇듯 여러 겹의 의미가 켜켜로 얽혀 있다. 오늘날에도 농촌의 분해를 막기 위해 대동굿을 보호하려는 시책이 강구되고 있는가 하면, 바다를 삶의 터전으로 삼는 섬이나 어촌에서는 생존의 필요에 의해 굿이 자연스럽게 전해내려 오고 있는 것이다.

III. 은산별신굿의 놀이와 그 배면의 구조

1. 굿의 전개

먼저 은산에서 행해지고 있는 별신굿의 진행과정을 대충 살펴볼 필요가 있다. 대상의 진상을 파악한 뒤에야 의미 분석이 가능하기 때문이다.

은산에서는 3년 만에 한번씩, 산신제와 별신굿이 열린다. 별신굿을 벌이는 해는 먼저 부락집회를 가져 임원과 부서를 정한다. 총책임자는 재정을 책임지는 화주化主로서 덕망과 인격을 고루 갖추어야 하며, 그에게 부과되는 금기는 엄격하다.

첫째, 별신제가 시작되기 일주일부터 매일 냉수로 목욕재계 할 것.(당산 옆의 맑은 시냇물로)

둘째, 부정한 것을 보거나 범치 말 것.

셋째, 살생과 잔인한 것을 보거나 범치 말 것.

넷째, 상가나 병인을 찾지 말 것.

다섯째, 부부의 관계를 갖지 말 것.

여섯째, 타인과 시비, 언쟁, 소송 등을 하지 말 것.

이렇듯 제재가 엄하다. 이것은 부락민도 거의 마찬가지여서 별

신굿이 열리기 전까지 고기류, 생선류, 심지어는 달걀 등을 먹어서
는 안 된다. 만약 위의 사항을 하나라도 어기게 되면 부정을 타는
것은 물론 하늘로부터 재앙을 받게 된다는 것이다.

도유사都有司라 할 수 있는 화주化主(또는 화주火主)는 별좌들에
게 제수祭需를 맡기며, 이 굿에 참여하는 이는 다음과 같다.

- 장수(대장)(1人) · 중군(1人) · 영장(1人) · 별좌(1人) · 사령집사(1人)

- 통인(2人) · 수좌(1人) · 별좌(1人) · 화주(1人) · 축관(1人)

이들은 모두 조선왕조 시대의 군복과 무장을 하고서 말을 탄다.
다만 대장은 백마를, 장졸들은 붉은 흑색말을 탄다.

일정은 20여일이 걸린 적도 있으나 지금에는 약1주일 정도다.

제1일: 신대(참나무)를 받는다.

은산에서 사방 10리 정도의 거리에 있는 산에 가서 4개의 참나무
를 베어오되 군대 행진이 거창하게 베풀어진다.

영기 둘, 별신사령기, 대기大旗(농기), 농악, 삼현육각, 군장졸
(사령집사 1인, 선배비장 1인, 대장 1인, 중군 1인, 영장 1인, 통인 2
인, 좌수 1인, 별좌 1인, 졸병 및 일반인들) 이중에 수좌와 통인만
무장하지 않으며 그 밖의 모든 사람들은 기치와 창검을 높이 들고
군대의 율법에 따라 행진한다. 베어 온 나무는 동東(청룡靑龍)에 청
제장군靑帝將軍, 서西(백호白虎)에 백제장군白帝將軍, 남南(주작朱雀)
에 적제장군赤帝將軍, 북北(현무玄武)에 흑제장군黑帝將軍, 이렇게 사

방四方에 신의 강신을 알리는 진대를 세운다.

제2일: 쉰다.

제3일: 꽃등(화등花燈)을 받아 온다.

화동방이라는 가장 정한 곳의 꽃 만드는 집에 가서 종이로 만든 국화, 모란, 작약 등의 꽃다발을 받아와 주둥이가 넓은 병에 꽂는다. 꽃가지는 천 개 정도가 되는데 별신굿이 끝나면 집집마다(단, 시주를 한 집) 나누어 재액을 면케 해준다.

제4일: 오르는 날이다.

제수를 진설하고 제사를 지낸다. 제수 중에서 가장 중요한 것은 술인데, 술은 화주집에서 담그되 오르는 날부터 3일 전에 빚어야 하며 물은 당산 아래의 시냇물을 써야 한다. 이렇게 해서 급히 만들어진 술을 '조라술'이라 한다. 제수로는 통돼지, 오곡, 통닭, 떡(흰무리와 인절미), 메(밥, '마지'라고 한다.) 두 그릇, 면 두 그릇, 과실, 포, 화전, 잔대 둘, 조라술 등이다. 다만 생선은 쓰지 않는다.

축문祝文은 다음과 같다.

維歲次 ○○正月 ○○朔 ○○日 恩山洞頭將軍 ○○敢昭告于
將軍 列坐之位

東方 靑帝將軍

　　南方 赤帝大將軍

　　西方 白帝將軍

　　北方 黑帝將軍

　　福信將軍

　　土進大師外 三千神位

　　謹以淸酌庶差敬伸奠獻 尙饗

　　산신제山神祭의 축문은 별신굿보다 훨씬 장중하지만, 산신 축문
은 여기에서는 생략한다.

　　제5일: 상당上堂굿을 올린다.

　　축원대사를 높은 소리로 부르고 춤을 추며 날 베어 온 신대를 잡
는다. 화주를 위시한 모든 임원들은 무당 앞에 공손히 꿇어 앉아 무
녀의 축문을 듣는다. 만일 이 때 신대에 신이 오르지 않으면 앞내에
가서 목욕재계를 한 뒤 다시 잡는다.

　　제6일: 하당下堂굿으로 제수를 내린다.

　　산신당 정면에서 500여 미터 남쪽에 오래 묵은 괴수槐樹가 있는
데, 거기에서 복신장군, 토진대사, 그 밖의 삼천여 장졸들의 진혼
과 전송을 보여주는 굿을 벌인다.

　　그 뒤 제사 3일만에 화주는 단독으로 당산의 제단에 찾아가 독

산제獨山祭를 지내는 한편 진대와 장승을 세우고 농악을 울리며 또 제사를 올린다.

이상의 진행과정은 일정의 유연성만큼 일정하지 않다. 별신굿의 시기도 음력 정월 초에 하였으나 지금에 와서는 그것도 일정하지가 않다.

2. 이면 구조裏面構造의 기반—'풀음'으로써의 놀이

은산별신굿은 여타의 굿들과는 다른 변별적인 성격을 지니고 있다. 단순한 마을 굿과 구별되는 것이다.

우선 산신당山神堂에 모시고 있는 신들과 그 배치가 특이하다. 중앙에는 주신主神인 산신령과 그 시녀로 보이는 여인이 호랑이 옆에 서 있다. 그리고 그 좌측 벽에는 토진대사土進大師의 초상화가, 우측에는 복신대장군福神大將軍의 초상이 봉안되어 있다. 각각 그 초상 밑에는 위패가 놓여 있다. 이것은 별신이 복신과 토진이라는 것이며, 그들을 위해 굿을 한다는 것을 의미한다. 백제의 부흥을 위해 싸우다 전몰한 두 지도자와 군졸들의 억울한 원혼을 굿을 통해 풀어 준다는 의도가 강하게 드러나 있는 것이다. 다음과 같은 1947년 이의순李義純이 지은 은산별신당중수기恩山別神堂重修記에도 그런 사정이 분명하게 나타나 있다.

… 은산리는 옛날 백제 때 전쟁터이니, 그 전쟁에서 죽은

장수와 병졸들의 원통하고 분한 혼백이 오래도록 흩어지지 않아서 가끔 때 아닌 바람과 비와 바르지 않은 역질을 일으켜 사람과 가축이 그 재앙을 입었다. 그런 까닭에 이 신당을 세워 토지신 족자로서 가운데 벽에 봉안하고 옛적 명장의 화상을 벽의 동과 서에 배향하고 제사함으로써 그런 재앙을 막았다. 매년 정월 초하루 날에 정성스럽게 제사를 올리고 3년마다 대제를 지내는데 분기를 설치하고 북치고 고함을 쳐 전쟁터와 방불하게 행사를 함으로써 숨고 억눌려 있는 기운을 펼치게 하였다. 이것이 이른 바 별신대제이다.

恩山里者 古百濟時 戰場也 其戰亡將卒冤魂憤魄久而不散 往往作時風雨 不正之疫罹其災 故建此神堂 以土地神簇子 主壁而奉安之 配以古名將畵幅于東 西壁而祭鎖之 每歲元正必致誠祭之 三年而一大祭 設兵馬旗幟 鼓訥喊儀如戰陣行事 以宣慰其潛藏鬱抑之氣 此所謂別神大祭也

이러한 사정은 전승되어오는 설화에도 잘 드러난다. 몇 종류의 전설이 전해오는 유래담은 대체로 같은 골격을 가지고 있다.

옛날에 이 지역(은산)에 악질에 돌아 갑자기 수많은 동네 사람이 죽었다. 그러던 봄날, 한 노인이 낮에 잠시 잠에 빠지게 되었는데 그때 꿈을 꾸게 되었다. 꿈속에서 한 신선이 백마를 타고 나타나, 이 동네에 괴질이 들어 장정들이 죽어 가는 것을 풀어주겠으니 청을 들어주겠느냐고 했다. 신선이 말하기를 나와 내 부하가 함께 억울하게 죽었는데 아무도 거두는 이가 없어 백골이 아무데나 묻

혀 뒹굴고 있으니 잘 매장해 달라고 하면서 묻혀 있는 곳을 가리켜
주고는 홀연히 사라졌다. 노인은 잠에서 깬 뒤 동네사람들을 불러
모아 놓고 현몽한 이야기를 하였다. 동민들은 즉시 그 꿈속의 신선
이 가리킨 곳을 찾아 흙을 헤쳐 헝클어져있는 해골들을 수습하여
매장하고 그 원혼을 제사로 위로해 주었다. 그 뒤로는 병마가 없어
져 동네는 예전처럼 안락한 속에서 지내게 되었다.

　대강 이런 이야기다. 그 뒤에도 꾸준히 제사를 지냈는데 바로 이
것이 별신굿(제)이 되었다는 것이다.

　은산 산신당 중수기에도 나와 있는 것처럼 은산은 격전지였다.
특히 A.D. 660이후 그러니까 나·당연합군에 의하여 백제가 멸망한
뒤 3·4년간, A.D. 663까지 백제의 부흥군과의 싸움이 치열한 공간
이었다. 은산과 연결된 부흥군의 거점 산성인 은산산성과 미녀봉
산성, 증산산성, 부산산성 등이 둘러 있어 더욱 요충지로 작용했다.

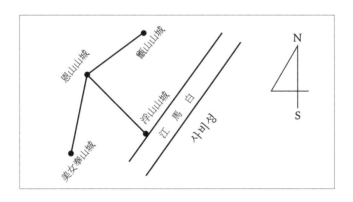

　그러나 중요한 부흥군의 거점은 건지산성, 주류성, 임존성 등이
었고, 부여에서 가까운 은산, 외산면 임청, 대흥 등등에서도 치열

한 전투가 벌어졌다.

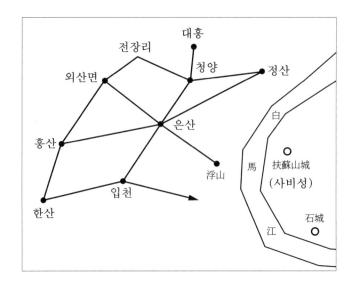

　위의 간략한 지도에서도 알 수 있듯이 은산은 당시로서는 교통의 요충지로서 치열한 전투가 벌어질 수밖에 없는 지리적 여건을 갖추고 있었다. 따라서 패전자 백제민의 시체가 쌓여 뒹굴었고 그것을 보는 백제 유민으로서의 비통함은 대단하였을 것이다. 이것을 풀어가는 가장 자연스런 방법이 바로 '굿'이 아닐 수 없었다. 이것은 두 가지 상황이 맞아 떨어진 데에서 시작되었을 것이다. 하나는 원주민(백제유민)의 원한 풀기의 강렬한 자연 발생적 욕구요, 다른 하나는 지배계층이 그가 지닌 약세를 유화를 통해 회복하려는 전략이다. 그리하여 별 저항 없이 전통적으로 더 오래된 산신제에 슬그머니 곁들여 별신굿이 태어나고 또 그것이 지속되어 왔을 것이다. 이러한 사실은 '굿'을 통한 '굿'의 풀음이라 할 수 있다.

그런데, 풀음으로서의 굿은 기쁨과 평화의 회복을 가져오기 때문에 흥겨운 노래와 춤이 따르게 되고, 자연히 그것은 하나의 축제로 바뀜으로서 '놀이'로 변하기에 이른다. 굿의 진행과정에 갖가지 잡기가 끼어들어 난장판을 이루어 연행되는 것은 그 때문이다. 그 가운데 풍물로서의 농악은 가장 대표적인 것이 되며, 은산별신굿은 그러한 농악 풍물 굿에다가 더 독특한 놀이가 첨가된다. 이것이 바로 전쟁의 놀이이다. 여기에서 군대행진을 기마를 이용하여 실연하는 것은 본질적으로 전쟁의 재현이 아니고, 놀이의 성격을 보여주고 있다.

3. 이면 구조裏面構造—세 양상

모든 굿이 이면의 중층성을 갖는다는 것은 이미 앞에서 누차 말한 바 있다. 은산별신굿도 역시 놀이로서의 표면과는 다르게 여러 가지 배면背面을 거느리고 있는데, 그것을 세 가지로 요약하여 살펴보기로 한다.

1) 한恨의 '풀음'을 통한 재생再生

은산恩山의 별신別神이 모셔진 당산堂山은 현 은산시장의 북쪽에 위치해 있으며 높이는 7·80미터밖에 되지 않는다. 그 위치를 간략히 나타내 보면 다음과 같다.

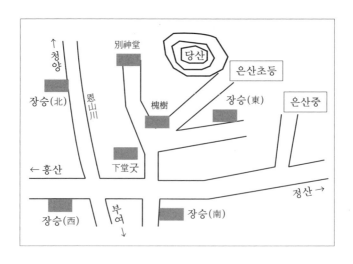

은산에 있는 당산의 낮음으로 보아 별신당이 위주였을 것으로 판단된다. 그것은 신라의 지배시 정치적 압박 때문에 산신을 주신으로 모심으로써 별신의 의미를 희석시켜 별신을 보호하려는 의도 때문이었음이라 추정된다.

　여기에 모신 두 장군의 이름은 분명히 백제 부흥군의 장수이다. 복신은 제30대 백제 무왕의 종자로서 A.D. 660 7월 의자왕이 항복하자 도침과 함께 부흥군을 일으켰다. 그들은 처음에 임존성(『일본서기』에는 임사기산任射岐山)을 거점으로 거병하였다. 임존성을 쳐들어온 나·당군을 격퇴함으로써 그 형세는 더욱 공고하게 되고 또한 확장되었다. 그러자 더 넓고 높은 주류성으로 진지를 옮겼다. 그러나 신라군의 공격에 이기지 못하여 강동지역으로 이동, A.D. 661 2월에 사비성을 공격하여 천명이 넘는 당군을 전멸시켰다. 부흥군의 세가 커지자 복신은 상잠장군霜岑將軍으로, 도침은 영군장군領軍將軍으로 칭하고 왜로 도망간 의자왕의 아들 풍을 불러 왕으로 옹립하였다. 그런 가운데 내분이 생겨 복신은 도침을 죽였고 따라서 복신은 풍왕을 제거하고 자기가 왕권을 쥐려고 하였다. 그러나 이런 음모를 사전에 알아차린 풍왕은 복신을 잡아 죽였다. 풍왕은 곧 고구려와 왜에 원군을 요청하여 나·당군에 대항하려 하였으나 결국 궤멸되고 말았다. 이것은 백제 부흥군이나 백제 유민의 뜻이 전혀 아니었다.

별신으로 모시고 있는 토진대사土進大師는 도침대사道琛大師임이 확실하다. 음도 유사하고 또 대사이기 때문이다. 뿐만 아니라 토진대사를 영차장군이라고 부르기도 하는데 그것은 영군장군의 유사함에서 나온 것이다. 복신이 이름 그대로 전해 오는 것은 이름의 한자가 갖는 유교적儒教的 덕목 때문 이고 도침이 토진으로 된 것은 농본사회의 땅에 대한 신앙과 결부된 까닭이다.

그런데 이러한 백제 유민의 한은, '풀음'으로써 종결되지 않는다는 데에 주목할 필요가 있다. 우리 역사의 어느 대목을 찾아보더라도 치열한 부흥군의 역사가 3·4년여나 지속된 사실은 발견할 수 없다. 또한 그러한 것과 결부된 민요나 전설이 전승된 예가 극히 드물다. 그러나 산유화와 거기에 얽힌 유왕산留王山놀이는 그 대표적 예가 될 것이다. 말하자면 별신굿은 백제 유민, 다른 말로 피지배 계층에 대한 저항을 재생시키는 하나의 숨은 장치라는 것이다. 소멸로서가 아니라 늘 살아 있는 恨으로서의 재생, 그것의 욕망이 솟음치고 있음을 간과해서는 안 된다는 것이다. 화등花燈의 화려함이 그러하고 전진행렬戰陣行列이 또한 그러하다. 한참 뒤(적어도 신라 이후?)에 시작된 것이라고 보이지만, 성충, 계백, 홍수의 충혼각에 꽃을 바치고 그것을 다시 신당으로 가져 오는 행사도 바로 재생의 상징적 표현이라 할 수 있다.

2) 복수와 연민—'감음'으로써의 숨은 칼

굿에서 칼을 쓰는 것을 쉽게 볼 수 있다. 칼도 검류劍類가 아니라, 식칼인 경우가 대부분이다. 누구는 무巫가 무武에서 나왔기 때문에 그렇다고 말했다.(손경침孫景琛·오만영吳曼英: 중국무도형상사中國舞蹈形象史) 하여튼 척사斥邪로서의 '칼'로 많은 민속학자들은 이해하고 있는데 그것은 사악한 것과의 과단성있는 척결에 있을 것이다.

은산별신굿은 무당이 칼을 쓰는 작은 굿이 아니다. 부락전체가 참여하는 일종이 대동굿이요, 또 부여지방까지 넓게 아우르는 국가적(?) 원혼의 풀이굿이다.

'풀이'의 커다란 상징물은 '꽃등(화등)'이다. 천 가지가 넘는 꽃들은 국화, 작약, 모란의 모양을 종이로 만든 것이다. 가장 정한 사람이나 절에서 만드는데 꽃이 크고 화려하다. 특히 주둥이가 넓은 꽃병에 꽂으면 커다란 꽃항아리로 보여 아주 장엄하고 화려한 느낌을 준다. 꽃은 잠잠한 식물의 개화로서의 아름다운 변혁이요, 그 절정이다. 곧, 아름다운 삶의 재생이다.

이 굿에서의 꽃은 아름다움의 위안과 함께 근저에는 에로티시즘이 깔려 있는 것으로 파악된다. 왜냐하면, 복신·도침의 두 장수와 그 밖의 무명의 병졸들에게 보내는 성적 보상으로 볼 수 있겠기 때문이다. 지금도 축제나 그와 같은 성격의 자리에는 꽃을 다는 습속이 전해 내려오는데, 이것은 성sex과의 관련이 그 밑바닥에 깔려 있는 것이라고 할 때, 거기에는 성적 지배와 약탈의 쾌감이 숨어 있다. 따라서 이 굿에서 보여주는 꽃의 웅장한 등장은 부활과 소생의 원형심상에다가 현세적 위안으로서의 염원이 첨가됨을 의미한다.

그러나 이러한 화려함이 갖는 끝없는 연민의 뒤에는 지배자(외래자 또는 신라)에 대한 증오가 숨어 있다는 사실을 간과해서는 안 된다. 단순히 '풀음'으로서의 화해가 아니라, 그 화해를 통한 '원혼'의 평정과 그 평정에서 준비해야 할 복수심이 내재하고 있는 까닭이다. 말하자면 은산별신굿이 보여주는 전진행렬은 다른 의미의 군사훈련이 되는 셈이다.

외피外皮로서는 원혼이라는 종교적 축제성을 내세우고 있으나 실제로는 언제나 항전에 임할 수 있는 합법적(?) 전쟁의 예비 훈련인 것이다.

3) 인구의 집중화와 부의 축적

별신別神을 '벌신'으로 파악하는 경우도 있다. '벌'을 야野로 보아 농사 또는 시골과 관련된 잡신雜神이라는 주장인데 설득력이 없는 견해이다. 다른 한편으로, 벌이 하는 신, 곧 돈벌이 신이라는 주장도 있다. 이것 또한 어원상으로 과학적이지 못하다. 그러나 흥미있는 요소를 가지고 있어서 숙고가 요구된다.

> 매년 봄과 여름이 만나는 때에 기일(삼월 또는 사월)을 정하고, 성황신을 모신 당에서 행사를 벌이는데 (그때에는) 백성이 떼로 모여 밤낮으로 술 마시고 도박을 자행하니 관청에서도 말리지 않았다. 이것을 별신이라 이름한다.

每於春夏之交 擇定期日(或 三月 或 四月) 行城隍神祀 人民驟
會 晝夜飮酒 恣行賭博 官亦不禁 名曰別神(朝鮮の巫俗, 朝鮮總督府
p.185)

이러한 기록은 별신굿이 엄숙한 제의보다는 즐거운 놀이로서의
성격이 짙음을 알게 해준다. 일반 서민들이 그날은 술을 마시며 마
음껏 놀고 도박도 하며 잡기를 즐기는 것이다. 이것을 관에서도 허
용한 것은 한정된 시간의 농민의 축제였기 때문이다. 그러나 중요
한 것은 난장판에서 벌이는 도박에 있는 것이 아니고, 거기에서 이
루어지는 상행위에 대한 보호이다. 생산과 부의 축적을 인간역사
를 추동하는 토대라 한다면 이 '인민취회人民驟會'에서 벌이는 '난
장판'은 활력으로 충만한 삶의 현장이라고 할 것이다. 각지에서 온
풍부한 물산이 교역되었음을 생각할 때 그것은 정보의 상호 교환
은 물론 생필품의 교환을 통해 삶의 질을 역동화하는 데 기여했음
에 틀림이 없다.

은산별신굿도 마찬가지라고 판단된다. 지금도 그 잔재가 남아
있기는 하지만 조선조로 소급해 보아도 은산은 교통의 중심지였
다. 그 근처에 광산이 있어서 일제시대에 큰 장이 섰고 술집이 많았
다고 한다. 그런 이점을 이용하여 '별신굿'의 '난장판'을 벌이되 길
때에는 20여 일간 지속하는 것이다. 여기에서 지역의 경제가 활성
화되고 또 함께 놀이를 즐길 수 있는 것이다. '돈을 번다.'의 '벌신'
이 여기에서 생겨나게 되었다.

그러나 정신正神으로서의 산신과 별신別神으로서의 복신·도침
을 좌우로 모시면서 정신과 별신을 함께 제사지낸다는 것은 이치

442

에도 맞지 않을뿐더러 경비와 품이 너무 많이 들기 때문에 3년마다 교대로 지내게 된 것이다. 하지만 정신正神은 오히려 부副가 되고, 이와 반대로 별신別神을 더 큰 잔치로 모시게 된 것은 백제 유민의 정서와 벌이의 활력이 상승작용을 일으켰기 때문이다.

은산별신굿의 현실적인 유래로 은산의 수질이 나빴기 때문이라는 주장도 있는데 이것은 물의 관리에 대한 경고를 담고 있는 것으로 해석된다. 백제시대의 전쟁터에서 주검이 산처럼 쌓였던 데다가 또 사람들이 떼로 모여 난장판을 벌이기 때문에 일어날 수 있는 심리적 또는 현실적 요인이 작용되고 있는 까닭이다.

IV. 굿에 있어서 은산별신굿의 위상

　별신이란 이름의 향토적인 제의가 우리나라에서 벌어지고 있는 것은 십여 군데다.(임동권, 『은산별신제 조사보고서』, p.249) 그 가운데 널리 알려진 것은 강릉의 단오제와 은산의 별신제이다. 이 둘을 비교해 보면 은산별신굿의 민속학적 위상이 쉽게 드러난다.

　강릉의 단오제(별신굿)가 모시는 신은 김유신장군과 범일국사 梵日國師이다. 허균(성소고부惺所覆瓿藁)에 따르면 원래에는 김유신 장군 하나만을 모시다가 후대로 오면서 강릉 학산 출신의 범일국사신화가 첨가되어 두 사람을 주신으로 삼게 되었다. 김유신의 용맹담은 왜의 격퇴를 이루는 데에서 절정을 이루고 있다. 그를 모신 화부산사花浮山祠는 김해 김씨 후손들이 단오날을 기해 제향을 드린다.

　여기에 비하여 은산별신굿은 매우 비극적이며 장엄하다. 우선 산신 좌우에 산신을 돕듯(주불인 석가모니 좌우에 지와 행의 문수와 보현이 배치되듯) 지智와 용勇의 복신과 도침을 배치시키고 있으며 두 사람은 모두 백제 부흥을 위하여 외래의 침략자인 나·당군과 2년여 항쟁하다가 산화한 왕족이요, 승려이다. 굿도 기마병을 주로 한 전투적 전진행렬이어서 강릉의 것과는 사뭇 다르다. 또 모시는 사람들도 강릉처럼 김씨 일가가 중심이 되는 것이 아니고 성씨를 초월한 동민 모두가 백제 유민의 한恨을 풀고 그 풀음을 통하여 다시 한을 다지는 역설적 '감음'의 축제인 것이다.

이상의 이야기를 바탕으로 두 별신굿을 간략이 요약하면 다음과 같이 될 것이다.

굿별 내용별	강릉단오제 (강릉별신굿)	은산별신굿
주신	김유신·범일국사	산신·복신·도침(토진)
모시는 사람	김해 김씨 후손·농어민	동민(백제 유민)
축제일	단오날(단오제와 함께 지냄)	정월 초
성격	풍농, 풍어제	해원 굿

이러한 표에서도 두드러지게 드러나듯이 은산의 것은 정신正神으로서 산신山神를 빌미로 한 비극적 백제사의 원혼을 해원하는 굿이다. 화려한 풍농 또는 풍어의 생산성을 1차적 목표로 하는 것이 아니고, 해원을 통한 대동의 응집력을 부여하는 데에 주목표가 있다. 구체적인 부흥군의 지도자를 별신으로 받들은 것은 아무래도 통일신라시대를 지나서일 것으로 추정되며 토진土進은 음의 유사성에 따른 고의적 변개라는 생각이 든다.

하여튼 은산별신굿은 패망의 고도, 부여를 동쪽머리에 둔 작은 마을에서의 장엄한 역사적 비극을 배경으로 하고 있는 것이다. 이것은 유사시에 직면하여 항전으로 전환시킬 수 있는 전쟁틀의 하나라는 점에서 그 독특한 자기 매김을 할 수가 있다.

Ⅴ. 맺음말

굿은 이면에 복합적인 중층성을 갖는다. 그것은 어원의 접근을 통하여 쉽게 해명된다. '굿'은 '궂'과 동일한 어휘라고 보기 때문이다. 『삼국유사』 가락국기의 「구지가龜旨歌」에서 그런 사실을 우리는 극명하게 이해할 수 있다. 구지龜旨는 '궂'의 음차로 파악되는 것이다. '굿'은 '궂(궂은 일, 곧 재앙)'은 것을 '푸'는 데에서 비롯된다. '해'로서의 '풀이'는 굿의 일차적 기능이다. 이러한 주기능의 시대의 흐름에 따라 중층성을 갖게 되었다. 놀이가 그 하나이며 공동체적 응집력이 또 그 다른 하나이다. 이밖에도 굿이 연행되는 지역의 문화사적 또는 역사 지리적 여건에 따라 그 기능은 다양하게 첨가된다.

은산별신굿은 백제망국의 한과 직결되어 있는 것으로서, 백제 부흥군의 지도자로 싸우다가 산화한 복신·도침 두 장군과 수 천 병졸의 원혼을 해원하는 데에 목표를 둔다. 이것은 단순한 해원이 아니다. 백제에의 연민의 정서가 농축되어 있는 까닭이다. 그러한 정치적인 예민한 문제를 산신을 중앙에 둠으로써 희석시키고 있다. 또 도침도 농본사회에서 농토를 중시하는 관습에 의거, 슬쩍 토진土進으로 바뀜으로써 원망을 숨기고 있다.

여러 군데의 별신굿 중 널리 알려진 강릉의 단오제(별신굿)와 비교해 보면 은산별신굿의 성격은 분명하게 드러난다. 강릉의 단오제(별신굿)가 강릉의 해안을 영역으로 하여 풍어(또는 풍농)를 기원하며 또 주로 김유신의 후손인 김해 김씨들이 제향을 지내온 데 대하여, 은산별신굿은 생산보다는 해원을 통한 대동굿으로서 동민의 남녀노소가 모두 참여하는 축제이다. 그러나 둘 다 장군을 모시고 있다는 점에서 같으며 그것은 마을이나 그 지역의 소속 국가(신라 - 강릉, 백제 - 은산)의 안위와 보호라는 차원에서 이해된다. 하지만 은산별신굿은 겉은 강릉의 것과 같아 보이나 속은 다르다. 앞에서 누차 강조한 것처럼 망국의 한을 푸는 이른 바 해원이 그 기저에 놓여 있는 까닭이다. 그리고 백마를 탄 장수를 비롯하여 적·흑마를 탄 장군과 기치 창검으로 무장한 병졸들의 행진은 추모라기보다는 전투에 임하는 살기등등한 느낌을 주는 바, 이것은 추모를 외피外皮로 한 전쟁틀의 하나임이 분명하다.

해원 → 놀이 → (돈벌이) → 전쟁틀의 과정으로 진행되는 은산별신굿은 해원 → 놀이(돈벌이 포함)의 '풀음'과 전쟁틀이라는 '감음'의 두 상반되는 요소가 하나로 묶여진 긴장의 드라마라 할 수 있다.

패망의 고도 부여가 아직 그때의(패망 당시) 모습을 천삼백 년이 훨씬 지난 지금까지 가지고 있기 때문에 은산별신굿의 현실성이 강해지고, 그로 말미암아 다른 굿보다 더 질긴 전승력을 보여 준다.

참고 문헌

1. 임동권, 은산별신제恩山別神祭(『무형문화재 조사보고서』 제8호), 1965.

2. 이양수, 『은산별신고恩山別神考』, 부여향토문화연구회, 1991(초판, 1989.).

3. 은산별신제보존회, 『은산별신제恩山別神祭』, 한·일학술대회(요지집), 1992.

4. 서대석, 『한국무가의 연구』, 문학과 사상사, 1980.

5. 임재해, 『민속문화론』, 문학과 지성사, 1986.

6. 이두현, 『한국무속과 연희』, 서울대출판부, 1996.

7. 이필영, 『마을 신앙의 사회사』, 웅진출판, 1995.

8. 주강현, 『굿의 사회사』, 웅진출판, 1992.

9. 한영우, 『한국의 문화전통』, 을유문화사, 1988.

10. 민족굿회 편, 『민족과 굿』, 학민사, 1987.

11. 『부여군: 전통문화의 고장 부여』, 부여군청, 1982.

12. J.Huizinga, *Homo Ludens*(권영민 역, 『놀이하는 인간』), 홍성사, 1982.

13. L.K.뒤프레, 『종교에서의 상징과 신화』(권수경 역), 서광사, 1996.

14. 기타, 은산별신제 녹화 비디오(A·B).

조재훈 문학선집 제4권
백제가요연구

1판 1쇄 인쇄   2018년 8월 27일
1판 1쇄 발행   2018년 9월 17일

지은이   조재훈
펴낸이   임양묵
펴낸곳   솔출판사

편집   조소연 이신아
디자인   오주희 박민지
경영 및 마케팅   김형열
재무관리   이혜미 김용렬

주소   서울시 마포구 와우산로29가길 80(서교동) 4층
전화   02-332-1526
팩시밀리   02-332-1529
홈페이지   www.solbook.co.kr
이메일   solbook@solbook.co.kr
출판등록   1990년 9월 15일 제10-420호

© 조재훈, 2018

ISBN   979-11-6020-059-1 (04810)
                979-11-6020-055-3 (세트)

• 이 도서의 국립중앙도서관 출판예정도서목록(CIP)은 서지정보유통지원시스템
  홈페이지(http://seoji.nl.go.kr)와 국가자료공동목록시스템(http://www.nl.go.kr/kolisnet)
  에서 이용하실 수 있습니다. (CIP제어번호:CIP2018024136)